Sou a GAROTA que TECEU a TEMPESTADE que ABALOU o MUNDO.

Tecelã de Tempestades

LAURYN
HAMILTON MURRAY

Tecelã
de
Tempestades

Tradução
Isadora Prospero

Rio de Janeiro, 2025

Copyright © 2025 by Lauryn Hamilton Murray. Todos os direitos reservados.
Copyright da tradução © 2025 by Isadora Prospero por Casa dos Livros Editora LTDA.
Copyright da ilustração de capa © 2025 by Chris © KJA-artists.com.
Copyright das ilustrações de miolo e mapa © 2025 by Tomislav Tomić.

Título original: *Heir of Storms*

Publicado pela primeira vez em 2025 pela Puffin, selo da Penguin Random House Children's. Penguin Random House Children's é parte do grupo empresarial Penguin Random House. Todos os direitos reservados.

Todos os direitos desta publicação são reservados à Casa dos Livros Editora LTDA. Nenhuma parte desta obra pode ser apropriada e estocada em sistema de banco de dados ou processo similar, em qualquer forma ou meio, seja eletrônico, de fotocópia, gravação etc., sem a permissão dos detentores do copyright.

COPIDESQUE	Gabriela Araujo
REVISÃO	Natália Mori e Mariana Gomes
DESIGN DE CAPA	KJA-artists.com
ADAPTAÇÃO DE CAPA	Julio Moreira | Equatorium Design
DIAGRAMAÇÃO	Abreu's System
MAPA E IMAGENS	Tomislav Tomić

Dados Internacionais de Catalogação na Publicação (CIP)
Câmara Brasileira do Livro, SP, Brasil

Murray, Lauryn Hamilton
  Tecelã de Tempestades / Lauryn Hamilton Murray ; tradução Isadora Prospero. – 1. ed. – Rio de Janeiro : Pitaya, 2025.

  Título original: Heir of Storms
  ISBN 978-65-83175-49-6

  1. Romance escocês I. Título.

25-262393   CDD-E823

Índices para catálogo sistemático:
1. Romances : Literatura escocesa   E823

Aline Graziele Benitez – Bibliotecária – CRB-1/3129

Editora Pitaya é uma marca licenciada à Casa dos Livros Editora LTDA. Todos os direitos reservados à Casa dos Livros Editora LTDA.

Rua da Quitanda, 86, sala 601A – Centro,
Rio de Janeiro/RJ – CEP 20091-005
Tel.: (21) 3175-1030
www.harpercollins.com.br

Para todos aqueles que já se sentiram como garoa.

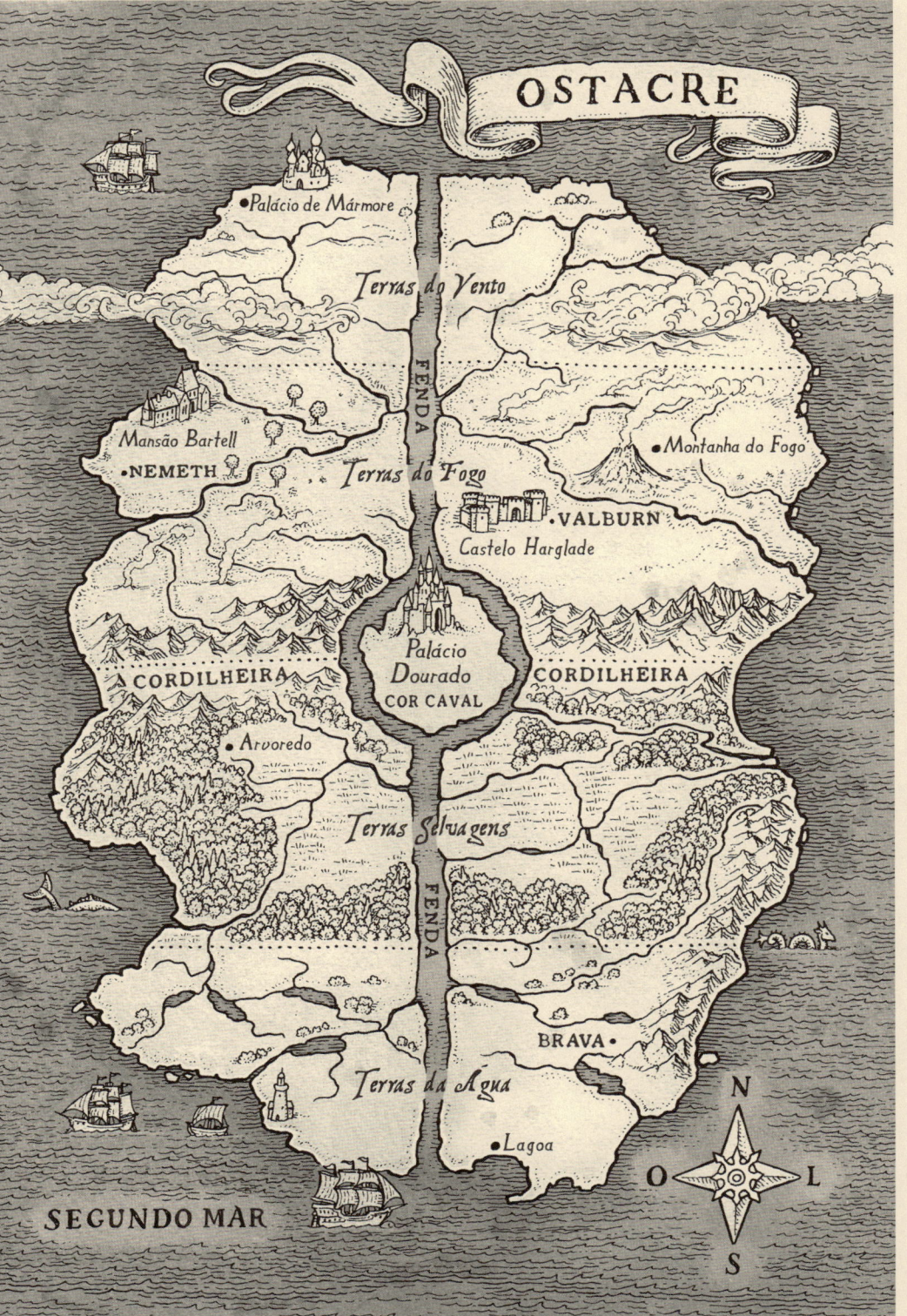

PRÓLOGO

Para muitos, meu nascimento significou a morte. Significou se afogar na chuva que invoquei ao respirar pela primeira vez. Os cadáveres foram arrastados em uma inundação incessante, e lá ficaram até incharem e apodrecerem, ou serem devorados por criaturas marítimas ou sereias caprichosas. Suas vidas foram findadas bem quando a minha começava.

Fui o início que trouxe o fim, como dizem os fidra.

Quando eu era pequena, minha mãe me contava histórias — ou melhor, ela *me transformou* em uma história. Falava de uma garota com olhos feito nuvens tempestuosas e maresia, uma garota com o poder de invocar a maior tempestade que nosso povo já viu. Ela tinha um jeito de mascarar a feiura, deixando as coisas bonitas. Passaram-se muitos anos até eu perceber que essa história, *minha* história, não é bonita, e que a garota, *eu*, só pode ser doentia, perversa, amaldiçoada.

Meu nome é Blaze. Minha mãe achava que eu era Nascida das Chamas, como seria o esperado. Todo Harglade nasce com o fogo tremeluzindo na ponta dos dedos, ardendo nas veias, queimando forte no âmago. O fogo Harglade é antigo, raro, puro e incontaminado, preservado ao longo das gerações por um cruzamento cuidadoso de linhagens de ignitia. Quando nasci, minha mãe achou que as preces da Casa dela tinham sido atendidas. Só que não foram. Pelo menos, não por mim.

No momento em que meu irmão gêmeo foi puxado do corpo dela, cada vela, tocha e lareira na casa se acendeu. Flint. Nascido das Chamas.*

E então, eu: pequena, mirrada, com olhos estranhos e pulmões fortes. Mesmo assim, ninguém suspeitou de nada. Por que suspeitariam? Quem

---

* Blaze, em inglês, significa conflagração ou brilho. Flint significa um material para criar fogo ou faísca. [N.E.]

teria pensado que eu, filha de minha mãe, uma descendente de sangue puro da própria Deusa do Fogo, Vesta, poderia ser algo além de uma filha das chamas?

Foi quando veio a tempestade.

A chuva açoitou as janelas como um chicote com pontas de ferro, desabando em grandes torrentes e agitando o mar que se ergueu para encontrá-la.

Não era uma chuva comum — não parava.

A tempestade só cresceu, alastrando-se pelo reino, inundando todas as províncias, afogando tanto os etheri quanto os fidra. O oceano começou a subir. Rios transbordaram. Lagos sangraram pela terra. E, ainda assim, a chuva continuou a cair.

Às vezes me pergunto por quanto tempo minha mãe conseguiu se convencer de que era impossível, de que era mera *coincidência* uma tempestade ser chamada à terra no instante em que acolhia a filha junto ao peito. Eu me pergunto em que momento a dúvida começou a lhe causar arrepios.

Após incontáveis dias, quando o mundo passava fome, quando as pessoas se afogavam e morriam, quando ela não aguentava mais, minha mãe encarou a verdade que a espreitava como uma sombra. Ela me tirou do berço na calada da noite e saiu comigo na tempestade. Conjurou uma chama para iluminar o caminho, mas, assim que a faísca surgiu em sua palma, foi apagada. Ela tentou, vez após vez. Não adiantou.

Minha tempestade engoliu o fogo dela.

Minha mãe chegou ao topo do penhasco mais alto, com o mar se revolvendo lá embaixo e o céu chorando lá em cima. Ela me contou que estendi a mãozinha e a fechei, como se segurasse um punhado da tempestade e o guardasse como um segredo. E, assim como tinha começado, a chuva parou. Aquela que chamara a tempestade havia acalmado a tempestade.

Eu.

A história começa e termina comigo.

Tenho muitos nomes. Ou, melhor dizendo, sou conhecida por muitos nomes. Não penso neles como meus. Pertencem às pessoas que os usam. Aqueles que os bradam com raiva, que os sussurram com medo, que os cantam em prece. Aqueles que só mexem a boca, transmitindo-os uns aos outros, com medo demais para falar em voz alta, ou quem os murmura baixinho ao contar histórias à luz de velas.

A última Cantora da Chuva.

Os aquatori, etheri com o poder de manipular a água, têm lendas sobre os Cantores da Chuva. Eles conseguiam nublar os dias mais límpidos.

Conseguiam pôr fim a secas, extinguir incêndios. Contudo, nunca houve um Cantor que invocou uma tempestade como a minha.

A amaldiçoada pelos deuses.

Esse, então, é superanimador.

Assassina.

Não tive a intenção de inundar o império. Era uma recém-nascida, afinal. Só que as vítimas morreram por minha causa, então acho que vou ter só que aceitar o tapa na cara, mesmo.

Criança trocada.

O nome dado a uma Cantora da Chuva nascida em uma Casa tão pura quanto a da chama. A primeira aquatori em gerações de ignitia.

Aberração.

A palavra escorre como veneno da língua dos que têm coragem de dizê-la. Às vezes ouço os criados a sussurrando nos corredores, quando pensam que não estou por perto.

Nomes têm dentes. A mordida perfura até o osso.

Porém, há outro nome, do qual nunca poderei escapar, que está gravado em minha pele como a marcação a fogo nas costas de minha mão.

Tecelã de Tempestades.

É assim que me chamam.

A garota que teceu a tempestade que abalou o mundo.

Parte I
Os Herdeiros

I

Estou parada, bem esticada, na frente do espelho.
— Coluna reta, Blaze! — brada minha avó, cutucando-me nas costas com a bengala. Ela me rodeia por um minuto inteiro, concentrada. — Não. Não, esse não. Próximo.

A costureira curva a cabeça, deferente, para esconder a carranca. Com os alfinetes ainda presos entre os dentes, ela me ajuda a sair do vestido azul-cerúleo e o entrega a uma das assistentes. Logo trazem outro vestido, esse da cor de espuma do mar. Ergo os braços, obediente, e ela passa a peça por minha cabeça, com cuidado para não bagunçar meu cabelo, que está preso em duas tranças e enfeitado com pequenas pérolas. O vestido é enorme. Infla a meu redor com camadas de renda e babados. Torço o nariz, mas não digo nada. A esta altura, depois de uma dúzia de vestidos vetados, eu usaria um saco se isso agradasse vovó. Ela ergue uma sobrancelha fina e escura, analisa-me da cabeça aos pés, e, com um movimento do dedo, orienta-me a girar. Eu giro.

Meu irmão gêmeo enfia a cabeça pela porta do quarto de vestir, cobrindo os olhos, e questiona:

— Está propriamente vestida?

— Depende de para quem você está perguntando — resmungo.

Flint separa os dedos, abaixa a mão e solta um ronco pelo nariz.

— Você está parecendo um merengue.

Pego a escova da penteadeira e a jogo nele, mas Flint fecha a porta antes de o objeto acertar o alvo. Escuto-o rindo sozinho enquanto se afasta pelo corredor.

— Próximo — diz vovó com um suspiro, acomodando-se em uma espreguiçadeira de seda vermelha.

O vestido dela é de um escarlate intenso. Rubis brilham em seu pescoço, iguais aos que estão incrustados no cabo dourado da bengala, na forma da cabeça de uma cobra — o emblema de nossa Casa. O cabelo, que já foi mais escuro que o meu, está ficando grisalho nas têmporas e está preso em um coque com uma rede carmesim.

Famílias como a minha tendem a usar a cor da própria corte. Nunca vi minha avó em um vestido que não fosse vermelho ou usando joias que não fossem rubis. Ela *é* a cor vermelha para mim.

Está quente demais aqui dentro, o ar empesteado com o aroma de incenso e velas aromatizadas.

— Pode abrir a janela? — peço a uma assistente, que se encolhe como se eu tivesse gritado.

Ela atende ao pedido, mas só depois de olhar para minha avó em busca de confirmação.

Melhora um pouco, mas não muito. Valburn, a província natal da Casa Harglade, fica no coração das Terras do Fogo. Quente, seca e de população densa, espalha-se à direita da Fenda, o grande abismo que divide Ostacre em duas partes, bem no meio.

O próximo vestido é turquesa, leve e iridescente.

— O que acha, senhora? — A costureira não dirige a pergunta a mim, e recebe como resposta um único aceno de cabeça: negativo, curto e irritado.

— *Vovó* — imploro. — Ficou bom, todos ficaram. Qualquer um serve. Para mim não importa, sério.

A costureira parece irritada.

— Bem, para *mim* importa, Blaze, e você também deveria se importar — dispara minha avó. — Você *sequer* valoriza todo o planejamento que fizemos para esta noite? Esqueceu de *quem* exatamente vai comparecer? Você tem que estar perfeita. Tem que *ser* perfeita.

Ela me encara com os olhinhos pequenos e penetrantes, olhos Harglade, castanho-escuros com pontinhos dourados. Reprimo o suspiro e confirmo com a cabeça, derrotada.

Este dia marca o décimo sétimo ano desde a tempestade, o que significa que é meu décimo sétimo Onomástico. Meu e de Flint. Esta noite, vovó vai dar um baile, e logo milhares de convidados vão começar a chegar: ignitia, ventalla, terrathian e aquatori, os etheri de cada uma das quatro Cortes das Coroas. Tenho medo de encará-los. Olhar no rosto de pessoas que pensam que sou repugnante, que talvez tenham perdido entes queridos por minha causa. Alguns terão viajado por dias — semanas, até — só para ter um vislumbre da garota que chamam de Tecelã de Tempestades. Para eles, sou feita de histórias, não de carne e osso. Eles vêm para atribuir um rosto ao mito, para me observar dentro de minha prisão como se eu fosse um passarinho em uma jaula. Porque, de certa forma, sou. Alguém dentro de uma jaula. Passei dezessete anos escondida atrás de portões de aço e muros de pedra. Dizem que é para minha própria proteção, mas na verdade é para proteger outras pessoas de mim.

Só que eles não sabem que eu não poderia tecer outra tempestade nem se tentasse. Desde criança, minhas habilidades são pífias. Qualquer poder que já tive sumiu. Estou vazia.

É patético, na verdade. A última Cantora da Chuva, incapaz de invocar mais que uma garoa fraca.

Não parece haver explicação, é só uma ironia cruel do destino. Minha dádiva tirou a vida dos outros, mas definiu a minha. Perdê-la significou perder parte de minha identidade. Sem ela, sou... Bem, aí que está. Não sei bem o que sou.

Talvez, se eu ainda conseguisse usar os poderes, seria mais fácil suportar o confinamento. Ajudaria a passar o tempo também. Só que não posso. Estou presa aqui, no Castelo Harglade, vazia e inútil. Muitas vezes já me perguntei se é uma punição, um castigo por um crime que não lembro de ter cometido. Um preço pago com minha própria existência.

Vovó diz para eu não me preocupar, que minha chuva pode voltar um dia, mas faz tempo que suspeito de que essa é só uma mentira para me consolar. Melhor que eu me agarre à esperança do que me afogue em meu próprio vazio. Melhor que ninguém descubra que a garota mais odiada do reino está completamente indefesa.

O vestido turquesa é removido, com menos cuidado dessa vez, e, de novo, fico ali à espera, só com as roupas de baixo. Cruzo os braços quando uma assistente se aproxima com um ar ansioso, carregando mais vestidos.

Com a bengala, vovó cutuca um vestido de seda cobalto brilhante, bordado com penas de pavão prateadas.

— Esse aqui — anuncia, triunfante.

O pavão é o emblema da Casa Bartell. Apesar de ser comum em reinos vizinhos que os Herdeiros tomem o sobrenome do pai, em Ostacre os etheri têm o costume de adotar o nome da Casa mais poderosa, o que significa que eu sou uma Harglade, não uma Bartell. Talvez vovó sinta que meu pai deveria ser representado hoje, apesar de sua ausência. Não tenho muita afinidade com pavões, muito menos com meu pai, a quem não vejo desde que minha mãe morreu, quase sete anos atrás. Eu me pergunto o que ela acharia de minha primeira aparição pública. Eu me pergunto o que pensaria de mim. Às vezes ela aparece em sonhos, e acordo com a mão esticada em sua direção.

O luto muda as pessoas, mas mudou meu pai a ponto de deixá-lo irreconhecível. O homem que me carregava nos ombros e me dava presentes peculiares sempre que voltava de um dos postos militares, aquela presença calma, gentil e tranquilizadora que eu conhecia e amava e na qual me apoiava de repente sumiu, substituído por alguém frio e distante, que mal parecia estar presente. De muitos jeitos, foi como se ele tivesse morrido também. Contudo, ao contrário de minha mãe, ele não passou para o outro lado. Não conseguia ser nada por ninguém, muito menos um pai, e não suportava mais olhar para mim, porque eu o lembrava demais *dela*. Então vovó chegou e trouxe meus irmãos e eu para o Castelo Harglade, onde moramos desde então.

A costureira fecha o último botão com um floreio e dá um passo para trás. Nós duas prendemos o ar, esperando a aprovação de vovó. O vestido é elegante, flexível, o espartilho é justo, as saias caem pelos quadris e se espalham no chão.

A garota no espelho me olha de volta, e sinto que mal a conheço.

Minha avó assente devagar, satisfeita.

— Isso. Muito bom. Lindo.

Pérolas são penduradas em minhas orelhas e meu pescoço, combinando com aquelas entrelaçadas no cabelo. Calço sandálias sem salto, de cetim azul, e espero sentada, paciente, enquanto uma ajudante pinta meus lábios de rosa e outra aplica algum pó prateado em minhas bochechas com um pincel. De repente, começo a ficar nervosa, como se um monte de atiçadores em brasa me cutucasse no peito. Respiro fundo algumas vezes, enxugando as mãos no vestido e fazendo uma careta quando recebo uma bronca.

Mais um ano, digo a mim mesma. *Só mais um ano e aí serei livre.*

Quando enfim me deixam sair, sigo pelo corredor de pedra sinuoso em busca de meus irmãos. Encontrando os quartos dos dois vazios, desço a escada dos fundos.

Vapor e vozes altas preenchem a cozinha. Criadas andam de um lado para o outro em um frenesi, pela primeira vez ocupadas demais para reparar em mim. Quase todas as superfícies estão cobertas de comida. Bandejas douradas rangem sob o peso de canapés delicados, queijos, frios com pimenta e sementes de romã, mousses e tortas, nozes caramelizadas e bolos gelados da altura de meu irmão mais novo e com o dobro da largura. Pego uma tortinha de morango antes de escapulir, decidindo procurá-los na biblioteca.

É aqui que passo a maior parte do tempo. Devo ter lido cada livro dessas prateleiras duas vezes. Costumava manter uma espécie de registro, entalhando uma linha no painel solto acima da lareira, mas desisti quando fiquei sem espaço. Vovó ficou irada quando descobriu e escondeu o painel com uma tapeçaria, uma coisa feiosa retratando uma cobra-real Harglade emergindo das chamas. Em algum lugar há um livro sobre tapeçarias, outro sobre os emblemas das Casas Nobres de Ostacre. Não sou exigente. Leio de tudo. Livros de contos, livros de história, livros ilustrados, antologias grossas de poesia e baladas, grandes registros encadernados em couro detalhando tudo, desde o distrito comercial de Valburn até os consertos no teto do Castelo Harglade.

Entretanto, meus livros favoritos são sobre as Terras Distintas, as ilhas selvagens e místicas que ficam do outro lado do Segundo Mar e já foram governadas pelos magi. Estudei as línguas antigas, debruçando-me sobre mapas, com os cantos já amassados e páginas amareladas. Sempre fui fascinada pelo local, desde que era criança.

Livros têm sido meu jeito de explorar o mundo que me impediram de ver. A ideia de conhecer as Terras Distintas um dia é a única coisa que me impede de ficar *só* choramingando pelos cantos.

Como esperado, Flint está me aguardando quando abro a porta da biblioteca.

— *Até que enfim* — acusa ele, como se eu tivesse escolhido com alegria passar a tarde sendo vestida e despida como uma das bonecas de Renly. — *Aí está você.*

— Aqui estou eu.

Assim que alcanço meu irmão, ele rouba o resto da tortinha de minha mão.

Até que, para gêmeos fraternos, Flint e eu somos quase idênticos. Temos os mesmos cachos escuros e desgovernados, uma pele branca mais escura e queixos pontudos. A única diferença entre nós — excluindo a anatomia básica e as marcações a fogo nas costas das mãos — são os olhos. Enquanto os meus são cinza e no momento estão arregalados de indignação, Flint pisca de maneira inocente com o típico castanho-dourado dos Harglade. Está usando um gibão bordô grosso com bordados pesados.

— Você parece um tapete — digo a ele.

De repente, algo se agita e nosso irmão mais jovem aparece, saltando da escada de rodinhas presa a uma das estantes enormes.

— Blaaaaaaaze! — Renly derrapa até parar a nosso lado e faz uma mesura tão baixa que quase tomba para a frente. Então anuncia, todo orgulhoso: — Eu venho praticando.

— Muito impressionante — elogio.

— Impecável — confirma Flint. — Assim eu vou passar vergonha.

Ren abre um sorrisão, igualzinho à nossa mãe. O caçula não se lembra dela, porque ela morreu lhe dando à luz. Às vezes, embora me doa admitir, eu o invejo. Ele não sente saudade das histórias dela nem da cadência musical da voz. Não sente saudade do cheiro de seu perfume, do aroma doce de figo e flor de laranjeira que chegava em qualquer cômodo antes dela e pairava no ar muito depois que saía. Ele não é assombrado pela ausência porque nunca sentiu a presença dela. Não dá para sentir falta do que nunca se conheceu.

Afastando a garoa que ameaça cair em minha cabeça, concentro-me em fechar o primeiro botão do gibão carmesim dele, que está um pouquinho grande. Como a Casa Harglade é uma das famílias meneadoras de fogo mais renomadas do reino, Ren está vestindo o vermelho de ignitia. Alguns etheri nascem com os dons, como Flint e eu, mas é mais comum que os poderes se manifestem na infância. Porém, o que é incomum, e perturbador, é que aos 6 anos Ren continua sem um dom. Vovó diz que ele vai amadurecer mais tarde, que devemos ter paciência. Ainda assim, me preocupo. Fico observando as velas quando ele está por perto, torcendo em desespero por um sinal de que herdou o dom do fogo, não da água. Que ele é como os outros, não uma anomalia como eu. Ou pior, tão vazio quanto eu me tornei.

— Está quase na hora — afirma Flint. — Quer assistir à chegada do pessoal?

Hesito, com a barriga se revirando. Nunca, em 17 anos, tive contato com o mundo exterior. E agora, hoje, o mundo exterior está vindo até mim.

É um pouco como ser jogada aos lobos, só que os lobos em questão têm a impressão equivocada de que sou eu a predadora.

Olho para Ren, que confirma com a cabeça, ansioso.

— Tudo bem. — Balanço os dedos, e ele pega minha mão. — Então vamos lá.

Quando subimos pelo alçapão do sótão e saímos no telhado, as nuvens estão pintadas de rosa e o sol começa sua lenta descida. O Castelo Harglade é uma grande fortaleza de pedra localizada no topo de uma montanha que já foi um vulcão. Daqui de cima, dá para avistar quilômetros à distância. Valburn se estende lá embaixo, uma cidade de ardósia e ferro. As ruas são de paralelepípedo e as construções são altas, construídas para crescer na vertical e não na horizontal. Serpenteando pelo meio de tudo fica o Córrego, a via aquática continental que atravessa cada província como uma veia. Cintila, imóvel como vidro.

Flint ergue o dedo no ar.

— Ali!

Serpenteando pela estrada ocidental vem uma longa procissão. Tento distinguir as cores dos estandartes. Cinza, acho. Cinza dos ventalla. Parece que a Corte do Vento será a primeira a chegar, liderada pelo rei Balen, o Rei do Ar, e irmão mais novo do imperador. Dizem que ele cavalga um garanhão threskano, o cavalo mais rápido do mundo. Dizem que consegue ouvir um sussurro a mais de um quilômetro de distância. Dizem que o vento escuta *para* ele, como um espião sem olhos.

Bem abaixo, as sentinelas estão abrindo os portões. Cravo as unhas na palma das mãos quando os convidados começam a encher o pátio.

A meu lado, Ren está quase vibrando de empolgação.

— Olhem!

Avisto um mar de verde descendo por uma portela de montanha rochosa. A Corte das Folhas quase nunca é vista fora das Terras Selvagens, preferindo ficar no Arvoredo: a floresta de árvores enormes que chamam de lar. Ouvi dizer que a rainha Aspen dos terrathian se recusa a viajar a cavalo, só caminha descalça pela terra que protege.

Flint vira a cabeça.

— Bem na hora.

Estandartes carmesim atravessam a cidade. A Corte das Chamas viaja em carruagens de ouro sólido puxadas por cavalos de crina e rédeas vermelhas. A rainha Yvainne, dos ignitia, gosta de fazer uma entrada triunfal. Ou, melhor dizendo, a *tia* Yvainne. A irmã mais velha de minha mãe elevou muito o prestígio de nossa família quando conseguiu um lugar no Conselho das Coroas do imperador quase vinte e cinco anos atrás.

Se sou uma história, o Conselho das Coroas é uma lenda. Pois, em Ostacre, reis e rainhas não nascem para governar. Aqui, as coroas não são herdadas, são *conquistadas*.

A cada vinte e cinco anos, mais ou menos, ocorre um Ritual de Seleção, uma competição implacável na qual os jovens etheri mais talentosos batalham por cada um dos quatro tronos. Essa transferência recorrente de poder ocorre para preservar uma única coisa: a juventude. Ao contrário dos monarcas frágeis e decrépitos de alguns reinos vizinhos, os governantes de Ostacre sempre têm a mente lúcida e o corpo sadio, porque são substituídos pela próxima geração antes de terem a chance de envelhecer. E, com a maior parte do atual Conselho das Coroas se aproximando da meia-idade, já há boatos sobre quando vai acontecer o próximo eclipse, que indicará a convocação dos deuses para uma nova liderança. Quando chegar a hora, sei que minha família deseja que Flint seja escolhido como Herdeiro do trono de ignitia. A tia Yvainne o vem treinando desde que ele era mais jovem que Renly. É o único lado bom em tudo isso. Minha falta de poder, junto ao fato de meu nascimento quase ter arrasado o império, significa que nunca serei uma Herdeira.

— É melhor irmos — diz Flint, erguendo a mão para proteger os olhos do pôr do sol.

Concordo com a cabeça, mas algo evita que eu me levante.

Eu os sinto antes de vê-los, antes de Renly puxar meu vestido e apontar. É uma frota de barcos com estandartes azuis esvoaçantes seguindo pelo Córrego. Sem vento, nem velas, nem remadores, as embarcações navegam ligeiras em nossa direção pela água cintilante.

A Corte das Ondas.

Na frente vem o maior barco de todos, uma fera gigante entalhada em madeira clara, curvada em uma ponta como um chifre. Mesmo daqui, consigo ver o emblema entalhado na proa: um peixe-espada prateado. Perco o fôlego.

É a rainha Hydra dos aquatori.

Eu não tinha certeza de que ela viria. Deve ter levado semanas para viajar da Lagoa até Valburn, com a corte localizada no ponto mais ao sul do reino. Mas aqui está ela. Aqui estão eles. Todos eles, só para me ver.

A ansiedade me causa um bolo na garganta. Sempre serei a estranha entre a família de meneadores de fogo, sendo uma Cantora da Chuva, mas também não pertenço de todo aos aquatori.

Os Cantores da Chuva eram um grupo de aquatori que tinha não só o poder de manipular a água, mas também de convocar a chuva. Embora tenham vivido lado a lado com os irmãos e irmãs aquatori por muitos anos, suas habilidades podiam ser imprevisíveis e muitas vezes perigosas, o que por fim levou a uma divisão, com muitos Cantores da Chuva formando uma colônia própria nas profundezas das Terras da Água. Diz-se que eles viraram bárbaros, isolados da civilização, e que perderam a sanidade por causa da canção da chuva.

O último Cantor da Chuva de que se sabe foi visto há mais de meio século. Acreditava-se que tinham morrido, uma espécie considerada extinta.

Isso é, até eu nascer.

A última Cantora da Chuva: uma aberração, um mistério, um final desagradável para uma piada sem graça.

Flint bate as mãos, impaciente, e me assusta.

— Temos que ir.

— É — concordo, recompondo-me. — A vovó deve estar nos procurando.

E está mesmo, batendo a bengala com impaciência no topo da grande escadaria e rosnando para os criados.

— *Até que enfim!* — exclama ela. — O *que* vocês estavam fazendo?

— Ah, eu estava só me embelezando, vovó — responde Flint.

Ela lhe lança um olhar gélido que logo se derrete em um sorriso afetuoso. Renly tenta passar correndo por ela, mas vovó segura seus ombros.

— *Comporte-se* — avisa.

Os convidados já estão enchendo o saguão lá embaixo. Uma cacofonia de vozes reverbera pelas paredes de pedra, e sinto o estômago todo tenso.

— Endireite a postura, Blaze — diz vovó, sibilando, então gesticula para que Flint caminhe do seu outro lado, enquanto eu vou à sua esquerda.

Mordo o interior da bochecha, escondendo as mãos trêmulas nas dobras do vestido. O barulho no saguão é atordoante agora, e muitos etheri começaram a erguer os olhos para a escadaria.

Vovó aperta a bengala, inspirando rispidamente pelo nariz.

— Prontos?

Acho que é para ser uma pergunta, mas ela fala como uma ordem.

Não, penso. *Não, não estou pronta, vovó. Não agora, talvez nunca.*

Contudo, só engulo em seco, forçando os pés a se moverem enquanto começamos a descida. A escada entra e sai de foco graças à minha visão turva. Rostos me parecem indistintos. O mundo oscila.

Vovó me firma com a mão em meu braço.

— Lembre-se do que lhe ensinei — sussurra ela. — Grata e graciosa, minha querida. Grata e graciosa.

Sorrio e sorrio e sorrio, como se eu fosse mesmo um deles.

2

Quando eu era pequena, um homem tentou me envenenar.

Ele era um dos guardas da vovó, um dos poucos em quem ela confiava de olhos fechados para vigiar a casa e proteger a família. Depois da tempestade, muitos daqueles jurados à Casa Harglade e à Casa Bartell deixaram os postos e renunciaram ao juramento de lealdade. Ele, não. Ele ficou, obedeceu, interpretou o papel bem como ninguém... tudo para chegar perto o suficiente para me matar.

A primeira tentativa foi mal planejada. O veneno era barato e tinha um cheiro forte, então a comida contaminada, tida como estragada, foi dada aos porcos, que morreram se contorcendo na própria imundice.

O homem foi mais esperto na segunda tentativa. Daquela vez, o veneno usado era límpido, incolor e indetectável. Tão forte, tão corrosivo, que apenas algumas gotas queimariam a garganta da vítima.

Flint e eu bebíamos leite quente com mel com frequência antes de dormir. O homem viu no hábito a oportunidade. Para garantir minha morte, ele envenenou as duas xícaras.

Só que houve um problema: a criada que recebeu a ordem de levar a bandeja aos nossos quartos não passou do segundo lance de escadas. Um golinho, só isso, e ela foi encontrada em uma poça de leite e vômito, com sangue escorrendo do buraco escancarado no esôfago.

Cômodos foram revistados, uma pira foi construída, e o homem morreu gritando.

Descobri anos depois que toda a família dele tinha se afogado na tempestade. Ele via o que fazia como vingança, não assassinato. Achava que minha morte era pagamento pela morte de seus entes queridos. Olhava para mim e não via uma criança, e sim os corpos dos próprios filhos. A pele deles, azul e inchada. A casa, inundada. O mundo, vazio.

Nunca consegui odiá-lo pelo que tentou fazer. Até houve momentos em que desejei que tivesse conseguido... este sendo um deles.

Posso ouvir as batidas do meu coração nos ouvidos. Olhares me pressionam de todos os lados, sufocando-me enquanto fito o mar de rostos erguidos.

Medo; é isso que me cumprimenta primeiro. Depois ódio. Há curiosidade também, mas sem qualquer admiração. E em alguns rostos há uma mistura dos três. Sob a fachada das palavras gentis, arreganham os dentes para mim e chamam de sorriso. Para essas pessoas, não sou uma garota, sou um monstro.

Como seria fácil para um deles tentar me matar também. O alfinete de um broche, uma lâmina tirada de debaixo de uma manga arrufada, e pronto. Não tenho como me defender.

Fico perto da vovó quando alcançamos o pé da escadaria, quase me encostando nela quando somos anunciados.

— Lady Harglade de Valburn, acompanhada pelos netos, Flint, Renly e Blaze.

Quando avançamos pelo saguão de entrada lotado, muitos etheri curvam a cabeça. Alguns estendem a mão e apertam a de vovó, murmurando cumprimentos. A líder formidável de uma das famílias mais poderosas do reino, ela era respeitada muito antes da tia Yvainne ser coroada como Rainha do Fogo. Eu já ouvi as histórias: "Leda Lançadora de Chamas", era como a chamavam. A mulher mais linda nos quatro reinos e muito habilidosa no combate. Os Harglade produziram mais Herdeiros do que qualquer outra casa nobre, e vovó não era exceção. Embora não tivesse ganhado o trono, serviu como a principal conselheira do antigo rei ignitia antes que a última Seleção acabasse com o reinado dele, deixando as três filhas dela — e meu pai — para lutar pela coroa de chamas douradas.

Como um Harglade e o filho de dois Herdeiros, Flint precisa estar à altura deles quando a próxima Seleção acontecer, e não posso dizer que o invejo.

O salão de baile é todo feito de pedra, da pista de dança cintilante à longa mesa de banquete, que está repleta de bandejas douradas de comida e torres feitas de taças de espumante cheias. Um burburinho de conversas começa a romper o silêncio pesado, as vozes se sobrepondo enquanto preenchem o salão cavernoso.

Ren se balança animado nas pontas dos pés. Pego a mão dele, dizendo a mim mesma que é para que ele não fuja, não eu.

Lá fora, o crepúsculo tomou conta, mergulhando o salão na penumbra. Vovó ergue a mão direita, marcada com o emblema de fogo dos ignitia, e em um gesto amplo acende todas as velas no salão, mil pequenas chamas surgindo para banir a escuridão que se aproximava. Há um arquejo coletivo e alguns aplausos.

Esfrego o dedão na cicatriz cerosa em que minha primeira marca ficava. Fui marcada ao nascer, junto a Flint, uma vez que acreditavam que eu era ignitia. A marcação foi apagada depois da tempestade, substituída pela gota d'água dos aquatori na outra mão. Todos os etheri são marcados na mão direita, mas a minha está na esquerda, servindo como um lembrete constante e inescapável tanto de quem eu devia ter sido quanto da anomalia que sou.

Flint foca o olhar no meu e ergue a sobrancelha, uma pergunta implícita.

Não digo a ele que estou me concentrando em não botar os bofes para fora, ou que os olhares parecem estar me queimando. Então alguém chama o nome dele e, com um aperto no meu braço e uma mesura um tanto exagerada para vovó, Flint desaparece na multidão. É aí que percebo que Renly também desapareceu. Não estou feliz com isso, mas sou covarde demais para atravessar a multidão e encontrá-lo. Em vez disso, pairo sem jeito ao lado da vovó, parecendo uma criança.

Incontáveis convidados se aproximam para falar com ela, embora mantenham os olhos fixos em mim. Alguns se apresentam e me desejam um feliz Onomástico. Alguns até beijam minhas bochechas, admiram meu vestido, declaram como sou parecida com minha mãe. Outros me lançam olhares sombrios, sem se darem ao trabalho de esconder a hostilidade, enquanto muitos parecem agitados, com o medo sendo revelado pelo leve tremor da voz ou pelas mãos suadas. Uma mulher de idade avançada, que parece ser uma velha amiga da vovó, encolhe-se toda vez que pisco. Tento parar de piscar para aliviar seus temores, mas isso só parece aumentar a aflição dela. Quando ela por fim se afasta, com a mão enrugada pressionada contra o peito, tento me lembrar de tudo que vovó me ensinou sobre etiqueta de corte, mas não consigo pensar em nada.

Encarando o chão, começo a mordiscar a pele irregular ao redor das cutículas.

— Pare de roer as unhas! — brada vovó pelo canto da boca.

Depois de uma hora mais ou menos, quando já sorri tanto que minha mandíbula parece travada, vovó me dá uma cutucada para que eu circule pela multidão. Eu a ignoro, firmando os pés no piso de pedra. No fim, é uma boa decisão, porque a rajada de vento súbita que enche o salão quase me faz cair para trás.

A Corte do Vento atravessa as portas, vestidos da cabeça aos pés em túnicas esvoaçantes cor de aço. Vejo o rei Balen na frente. Alto e impressionante, com pele clara e cabelo escuro, ele usa uma capa ondulante que parece ter sido feita da névoa matinal. Na cabeça usa a coroa ventalla, uma guirlanda de penas douradas brilhantes.

As conversas vão diminuindo até pararem de vez.

— O rei Balen das Terras do Vento — anuncia uma voz.

Os olhos pretos do rei percorrem a multidão, encontrando vovó e se fixando em mim. Não há medo em seu rosto, nem ódio. Não consigo entender sua expressão porque nunca vi algo assim. Quero virar a cabeça, mas não faço isso. Eu me obrigo a manter o olhar no dele, e, quando ele fala, sei que as palavras na voz suave e sedosa são dirigidas apenas a mim:

— Olá, pombinha.

O rei Balen não fala alto. Na verdade, eu mal teria escutado a essa distância se não fossem pelas correntes de ar assobiantes que carregam as palavras até o outro lado do salão. É como se ele estivesse parado bem a meu lado. Como se estivesse sussurrando em meu ouvido.

Outra rajada de vento enche o salão quando o rei Balen faz um gesto casual e despreocupado.

— Divirtam-se — diz ele à corte.

Os cortesãos ventalla se dispersam entre a multidão e, antes que eu possa sequer piscar, o rei cruza o salão com alguns passos deslizantes. Vovó se apoia bem na bengala enquanto ambas fazemos uma mesura profunda em uníssono. O rei Balen pode não ser o governante ignitia ou aquatori, mas todo membro do Conselho das Coroas pertence à realeza ostacreana e deve receber o mesmo respeito nos quatro reinos. O reino dele, as Terras do Vento, ocupa a porção norte do império. Ouvi histórias sobre sua corte, o Palácio de Mármore, que fica no topo do penhasco mais alto, acima das nuvens.

— Vossa Majestade, permita-me apresentar minha neta, Blaze.

O rei Balen inclina a cabeça, observando-me com atenção.

— A última Cantora da Chuva. Que privilégio é conhecê-la.

Minha boca está toda seca.

— Vossa Majestade — murmuro.

— Ela parece muito com Analiese, não acha, lady Harglade? — comenta o rei Balen.

Vovó assente, e a voz revela dor e orgulho em iguais medidas quando diz:

— De fato, Majestade. De fato, parece muito.

Ele tem razão. Pareço com minha mãe, e é por isso que meu pai não consegue olhar para mim.

O rei sorri, unindo as pontas dos dedos claros como se fosse rezar.

— Que bela criaturinha. Diga-me, como alguém tão puro entoa uma canção de tamanha destruição?

Percebo que ele nota minha cicatriz quando pega minha mão. Quando a beija, seus lábios estão frios.

Meu corpo fica pesado. Ele está me provocando? O que quer que eu diga? Que me arrependo da tempestade? Que me sinto culpada? Bem, é como me sinto. Todos os dias.

A única coisa que não vou admitir, nem ao rei Balen, nem a ninguém, é que minha culpa possui mais de uma face. Porque, embora eu possa lamentar a perda de vidas, lamento a perda de meu dom também. Não consigo evitar, por mais egoísta e desalmado que seja.

É impossível não questionar: *de que adiantou tudo aquilo?*

E é impossível não pensar: *que desperdício.*

Vovó apoia a mão protetora em meu braço.

— Vossa Majestade — começa ela.

Só que o rei Balen apenas ri baixo.

— Perdoe-me. Esta noite devemos honrar o passado e celebrar o futuro. É você que homenageamos hoje, pombinha.

O Rei do Ar faz uma mesura baixa e então se afasta, seguido por uma brisa fria.

Aqueles ao redor que ouviam cada palavra com atenção logo puxam conversa com as pessoas próximas. De repente, consigo respirar de novo. Vovó me dá tapinhas gentis nas costas, mas foca o olhar nas portas e abre um sorriso lento.

Sobre a algazarra de centenas de vozes, escuto a batida alta de cascos no pátio, cascos que pertencem a cavalos brancos como a neve, com crinas e rédeas escarlates.

A Corte das Chamas entra no salão. Minha tia, a rainha Yvainne, vem até nós em um vestido da cor de sangue velho. Em sua cabeça repousa a coroa de ignitia, um diadema de chamas douradas que reflete a luz tremeluzente de cada vela no salão. Atrás dela vem a outra irmã de minha mãe, Hester, e a filha dela, minha prima Ember, ambas usando vestidos justos cor de ferrugem.

Todos os convidados no salão curvam a cabeça quando minha tia é anunciada. Vovó abre os braços, e eu me curvo em outra mesura ensaiada.

— Mãe! — exclama Yvainne, com um sorrisão.

— Mãe — ecoa Hester, rígida.

Das três irmãs Harglade, Hester é a mais parecida com meu falecido avô. Ela é baixa e magra, com feições afiadas. Yvainne é mais alta, com uma beleza mais suave e os olhos Harglade mais brilhantes. Minhas tias nunca foram cruéis comigo, mas sempre tive a distinta impressão de que me veem como um bichinho de estimação inconveniente da vovó, o qual em segredo prefeririam ver amordaçado. Ainda que nunca digam isso em voz alta.

Sorrio para Ember. Ela curva o lábio, mas não em um sorriso. Ela é uma garota esguia de 15 anos, com cabelo preto como tinta e pálpebras pesadas. A pele cintila com pó de ouro, e das orelhas pendem longos brincos de cobra dourados, incrustados com pequenas granadas.

No passado, já pensei que podíamos ser amigas. Exceto por algumas criadas, que fazem tudo para me evitar, Ember é a única outra garota com quem já tive contato. Mas logo aprendi que minha prima não tem interesse em ser minha amiga. Mimada e rancorosa, ela sempre deixou clara sua opinião sobre mim e meu lugar na família, desde que puxava minhas tranças quando vovó virava as costas quando éramos mais novas até agora, quando sussurra um comentário desdenhoso sobre meu vestido enquanto se inclina para me abraçar.

Ela sabe que nunca vou contar. Nunca lhe darei esse gostinho.

— Prima. — Sua voz infantil pinga com um ódio mascarado pela doçura.

Tia Yvainne está olhando ao redor do salão.

— Cadê seu irmão?

Ela quer dizer Flint, seu prodígio mais querido.

— Ah, está por aí — digo de maneira estúpida, trocando o peso dos pés. — Com amigos, acho.

Vovó enfia um cacho solto atrás de minha orelha.

— Por que não vai encontrá-lo para sua tia, Blaze? Tenho certeza de que Sua Majestade quer parabenizar o sobrinho, tanto quanto a sobrinha, pela chegada de seu décimo sétimo Onomástico.

Sutil, vovó.

— É claro — diz Yvainne, com um sorriso tenso.

Desculpas se formam e morrem em meus lábios quando sou empurrada com gentileza para o mar de convidados.

Sozinha, estou exposta. As conversas vão morrendo, a multidão se abrindo enquanto caminho entre eles. Olhos me seguem quando atravesso o salão de baile.

"Assassina."

"Criança trocada."

"Aberração."

Quer sejam sussurradas atrás de mãos enluvadas ou estampadas em rostos empoados, as palavras estão aí... e se entranham em minha pele.

Depois de passar a vida cercada pela cor vermelha, é estranho ver pessoas vestidas de azul. Os aquatori me observam com desconfiança, senão hostilidade evidente, como se eu fosse um animal selvagem vestindo seda e fingindo ser domesticado. Também há interesse em seus rostos. E talvez até certa inveja, do tipo que passa de geração em geração. Cantores da Chuva são os aquatori mais poderosos, afinal, não só capazes de congelar, ferver e esculpir ondas, mas também de invocar a chuva. Até onde sabem, eu poderia tecer outra tempestade amanhã com o pé nas costas. Poderia afogar o mundo, se quisesse.

Se soubessem como sou vazia, aposto que os olhares ressentidos lançados em minha direção logo cessariam.

Quando passo por um grupo de cortesãos ventalla, um deles bloqueia meu caminho com um cálice cheio de líquido claro na mão.

— Aceita um pouco de vinho?

Olho atrás dele, para os amigos. A maioria está dando sorrisinhos, enquanto um disfarça uma bufada atrás das mãos. Algo me diz que não é só vinho que tem no cálice. O que será que puseram nisso? Alguma substância horrível que vai me levar a fazer um papelão ou cair em um estupor? E se estiverem tentando me envenenar, como aquele guarda quando eu era pequena? O terror se revira em meu estômago. Contudo, com certeza não ousariam com o rei Balen aqui. E não foi uma abordagem de fato discreta. Talvez só tenham cuspido nele. Ou feito algo pior.

Morrendo de vergonha, eu me viro, ouvindo os cortesãos irromperem em risadas atrás de mim. Vejo Flint parado entre uma multidão de discípulos adoradores na extremidade do salão e começo a ir em sua direção, mas então um pé um tanto pontudo aparece do nada, fazendo-me tropeçar e cair. Fico deitada no chão de pedra, atordoada e sem fôlego.

De uma só vez, o som de risadinhas debochadas cessa, sendo substituído por arquejos e murmúrios. Ergo a cabeça bem quando estendem a mão para mim, a pele escura suave marcada pela gota d'água aquatori. Seguro a mão sem pensar e a deixo me erguer. A mulher diante de mim está usando um vestido azul simples, seus olhos gentis da cor de águas profundas. Em cima do cabelo branco platinado está uma coroa de ondas douradas.

Levo um momento para entender que estou olhando para o rosto da rainha Hydra dos aquatori.

Faço uma mesura baixa e trêmula. Quando me endireito, percebo que ainda estou segurando a mão dela.

— Blaze Harglade — cumprimenta ela em uma voz tão leve e calorosa quanto uma chuva de verão. — Há muito tempo me pergunto quando teríamos a chance de nos conhecer.

Abro a boca para falar e então a fecho de novo, muito afetada.

A preocupação cruza o rosto adorável dela.

— Precisa se sentar?

— Preciso. Não. Não, obrigada, Majestade — respondo, atrapalhada. — Desculpe, eu não...

— Se acalme, criança. Você não precisa se desculpar por nada. Está tudo bem.

Eu me vejo retribuindo o sorriso.

— Às vezes — continua a rainha Hydra com suavidade, inclinando-se mais para perto de mim — precisamos tropeçar para achar o equilíbrio.

Ela toca minha bochecha uma vez, de leve, antes de voltar para junto dos seus.

A Corte das Ondas ainda está entrando pelas portas, vestindo inumeráveis tons de azul, os tecidos soltos e esvoaçantes. Para meu espanto, reparo que alguns mal estão vestidos, os corpos adornados com conchas, dentes de tubarão e flores marítimas. Uma garota até usa um vestido feito do que parecem ser pequenas escamas de peixe prateadas.

Uma sensação dolorosa e estranha se enraíza em meu peito enquanto os observo.

— O que foi isso? — pergunta Flint, aparecendo a meu lado. — O que a rainha Hydra queria?

Aliso a saia e pigarreio.

— Nada. Ela só estava sendo gentil.

— E você está bem? Imagino que esteja sendo difícil lidar com tudo isso. Vovó jogou você lá no meio sem aviso.

— Estou bem — digo, torcendo para soar firme.

Meu irmão não parece convencido.

— Tem certeza?

— Tenho — confirmo, animada. — Total e absoluta.

Flint aceita minha resposta, satisfeito, e me oferece o braço.
— Para onde vamos?
Eu o deixo sorrir por nós dois enquanto caminhamos pela multidão.
— Você viu Ren? — pergunto.
— Não, mas imagino que esteja embaixo da mesa se empanturrando de bolo.
— É melhor eu ir procurá-lo.
— Não, deixe-o em paz. Vai ser bom ter um pouco de liberdade. Deixe que se divirta um pouco. E você deveria fazer o mesmo.
Reviro os olhos.
— Ah, muito provável.
— Quer saber, querida irmã — começa Flint, ignorando os chamados da tia Yvainne —, se você ao menos *tentar* fingir que não planeja sair correndo a qualquer momento, vou considerar te dar seu presente de Onomástico.
Mordo a língua. É fácil para ele dizer isso. Meu irmão é adorado por todos que o conhecem. Ele se porta de um jeito que só alguém muito seguro do próprio lugar no mundo consegue fazer, e mantém uma atitude alegre, escolhendo sempre ver o lado bom das coisas. Como poderia sequer começar a entender como é ter causado tamanha devastação e ser tão abominado por todos?
Flint abana a mão na frente de meu rosto.
— *Oi?* Blaze?
Pisco, voltando a mim.
— Desculpa.
— Como eu dizia, se continuar com essa cara infeliz, além de ficar caindo no chão na frente de rainhas e tal, vou dar seu presente para um dos criados. Ou jogar no Córrego. Ou guardar para o ano que vem. Ainda não decidi.
De alguma forma, conjuro um sorriso.
— Combinado.
Flint assente e se afasta de mim, indo na direção do círculo de Harglades.
— Isso inclui dançar — acrescenta ele por cima do ombro. — Pelo menos uma dança. Inegociável.
Meu sorriso vira uma carranca. Eu me demoro por um momento enquanto nossas tias o beijam, depois volto para a mesa de banquete à procura de Renly.
Talvez eu só esteja cansada, digo a mim mesma enquanto a rainha Aspen dos terrathian e a Corte das Folhas entram no salão, usando inúmeros tons de verde, com os vestidos decorados de folhagem e o cabelo

entremeado com flores silvestres. Talvez só precise comer alguma coisa. Talvez me empanturrar de bolo não seja uma ideia tão ruim.

Estou no meio de uma fatia de bolo de mirtilo quando um som trovejante preenche o salão, reverberando pelas paredes de pedra.

Fico imóvel. Se estão tocando as cornetas, só pode significar uma coisa.

Por um momento, há um silêncio absoluto.

Então, surge o brilho de ouro.

3

Eles entram no salão juntos, mas separados, cada um se movendo dentro da própria esfera, comandando o próprio espaço. Os vestidos são rígidos por causa dos flocos de ouro, e os gibões adornados com tecido dourado trançado. Luvas douradas escondem as marcações, e ao redor do pescoço usam correntes cintilantes, tão grossas e pesadas quanto uma armadura.

A Corte dos Olhos.

Dizem que têm olhos tatuados na nuca com ouro líquido, para poder observar alguém mesmo quando estão de costas para a pessoa.

Pelo meio deles, usando uma capa dourada esvoaçante, vem o imperador em pessoa, Sua Majestade Imperial, Alvar Castellion. Ele que possui os quatro dons elementais, somado ao dom que apenas os filhos primogênitos Castellion conseguem manipular: a luz.

Eu o reconheço de imediato. Não só pelo retrato, mas pela semelhança notável com o irmão mais novo — o rei Balen e o imperador têm a mesma palidez sobrenatural e os mesmos olhos pretos encovados.

Foco a Coroa Imperial. É um amálgama das coroas do Conselho das Coroas, uma mescla intrincada de chamas, penas, folhas e ondas. Na frente há um olho dourado entalhado no centro de um sol brilhante. Enquanto o Conselho tem que conquistar as coroas, a Coroa Imperial é herdada apenas pelo primogênito da Casa Castellion. Os Castellion governam Ostacre desde o Dia da Aurora, e a linhagem remonta ao próprio Criador. Depois do Ritual de Seleção, em troca dos tronos, os novos reis e rainhas vinculam o poder ao do novo imperador. Desse dia em diante, ele extrai poder dos dons, possuindo todos eles.

Atrás do imperador vem uma mulher usando um vestido de seda dourado, a boca esticada em um sorriso glacial. Deve ser a esposa dele, a imperatriz Goneril. E ao lado dela vem um belo rapaz de cabelo escuro que só pode ser o filho deles, o portador da luz Haldyn Castellion, o Príncipe Herdeiro de Ostacre.

Em uníssono, os etheri se ajoelham. Só os quatro membros do Conselho permanecem em pé, embora todos curvem a cabeça.

— Ergam-se — comanda o imperador, estendendo os braços como se fosse abraçar a multidão à frente. — Meus lordes, damas e cavalheiros. Meus súditos. Meus amigos.

Vovó dá um passo à frente, a bengala batendo no chão de pedra.

— Vossa Majestade Imperial — cumprimenta ela, fazendo uma reverência baixa. — Sua presença nos honra.

— Madame Harglade, é um prazer, como sempre. — O imperador olha além dela, analisando o salão. — Ela está aqui, imagino?

Vovó confirma com a cabeça.

— Está, Majestade. Ela e o irmão.

Sinto que engoli uma pedra. Não, um rochedo.

— Muito bem. — O chão treme quando o imperador bate as mãos. — Traga-os aqui. Desejo ver a Tecelã de Tempestades.

Dou um passinho para trás, o pânico se revirando na barriga. Já consigo ver Flint abrindo caminho entre a multidão com o sorriso tranquilo de sempre. Os etheri estão começando a olhar ao redor do salão. A meu lado, um grupo de cortesãos ignitia estão cochichando uns com os outros, lançando olhares significativos em minha direção. Minhas bochechas esquentam. Antes que saiba o que estou fazendo, enfio-me sob a mesa de banquete.

Escuto Flint aceitar as bênçãos do imperador com graciosidade e se desculpar pela ausência temporária da irmã. Após alguns minutos terríveis, a música recomeça e o salão de baile outra vez é preenchido pelos sons de instrumentos de corda e vozes.

Embaixo da mesa, termino o resto do bolo e morro de raiva de mim mesma. Fico esperando que a bengala incrustada de rubis de vovó apareça embaixo da toalha e me cutuque nas costelas. Eu mereceria.

É difícil rastejar de vestido. Seguro a linda seda bordada e a jogo atrás de mim, expondo os joelhos ao chão de pedra duro. Se eu chegar à extremidade do salão, posso escapulir por uma das portas ocultas usadas pelos criados e fugir pela escada dos fundos. Mas então, pelo canto do olho, avisto um par de sapatinhos levemente arranhados com lacinhos amarrados duas vezes com cuidado.

Renly.

Seguro seu tornozelo e o ouço dar um gritinho de surpresa. Um momento depois, ele ergue a toalha, ri com prazer e se agacha a meu lado.

— Blaze! O que tá fazendo? É uma brincadeira?

— Onde você estava? — pergunto, emburrada, limpando chocolate da boca dele com a manga do vestido.

Ele faz um gesto amplo.

— *Por aí.*

— Não precisa ser tão específico.

Ren abre um sorrisão.

— O que está acontecendo lá fora? — pergunto.

— Eles tão dançando — responde meu irmão, puxando o colarinho do gibão. — Dançando sem parar. Quer dançar?

— *Não.* — Sai mais brusco do que era a intenção, e tento de novo: — Não, obrigada.

— Eu posso dançar com você — afirma Renly, muito sincero.

Sorrio.

— É muito gentil da sua parte, mas não vou ficar muito tempo. — A expressão dele murcha, e emendo: — Não se preocupe. É só que já estou cansada. Não aguento mais sorrir.

Ele aponta para minha boca.

— Acabou de sorrir pra mim.

— É porque você é você — argumento, com um peteleco em seu nariz. — E você pode ficar por um tempo, se não fizer bagunça.

Ele pensa a respeito.

— Blaze?

— Hum?

Eu me sento, já com os joelhos doendo.

— Por favor, dança comigo. Só uma dança. *Por favor.*

Balanço a cabeça com firmeza.

Ele faz um bico.

— Por que não?

— Renly — censuro, com um tom severo. — Lembra do que a vovó disse?

Ele empina bem o queixo, olha para mim com um ar desdenhoso e diz, em uma imitação incrivelmente precisa da voz dela:

— *Comporte-se.*

Então, com um sorriso travesso, sai correndo de debaixo da mesa antes que eu possa segurá-lo.

Maravilha.

Por um momento, fico tentada a acatar o conselho de Flint e deixar Renly fazer o que quiser, mas não sou Flint e, se Renly fizer alguma travessura, é melhor eu encontrá-lo antes da vovó. Portanto, rangendo os dentes, abandono a chance de liberdade e o sigo.

A música se ergue ao redor do salão enquanto os casais giram pela pista de dança. Corro atrás de Ren enquanto ele dispara entre os pares, ziguezagueando por entre as cores em movimento. Estou quase segurando seu ombro quando alguém esbarra em mim, fazendo-me tropeçar. Quando olho para onde Ren estava parado meros segundos antes, ele já desapareceu.

— O que você que está *fazendo*?

Eu me viro e encontro uma garota me olhando feio. Lembro dela; é a nobre aquatori usando o vestido de escamas de peixe prateadas. Seus olhos e pele são de um tom escuro de marrom-bronze e ela tem pequenas presilhas na forma de peixes no cabelo.

Seu parceiro de dança dá um passo à frente. Parece preocupado, embora um sorriso repuxe os cantos da boca.

— Você está bem?

Amaldiçoo a estrela sob a qual nasci e faço uma mesura baixa ao filho do imperador.

— Vossa Alteza Imperial. Perdoe-me.

Uma centelha de curiosidade reluz nos olhos escuros do príncipe Haldyn. Ele é ainda mais bonito de perto. Com as maçãs do rosto proeminentes, a mandíbula bem definida e a pele de porcelana, parece ter sido entalhado em mármore. Eu me sinto corar, o que só o faz sorrir mais. Ele está usando um gibão dourado elegante e uma coroa simples, que estende a mão para endireitar.

— Não aconteceu nada — responde ele de forma amigável. — Certo, Marina?

Marina parece que vai me esganar, mas, quando se vira para o príncipe, seu rosto é só doçura.

— Ah, claro. Não aconteceu nada.

Discordo em silêncio, esfregando o lado do corpo que está latejando. Casais ainda dançam ao redor, fazendo minha cabeça girar, e procuro em desespero pela melhor rota pista de dança afora.

— Espere.

Eu me viro de volta para o príncipe, com um aperto no peito.

— Qual é o seu nome?

— Meu nome? — repito com inocência, como se nunca tivesse ouvido algo parecido.

— Seu nome — confirma ele.

Qual deles?, penso.

Respiro fundo.

— Meu nome é Blaze, Vossa Alteza Imperial.

O príncipe pisca, surpreso. Aguardo o ódio, o medo, mas não há nada. Ele só estende a mão, marcada com o sol e o olho imperiais.

— Quer dançar comigo, Blaze?

Hesito, incrédula.

— Você não se importa, não é, Marina? — pergunta o príncipe Haldyn, olhando para ela.

Marina parece se importar bastante.

— Não, imagina — declara ela com um sorriso afetado, fulminando-me com o olhar antes de se afastar.

A dança termina e a música aguda de cordas recomeça. Meio atordoada, deixo o príncipe começar a me guiar pela pista de dança, com a mão fria e macia na minha.

Vovó ensinou Flint e eu a dançar. Era uma ditadora na hora de ensinar, fazendo-nos deslizar e girar neste exato salão de baile, vez após vez, até repetirmos os passos com perfeição. Tenho que lembrar de agradecê-la depois.

— O que estava fazendo? — questiona o príncipe enquanto olha para mim de cima, achando graça. O rosto a poucos centímetros do meu.

— Quando? — pergunto.

Minha voz sai um pouco ofegante, mas digo a mim mesma que é só por causa da dança.

— Agora, quando esbarrou na gente.

— Eu estava tentando pegar meu irmão. Ele gosta de fugir às vezes.

O príncipe franze o cenho, confuso.

— Flint?

Quase rio.

— Não, nosso irmão mais novo, Renly. Ele só tem 6 anos.

— Entendo. — O príncipe me gira, depois me segura de novo no ritmo da música, me puxando para perto de si. É um dançarino habilidoso, gracioso e experiente, com pés leves. — E onde estava mais cedo, quando meu pai a chamou para se apresentar?

Faço uma careta.

O príncipe sorri, desconfiado.

— Que foi?

Balanço a cabeça. Ele continua:

— Bem, agora sem dúvida estou intrigado. Eu poderia ordenar que me contasse, sabe, e aí você não poderia recusar.

Suspiro, admitindo a derrota.

— Quer saber a verdade?

— De preferência.

— Eu estava me escondendo — revelo, segurando a saia do vestido quando giramos outra vez.

Ele curva os lábios.

— Onde?

— Embaixo da mesa.

Ele ri.

— Você... não é o que eu esperava.

Ergo a sobrancelha.

— Em que sentido?

Fico surpresa com minha ousadia, com a facilidade que tenho para conversar com ele. Posso não ser o que o príncipe esperava, mas ele também não é o que eu esperava. Não é arrogante, do jeito que eu imaginaria que um príncipe seria. Também não olha para mim como se eu fosse perigosa ou depravada; em vez disso me toca como se eu fosse algo raro e precioso. Seus olhos são curiosos, mas as mãos são firmes, e me pego me inclinando em direção a ele.

Ele considera minha pergunta.

— É só que chamam você de Tecelã de Tempestades.

— Entre outras coisas.

— As pessoas estão sempre falando alguma coisa — argumenta ele, despreocupado. — É o que elas fazem.

De repente, fico ciente dos muitos rostos virados em nossa direção.

— Acho... — continua o príncipe. — Acho que eu imaginava que você seria alguém que... *queria* isso. Que gostasse disso. De ser quem você é, quer dizer. Saber do que você é capaz. Saber que todo mundo sabe também.

Eu o encaro, sem reação.

— Você achou que eu *gosto*? Do fato de que eu... que eu...

Quase afoguei um império inteiro? Um império que logo será seu?

O príncipe Haldyn analisa meu rosto como se tentasse ler meus pensamentos. Quando fica nítido que não vou terminar a frase, ele fala de novo, abaixando um pouco a voz:

— Peço desculpas por ser tão direto. É só que, por experiência própria, descobri que as pessoas com esse tipo de poder costumam... sentir prazer com isso. Gostam que os outros saibam o que podem fazer. *Querem* que saibam.

Engulo em seco. Acho que sei a quem ele pode estar se referindo.

— *Blaze?* — chama Flint, que está dançando com uma bonita garota ventalla.

Ele está com os olhos arregalados de espanto, revezando a atenção entre o príncipe Haldyn e eu.

Quando o príncipe me gira de novo, vejo vovó se apoiando na bengala. Ela está sorrindo para nós. A seu lado está Ember, que *não* está sorrindo.

Olho de volta para o príncipe Haldyn. Ele me estuda, a mão na base de minha coluna. Tem cheiro de verão, como sol e limões.

— Sinto muito pela decepção.

— Longe disso, Blaze. Talvez eu tente me esconder embaixo da mesa da próxima vez que meu pai me convocar.

Seguro a risada.

— Por favor, não conte isso a ninguém.

Não demora muito para a dança acabar, e o príncipe Haldyn me oferece o braço, conduzindo-me pela pista de dança na direção de minha avó.

— Acredito que tenho algo que é seu, madame Harglade — diz ele.

Os olhos de vovó cintilam quando ela toma minha mão. Ember faz uma mesura, batendo os cílios. O príncipe se curva bem baixo e então pede licença.

Eu o vejo se afastar na multidão. O mundo ao redor de repente parece mais brilhante, como se tudo estivesse banhado em raios dourados.

Momentos depois, Flint aparece a meu lado.

— Isso é... um *sorriso*?

Eu lhe dou uma cotovelada nas costelas.

— Ah, cala a boca.

4

É tarde e estou encostada na parede, com os olhos cansados passando entre os membros do Conselho e o conjunto colorido de dançarinos. A tia Yvainne dança com a esposa, Seraphine. A tia Hester dança com o rei Balen, e a capa de névoa rodopiante dele corta o ar enquanto se move com graciosidade pela pista de dança. O príncipe Haldyn está dançando com a mãe. Quer tenha sido sua intenção ou não, ele dançar comigo causou um impacto. Desde então, inúmeros convidados me procuraram, mantiveram uma conversa educada comigo, na qual contei anedotas sobre meu irmão e evitei mencionar minha mãe.

No entanto, embora esse tipo de atenção seja preferível à alternativa bem mais hostil, aos poucos começou a me cansar. Então, depois de um tempo, eu me desvencilhei dos novos amigos e parti em busca de Renly, por fim o encurralando junto à mesa de sobremesas. As reclamações foram inúteis, e o mandei ir para a cama.

Agora, avisto vovó parada uns dez metros à minha direita. O homem com quem está falando está de costas para mim. Alto e de ombros largos, com cabelo como neve fresca, ele usa uma túnica azul simples e o que parece ser um pequeno tridente preso ao cinto. Vovó me vê junto à parede e vem depressa em minha direção, sem nem se despedir do companheiro, esfregando a mancha de chocolate em minha manga com um ar exasperado.

De repente, a dança acaba e o silêncio toma conta. Viro-me e vejo o imperador caminhando entre os convidados que estão de saída, flanqueado pela Corte dos Olhos.

— É quase hora de nos despedirmos — anuncia ele, a voz ricocheteando pelas paredes de pedra.

Sinto puro alívio.

— Quase — reforça —, mas ainda não. Sou um homem paciente, mas esperei o bastante. Tragam-me os gêmeos Harglade. *Ambos.*

Meu alívio azeda que nem leite. Claro que o imperador não veio lá do Palácio Dourado só para desejar muitas felicidades a Flint. Não quando esta é a primeira aparição pública da Tecelã de Tempestades. Minha "estreia na sociedade", como vovó chamou. Que grande debutante eu sou.

O olhar do príncipe Haldyn encontra o meu do outro lado do salão, e aos poucos todas as cabeças começam a se virar em minha direção. Fico presa pelos olhares como um espécime em uma vitrine.

Vovó me dá um empurrãozinho, e, com relutância, meus pés começam a se mover. Um caminho se abre enquanto seguimos devagar pela multidão. Flint já está diante do imperador, que não diz nada enquanto me observa, com a cabeça um pouco inclinada.

— Blaze — cumprimenta ele, por fim, pronunciando meu nome irônico com um ar de dúvida. — Finalmente nos conhecemos, Tecelã de Tempestades.

Sua capa dourada parece pesada o suficiente para me esmagar. Faço uma mesura baixíssima, concentrando-me em manter a voz e os joelhos firmes.

— Vossa Majestade Imperial.

O salão está tão silencioso que juro que daria para ouvir uma gota de chuva caindo.

O imperador se vira para meu irmão.

— Flint, meu caro rapaz. Que jeito apropriado de celebrar um jovem como você. Um diamante raro, com certeza. Não tenho dúvidas de que, no próximo eclipse, você será marcado como Herdeiro do trono ignitia, continuando o legado do nome Harglade. Sua família deve estar orgulhosa.

Flint faz uma mesura.

— Obrigado, Majestade. Tentarei ser digno do amor deles e de suas palavras.

O imperador sorri. Um segundo depois, o rei Balen aparece ao lado dele, tão de repente que é como se tivesse se materializado.

O tom do rei ventalla é casual:

— Ah, tenho certeza de que os agradecimentos não são necessários, não é, irmão? Há presentes muito mais valiosos que a gratidão.

Posso ver que Flint está confuso, mas seu sorriso não vacila.

— Vossa Majestade?

— Por que não nos dá um presente, Flint Nascido das Chamas? — sugere o rei Balen com a voz sutil. — Um truque que vem praticando, talvez. Uma exibição de seus muitos talentos. Decerto o imperador deve receber algo em troca da honra que lhe concedeu esta noite, não?

Olho para Flint, mas ele já está olhando para tia Yvainne, que assente. Meu irmão faz outra mesura ao imperador, então ergue as mãos. Vejo cada chama de cada vela no salão de baile se erguer com gentileza no ar até ficar flutuando sobre os pavios, queimando à vontade. Retesso a mandíbula para não deixar o queixo cair. É raro meu irmão usar o dom perto de mim. Sempre imaginei que fosse por pena, uma vez que seu poder flui em abundância e o meu sumiu. Não é à toa que ele gosta de passar tanto tempo na corte ignitia, na Montanha do Fogo, onde pode se divertir com as habilidades sem culpa.

Com um pequeno giro do pulso, as milhares de pequenas chamas começam a se mover, deslizando uma por cima da outra, enchendo o salão com uma luz tremeluzente. Em seguida, ele abre os braços e as chamas disparam em sua direção, passando rente às cabeças da multidão e parando em suas mãos esticadas. Embasbacada, vejo o fogo arder nas palmas de meu irmão.

Flint mantém o fogo ali por alguns momentos. Em seguida, com um sorrisinho satisfeito para tia Yvainne, lança as chamas no ar. Elas sobem até o teto com um sopro alto e quente antes de se separarem de novo, flutuando, preguiçosas, de volta aos pavios.

Vovó está sorrindo à beça, os convidados estão aplaudindo e o imperador bate no ombro de meu irmão, pedindo um brinde. Criados disparam entre a multidão, carregando bandejas com taças quase transbordando de vinho. Aceito uma e seguro a haste com força.

— Que jeito melhor de brindar a um Harglade do que com o lema da Casa dele? — O imperador ergue a taça no alto. — Centelha, clarão e chama.

Repetimos as palavras, então bebemos. O vinho é amargo.

— No entanto — diz o rei Balen, a voz cortando o ar —, há uma Harglade que não tem afinidade com as palavras de seus ancestrais. Que não acende a chama, e sim apaga o fogo. Se o irmão é um diamante raro, a irmã é a pérola mais rara e extraordinária. — Ele sorri para mim, os dentes brancos e afiados. — Não é, pombinha?

De novo, sinto que estou prestes a perder o equilíbrio.

O rei ventalla gira o anel de sinete dourado no dedo.

— O que acha, irmão, de receber não só um presente esta noite, mas dois? Dois coelhos com uma cajadada só, por assim dizer.

O imperador o analisa, em dúvida.

— Vamos, entrem na brincadeira — argumenta o rei Balen. — O jovem Flint aqui nos encantou com as chamas. Talvez a irmã possa nos deslumbrar com a chuva.

O efeito nos convidados é imediato. Alguns dão gritinhos, enquanto outros ficam pálidos de pavor. Quanto a mim, esqueci de como respirar.

— Ora, tenham calma. Dezessete anos atrás, uma tempestade abalou as estruturas do mundo e por dezessete anos temos vivido na sombra do passado. Creio que seja hora de nos banharmos na luz do futuro — apazigua o rei Balen, mas mal consigo ouvir as palavras por causa das batidas altas do meu coração. — Blaze, querida. Esta noite o imperador lhe dá a chance de provar ao povo de nosso glorioso império que você não lhes deseja mal. Que não é um perigo, mas um presente.

A multidão murmura, nervosa.

— Madame Harglade — chama o imperador. — Pode nos dar sua palavra de que não há nada a temer de fato?

Vovó quase me perfura com o olhar enquanto pigarreia.

— Eu lhe garanto, Majestade, garanto a todos vocês, que minha neta não é mais uma ameaça. Se fosse, não estaria entre vocês hoje. Os dias de tempestade ficaram para trás.

Olho para o chão, com a barriga se embrulhando.

O príncipe Haldyn disse que aqueles com um poder avassalador sentem prazer com isso, que querem que os outros saibam. Talvez, se eu ainda tivesse algum poder, sentisse o mesmo.

Contudo, minha avó tem razão. Os dias de tempestade ficaram para trás. Tudo que restou fui eu.

O imperador confirma com a cabeça.

— Muito bem.

Sou tomada por uma nova onda de pânico e encaro meu irmão, impotente. Flint sorri para me incentivar, mas os olhos revelam que não está tão convicto.

O rei Balen dá um passo em minha direção.

— Vá em frente, pombinha.

Quero gritar que não posso. Que não consigo. Que estou vazia. E que, se ele não parar com isso, todo mundo aqui vai saber.

Minhas mãos começam a tremer. Flint pega minha taça.

— Vamos — ronrona o rei Balen em meu ouvido. — O que vai nos mostrar? Se Analiese estivesse aqui, o que mostraria a ela?

Meu peito dói quando ouço o nome de minha mãe. Eu me esquivei da menção a ela a noite toda, deixando-o ricochetear de mim como uma pedra lançada na superfície de um lago. Mas aqui, agora, em meu estado mais vulnerável, não quero ouvir outra pessoa dizê-lo. Não quero ouvi-lo dos lábios do rei ventalla. Quero pegar o nome dela e guardá-lo só para mim, para que seja meu.

Resta tão pouco dela, afinal. Minha mãe nunca se importou muito com joias ou berloques, e seu aroma esvaneceu há muito das roupas. Meu pai tem a aliança de casamento dela, vovó tem uma mecha de cabelo. Eu não tenho nada. Nada exceto as lembranças, cada uma guardada com cuidado em uma caixa em minha mente que quase nunca me permito abrir.

Só que, algumas vezes, ela transborda. E às vezes, quando me permito pensar nela, começa a garoar. Mesmo quando estou dentro de casa. Mesmo quando o sol está brilhando.

Todos estão me observando, o silêncio transbordando de expectativa. Não posso me esconder, então fecho os olhos para escapar dos olhares, e no mesmo instante a vejo.

De repente, tenho 9 anos de novo. Estou em Nemeth outra vez, parada na praia rochosa abaixo da Mansão Bartell. Foi ali que minha mãe me ensinou a nadar, levando-me escondida à baía quando meu pai estava em algum posto militar distante. Era nosso segredo. Meu gostinho de liberdade, que só me fez ansiar por mais.

"Um dia, minha menina", ela me disse, desenhando um mapa na areia. "Um dia, você velejará pelo Segundo Mar. Terá uma centena de aventuras, e então, se eu tiver sorte, você vai voltar e me contar tudo."

A dor arde atrás das pálpebras fechadas e sobe por minha garganta, ameaçando me sufocar.

Vejo minha mãe entrar nas ondas, chamando-me para segui-la. Ao redor dela, a água cintila.

Então sinto: gotas suaves e nebulosas caindo do teto de pedra. Abro os olhos, com o rosto de minha mãe ainda cintilando um pouco de relance.

Vovó está me observando com atenção. Posso ver os nós de seus dedos tensos enquanto ela aperta o cabo da bengala. O príncipe Haldyn ergue os olhos para a nuvem de névoa com uma expressão um tanto perplexa. Muitos dos convidados perto de mim começam a emergir de trás dos braços, que mantinham acima da cabeça como que para se proteger de uma torrente. Só que isso não é uma torrente. Não é nem chuva. É uma garoa. Uma garoa débil, fútil e insignificante.

A vergonha me domina enquanto sussurros perpassam a multidão. Alguns dos etheri estendem as mãos para as gotas que caem ou observam, confusos, quando elas atingem as taças, misturando-se com o vinho. O que estão pensando? Descobriram a verdade?

Ou... é possível que pensem que fiz isso de propósito? Como uma precaução, só para garantir? Será que acham que a garoa caindo no salão é uma mera gota do poder que possuo?

Considero a hipótese. Parece plausível. Além disso, por que presumiriam que não posso mais invocar a chuva? Não faria sentido chegarem a essa conclusão. Talvez eu deva colocar outro sorriso na cara, agir como se tivesse sido minha intenção? Sim. Sim, é isso que vou fazer.

Os cantos de minha boca estão se curvando para cima quando alguém começa a aplaudir. Devagar. Dolorosamente, provocadoramente devagar.

— É só *isso*? — desdenha Ember, aparecendo a meu lado. — Sério?

Alguns ruídos de deboche se juntam aos sussurros. Vovó lança um olhar severo para Ember, e minha prima se cala com um sorrisinho. Ranjo os dentes, cheia de ódio.

— Bem — diz o imperador, trocando um olhar com o rei Balen —, parece que a madame Harglade tinha razão. A Tecelã de Tempestades não é mais uma ameaça.

Será que devo dizer alguma coisa? Algo que faça parecer que foi intencional?

No fim, não preciso, porque vovó deve estar pensando a mesma coisa.

— Blaze entende a destruição causada por seu nascimento, Vossa Majestade Imperial, e fará tudo ao alcance dela para garantir que nunca vejamos nada parecido de novo — declara ela em uma voz alta o bastante para todos ouvirem. — Como podem ver, o dom dela está firmemente sob controle agora.

O rei Balen tosse baixinho.

— Isso é muito louvável, madame Harglade, mas eu achava que tinha pedido chuva, não esse — ele gesticula com graciosidade para o teto — *vapor*.

A meu lado, Ember bufa baixinho para dentro da taça de vinho. Eu me encolho quando ela sibila em meu ouvido:

— Uma família como a nossa tinha que ter uma maçã podre em algum momento, prima. E cá está você, podre até o talo. Não engana ninguém, muito menos eu.

As palavras dela são como veneno administrado em uma voz suave como mel. Meu coração se acelera, martelando contra a caixa torácica, e algo se agita dentro de mim. Algo frio.

Flint dá um passo à frente, sorrindo, todo cortês, para o rei Balen.

— Diria que Blaze só estava sendo modesta, Majestade.

— Ah, eu não tenho tempo para modéstia — responde o rei ventalla em um tom sedoso. — Quero é entretenimento.

— Ora, irmão — começa o imperador, mas não escuto o que se segue porque Ember se inclina para perto outra vez.

— Só estou feliz porque a querida tia Analiese não está viva para ver isso. Para ver *você*.

Fico imóvel, com o corpo inteiro rígido, como se estivesse congelada no lugar. De repente, a garoa cessa.

— Que fardo você deve ter sido para ela, Blaze — continua Ember com suavidade. — Que... *decepção*.

Sempre achei que fúria pareceria com fogo, mas estava errada. A fúria é gelo. Queima fria, ardendo por minhas veias.

Ember abre a boca para falar de novo, mas não tem a chance, pois em cada taça de vinho nas mãos dos convidados o líquido escuro estremece, ondula e em seguida congela. Segundos depois, o salão ecoa com o som de mil taças se estilhaçando.

Um ruído branco enche meus ouvidos enquanto a multidão se afasta de mim aos tropeços. Não consigo ouvir os gritos nem os berros de Ember enquanto ergue as mãos, com o sangue escorrendo de uma série de cortes profundos nas palmas.

Meu olhar recai no príncipe Haldyn, com as maçãs do rosto manchadas com borrifos de sangue ou vinho ou ambos. Ao lado dele, Flint está me olhando como se nunca tivesse me visto antes.

Então vovó me segura, triturando cacos sob os pés enquanto praticamente me arrasta para fora do salão. Antes que as portas se fechem, olho para trás.

Entre o mar de rostos horrorizados, o rei Balen está sorrindo.

Ainda segurando o que resta do vidro quebrado, ele me olha nos olhos e ergue a taça em um brinde.

5

Estou deitada em lençóis de seda vermelha, ouvindo o crepitar suave do fogo. Acendeu-se na lareira no instante em que vovó me arrastou pela porta dos meus aposentos e permaneceu queimando muito depois de ela voltar lá para baixo para limpar a bagunça que fiz.

"Durma."

Foi o que ela disse para mim, como se eu fosse só uma criança irritadiça precisando de uma soneca. Só que estou abalada demais para sequer fechar os olhos. Me sinto totalmente desperta, inquieta e gelada como a morte. O fogo lança um brilho laranja quente no quarto, mas não consigo parar de tremer.

Exceto pela chuva, que responde apenas a um Cantor da Chuva, os aquatori aprendem a manipular a água de três maneiras principais: fervendo, esculpindo ondas e produzindo gelo. Depois da tempestade, quando minha chuva foi substituída por garoa, por muito tempo mantive a esperança de que meus outros dons de água se materializariam algum dia, mas isso nunca aconteceu.

Até agora.

A fúria dentro de mim praticamente sumiu toda, e me sinto... não sei como me sinto. Horrorizada, por ter dado mais um motivo para os etheri me temerem? Por ter cumprido uma pena de dezessete anos só para acabar com qualquer chance de absolvição?

Eu me sento, abraçando os joelhos com força.

Fiz minha prima sangrar pelo que ela me disse. Uma parte de mim, uma parte muito pequena, queria machucá-la. Machucá-la como ela me machucou.

Mas ela não mereceu? As coisas que disse sobre minha mãe foram imperdoáveis. Ela sabia bem o que estava fazendo. Só que *eu* não sabia. Não foi intencional, só instintivo. Como uma liberação. Toda aquela raiva, aquela fúria, se ergueu de repente. Foi redirecionada. Transformada em algo frio e afiado e cruel.

Pela primeira vez, não me senti impotente. Eu me senti *poderosa*. E *gostei* disso.

Então, sim, imagino que esteja um pouco horrorizada pelo que fiz. Contudo, o que mais me assusta é não conseguir fazer de novo.

Minha cabeça gira com perguntas sem resposta.

Fico acordada a noite toda, depois me sento no telhado com Ren para assistir ao amanhecer. Notícias sobre meu rompante devem ter se espalhado pelo Castelo Harglade, porque nenhum dos sentinelas postados fora de minha porta pareceu disposto a argumentar quando passei de mãos dadas com meu irmãozinho. Só seguiram atrás de nós enquanto nos direcionávamos para a cozinha, onde Ren e eu afanamos uma porção de frutas, doces e uma jarra de suco de manga antes de subir a escada até o alçapão que se abre para o telhado, enquanto os guardas esperavam lá embaixo, na entrada do sótão.

O ar cheira a pedra quente. Mesmo nas primeiras horas da manhã, Valburn já é banhada pelo sol matinal nebuloso. Depois do degelo da noite, fico grata pelo material fino da camisola, mas sei que, se vovó me pegar perambulando por aí, vai me trancar no quarto de vez e derreter a chave. Só que não consigo me importar. Já tenho coisa demais em que pensar.

Tudo roda sem parar em minha mente. A agitação no peito. Aquele frio intenso. O gelo, o vidro, o sangue. As palavras de minha prima ecoam baixinho em meus ouvidos.

"Que fardo você deve ter sido para ela, Blaze. Que... decepção."

O que minha mãe teria pensado? Será que teria gritado, se afastado às pressas, me olhado com medo como os outros etheri? Teria me arrastado de lá e me escondido como vovó fez? Talvez Ember tivesse razão. Talvez eu só fosse uma decepção para ela.

Para meu horror, percebo que uma pequena nuvem se formou sobre minha cabeça e está garoando.

— De novo, não — murmuro, mas Renly só ri de alegria, esticando a língua para provar as gotinhas nebulosas.

Envolvo seus ombros com o braço, puxando-o para perto e inspirando o aroma reconfortante de linho limpo e chocolate. Ele sorri para mim, com a boca cheia de doce.

— Você sorri igualzinho à mamãe, sabia? — digo a ele.
— É mesmo?
— É.
Ele sorri de novo, contente com isso, e comenta:
— Você nunca fala da mamãe.
Engulo o bolo na garganta.
— É porque me deixa triste.
— Porque ela não tá mais aqui?
Confirmo com a cabeça.
Ren se aconchega em mim, o cabelo fazendo cócegas em meu nariz.
— Você sempre vai ficar aqui, né, Blaze? Nunca vai me deixar?
A culpa me atinge tão forte que perco o fôlego. Porque tem algo que jamais contei a ele... algo que jamais pude contar.

"Como você aguenta?", perguntou Flint a mim uma vez. "Ficar trancada aqui enquanto eu posso fazer o que quiser, ir aonde quiser?"

"Estou acostumada", respondi. "Não conheço vida além desta."

Era a verdade, mas não toda a verdade. Toda a verdade é que consigo aguentar porque digo a mim que não será para sempre. Que, um dia, quando atingir a maioridade, estarei livre para velejar pelo Segundo Mar e começar uma vida nova longe de Ostacre. Foi minha mãe quem me contou as histórias dos desertos ondulantes de Veridia, dos céus repletos de estrelas de Obsidia, das planícies gramadas infinitas de Thresk: lindas e perigosas ilhas repletas de magia antiga. Desde então, sinto uma atração estranha e inconfundível pelas Terras Distintas, que só ficou mais forte nos anos após a morte dela.

Já tenho tudo decidido. Nas profundezas do velho mundo, posso ser uma pessoa nova. Posso me reinventar por completo. Eu voltaria para visitar, lógico, mas não seria mais um fardo para minha família.

Contudo, partir sempre significa deixar algo para trás. Ou, nesse caso, alguém.

Renly olha para mim com os olhos escuros arregalados e questionadores, mas então Flint aparece pelo alçapão.

— Aí estão vocês — fala meu gêmeo.
— Aqui estamos.

Ele se joga a nosso lado, pegando um punhado de frutas vermelhas.

— Sabia que encontraria vocês dois aqui. — Ele faz uma pausa e estreita os olhos para mim. — Deuses. Você está com uma cara *péssima*.

— Muito obrigada — retruco enquanto a garoa vai parando. — Então, você veio me dar um sermão ou rir de mim? Seja o que for, não estou a fim de ouvir.

Ele leva a mão ao peito, magoado.

— Nenhum dos dois. Estou aqui para cuidar de você. E, tudo bem, talvez rir um pouquinho. Vou deixar os sermões pra vovó.

Faço uma careta.

— Ah, pare de se preocupar. Estão dizendo que todo mundo se rachou de rir — continua Flint.

Solto um grunhido, cobrindo o rosto com as mãos.

— Blaze. *Blaze*. Qual é, só estou brincando.

Flint abre meus dedos à força.

Cedo, estendendo a mão e tomando um gole cuidadoso de suco de manga, quase esperando que congele e que o copo se estilhace.

— O que deu em você ontem à noite, afinal? — indaga Flint, exigente. — Ficou se escondendo do imperador, falando com a rainha Hydra, dançando com o *Príncipe Herdeiro*...

Meu coração dá um salto com a lembrança do príncipe Haldyn: os olhos escuros brilhando de curiosidade, as mãos frias apertando minha lombar com gentileza.

— E por que não me disse que conseguia criar gelo? — insiste Flint. — Você sabia?

Renly endireita a postura ao ouvir isso, interessado.

— Quê? — pergunta meu irmão mais novo.

Flint puxa a camisa de dormir de Ren por cima do rosto dele, e puxo a peça de volta.

— Não, não sabia, e não sei como fiz isso. Eu só... — Penso nas palavras cruéis de Ember, na fúria fria que me atravessou. — Não consegui controlar.

Flint bufa.

— Não me diga.

— O que aconteceu depois? — pergunto.

— Depois que vovó arrastou você de lá, quer dizer? Não vou mentir, foi constrangedor. Ninguém parecia saber direito o que fazer. — Ele se apoia nos cotovelos. — Eu dei umas voltas por um tempo, me desculpando e tal.

Sinto uma pontada de vergonha por meu irmão ter tido que se desculpar por mim. Por *minha causa*. A vergonha duplica quando noto que ele ainda tem um pouco de vidro no cabelo.

— Aí vovó reapareceu e fez os criados limparem o salão — continua Flint, enquanto vou tirando os cacos um a um. — O rei Balen fez uma piada sobre mulheres Harglade e disse que as festas da vovó sempre foram memoráveis. Você deixou uma bela impressão, aliás. Ele me pediu para repassar os cumprimentos.

Um arrepio me percorre. Ouço a voz do rei ventalla na cabeça, suave como seda:

"Que bela criaturinha. Diga-me, como alguém tão puro entoa uma canção de tamanha destruição?"

Engulo em seco, um bolo se formando na garganta. Só então percebo que Flint ainda está usando o gibão. Eu o cutuco no peito com o pé.

— Você chegou a dormir?

Ele segura meu tornozelo.

— Quem precisa de sono? Os *dois* homenageados da noite não podiam abandonar os convidados. Além disso, sou a alma da festa.

— Quer dizer que ainda tem gente aqui? — pergunto, incrédula. — Mas já *amanheceu*.

— Acredite em mim, isso não é nada. Na corte, as festas às vezes duram dias, até semanas. — Ele ri de minha expressão. — Eu sei de algo que vai alegrar você — acrescenta, puxando um pacotinho mal embrulhado do bolso. — Toma.

Meu presente de Onomástico. Rasgo o papel, e uma caixinha incrustrada de pérolas cai em meu colo. Quando a abro, uma música começa a tocar, doce e melodiosa. Sorrindo, inclino-me e dou um beijo na bochecha de Flint, que finge limpá-la de nojo.

De repente, sem aviso, o céu começa a escurecer. Sombras cobrem a cidade, engolindo a música tilintante. Sobem pelas laterais dos prédios, alongando-se e mesclando-se enquanto se espalham por Valburn e além. Flint se ergue com um pulo, como se estivesse se preparando para uma briga. Perplexa, sigo o olhar dele para cima, vendo o sol ser obscurecido pela lua, parcialmente a princípio, depois por completo, mergulhando-nos na escuridão.

O silêncio recobre tudo, tinindo em meus ouvidos. Meus pulmões parecem comprimidos, abafados pela imobilidade.

Um eclipse; é um eclipse. E isso só significa uma coisa. Respiro fundo, tentando me acalmar quando entendo o que está acontecendo.

Quando os deuses mandam um eclipse, é um sinal, um chamado por mudança, para o reinado do próximo imperador começar e um novo Conselho das Coroas governar cada uma das quatro Cortes.

Um novo Conselho, uma nova era, um novo Ritual de Seleção. A promessa de poder e a preservação da juventude. O imperador Alvar, o rei Balen e as três rainhas estão todos se aproximando da meia-idade, afinal. Tinha que acontecer, mais cedo ou mais tarde, assim como sempre ocorreu antes. Porém, ver a história se desenrolando é muito diferente de ler a respeito dela.

Estendo a mão no escuro em busca de Ren, precisando me segurar em alguma coisa.

É aí que o mundo explode.

As tochas no pátio abaixo ganham vida de repente. O vento começa a uivar, sacudindo nosso cabelo e nossas roupas. A terra estremece e sacode embaixo de nós, e sinto o movimento nos ossos. Não preciso olhar para saber que a superfície imóvel como vidro do Córrego está se revirando.

Renly me abraça apertado, enfiando o rosto em meu pescoço enquanto os elementos são libertados no mundo.

Não sei quanto tempo dura. Minutos. Horas. Não tenho certeza.

Mas então, de repente, tudo para.

A escuridão permanece, espessa e impenetrável. Exceto por...

— Flint — sussurro no silêncio.

Flint abre os olhos. Sei disso porque posso vê-lo. E posso vê-lo porque ele está banhado em luz.

Quando há um eclipse, os deuses escolhem um número de sucessores dignos, e uma a uma, as marcas dos Herdeiros começam a brilhar.

Só os etheri mais talentosos são convocados ao Palácio Dourado para a Seleção, e só os Herdeiros mais poderosos se tornam Escolhidos — para um trono, uma corte, uma coroa.

Sinto um frio na barriga.

Herdeiro. Meu irmão é um Herdeiro.

Eu o encaro, boquiaberta, mas Flint não está olhando para a própria mão. Sigo seu olhar e engasgo com um arquejo, soltando Renly.

Cambaleio para trás, com os olhos arregalados enquanto observo a luz emanando da gota d'água aquatori marcada em minha pele.

Está brilhando... minha marca está brilhando.

Fico parada, apertando o pulso que está iluminado como o sol.

6

Não dizemos uma palavra sequer enquanto guardas Harglade nos escoltam até a sala de visitas de minha avó. Ela está parada junto à janela, assistindo à comoção lá embaixo. Posso ouvir os etheri gritando, comemorando, cantando, as vozes enchendo o ar tórrido com... o quê? Incerteza? Expectativa? Animação? Só posso ponderar o que sentem, porque eu mesma não sinto absolutamente nada.

— Sentem-se.

Talvez, se eu não estivesse entorpecida por completo, ficaria um pouco mais irritada com o jeito que vovó começou a falar comigo nos últimos tempos. "Durma." "Sente-se." Qual vai ser a próxima? "Pegue a bolinha?"

Flint se acomoda na poltrona, Renly e eu, no pequeno sofá. Ninguém fala. Por fim, vovó se vira para nos encarar.

— Vocês sabem o que isso significa.

Ela tem o hábito de transformar perguntas em afirmações.

Renly começa a assentir, mas então para, confuso, e começa a negar com a cabeça. Só fico repuxando a ponta desfiada de uma manta vermelha.

— Sabemos, vovó — responde Flint.

Ela nos fita com o olhar penetrante. Percebo que não consigo encará-la, então foco seus brincos, com rubis longos e tão gordos que esticam os lóbulos.

— Os deuses se pronunciaram. Teremos novos governantes. Sangue novo. — Ela começa a andar pela sala, as batidas afiadas da bengala como um terceiro passo no chão de pedra. — Desde o momento em que vocês nasceram, eu soube que estavam destinados a vidas além do que poderíamos imaginar. Flint, um verdadeiro filho da Casa Harglade, treina para este dia há mais tempo do que consegue se lembrar. E Blaze, minha querida, a última Cantora da Chuva, a garota que convocou a tempestade, agora é uma Herdeira do trono aquatori.

Herdeiros devem representar renascimento e rejuvenescimento. Vida, não morte. Só que minha vida causou morte. Eles me chamam de desalmada, letal, o começo que trouxe o fim.

Devo estar começando a cair na real, considerando que a ironia de tudo isso não me passa despercebida. É tão ridículo, tão *impossível*, que tenho que me esforçar para não rir em voz alta. Contudo, qualquer ameaça de riso morre antes de alcançar meus lábios quando vovó foca em mim, com uma expressão tão intensa que é quase feroz.

— Devemos nos preparar — diz ela —, pois eles virão buscá-los.

Eu me afundo mais nas almofadas, apertando a mão com a marca brilhante entre os joelhos.

— Flint, Blaze, vocês dois são Herdeiros agora. Isso significa que as pessoas os observarão mais do que antes. Desde o momento em que pisarem no Palácio Dourado, cada movimento de vocês será observado. Lembrem-se, a corte do imperador não é chamada de Corte dos Olhos à toa.

Um arrepio desconfortável sobe por minha coluna.

— Os Olhos vivem segundo um código de sigilo e mentiras. Por que acham que só usam o dourado imperial e não a cor do dom deles? É um disfarce. E é essa ocultação de poderes que os torna perigosos. Vocês devem agir com sabedoria. Devem permanecer irrepreensíveis, sempre.

Olho para Flint. Ele também parece estar caindo na real, só que, ao contrário de mim, a reação de meu irmão é a avidez. Enquanto fico exausta ao pensar em nosso destino, ele parece energizado. Há um brilho em seu olhar, um novo equilíbrio na confiança tranquila de sempre.

Ele se inclina para a frente.

— E os desafios?

— Testarão vocês além de seus limites — revela vovó. — Vão espremer até a última gota de seus poderes.

Fico de estômago embrulhado. Eu nem tinha pensado nos desafios, mas agora minha mente gira enquanto reviro as lembranças para recordar informações, qualquer coisa que possa usar... uma frase de livro, uma velha história de ninar da mamãe.

Ouço a voz dela em minha mente.

"Eu já contei para você da vez que atravessei o fogo?"

— Tia Yvainne me contou da última Seleção — declarou Flint —, mas também disse que a minha seria diferente.

Vovó assente.

— Sua tia está certa. Nenhuma Seleção é igual a outra. Eu sei bem disso, considerando que presenciei duas, uma delas a minha própria. — Ela faz uma pausa, como se perdida em lembranças. — Mas todo desafio, qualquer forma que assuma, é projetado para atacar suas fraquezas. Para enganar vocês. Acabar com vocês. A vitória é suada. Joguem para vencer, claro. Mas não se enganem, o verdadeiro jogo começa quando os vencedores assumem os tronos.

Sinto as palavras me levarem para cada vez mais longe. Atingem-me, uma após a outra, como se ela acompanhasse cada uma com uma cutucada da bengala.

— Vocês precisam ter a mente afiada e o discernimento certeiro — continua vovó. — Pois terão que enfrentar mais do que apenas os desafios. Magia antiga ainda espreita pelo Palácio Dourado.

Arregalo os olhos. Ouvi histórias sobre os antigos feitiços profundamente incrustados no leito de rocha dourada da Província Imperial.

— Não peço que vençam a Seleção, só que preservem a honra da Casa Harglade e fiquem a salvo. Nem sempre estarei presente para protegê-los, então vocês devem ajudar um ao outro e se apoiar. Hoje é o dia em que suas vidas mudam para sempre. Não há como voltar atrás, só seguir em frente. Entenderam?

Abro a boca, mas a fecho de novo.

Seguir em frente.

Sempre olhei para a frente, sempre pensei no futuro. Minha vida foi uma contagem regressiva, sentada junto à janela, desejando que os dias passassem logo. Arrastei dezessete anos atrás de mim, dizendo-me vez após vez que, no décimo oitavo, eu estaria livre. Livre para sair deste lugar. Livre para inventar um passado e construir um futuro.

Só que agora esse futuro está se afastando diante dos meus olhos... porque eu sou uma Herdeira.

— Vovó — sussurro. — Eu... eu não posso, *não vou*...

— Você pode, Blaze, e vai.

Balanço a cabeça.

— Vou renunciar. Outra pessoa pode tomar meu lugar. Eu não quero.

Flint me olha como se eu tivesse enlouquecido.

— Herdeiros não podem se recusar a participar da Seleção, Blaze — argumenta vovó com um suspiro. — Você sabe disso. Renunciar ao ritual seria dar as costas aos deuses.

Talvez, embora pareça que foram os deuses que deram as costas para mim. Olho para minha marca brilhante. Qual é a jogada deles? Estão tentando me humilhar? É o que parece. Por que outro motivo me marcariam — a Tecelã de Tempestades, a garota mais odiada do reino — como uma Herdeira?

Quatro Herdeiros competem por cada um dos quatro tronos. Isso significa que eu serei colocada contra três outros aquatori para disputar a coroa de ondas douradas da rainha Hydra. Claro, não tenho a menor chance de vencer. Mesmo depois da noite passada, mesmo se de alguma forma conseguisse manipular o gelo de novo, meus adversários tiveram anos de treinamento. Como eu poderia competir? Fazendo *garoar* em cima deles? Que piada. E como os etheri vão se deliciar ao descobrir a verdade sobre minha chuva, ou, melhor dizendo, a ausência dela. Sim, serei a primeira eliminada da competição, envergonhando minha família mais do que já fiz.

E essa nem é a pior parte.

A pior parte é que, vencendo ou perdendo a coroa, os Herdeiros ficam subordinados a ela pelo resto da vida, ganhando posições elevadas na corte do novo governante.

A tia Hester é a senescal da tia Yvainne e, antes de morrer, minha mãe serviu como conselheira também. Embora tenha escolhido criar Flint e eu no lar ancestral de nosso pai, em Nemeth, ela era convocada com frequência à Montanha do Fogo. Quanto a meu pai, é o alto general ignitia. Pelo menos era, antes de ser tomado por uma névoa impenetrável de luto que o mantém trancado na Mansão Bartell há seis longos anos.

Então a verdade me atinge como um chute no peito. Mesmo depois de sem dúvida perder a Seleção, não haverá saída. Nunca vou viajar às Terras Distintas. Nunca vou escapar do território que quase destruí e das pessoas que só me desejam mal.

Nunca vou ser livre.

A esperança racha que nem gelo, estilhaçando-se até sumir.

Nunca me senti menor.

Quando somos enfim dispensados, meus irmãos saem sem dizer nada, mas fico para trás, esfregando a cicatriz com tanta força que machuco a pele.

Não olho para vovó quando ela atravessa a sala e se senta a meu lado. Sua voz é gentil ao falar:

— Perdoe-me.

Olho para ela.

— Pelo quê?

— Por me dedicar ao treinamento de Flint e negligenciar o seu. Por querer proteger você tanto de si mesma quanto de qualquer outra coisa. Por ter torcido para que este dia nunca chegasse.

— Vovó... — começo, mas a frase fica no ar, porque não sei o que dizer.

— Talvez o que aconteceu ontem pudesse ter sido evitado se eu tivesse feito algo antes. Talvez você não estaria tão indefesa diante do que está por vir se eu a tivesse ensinado a usar e controlar os dons.

— Mas como, vovó? — pergunto, amargurada. — Antes de ontem, eu não conseguia nem fazer um cubo de gelo. Quanto à chuva, podem me chamar de Tecelã de Tempestades, mas desde que nasci o máximo que consigo invocar é uma garoa. E mesmo assim, só quando estou pensando em... — Eu me calo.

Vovó me encara com os olhos incandescentes.

— Continue.

Engulo em seco, sentindo-me mais exposta do que ontem, na prova do vestido, parada nesta exata sala usando apenas roupas de baixo.

— Mamãe — sussurro, por fim. — A garoa só cai quando estou pensando na minha mãe.

O silêncio é abrasivo, oprimindo-me até eu ficar em carne viva.

Vovó o rompe.

— Todo amor tem um preço. O custo pode ser incapacitante. Mas, se o que diz é verdade, então você encontrou um jeito de transformar a dor em poder.

As palavras dela são a faísca de um fósforo no fim de um túnel, mas balanço a cabeça, aniquilando a esperança antes que possa tomar conta.

— É só garoa.

— Não há limites para o que você pode fazer ou como pode se sentir, Blaze. Seus dons nunca sumirão por completo. São parte de você.

Passo a ponta dos dedos na marca brilhante.

— Achei que eu fosse vazia.

Vovó sorri.

— Você nunca foi e nunca será.

Mordo o interior da bochecha.

— Estou com medo.

— Sei que está, mas precisa me prometer uma coisa.

Ergo os olhos para ela.

— Você precisa aceitar tudo. Medo, tristeza, raiva, alegria, deve aceitar todos os sentimentos. Não reprima as emoções. Não dá para se esconder do coração. É aí que reside seu poder, é ele que vai guiar você. — A expressão dela se suaviza. — Sentir é estar viva, Blaze. E juro a você que, não importa o que aconteça, é melhor sentir tudo que não sentir nada.

Sinto um aperto familiar no peito.

Sentir é estar vivo, e estar vivo é sofrer. E se eu me render à dor que mantenho retida lá no fundo, tenho medo de me afogar nela. É por isso que nego e evito o assunto. É por isso que não derramei uma lágrima desde que minha mãe morreu.

Vovó diz que não dá para se esconder do coração, só que passei anos fazendo exatamente isso.

Entretanto, a expressão dela é implacável, e cedo diante do olhar.

— Prometo.

Vovó segura minhas mãos, minha marca brilhando entre nós.

— O destino tem muitos rostos, minha querida — afirma ela. — Não deixe de olhar todos eles nos olhos.

7

Caminho sozinha por uma trilha escura, sobre um tapete de folhas caídas, os esqueletos secos e frágeis. Algo dourado cintila na escuridão mais adiante.

Ouço um sussurro. Meu nome.

Blaze.

Uma dor aguda me perfura. Olho para baixo e vejo que as folhas se tornaram cacos de vidro. A cada passo, meus pés são perfurados e rasgados. Observo, horrorizada, conforme o sangue quente escorre em estilhaços de gelo carmesim.

Acordo com um sobressalto, batendo a cabeça no lado da carruagem. A julgar pela luz baixa e cinzenta, está quase amanhecendo. Flint está em um sono pesado no banco, os roncos gentis abafados pelo galope rítmico dos cascos. A Guarda Imperial cavalga perto de nós, com os visores cintilando à luz das tochas tremeluzentes.

Eles foram nos buscar alguns dias após o eclipse. Observei da janela da biblioteca quando a pequena legião de cavaleiros chegou aos portões, portando uma convocação oficial do Palácio Dourado.

Despedir-me de Renly foi doloroso. Ele chorou de soluçar e se agarrou tão forte a mim que um criado foi forçado a puxá-lo e carregá-lo de volta para dentro do Castelo Harglade. Vovó segurou meu rosto, dando um beijo leve em minha testa, e então sumiu, desaparecendo de vista enquanto a carruagem seguia, sacolejante, colina abaixo.

Quando atravessamos Valburn, as pessoas saíram aos montes de pousadas, ateliês e casas geminadas altas com telhados de ardósia, enfileirando-se, animadas, nas ruas para nos ver passar.

— Não é todo dia que se vê um Herdeiro — comentou Flint, sorrindo com simpatia pela janela enquanto eu me encolhia, escondendo o rosto.

Foi igual na província seguinte, e na outra. Contudo, aos poucos as grandes cidades foram sumindo, dando lugar a grandes extensões rochosas e estéreis, e senti que enfim conseguia respirar de novo. Eu me inclinei para fora da carruagem, analisando o terreno desconhecido, vendo vapor subir em grandes colunas das fontes termais, que podiam ser desde poças até crateras tão grandes que éramos forçados a fazer um desvio. Foi aí que um pequeno arrepio de emoção me percorreu e percebi que, embora ainda estivesse presa em Ostacre, não estava mais presa no Castelo Harglade, e ainda que não fosse uma jornada que imaginei que faria, era o mais próximo da liberdade que eu já havia vivenciado. Então passei os longos dias de calor pendurada na janela, absorvendo o mundo ao redor, e as noites segurando um copo de água, tentando — sem sucesso — congelá-lo.

Encaro o copo, agora abandonado e equilibrado sobre uma pilha de livros, com o conteúdo ainda líquido, estremecendo com o chacoalhar da carruagem.

Penteando o cabelo com os dedos, inclino-me para espiar pela janela, esperando me encontrar no meio de outra planície rochosa infinita. Em vez disso, descubro que estamos atravessando os resquícios desertos de uma cidade.

Algo que já foi um povoado, agora uma tumba.

Meu coração bate rápido e nervoso.

Seis anos atrás — alguns meses depois que minha mãe morreu — Ostacre sofreu uma destruição inédita. Foi um cataclismo diferente de todos os outros, que tomou milhares de vidas. Só que, daquela vez, eu não estava por trás dele.

Não foi obra da Tecelã de Tempestades, mas do Talhador da Terra.

Considerado o etheri mais perigoso do mundo, o que parece apropriado, uma vez que foi ele quem o partiu no meio.

Lembro com nitidez do som muito alto e agonizante de quando o reino foi *rasgado* ao meio. Quando *ele* o rasgou. Senti o movimento nas profundezas de meu ser... no oco dos ossos, nas câmaras do coração. Foi como se eu também estivesse sendo cortada ao meio.

Porém, tive sorte. Com os alicerces fincados no vulcão adormecido no qual se encontra, o Castelo Harglade ficou mais ou menos intacto. Já o restante de Valburn sofreu muito, com boa parte da cidade ao redor desabando e tendo que ser reconstruída. Ainda assim, não foi nada comparado à pura destruição que assolou o centro de Ostacre, da extremidade mais ao norte até a extremidade mais ao sul do império, criando um abismo escancarado conhecido como a Fenda. Às margens da Fenda ficam os poucos resquícios de cidades e vilarejos dizimados, todos arrasados pela força do Talho, lares reduzidos a tijolo e poeira, e os habitantes há muito soterrados debaixo deles.

Cidades de Almas Enterradas: é como chamam lugares assim.

Olho para o túmulo extenso, sem marcações, e estremeço.

Um Guardião da Fenda um tanto corcunda fica de olho em nossa procissão quando nos aproximamos da ponte do pedágio, apoiando-se bastante em um cajado grosso e nodoso. Quando fala, sua voz é tão rouca que parecem unhas arranhando a casca de uma árvore:

— Qual é seu propósito aqui?

Um cavaleiro impele o animal para a frente.

— Nosso propósito é com o Conselho das Coroas, guardião. Escoltamos os convidados deles.

O Guardião da Fenda espia a carruagem com interesse.

— E quais são os nomes deles?

— Isso não é da sua conta — brada o cavaleiro com um grunhido.

— Ah, mas é, sim — insiste o guardião, estendendo a mão enrugada para acariciar o cavalo do homem. — Pois ninguém cruza a ponte sem que eu saiba o nome.

Flint boceja alto a meu lado.

— *Quequeaconteceu*? Por que paramos?

O cavaleiro lança uma bolsinha para o guardião, que não faz menção de pegá-la.

— Você pode ficar com seu ouro, senhor, se me der os nomes deles.

— E você pode ficar com sua vida, guardião, se nos deixar passar — retruca o cavaleiro, agora com um rosnado.

O Guardião da Fenda finca os pés no chão, a boca se curvando em um sorriso sem dentes. Solto um arquejo quando o cavaleiro desembainha a espada e a leva para baixo em um arco perfeito, um golpe com intenção de matar. Só que nunca atinge o alvo, pois a arma é bloqueada pelo cajado do guardião.

Fico observando, incrédula. O cavaleiro ataca uma segunda vez, e uma terceira. O guardião não se curva nem cede, bloqueando cada golpe como se o cajado fosse aço em vez de madeira.

— Os nomes deles, por gentileza — repete o Guardião da Fenda com um tom agradável, como se o cavaleiro não estivesse tentando decapitá-lo.

Mas, agora, outros cavaleiros estão avançando, com as espadas em punho. O cajado do guardião pode ser forte, mas há vinte cavaleiros da Guarda Imperial e ele está sozinho. Antes de perceber o que estou fazendo, já chutei a porta da carruagem.

— Parem!

Os cavaleiros ficam imóveis, virando-se para mim. O Guardião da Fenda sorri, encantado.

— Blaze — digo a ele. — Meu nome é Blaze.

Ele abre ainda mais o sorriso.

Meu irmão espia por cima de meu ombro.

— Bom, acho que vai ser assim, então. O nome dela é Blaze e o meu é Flint. Podemos ir agora?

— A senhorita entende o valor de um nome — afirma o guardião, e sai do caminho, movendo-se devagar como se as juntas doessem, como se não tivesse acabado de lutar contra um membro armado da Guarda Imperial usando um graveto velho e nodoso. — Todos podem passar.

Os cavaleiros hesitam, mas então abaixam as espadas. Um deles me empurra de volta para a carruagem, e me sento na frente de meu irmão, que está me olhando como se eu tivesse criado asas. Há um estalo do chicote e a carruagem começa a se mover.

— Espere! — grito de repente, inclinando-me para fora da janela. A carruagem para e me viro para o Guardião da Fenda. — Você disse que entendo o valor de um nome. Eu lhe dei o meu. Agora me dê o seu.

Ele dá uma risadinha.

— Um nome é um presente. Um nome é uma maldição. Um nome é um enigma. A dama deseja saber o nome que possuo, e a dama o terá. Meu nome é Eldritch, Tecelã de Tempestades, e sou o Guardião da Fenda.

Concordo com a cabeça uma vez, aceitando a resposta, e a carruagem segue em frente, acompanhada pelos olhos do velho.

— Olha só, já está fazendo amigos — comenta meu irmão, irônico.

O galope dos cascos ecoa pelo vazio da Fenda enquanto cruzamos a ponte. Depois do Talho, uma série de pontes foi construída para tentar conectar as duas metades do império. Ainda assim, a que estamos cruzando agora não se estende por toda a Fenda. Ela para na metade, levando à Província Imperial: Cor Caval, o lar do imperador.

Se as províncias são os ossos, as cortes são os órgãos, e o Córrego, as veias, então Cor Caval é o coração pulsante no centro do reino. Dourada à primeira vista, e dourada até as profundezas mais escondidas, fica em uma antiga mina de ouro que pertencia aos deuses — nossa principal fonte de riqueza e comércio. Embora tenha sido o ponto de origem do Talho, a cidade permanece intocada. Totalmente cercada pela Fenda, foi a única província central que sobreviveu à destruição, construída em cima daquilo que é impossível perfurar e protegida por antigos feitiços. Localizada nem à esquerda nem à direita da Fenda, e sim bem no centro dela, Cor Caval é uma ilha no meio de um império, um farol em um mar escuro e vazio.

Mesmo nas partes baixas da cidade, as ruas são pavimentadas de ouro. Olho para os mercados, armazéns, boticários e forjas, para as casinhas improvisadas e espremidas e os varais de roupa secando que balançam como estandartes. Os fidra, pessoas sem habilidades mágicas, podem ser encontrados em toda província; vivem espalhados pelos quatro reinos. Entretanto, em Cor Caval, o centro vibrante do império, que não está situado nem nas Terras do Fogo, nem nas Terras da Água, nem nas Terras do Vento, nem nas Terras Selvagens, é para onde eles vêm aos montes, todos esperando construir uma vida nesta cidade de deuses e ouro.

Ao contrário dos ignitia, aquatori, ventalla e terrathian, os fidra não têm representante — são governados apenas pelos etheri. Porém, embora vivamos lado a lado, fraternizar com eles é desencorajado, e casamentos mistos são completamente proibidos, por medo de diluir as linhagens etherianas. Ainda assim, o Ritual de Seleção é sempre motivo de celebração entre eles, muitos dos quais veneram nosso poder. Alguns até usam fitas e portam bandeiras nas cores das cortes.

O calor está insuportável, grudando na gente como uma segunda pele. Tento pensar em qualquer coisa menos no jeito como minha barriga se revira.

— Você ficou verde de novo — comenta Flint, ajudando muito.

Alcançamos a cidadela no final da tarde. As áreas inferiores dilapidadas desapareceram e foram substituídas por grandes propriedades e vilas extensas. No topo dos portões com pontas douradas, vislumbro mansões, jardins exóticos e templos.

As ruas douradas estão repletas de etheri. Flint se inclina pela janela, acenando e sorrindo para a multidão. Eu me encolho de volta no banco. O som dos gritos de boas-vindas me deixa inquieta. E, se as pessoas soubessem para quem estão gritando, também ficariam.

O que será que dirão quando descobrirem que a Tecelã de Tempestades está em Cor Caval? E o que dirão quando descobrirem o motivo?

Assassina.

Criança trocada.

Aberração.

Herdeira.

De repente, Flint me puxa para a janela.

— Olha, Blaze! Chegamos.

Meu queixo cai. Meu irmão me contou do esplendor do Palácio Dourado, mas nada poderia ter me preparado para a imagem real. Tão alto quanto uma montanha, feito todo de ouro, que remonta aos primórdios dos tempos, a construção reluz, assombrosa, como um sol amarrado à terra. Torreões se erguem até o céu azul-cerúleo, altos o bastante para beijar as nuvens.

Parece um sonho. Um sonho glorioso, cintilante e aterrorizante.

Só que desta vez não tenho como acordar.

8

Ignorando a mão que um cavaleiro me oferece, desço devagar da carruagem. Flint salta a meu lado. Os degraus do palácio se estendem à frente, íngremes e flanqueados por sentinelas, cujos uniformes dourados estão estampados com o corvo dos Castellion. Fico me perguntando o que minha mãe sentiu ao subir estes mesmos degraus, tantos anos atrás. Será que ela ficou com medo?

Ainda consigo ouvir o leve ruído da multidão nas ruas lá embaixo, mas o som fica cada vez mais distante a cada passo que damos rumo às imponentes portas douradas. Ao entrarmos, o ar espesso e pesado de imediato fica fresco, o calor opressivo da cidade some em um piscar de olhos. O saguão de entrada jaz enorme. E vazio.

Meu irmão e eu trocamos um olhar incerto.

Flint dá uma coçadinha no nariz.

— *Hum*. É constrangedor admitir que eu estava esperando uma recepção *um pouquinho* melhor?

Ouvimos passos, acompanhados por uma voz estridente:

— *Deuses,* já está na hora?

A voz pertence a uma jovem que aparece momentos depois, saltitando com graciosidade por uma das enormes escadas douradas. A primeira coisa que noto são as tatuagens em seu rosto: espirais douradas nas maçãs do rosto. Ela é baixa e tem um ar travesso, com pele escura e cabelo preto, que foi arrumado com cuidado em coquinhos com pontas de ouro por toda a cabeça.

Flint estende o braço para segurá-la quando ela derrapa até parar em nossa frente.

— Cuidado!

Ela dá um passo para trás e inclina a cabeça.

— Vocês são bem parecidos, né? Não consigo decidir qual dos dois é mais bonito.

Isso faz Flint rir.

— E você é?

A garota sorri.

— Meu nome é Spinner, Flint Nascido das Chamas.

— É um prazer conhecê-la, Spinner — cumprimenta meu irmão. — Perguntinha rápida: cadê todo mundo?

Spinner olha ao redor do saguão vazio.

— Ah, estão na cama. As celebrações quase não pararam desde o eclipse. Uma hora a conta de todas as festividades vem, sabe. O palácio está dormindo. Eu também estava, até cinco minutos atrás. — Ela esfrega os olhos verdes como uma lagoa para dar ênfase às palavras. — Então, quanto a comitês de boas-vindas, acho que sou só eu. E... ah. Era para ele já estar aqui.

Spinner sorri para nós, enfim parando para respirar. Então junta as mãos ao redor da boca e berra:

— Sheen! Sheeeen! SHEEN!

— Chamou? — responde um garoto, parecendo ter se materializado atrás de nós.

Dou um pulo de susto, aproximando-me de Flint.

O recém-chegado é alto e magro, com cabelo loiro claríssimo. Seus olhos são de um tom escuro de violeta, a pele da cor de areia molhada. Como Spinner, ele também usa um traje todo dourado: um gibão bordado com luvas combinando.

Spinner aponta o dedo para ele.

— Esse é o Sheen.

— Percebemos — retruca Flint.

Sheen foca os olhos violeta sinistros em meu irmão, e ali permanecem por um momento.

Decido que provavelmente é hora de dizer alguma coisa.

— Então... vocês dois são... o quê?

Sai um tanto mais grosseiro do que era minha intenção, mas Spinner apenas ri.

— Somos seus acompanhantes, claro — explica ela. — Bem, tecnicamente, eu sou *sua* acompanhante, e Sheen é de Flint.

Franzo a testa.

— Acompanhante?

— Isso. Todo Herdeiro recebe um acompanhante da Corte Imperial durante a Seleção. É meu trabalho escoltar você de um lugar para outro, montar seu guarda-roupa, organizar sua agenda, coisas assim. Pense em mim como sua guia, estilista, confidente e ombro amigo no qual chorar. Você não precisa se preocupar com nada.

Tento identificar algum traço de ódio ou medo, mas não encontro nenhum.

— E você? — pergunta Flint a Sheen. — Vai ser *meu* ombro amigo no qual chorar?

Sheen faz uma careta, claramente sem achar graça.

Flint ri baixo.

— É, foi o que pensei. Então, o que fazemos agora?

De repente, percebo como devemos parecer desgrenhados depois da viagem.

— Vamos levar vocês aos aposentos — revela Sheen, com um tom seco e monótono.

— A não ser que queiram fazer o tour primeiro? — sugere Spinner.

Ela não espera uma resposta antes de sair saltitando pelas escadas, deixando-nos sem escolha exceto segui-la.

O Palácio Dourado é deslumbrante. Mais que deslumbrante — é magnífico.

Conforme percorremos os longos corredores cintilantes, tenho que me lembrar de fechar a boca, que fica se abrindo em choque toda vez que fazemos uma curva. Flint está bem menos maravilhado, considerando que já visitou o palácio em diversas ocasiões com a tia Yvainne e a Corte das Chamas. Ele parece bem mais preocupado em tentar extrair informações de Spinner sobre a Seleção, perguntas das quais ela ou se esquiva ou evita de todo, tagarelando animada sobre uma saleta de visitas ou sala de estar, apontando salões de baile e galerias e salas de banquete, cômodos tão grandes e tão *dourados* que meus olhos precisam de um tempo para se ajustar.

Depois do que parece um século, chegamos a uma câmara com teto abobadado e quatro saídas diferentes.

— É aqui que deixamos vocês, cavalheiros — anuncia Spinner.

— O quê? — Não consigo esconder o pânico da voz.

— Quer dizer que não vamos ficar juntos? — pergunta Flint.

Sheen bufa.

— O que você esperava, quartos adjacentes?

— Os Herdeiros são divididos por corte — explica Spinner, de modo bem mais delicado. — Ignitia por ali, aquatori por aqui, e assim por diante. — Notando minha expressão, ela continua: — Mas não se preocupem. Vocês estão livres para andar pelo palácio quando quiserem.

Flint parece incomodado.

— Achei que minha irmã ficaria mais perto de mim. Ela é... bem...

A garota mais odiada do reino?

Ele pigarreia.

— Eu preferiria que ela estivesse por perto, só isso.

— Não tem problema, Flint — digo a ele.

A última coisa que quero é parecer fraca.

Ele me lança um olhar em resposta que traduzo como: "Tem certeza?". Confirmo com a cabeça, relutante.

— Resolvido — declara Spinner, feliz. — Por aqui, Tempestuosa.

A ala aquatori é longa e sinuosa, adornada com tapeçarias azuis. Spinner me leva até o final do corredor, onde há uma porta com uma aldrava na forma de um olho aberto.

— Cá estamos.

A extrema opulência dos aposentos tira meu fôlego. As paredes têm entalhes de ondas e o chão dourado foi polido com tanto esmero que enxergo meu reflexo, desalinhado e de olhos arregalados. A entrada é cheia de ornamentos delicados e poltronas de veludo azul, e as caixas com meus pertences já foram empilhadas com capricho em um canto.

— Está tudo do seu agrado? — pergunta Spinner, pegando uma uva grande de uma tigela e a jogando na boca.

— Eu... está — respondo, ainda olhando ao redor, espantada.

— Vou deixar você se acomodar. — Ela vai saltitando para a porta. — Agora, será que tinha mais alguma coisa? Acho que sim. Não tinha? Ah, sim! Sua servente. O Príncipe Herdeiro designou um servente pessoal a cada Herdeiro, além de um acompanhante, então você estará bem cuidada, para dizer o mínimo. Tenho certeza de que ela e eu vamos dar conta de deixá-la apresentável.

Vindo de qualquer outra pessoa, o comentário soaria como um insulto, mas Spinner fala com tanto entusiasmo que quase rio.

— Certo, obrigada.

Quando ela sai, o silêncio é alto em meus ouvidos.

Através de uma entrada em arco, estudo o cômodo. As portas de vidro da varanda já estão abertas. Vejo a Fenda à distância, escancarada e vazia. Um arrepio sobe como uma aranha por minha coluna e volto para dentro.

As torneiras douradas no banheiro têm a forma de peixes. Eu as giro e tomo um banho entre bolhas com aroma de rosas, admirando a cidade lá embaixo.

Quando volto para o quarto, há uma garota parada diante da penteadeira, dispondo meus colares com cuidado em um suporte de joias. Ela toma um susto quando entro, curvando tanto a cabeça que a cortina de cabelo loiro-manteiga balança na frente do rosto. Eu tinha esquecido de que o Palácio Dourado estaria cheio de serventes, não criados. Criados são pagos pelo serviço, seja com algumas moedas de cobre ou moradia. Serventes, por outro lado, são escravizados. E todos os serventes de Ostacre vêm das Terras Distintas.

A Guerra dos Impérios ocorreu mais de meio século atrás, mas essa garota, e outros como ela, servem como um lembrete constante de qual lado venceu. A liberdade é o preço que eles são obrigados a pagar pelos crimes dos ancestrais magi. Só que os habitantes das Terras Distintas não são mais magi, lógico. Perderam a magia quando perderam a guerra.

Como deve ser estranho saber que houve uma época em que a própria terra natal era próspera e poderosa e saber que você nunca herdará esse ou qualquer outro poder.

— Oi — cumprimento, sem jeito.

Devagar, a garota ergue os olhos. Fico sem reação. Ela é linda, deslumbrante, como se tivesse sido pintada. Alta e esbelta, com pele clara um pouco corada. E os olhos... os olhos são como o *outono*. Tão calorosos e brilhantes como âmbar, quase luminosos nos últimos raios do sol. Nunca vi olhos assim.

— Milady — sussurra ela.

Como esperado, sua voz tem uma típica cadência musical.

— Blaze — corrijo. — É só Blaze.

Ela curva a cabeça de novo, ocupando-se com minhas joias. Uma ideia cruza minha mente: meus planos de viajar às Terras Distintas podem ter sido frustrados pela Seleção, mas tenho uma parte do lugar bem aqui. Talvez, se eu prosseguir com cuidado, ela possa me contar sobre sua terra natal. Tenho certeza de que poderia aprender muito mais com essa garota do que com qualquer livro ou mapa.

— Qual é o seu nome?

A garota parece pasma, como se nunca tivesse esperado que eu perguntasse.

— Elva — responde baixinho, antes de espiar o relógio na parede atrás de mim. — O Primeiro Banquete começa em uma hora, milady.

— *Blaze* — corrijo, olhando para as janelas. O céu está ruborizado de rosa e o sol está recuando. — Então acho que é melhor eu me preparar.

Bem na hora, Spinner entra com tudo no quarto.

— Sou só eu! — exclama ela, como se eu não a estivesse vendo. — Tenho uma surpresa.

Uma servente entra atrás dela, empurrando uma arara com as roupas mais extravagantes que já vi, com tecidos em tons variados de azul.

Spinner sorri.

— Tempestuosa, você vai ser a Herdeira mais bem-vestida em Ostacre.

Ela escolhe um vestido azul-celeste decorado com diamantes do tamanho de unhas porque "é melhor não chamar muita atenção na primeira noite, sabe", e Elva pinta minhas pálpebras de azul e força meus cachos a entrarem nas duas tranças habituais.

O crepúsculo chegou, e o Palácio Dourado está acordado.

Neste momento, há uma batida na porta dos aposentos. Elva atravessa o cômodo depressa para atender, Spinner e eu seguindo atrás dela.

Perco o ar quando a porta se abre.

— Blaze — cumprimenta o príncipe Haldyn. — Como estou feliz por você ter vindo.

9

O príncipe está usando um gibão dourado com dragonas de ouro puro, e o cabelo escuro foi penteado para trás com cuidado. Ele é tão bonito quanto me lembro, senão mais. Tinha quase esquecido de como a luz sempre parece encontrá-lo, refletindo no rosto e acentuando a curva das maçãs do rosto, o ângulo marcado da mandíbula.

Em sua mão, a marca brilha forte, como se fosse mesmo um pequeno sol. Embaixo do olho direito há duas cicatrizes brancas que se intersectam como uma cruz. Encaro-as, alarmada, lembrando de repente do sangue em seu rosto no baile.

Atrás de mim, Spinner dá uma tossidinha.

— Vossa Alteza Imperial — murmuro, abaixando-me em uma reverência.

O príncipe Haldyn sorri.

— Posso acompanhá-la até o banquete?

Eu o encaro, boquiaberta. Ele está falando sério? *Não pode ser.* Mas deve estar, porque não sinto que faria uma pegadinha cruel, e seu olhar é firme e genuíno, os olhos impossivelmente escuros e ao mesmo tempo, de alguma forma, calorosos.

— E então? — insiste ele, parecendo achar graça. — Não me deixe na mão.

Tomo seu braço, conseguindo abrir um sorriso trêmulo em resposta, e emergimos da ala aquatori para corredores repletos de etheri usando o dourado imperial e as cores das quatro Cortes das Coroas. Eles nos encaram sem disfarçar quando passamos.

— É ela.

— Tem certeza?

— Olha a marca dela.

— Blaze.

— Tecelã de Tempestades.

— Assassina.

— Criança trocada.

— Aberração.

Ranjo os dentes.

Quando alcançamos um corredor mais tranquilo, o príncipe Haldyn e eu fazemos menção de falar ao mesmo tempo, e então ambos nos calamos com um sorriso.

— Por favor — diz ele. — Você primeiro.

Respiro fundo.

— Só queria dizer que sinto muito pelo que fiz no Castelo Harglade.

— Não precisa se desculpar. Você perdeu o controle. Acontece.

— Como você sabe? — pergunto, surpresa. — Que não foi intencional, quero dizer.

— Eu não sabia. Não com certeza, pelo menos. Imagino que a maioria dos convidados tenha achado que você fez de propósito, mas no breve tempo em que nos conhecemos, Blaze, aprendi a esperar o inesperado, sobretudo quando se trata de você.

Desvio o olhar, sem saber se estou constrangida ou satisfeita.

Um grupo de Olhos, vestidos da cabeça aos pés em sedas douradas, encaram-nos quando passamos. Espero até estarem fora de vista antes de falar de novo.

— Eu nunca quis ferir ninguém.

Meus olhos se demoram na cicatriz de cruz embaixo do olho dele.

O príncipe leva a mão ao rosto, esfregando a cicatriz de leve com a ponta do dedo.

— Pense assim, você com certeza deixou sua marca naquela noite.

Um rubor sobe devagar por meu pescoço.

Ele me deixa nervosa, não posso negar, mas a sensação em meu peito não é aguda nem tensa. É desconhecida, mas não desagradável — quente e formigante e curiosa.

Fazemos a curva para uma galeria larga iluminada por velas, onde uma tapeçaria gigante adorna uma parede. Paro de repente, embasbacada com as dimensões da peça.

— *Deuses* — murmuro.

— Exatamente — concorda o príncipe Haldyn, ajustando o colarinho do gibão.

Quando analiso a tapeçaria mais de perto, percebo que ele tem razão. Há cinco figuras retratadas: três homens, duas mulheres.

À esquerda, um lindo homem usando apenas um tecido verde-pinheiro ao redor da cintura está parado com os braços estendidos para a vegetação rasteira, na qual plantas e flores retorcidas desabrocham a seus pés. Só pode ser Tellus, dos terrathian, Deus da Terra.

Ao lado dele há uma mulher usando um longo vestido carmesim. Ela sustenta uma pequena chama nas mãos, refletida em seus olhos, que são castanho-dourados e sinistros de tão familiares. É a Deusa do Fogo, Vesta. Minha ancestral.

À direita, um homem em vestes cinza ondulantes parece estar fazendo uma única pena levitar. Avel, Deus do Ar.

E ali, criando uma onda perfeita sobre a cabeça, há uma mulher usando um vestido azul esvoaçante, com um cabelo tão branco quanto a geada matinal. A Deusa da Água, Morwenna, mãe dos aquatori.

O príncipe Haldyn me observa enquanto analiso os deuses, cada um tão formidável e magnífico quanto eu imaginava.

— Lembrei por que tento evitar essa galeria — conta ele em um tom brando. — Parece que estão olhando de volta, não é?

No centro da tapeçaria há a quinta e última figura. É a mais imponente de todas, e a mais perturbadora, pois é quase um reflexo do príncipe a meu lado.

O Criador.

Foi ele que nos fez. Os etheri, quer dizer. Tinha o poder de manusear a luz... e a vida. Minha mãe me contou a história. Milhares de anos atrás, na aurora da nova era, o Criador moldou Tellus a partir da terra, forjou Vesta no fogo, formou Avel com o vento e extraiu Morwenna da água.

Os Primeiros etheri: os quatro elementos encarnados.

Os dons foram espalhados entre alguns escolhidos e transmitidos aos descendentes. O número de etheri começou a crescer, as Casas Nobres surgiram, e o Criador reivindicou essa terra para seu povo. Ele fez os fidra construírem o Palácio Dourado e os magi encherem-na de feitiços. Formou o Conselho das Coroas, dividindo o império em quatro partes e dando a cada um dos Primeiros etheri um reino para governar em troca do vínculo de poder. Então, quando estava em posse da luz, da terra, do fogo, do ar e da água, o Criador se coroou como Imperador de Ostacre.

Não é à toa que ele e o príncipe Haldyn são tão parecidos, uma vez que ele deu início à linhagem Castellion. O Criador decretou que todo rei e rainha deveria conquistar o trono das cortes, mas determinou que apenas os filhos primogênitos de sua Casa herdariam a Coroa Imperial, garantindo assim que seu legado sobrevivesse, e que seu rosto, ou pelo menos um assustadoramente parecido, seria usado por todo imperador de Ostacre, por toda a eternidade.

Fico me perguntando como o príncipe deve se sentir, sendo um descendente do Criador e sabendo que em breve, muito em breve, deixará para trás a vida como o Herdeiro Castellion portador da luz e assumirá o lugar de direito como o etheri mais poderoso do mundo.

Meus olhos se demoram em Vesta, depois passam à Morwenna, a deusa cujo sangue flui por minhas veias e que nunca parece ouvir minhas preces, meus sussurros na calada da noite, um único apelo: que eu consiga meu poder de volta.

Penso na tempestade, em minha garoa, no gelo cobrindo e rachando mil taças, no eclipse escurecendo os céus e na marca brilhando com suavidade nas costas de minha mão.

Se o impacto total da situação não tinha me atingido por completo, agora faz isso, repetidas vezes, tão vasto e intimidador quanto a tapeçaria.

Dou um passo para trás, afastando-me do príncipe.

— Vossa Alteza Imperial — começo.

— Hal — corrige ele.

— Como?

— Hal — repete, observando-me de esguelha. — Meus amigos me chamam de Hal.

O nome soa modesto, cortado pela metade e sem os títulos.

— Hal, então. Deve ter acontecido algum tipo de erro. Não acho que eu deveria estar aqui. Não acho que eu deveria ser uma Herdeira.

O príncipe ergue a sobrancelha, apontando a cabeça para a tapeçaria.

— Você acabou de questionar a vontade dos deuses?

Sinto um frio na barriga.

— Eu... não, eu só... — É aí que reparo que ele está sorrindo. Dou um suspiro de alívio. — Muito engraçado.

O sorriso de Hal diminui um pouco enquanto ele me observa com aqueles olhos Castellion, que não têm nem a consideração calculista dos olhos do pai nem o divertimento frio dos do tio.

— Gostando ou não, Blaze, você foi marcada como Herdeira. E não importa como se sinta, não importa o que qualquer um diga, acho que seria bom você começar a agir como tal.

Mantenho o olhar no dele.

— É isso que você faria?

— É isso que faço o tempo todo — revela ele, com uma voz gentil. Então sorri. — Não dá para se esconder embaixo da mesa para sempre, sabe?

Fico ainda mais corada.

— Eu queria *muito* não ter contado isso para você.

Hal dá um passo à frente, estendendo o braço de novo. Com uma última olhada para os deuses, começo a caminhar a seu lado.

Como alguém desacostumada à companhia de outras pessoas, fico surpresa com o quanto gosto da dele, mesmo sem conseguir explicar por que ele quereria a minha. Assim como durante a dança no baile, eu me pego saboreando a sua atenção total, a proximidade, o aroma duradouro de limão que se agarra à sua pele.

Logo chegamos a um corredor lotado, seguindo em meio a uma multidão de cortesãos até alcançar o salão de banquete abarrotado. Sem querer, aperto o braço dele com mais força.

Hal fixa os olhos em mim.

— Você odeia mesmo tudo isso, não é?

— Não gosto muito de ser observada — admito, enquanto os olhares ao redor me fulminam.

— Acho que, se eu cair fora, você pode se misturar melhor.

Sussurros dançam ao nosso redor enquanto, com habilidade, Hal desengancha minha mão do próprio cotovelo e se curva para beijá-la. Quando seus lábios tocam minha marca brilhante, aquele sentimento estranho e caloroso parece crescer. Então ele vai embora, sumindo na multidão, e de repente fico gelada.

O salão de banquete é enorme. Cinco longas mesas estão dispostas em ângulos de noventa graus diante de um estrado dourado. Cinco mesas para cinco cortes. Sobre o estrado há mais uma, menor e feita de ouro sólido. Atrás dela há cinco tronos dourados, o do meio o maior de todos. Cinco tronos para cinco governantes. Embaixo do estrado, paralelo a ele, há mais uma mesa, e me pergunto a quem é destinada.

Enfiando a mão com a marca nas dobras da saia, começo a percorrer o perímetro do salão, procurando meu irmão.

No momento perfeito, Flint aparece a meu lado, usando um gibão vermelho com um bordado extravagante.

— Aí está você.

Abro um sorriso, aliviada.

— Aqui estou eu.

Ele me lança um olhar severo.

— Fui te procurar no seu quarto e a servente me disse que já tinha saído. É o primeiro dia e já está me abandonando?

— Eu não *abandonei* você — repreendo. — Queria que eu fizesse o quê, rejeitasse o príncipe?

Ele arregala os olhos.

— *Hal* acompanhou você?

— Acompanhou.

— Deixe-me ver se entendi bem — começa meu irmão, jogando um braço ao redor de meus ombros. — Até agora você fez dois amigos: um velho Guardião da Fenda maluco e o Príncipe Herdeiro de Ostacre.

Eu me recosto nele.

— Basicamente.

Caminhamos juntos pela multidão. Todos estão vestidos em trajes formais, sedas e brocados caros de Vost, joias cintilantes de Thaven. Os membros dourados da Corte dos Olhos estão por todos os lados... e me encarando de volta.

— Como é seu acompanhante? — pergunto a Flint.

— Sheen? Quieto, taciturno e bem infeliz. Estou sentindo que é o começo de uma linda amizade. E a sua?

— Muito... *animada.*

— Quer trocar?

— Acho que não. Duvido que Sheen tenha o mesmo bom gosto para vestidos.

De repente, Flint dá um grito empolgado e me puxa até uns nobres ignitia.

— Então é verdade — diz ele com um sorrisão, apontando para as marcas brilhantes deles. — Parece que os deuses já não são mais tão criteriosos. Cole, Elaith, quero lhes apresentar minha irmã.

O garoto musculoso de cabelo claro, Cole, aperta a mão de meu irmão e o puxa para um abraço de um braço só.

— Estava me perguntando quando você apareceria, Harglade. — Ele olha para mim e acena com a cabeça. — Blaze. Ouvimos falar muito de você.

A garota, Elaith, revira os olhos.

— *Obviamente.* Não vivemos isolados do mundo.

— Bem — murmurou Flint —, vocês moram na Montanha do Fogo. Então meio que vivem, sim.

Ela ri, dando um soquinho no braço dele. Elaith é baixa, com olhos azuis e cabelo ruivo flamejante que contrasta bem com o vestido. Ela estende a mão.

— É um prazer conhecê-la, Blaze.

Aperto sua mão, retribuindo o sorriso. Um servente passa oferecendo bebidas, Flint aceita uma taça e me dá um gole. Tento não torcer o nariz para a acidez do vinho.

— Não é justo — resmunga Elaith. — O imperador não foi no *meu* baile Onomástico.

— O que provavelmente é bom, considerando que você vomitou nos próprios sapatos — argumenta Flint.

Elaith ergue o dedo, indignada, e aponta para ele.

— E a culpa foi sua. Eu não me girei sozinha na pista de dança.

— Não — admite Flint —, mas a quantidade de espumante que bebeu daria para encher a Lagoa.

Dessa vez, Elaith ergue um dedo diferente.

Flint dá uma risadinha.

— Desde quando estão vivendo nesta espelunca aqui, afinal?

— Faz uns dias — revela Cole. — Depois do seu baile, a rainha Yvainne nos mandou de volta à corte. Não fazia nem uma hora que estávamos na estrada quando o eclipse aconteceu.

Um grupinho de garotas terrathian grita o nome de Flint em cumprimento, e ele acena para elas por cima de um mar de cabeças.

— Ainda não fazemos ideia do que esperar para o primeiro desafio — continua Cole. — Elaith deixou Hal podre de bêbado com vinho de fogo ontem à noite, e mesmo assim ele não abriu o bico.

Elaith dá um sorrisinho.

— O que é impressionante, porque sei ser *muito* convincente.

Vejo Hal do outro lado do salão, rindo de algo que uma bonita garota aquatori está sussurrando em seu ouvido.

— E o Conselho? — pergunta Flint. — Como estão lidando com tudo isso?

Elaith dá de ombros.

— Andam praticamente trancados na Câmara.

— E nossa tia?

— Calada — admite Cole. — Desanimada.

Não vou fingir que nutro qualquer sentimento forte por tia Yvainne, mas uma parte de mim sente pena dela. Receber uma coroa significa tomar uma coroa. É só o começo para os Herdeiros, mas também é o fim para o Conselho.

Elaith repara em minha expressão.

— Escuta — diz ela com gentileza —, sua tia é amada pela corte e pelo reino. Se eu for coroada rainha...

Cole finge tossir.

— *O que é improvável.*

Elaith estreita os olhos para ele, então se vira de novo para mim.

— Como estava dizendo, se eu for coroada rainha, espero ter metade da competência e da graciosidade dela.

Flint bate a taça na dela.

Cole assovia.

— Mas sério. Passar todos esses anos como governante só para voltar a ser... — Ele deixa a frase no ar e toma um gole de vinho. — Nem imagino como devem se sentir.

— Bem, então está com sorte — diz Elaith com doçura. — Porque nunca vai descobrir mesmo.

Cole só sorri consigo mesmo. Um momento depois, a manga do vestido de Elaith pega fogo. Dou um passo para trás, alarmada, enquanto Elaith dá um berro e Flint solta uma gargalhada.

— Desgraçado — murmura Elaith, apagando as chamas e batendo as cinzas da roupa.

— Calminha, garota — ronrona Cole, jogando um braço ao redor dos ombros dela.

— Pelo menos você não derrubou o vinho — diz Flint a ela.

Um grupo de cortesãos ventalla está nos observando, sem se dar ao trabalho de abaixar as vozes.

— Aquela é a Tecelã de Tempestades?

— Você a viu com o príncipe?

Flint chega mais perto de mim e pergunta bem alto:

— Já sabem quem são os outros Herdeiros?

— Alguns — responde Elaith. — A maioria a gente conhece, ou pelo menos já ouviu falar.

Cole dá um sorrisinho.

— O treinamento ainda nem começou e os Olhos já estão fazendo apostas. Tem uns fracos e oprimidos por aí, então isso deve causar uma emoção. Belo truque no baile, aliás.

Flint leva a mão ao peito em uma simulação de gratidão.
— Ora, obrigado.
— Não *você* — corrige Cole. — Estava falando com sua irmã. Quebrar taças sem dúvidas é um jeito de animar uma festa, Blaze. A gente sabe que a coisa foi boa quando a pessoa ainda está catando vidro do...
— *Xiiiu!* — brada Elaith, sibilando e segurando o braço dele.
Ao redor, os murmúrios começam a cessar. Nós quatro nos viramos quando as cornetas tocam.
Nos ajoelhamos ao mesmo tempo.

10

O imperador atravessa a multidão, que está de joelhos. Sua capa bordada com fio de ouro está presa ao peito com uma espessa corrente dourada. Atrás dele vem o Conselho das Coroas. A primeira é tia Yvainne, usando um vestido vermelho-granada e um sorriso tenso. A rainha Aspen a segue com ar sonhador em um vestido feito de pétalas de flores, com o longo cabelo cobreado caindo até a cintura. Sinto palpitações quando a rainha Hydra entra à vista, meu olhar se demorando na coroa aquatori de ondas em sua cabeça. Por fim vem o rei Balen, com os olhos escuros percorrendo o salão e a boca curvada em um sorriso divertido, como se só ele soubesse de uma piada secreta. Penso em sua voz suave, os lábios frios tocando minha cicatriz, o jeito que ergueu a taça para mim em meio a um mar de gelo e sangue.

O Conselho sobe os degraus até o estrado e assume os tronos.

— Ergam-se — ordena o imperador com a voz retumbante.

Flint estende a mão para me ajudar a me levantar conforme a multidão segue para as mesas. Os Olhos tomam aquela no centro, com as quatro cortes assumindo as mesas na frente do soberano. Engulo em seco, chegando mais perto de meu irmão.

Elaith repara.

— Não se preocupe, os Herdeiros se sentam juntos.

Ela aponta para a mesa abaixo do estrado, a que tinha me confundido mais cedo. Os outros Herdeiros estão praticamente se acotovelando para conseguir um lugar perto de Hal, que já está sentado na ponta.

— *Milady* — chama Cole, oferecendo o braço à Elaith, mas, antes que ela possa aceitá-lo, ele sai correndo por entre a multidão com uma risada alta.

Ela faz uma carranca e o segue.

Quase todas as cadeiras já estão ocupadas quando chegamos à mesa, que está repleta de comida: carnes curadas com mel; peixes estranhos com um aspecto exótico; melões e cranberry; terrinas de ensopado; queijos, azeitonas, trufas; e ostras no gelo.

Elaith decide rastejar debaixo da mesa em vez de contorná-la, usando os joelhos de Cole para se erguer e sentar no lugar ao lado dele. Não escuto o que ele lhe diz, mas ela bate o guardanapo nele, com um sorrisinho.

Muitos Herdeiros se viram para encarar quando me sento ao lado de Flint, bem quando o sussurro sedoso do rei de ventalla corta a algazarra:

— *Silêncio.*

— Eu *nunca* vou me acostumar com isso — murmura Elaith.

Tomo um segundo susto quando o imperador fala, a voz estrondosa preenchendo o salão.

— Esta noite celebramos o Primeiro Banquete, que marca o início do Ritual de Seleção, e o começo de uma nova era. — Ele foca o olhar em nossa mesa. — Meus amigos, é com grande honra que lhes apresento os Herdeiros de Ostacre.

Cadeiras começam a se arrastar à medida que as pessoas a meu redor se levantam. São treze. Não, catorze, contando comigo. Deveria haver quatro Herdeiros por cada corte, o que significa que faltam dois de nós.

— Blaze — sussurra Flint, sibilando e cutucando meu ombro.

Eu me obrigo a me levantar.

O salão irrompe em aplausos, e os etheri esticam a cabeça para dar uma boa olhada em nós. Lembro do que Cole disse sobre os Olhos fazerem apostas e estremeço.

O imperador ergue o cálice e de repente a luz no salão fica mais forte. As velas queimam com mais intensidade, o vinho em nossas taças ondula, e o chão começa a tremer, o som de talheres chacoalhando se junta aos fluxos de ar assobiantes.

— Um brinde — diz ele. — Ao futuro.

Eu me pergunto como ele vai se sentir ao entregar todo o poder ao filho. Nos reinos vizinhos a Ostacre, Thaven e Vost, a transferência de poder de um soberano ao sucessor só ocorre com a morte do soberano. Em Ostacre, temos costumes diferentes. Na Cerimônia de Vínculo, o imperador abdicará do trono, e na coroação será forçado a se curvar com o resto de nós quando o filho assumir seu lugar.

Quando os aplausos por fim vão morrendo, as conversas animadas recomeçam e vemos isso como um sinal para nos sentarmos. Tenho um vislumbre de Spinner à mesa dos Olhos. Ela me faz um sinal de joinha incentivador, as bochechas tatuadas inchadas por causa da comida dentro da boca.

Meu irmão empurra um prato cheio para mim. Obediente, pego o garfo e começo a comer, ouvindo Flint, Cole e Elaith avaliando os outros Herdeiros.

— Então, em quem os Olhos estão de olho? — questiona Flint.

— Bem, em *você*, para começar. O que não é surpresa.

Meu irmão sorri.

— Lógico. Quem mais?

— Lembra daquela peixe insuportável?

— Qual? Tem um cardume inteiro deles.

Então logo lançam olhares de quem pede desculpas para mim. Peixe é o apelido pejorativo para os aquatori. Só dou um sorriso brando, concentrando-me em mastigar.

— A que fez Elaith tropeçar no Dia da Aurora ano passado.

— Ela tem sorte de eu não a ter incinerado ali mesmo. Fiquei *muito* tentada.

— Ah, aquela. O que tem ela?

— Nossa carruagem chegou com a dela, e deixa eu te contar: ela praticamente subiu os degraus *correndo*.

— A família dela supostamente é podre de rica. Eles têm um monte de navios, e os pais dela passam a maior parte do tempo seguindo a rainha Hydra por aí.

— Ela está de olho no príncipe, pelo que ouvi.

— Só vai se decepcionar, então. Hal guarda o coração a sete chaves, nunca vi isso.

Olho para a ponta da mesa. De fato, uma Herdeira usando um vestido azul e prateado deslumbrante está sentada à esquerda do príncipe. Quase solto um grunhido quando percebo quem é: a garota de vestido de escamas em quem esbarrei enquanto procurava Renly no Castelo Harglade e que pareceu querer me esganar lá mesmo quando Hal me convidou para dançar. É Marina o nome dela.

— Sério, essa garota é tão insuportável que estou começando a ter pena dos outros peixes.

— Ah, Blaze vai acabar com eles, tenho certeza. Não é, irmãzinha?

Dou um gole em algo rosa e azedo como desculpa para não responder.

— E os lufas?

Lufas é o apelido um tanto menos ofensivo para os ventalla.

— Zeph — responde Cole, apontando o dedão para um garoto de túnica cinza-escura.

Flint parece contente.

— E, claro, ainda tem um Herdeiro que não chegou — diz Elaith.

— Só um? — questiono, olhando para as duas cadeiras vazias na extremidade da mesa.

— Ah, a última piro já chegou, sim — responde Elaith com uma careta. — Ela só considera o banquete muito menos importante que o próprio treinamento.

Flint se apoia nos cotovelos e começa a contar:

— Temos um cardume inteiro de peixes. Um conjunto completo de piros e lufas. Então falta só...

Um terrathian.

— Então, quem é o último verdinho? — questiona Flint, abrindo uma ostra.

Elaith tamborila as longas unhas vermelhas no lado da taça.

— Bem, essa é a questão. Ninguém sabe. Há alguns boatos, claro, mas nada muito provável. — Ela aponta a cabeça na direção de uma garota usando um vestido de grama trançada com firmeza. — Tentei perguntar à Amaryllis, mas nenhum deles tem essa informação. Está começando a causar burburinho.

Meu irmão sorri.

— Que misterioso.

Olho para ele, e de repente meu coração se aperta quando o imagino sentado no grande trono de pedra na Montanha do Fogo. Flint, um rei. Nascido das Chamas. Nascido para governar. E imagino a mim mesma presa na Lagoa, vinculada à coroa que não fui forte o bastante para vencer.

Penso na galeria, na história costurada com agulha e fio, e em minha mente teço uma tapeçaria própria, esta com Hal no centro, um príncipe transformado em imperador, flanqueado pelo Conselho das Coroas — só que não consigo ver seus rostos.

Olho ao redor para os Herdeiros, com os olhos cintilantes e marcas brilhantes.

"Acho que seria bom você começar a agir como tal", disse Hal.

Talvez ele tenha razão. Não há como fugir disso, o que significa que preciso tomar uma decisão. Posso me esconder embaixo da mesa ou entrar no jogo.

Mesmo se for para perder.

11

Ando por um caminho sinuoso, sentindo como se fosse puxada por uma amarra invisível na direção de algo à frente, algo que me conhece e que espera por mim.

Escuto uma voz na cabeça, suave, quase um sussurro.

Blaze.

Só mais um pouquinho.

No entanto, quando ergo os olhos para os trechos de céu entre a copa das árvores, descubro que não está mais azul, mas preto como carvão.

— *Blaze.* Acorda, ô besta.

Abro um olho enquanto o sonho se desintegra. Flint está jogado no pé de minha cama vestindo uma túnica vermelha simples, segurando uma colher sobre uma bandeja de comida pela metade.

— Até que enfim — diz ele, sorrindo. — Hora de acordar, irmãzinha. Hoje é o grande dia.

Resmungo, afundando-me sob as cobertas e apertando-as com toda a força enquanto meu irmão tenta puxá-las. Ele ganha o cabo de guerra e emerjo, emburrada.

— Isso é meu café da manhã? — pergunto, apontando para a bandeja.

Ele dá de ombros.

— Bobeou, dançou.

— Cretino.

Flint sorri, com a boca cheia de mingau.

O sol entra pelas portas abertas da varanda, banhando o quarto na luz da manhã. A canção dos pássaros se mistura com os sons da cidade despertando.

— Aqui — diz Flint, empurrando uma tigela de frutinhas para mim. — Coma.

Eu como.

— Onde está sua acompanhante? — Meu irmão olha ao redor como se fosse encontrá-la agachada sob a penteadeira. — Ela não deveria estar, sabe, *acompanhando* você?

Neste momento, Spinner irrompe pelas portas e desliza até parar, tocando o lado do corpo como se estivesse com dor.

— Ah, ótimo — diz ela, entre arquejos. — Você está acordada.

Flint joga uma fruta nela.

— Não graças a você. Ela teria dormido durante a primeira sessão de treino se não fosse por mim.

Spinner só sopra um beijo para ele.

Elva aparece atrás dela, com o olhar âmbar focado no chão. Traz uma túnica igualzinha à de Flint, só que azul. Spinner me apressa para entrar atrás de uma divisória e me trocar. A roupa serve com perfeição, assim como o vestido da noite passada. Isso me parece estranho, uma vez que ninguém pediu minhas medidas. Talvez os Olhos tenham um talento para essas coisas.

Flint e eu seguimos dois Herdeiros ventalla por longos corredores e galerias ecoantes até alcançarmos o saguão.

— Bom dia — cumprimenta Elaith. — Dormiram bem?

— Como um bebê — responde Flint.

— Qual é a dessas roupas? — questiona Cole, fazendo uma careta enquanto aponta para a túnica.

— Não posso dizer que me incomodam — comenta Flint, tensionando os ombros. — Mas eu tenho sorte. Quando se é bonito como eu, qualquer coisa cai bem.

Elaith bufa.

— Ah, claro.

Ela customizou a própria túnica com um cinto de couro vermelho e pulseiras douradas que cintilam ao redor dos antebraços, à mostra porque ela enrolou as mangas para cima.

— Que conveniente para você, Elaith — comenta meu irmão. — Não percebi que faziam túnicas de treinamento em tamanho infantil.

Ela dá uma cotovelada no peito dele. Momentos depois, um homem aparece ao pé da grande escadaria. Ele dá um sorriso aberto, exibindo duas fileiras de dentes de ouro sólido, e se apresenta como Alator, o funcionário da corte que vai supervisionar o funcionamento diário do Ritual de Seleção.

— O treinamento ocorrerá na Fortaleza Dourada — anuncia Alator, indo até as portas imponentes do palácio. — Quem pode me dizer algo sobre o lugar?

Eu poderia. Li a respeito. A biblioteca do Castelo Harglade tem uma prateleira inteira dedicada à Província Imperial. A fortaleza foi construída por Rekar Castellion, o segundo imperador de Ostacre e filho primogênito do Criador. É protegida por feitiços antigos e foi usada como refúgio durante a Guerra dos Impérios. Não que eu esteja planejando falar nada disso em voz alta — imagino que agir como uma sabe-tudo não vá me ajudar a fazer amigos.

Quando ninguém responde, um Herdeiro aquatori pigarreia baixinho. É um rapaz bonito, alto, magro e anguloso, com o cabelo escuro e comprido amarrado com uma fita de tecido azul.

— A fortaleza foi projetada para nos proteger de invasores — declara ele. — Muitos buscaram abrigo aqui quando a cidadela foi sitiada pelos Magos.

Alator parece satisfeito.

— Excelente, Kai. Parece que alguém aqui estudou história.

Uma garota ventalla usando uma túnica cinza perolada dá um passo à frente.

— Então, o que acontece agora? Hal vai se juntar a nós?

— Sua Alteza Imperial, o *príncipe Haldyn* — corrige Alator — tem obrigações muito mais importantes no momento. Seus instrutores vão cuidar de todos os aspectos do treinamento de vocês. O príncipe vai assistir a cada um dos três desafios, junto ao Conselho das Coroas. — Ele bate palmas uma vez, brusco. — Agora, antes de partirmos para a fortaleza, está faltando alguém?

— Ora, mais ou menos — responde uma voz lá de cima. — Sou bem mais que um mero "alguém".

Meu corpo fica rígido. Conheço aquela voz, doce como mel e odiosa. Não. Aqui não. Por favor, aqui não. *Ela* não.

Eu me viro devagar.

Ember desce em nossa direção, saltitando nos últimos degraus e atravessando bem no meio dos Herdeiros, que abrem espaço para ela enquanto murmuram com indignação. O cabelo está enfeitado com contas douradas, seus lábios pintados do mesmo tom vermelho que a túnica, e ali, cintilando nas costas da mão, está o brilho inconfundível de sua marca.

Horrorizada, eu me viro para Flint, que parece um tanto envergonhado.

Ember dá um sorrisinho.

— Que foi, prima? Não sentiu saudade?

Um eco da raiva que senti no baile vibra dentro de mim. Por que Ember tem que me atormentar assim? O que fiz para ela? Se não soubesse que é impossível, diria que ela tem *inveja*. Como se temesse ser ofuscada por mim. O que é ridículo, claro. De meu ponto de vista, minha infâmia faz com que ela brilhe ainda mais. Ember é tudo que uma filha da Casa Harglade deveria ser: elegante e ousada, destemida e meneadora de fogo, assim como minha mãe, e a mãe dela, e nossa tia, a Rainha do Fogo.

Alator nos observa com interesse.

— Três Harglades na Seleção. Como a história gosta de se repetir.

O sol está implacável conforme seguimos pelos jardins do palácio na direção da Fortaleza Dourada. Fico para trás, seguindo o grupo. Parte de mim só está brava porque não percebi antes. Minha prima pode ter só 15 anos, mas é poderosa e sabe disso. Sempre sentiu um grande prazer com o dom, desde que éramos muito novas, quando ela queimava o cabelo de minhas bonecas ou a última página do livro que eu estava lendo.

Lembro da noite passada. O que foi que Elaith disse quando notei que o quarto Herdeiro ignitia não estava ali?

"Ah, a última piro já chegou, sim. Ela só considera o banquete muito menos importante que o próprio treinamento."

Então, Ember já começou a treinar. Julgando pela ausência óbvia, ela não está tentando esconder. Se fosse manter as sessões de treino extra em segredo, isso poderia indicar que precisa delas. Só que não. O que significa que não se sente ameaçada. O que significa que acha que tem uma chance. Uma pontada de pavor me atravessa quando considero o que pode acontecer se minha prima vencer a coroa ignitia.

Ember. *Rainha.*

Estou tão absorta nesse pesadelo que Elaith precisa acenar a mão na minha cara para chamar minha atenção. Ela e Flint se separaram do restante do grupo para me esperar.

Elaith aponta o dedão para meu irmão.

— Ele disse que você não ia gostar da novidade.

— Ah, é? — pergunto, ríspida. — Que intuitivo da parte dele.

Flint de repente fica muito interessado na manga da própria túnica.

Elaith dá de ombros.

— Não culpo você, Blaze. Juro que essa garota já saiu do útero como uma vad...

— *Elaith* — censura Flint, tentando não sorrir.

Vejo Elaith olhar para Ember sussurrando algo no ouvido de Cole.

— Se serve de consolo — comenta Elaith, tensa —, também nunca gostei dela.

Os jardins do palácio se estendem por quilômetros, circundados por um muro de ouro sólido. Caminhos se ramificam em todas as direções a partir da trilha que seguimos, serpenteando pelos gramados aparados com cuidado, a grama macia e de um verde brilhante apesar do calor. Por toda parte, vejo serventes podando, retirando ervas daninhas, regando flores e plantando sementes.

— Aquilo é um labirinto? — pergunto, apontando para um aglomerado de sebes altas ao longe.

Elaith assente.

— É encantado. Poucas pessoas já encontraram o centro, ele gosta de mudar de lugar. Conselho de amiga: não brinque de esconde-esconde no labirinto depois do anoitecer.

— O que ela *quer dizer* é não brinque de esconde-esconde no labirinto depois do anoitecer *depois* de beber vinho de fogo até não poder mais — adiciona Flint.

Elaith não parece incomodada.

— Sério, parecia não acabar nunca. Eu tive que lançar um sinalizador.

— E *eu* tive que encontrar e tirar você de lá — resmunga Flint.

Passamos por uma fileira de roseiras. No começo, acho que a luz está me pregando peças, mas não, as rosas são de *ouro*, os espinhos cintilando sob o sol da manhã.

Eu me encolho quando Elaith entrelaça o braço no meu, e então de imediato me sinto tola.

— Vem — convida ela. — Vamos alcançar os outros.

A torre fica na extremidade dos jardins. Estende-se alto no céu, sem janelas, sem portas e impenetrável.

— Bem-vindos à Fortaleza Dourada — diz Alator.

Elaith franze o cenho, confusa.

— Não tem porta — observa ela.

Alator sorri.

— É verdade, Elaith.

— Se não tem porta, como vamos entrar? — pergunta Cole, com um tom que alguém usaria ao falar com uma pessoa incrivelmente obtusa.

Alator olha ao redor do grupo de Herdeiros.

— Alguém vem matando as aulas de história imperial. Quem gostaria de informar ao Cole por que a fortaleza não tem portas?

De novo, o garoto aquatori, Kai, preenche o silêncio:

— A porta da fortaleza só se revela àqueles que considera dignos de sua proteção.

Alator abre um sorrisão para ele.

— Precisamente. Essa torre sagrada abrigou muitos etheri nos momentos de maior necessidade, independentemente de título ou posição. Vocês devem se apresentar e provar seu valor. — Ele entrelaça os dedos na frente do corpo. — Tenho um voluntário para ir primeiro?

Ao mesmo tempo, vários Herdeiros erguem as mãos, ansiosos. Alguns até dão um passo à frente. Elaith, que é pelo menos um palmo mais baixa que todos os outros, fica na ponta dos pés. Permaneço onde estou, com os braços firmes junto ao corpo, os olhos fixos nos pés.

— Blaze! — chama Alator, animado. — Que tal você?

Perco o chão. Devagar, ergo os olhos. Todos estão me encarando.

— Eu... não sei se... — Minha voz vai sumindo, fraca.

— Vamos — insiste Alator, os dentes dourados cintilando ao sol. — Não há nada a temer, e haveria uma bela simetria nisso.

Franzo a testa, a incompreensão sobrepondo o constrangimento.

— Como assim?

Alator sorri.

— A primeira Herdeira a entrar na fortaleza na última Seleção foi sua mãe.

Fico sem reação, olhando para Flint, que parece tão surpreso quanto eu.

— Blaze? — incentiva Alator.

Dou alguns passos na direção da fortaleza.

— O que devo fazer? — pergunto, pensando que, se Alator espera que eu me apresente em voz alta a uma parede de ouro sólido na frente dos outros, é melhor desistir já e que se dane a simetria.

— Estenda a mão — orienta ele. — Deixe a torre sentir que está aqui. Deixe-a conhecer você.

Em meio ao grupo de Herdeiros, Flint me dá um sorriso encorajador. Viro-me de volta à fortaleza. Sentindo-me tola, encosto a mão na parede de ouro, que é lisa e incrivelmente fresca apesar do sol escaldante.

Estou aqui, penso. *Estou aqui para você me conhecer.*

Nada acontece.

Estou aqui para você me conhecer como conheceu minha mãe.

De novo, nada acontece. Posso ouvir a risada odiosa e melódica de Ember atrás de mim.

Não vou dizer que sou digna. Matei pessoas. Afoguei pessoas. Destruí vidas. Não sei por que aconteceu. Não sei o que nada disso significa: a tempestade, o gelo, meus sonhos. Talvez eu seja tão desalmada quanto as pessoas dizem.

Um bolo se forma em minha garganta, e engulo em seco.

Minha mãe acreditava que eu faria grandes coisas. Ela mesma me disse, e sempre me falava a verdade, e estou aqui, não estou? Sou uma Herdeira. Isso tem que valer alguma coisa. Tem que ser digno de algo.

Por favor.

De repente, a parede sob minha mão começa a se mexer e se transformar, formigando e pulsando com antigos feitiços. Abro os olhos.

À minha frente, no ponto em que antes havia uma parede sólida, está uma porta dourada reluzente.

12

Hesitante, seguro a maçaneta como se pudesse desaparecer. A porta é tão leve quanto um suspiro e cede de imediato ao meu toque. Quando se abre, sinto um estranho peso invisível me pressionando, como se eu estivesse sendo observada por milhares de olhos.

— Obrigada — sussurro ao entrar.

Não há janelas, mas há uma iluminação que vem de dentro da torre, a luz do sol permeando as paredes como se fossem feitas de vidro em vez de ouro. Uma escada em espiral envolve o perímetro, erguendo-se a perder de vista.

De maneira previsível, Ember é a próxima a aparecer.

— Vamos, prima — incita ela com alegria, saltitando a meu lado. — Não precisa ficar tão nervosa.

— Não estou nervosa — minto —, mas agradeço a preocupação.

— Fico feliz por ouvir isso. — Ela se inclina mais perto. — Só que, cá entre nós, você deveria estar.

Desvio o olhar, começando a esfregar a cicatriz por instinto.

— Senhoritas. — Flint sorri quando a porta some atrás dele. Vem até nós e para a meu lado. — Está se comportando, né, Ember?

Ela sorri com doçura.

— Sempre.

Logo, todos os quinze Herdeiros estão reunidos na fortaleza. Subimos a escadaria aparentemente infinita até Alator fazer um gesto para pararmos.

— Aqui temos as instalações de treinamento da fortaleza — declara ele.

Elaith ergue a sobrancelha.

— É sério que ele espera que todos nós treinemos juntos em *uma* sala? — sussurra ela. — Deve ter pirado. Vamos ter que ficar um colado no outro.

Cole dá um sorrisinho.

— Bem, eu que não vou reclamar.

Ela passa por ele com um empurrão do cotovelo pontudo, puxando Flint e eu bem a tempo de Alator abrir a porta.

Era para Elaith estar certa. Julgando pelas dimensões da fortaleza, que prioriza a altura em vez da largura, era para a porta se abrir para uma sala bastante pequena e estreita. Porém, o cômodo é o oposto disso. Na verdade, mal pode ser descrito como uma *sala*. O espaço é impossível de tão amplo, o teto tão alto que me pergunto se sequer existe.

Flint solta um assovio baixo.

— Meus...

— *Deuses* — completa Elaith, com um sussurro.

Vejo quatro figuras seguindo pelo piso de pedra em nossa direção, três homens e uma mulher, cada um usando uma das cores das cortes.

— Permitam-me apresentar seus instrutores — diz Alator.

A única instrutora mulher, de rosto severo em uma túnica cinza-aço, dá um passo à frente.

— Bem-vindos. — Ela faz um aceno brusco para Alator. — Nós assumiremos a partir de agora.

Alator sorri com graciosidade, e a porta dourada se fecha atrás dele com um clangor que parece reverberar por todo meu corpo.

— Falta um — comenta o instrutor vestido de verde. — Prometeram-me quatro Filhos da Terra, mas só conto três.

É verdade. O quarto Herdeiro terrathian ainda não apareceu.

— Deixem-me olhar para eles — murmura o instrutor na túnica carmesim-escuro. É muito velho, com uma barba tão longa que está enfiada dentro do cinto. Quando fala, é mais para si mesmo que para qualquer outro. — Vejo gerações em seus rostos. No matiz de um olho, na curva de um lábio, vejo fragmentos dos que vieram antes. — Ele inspira com brusquidão, inclinando a cabeça. — Farejo a ambição na pele deles.

A meu lado, Elaith torce o nariz como se pudesse sentir o cheiro também.

O instrutor ignitia chama os alunos.

— Venham comigo, minhas chaminhas.

Algo irregular e ansioso perfura meu peito quando Flint, Elaith, Cole e Ember se afastam do restante do grupo e vão até ele. São seguidos pelos Herdeiros ventalla e terrathian, que partem atrás dos respectivos instrutores.

Isso nos deixa com o instrutor aquatori. Seu cabelo é de um branco ofuscante, mais brilhante que a neve; a pele clara e um pouco enrugada; os olhos de um azul-escuro insondável. Usa uma túnica simples com um cinto, no qual está presa uma bainha de couro com um pequeno tridente prateado. Há algo familiar nele.

— Enfim nos conhecemos — diz com suavidade. — Meu nome é River.

Passamos pelos Herdeiros ignitia, que estão parados em um grande poço de pedra alguns metros abaixo do nível principal, enquanto, muito acima, os Herdeiros ventalla estão subindo um lance de degraus entalhados de forma rústica nas paredes da câmara, que parecem se estender ao infinito.

De repente, o chão sob meus pés é substituído por solo e raízes quando começamos a seguir por um matagal. Observo os rochedos e os arbustos com fileiras de espinhos afiados como dentes reluzindo na luz sarapintada de um sol ausente, galhos pendendo baixo o bastante para roçar o topo de nossas cabeças como a ponta de dedos.

Uma floresta dentro de uma torre.

Absorvo tudo com os olhos arregalados.

Passamos pelos três Herdeiros terrathian e o instrutor parados em uma clareira e logo emergimos do outro lado das árvores. Sobre as cabeças de meus companheiros, vejo algo cintilando logo adiante. Quando nos aproximamos, percebo que é um pequeno lago. River pede que nos espalhemos ao redor. Kai vai para minha esquerda; o outro garoto, Fjord, para minha direita; e Marina, ou a "peixe insuportável", como Cole a chamou, fica bem em minha frente.

River pigarreia.

— Bem-vindos ao treinamento. Essas sessões têm o objetivo de prepará-los para os desafios vindouros. Há três no total, com um mês de intervalo entre eles. Depois de cada desafio, o competidor mais fraco será eliminado da Seleção, mas permanecerá aqui, no palácio, para comparecer à Cerimônia de Vínculo e à coroação.

Marina olha ao redor do lago, analisando a concorrência.

— Quando é o primeiro desafio?

— Isso cabe ao imperador decidir — explica River.

— Alguém já morreu nos desafios? — questiona Marina com casualidade, como se estivesse perguntando sobre o tempo.

Há uma pausa desconfortável, então River responde:

— Uma vez ou outra ao longo dos anos.

Sinto calafrios.

— Embora a morte de um Herdeiro não seja um acontecimento inédito, é uma tragédia rara e que tentamos evitar a todo custo — continua River. — E, embora eu não possa lhes contar qual será a natureza dos desafios, farei tudo a meu alcance para que estejam prontos para encarar o que quer que o Conselho apresente a vocês. Tudo o que peço em troca é sua confiança. Eu a tenho?

Obrigo-me a assentir junto com os outros. River sorri.

— Ótimo. Começaremos com uma pequena demonstração de seus talentos. Fjord, pode ir primeiro?

Fjord é um garoto de aspecto doentio, pálido e magro com olhos de uma cor turva, como poças à beira de uma estrada. Ele faz um pequeno movimento curvo com a mão, como se pintasse uma espiral em uma tela. A lagoa começa a se agitar, a água batendo nos lados e transbordando. Fjord repete o movimento até que uma onda grande e perfeita se ergue e quebra diante dele. Assim que abaixa a mão, a água se acalma.

— Ótimo — elogia River. — Kai, sua vez.

Kai ergue as mãos acima da lagoa e fecha os olhos. Por alguns momentos, nada acontece. Então ouço um ruído intenso de raspagem. Uma fina camada de gelo se alastra pela água, cobrindo a superfície, estalando e sibilando enquanto se move.

River assente em aprovação.

— Excelente. Marina?

A peixe insuportável dá um passo à frente, lançando-me um olhar bem feio enquanto estende a mão com a palma para cima. Devagar, começa a fechar os dedos em punho. Por um momento, nada acontece. Então vapor irrompe da lagoa congelada, jorrando em grandes colunas pela camada de gelo, preenchendo o ar com uma umidade quente e pesada.

Enxugo a testa com a manga da túnica. Os olhos de Marina encontram os meus — um desafio.

De repente, a água começa a se revolver com violência. Com um giro delicado do pulso, ela cria uma onda perfeita, que se quebra bem em minha frente, borrifando água fervente em minhas pernas. Pulo para trás com um gritinho, o que faz Fjord soltar uma gargalhada, e encaro o chão com as bochechas queimando mais que as canelas.

— Basta, Marina — diz River com rispidez.

— Perdão — responde ela, mas não parece nem um pouco arrependida.

River se vira para mim.

— Blaze, sua vez.

Isso faz o sorrisinho de Fjord sumir.

— Tem certeza de que é uma boa ideia? — balbucia ele. — Quer dizer, dado quem ela é.

River vira a cabeça só um centímetro para encará-lo.

— Agradeço sua orientação, Fjord.

O pescoço pálido de Fjord fica rosado.

— Eu vou dizer isso apenas uma vez — continua River, apoiando a mão no tridente prateado preso ao quadril. — Aos que nutrem qualquer animosidade ou preconceito contra *qualquer um* de seus colegas, peço que deixem os sentimentos do lado de fora. Os que não fizerem isso terão problemas.

Eu o encaro, embasbacada, mas River não terminou.

— Nenhum aluno meu vai se ressentir de outro por algo que estava fora do controle desse alguém. Nenhum aluno meu vai fazer julgamentos, guardar rancor ou demonstrar a ignorância de questões sobre as quais entende *muito* pouco. Fui claro?

Um a um, os outros começam a assentir — com solenidade, como Kai, e com amargor, como Marina e Fjord. Olho para meus pés. Ninguém jamais me defendeu assim. Nem vovô, que me treinou desde a infância para ser grata e graciosa, ou Flint, que prefere agir como se a tempestade nunca tivesse acontecido.

Quando River fala de novo, sua voz está mais suave:

— Blaze. Por favor, vá em frente.

Engulo em seco, enfiando alguns fios de cabelo soltos atrás da orelha.

Dizem que, quando os Cantores da Chuva a invocavam, ouviam uma canção de beleza indescritível que tocava sua alma. Já me perguntei muitas vezes se ouvi tal canção, tantos anos atrás, quando invoquei a tempestade... e se um dia a ouvirei de novo.

Respirando fundo, espero, ou melhor, *torço* para que algo aconteça.

Um minuto doloroso se passa, o silêncio interrompido apenas por alguns risinhos abafados.

Se meus dons não sumiram de vez, se são parte de mim como vovó disse, por que não há sinal da chuva com que nasci? Por que o lago não congela e se racha, como as taças de vinho em Harglade?

Não tenho mais escolha. Fechando os olhos, imagino minha mãe. Ela está sentada em uma poltrona junto ao fogo, contando uma história.

Era uma vez uma garota com olhos como nuvens de tempestade e maresia, e um coração do ouro mais puro. Quando ela chegou ao mundo, cantou para a chuva, e a chuva cantou de volta.

Observo as lágrimas começarem a escorrer pelo rosto de minha mãe.

Então sinto.

Devagar, abro os olhos. Minha mãe sumiu, mas a garoa permanece, gotinhas turvas tamborilando ondas suaves na superfície da lagoa.

Marina está dando um sorrisinho. Kai está me encarando, um tanto confuso. Fjord está com os olhos bem fechados, como se esperasse ser obliterado a qualquer momento. Ele abre um olho, com cautela, depois o outro, e então se endireita, limpando a garganta.

No meu baile Onomástico, vovó alegou que minha garoa era intencional, que eu só estava demonstrando controle, enquanto Flint sugeriu que eu estava sendo modesta. Aqui, não tenho essas desculpas. Nada que possa esconder a verdade. Agora, eles me veem pelo que sou.

Ou melhor, pelo que não sou.

— Obrigado, Blaze — diz River em voz baixa.

Pelo restante da manhã, tento ao máximo manter distância de Marina, que começa a assistir e até comentar, enquanto tento — sem sucesso — conjurar qualquer coisa além de uma chuva leve, embora ela só faça isso quando River está longe.

Fico aliviada com a pausa para o almoço, em que nos juntamos aos outros Herdeiros em uma mesa grande que tenho quase certeza de que não estava aqui quando chegamos.

Fico sentada, encabulada e irritada, enrolando para mastigar e engolir como desculpa para não falar com ninguém. Não me surpreende nem um pouco que Ember cumprimente Marina como uma velha amiga. Elas ficam uma ao lado da outra, entre cochichos, lançando olhares presunçosos em minha direção. E não são as únicas. Meu fracasso parece estar sendo divulgado pela mesa. Sussurros dançam de um ouvido a outro, incluindo algumas vozes mais altas, e afundo no assento, desejando que o chão se abra e me engula de vez.

Dói saber que eles olham para mim e esperam *mais*. Esperam enxurradas e aguaceiros e temporais e tempestades.

Mas sou só garoa.

13

Quando volto para meu quarto, o sol já está bem baixo no horizonte, pintando o céu de um tom dourado escuro.

Desde que me buscou na fortaleza, Spinner parece ter desistido de perguntar como foi o treinamento e passou a tagarelar sobre uma série de coisas com que não consigo me importar: quem disse o que sobre alguém que não conheço, e quais Herdeiros têm as roupas mais bonitas ou as joias mais caras. Finjo escutar, acenando com a cabeça de vez em quando.

Fico aliviada quando ela enfim se retira, embora saia com a promessa de voltar depois e me ajudar a me vestir para as festividades da noite. No dia anterior, celebramos o Primeiro Banquete, e mais tarde haverá um baile para comemorar o primeiro dia de treinamento. Para mim, parece que o Ritual de Seleção é só uma grande desculpa para a Corte Imperial ficar dando festas. E, depois de passar a vida inteira isolada da sociedade, admito que acho tudo isso um tanto exaustivo. Antes, eu podia passar dias inteiros enfurnada na biblioteca só com Renly, mas agora estou quase o tempo todo exposta, tendo que desfilar sob a vigilância dos Olhos e das quatro Cortes das Coroas, que devem estar descobrindo neste exato momento meu desempenho lamentável na Fortaleza Dourada.

Eu me jogo em um dos divãs bem quando Elva chega. Ela se move tão silenciosamente que me sobressalto.

— Milady — murmura ela.

De alguma forma, consigo dar um sorriso.

— *Blaze*.

Ela curva a cabeça e desaparece para preparar meu banho.

Deslizo sem cerimônia do divã até o chão, então me arrasto até a cama e me deito, observando com apatia os verticilos e as espirais douradas entalhadas no teto, traçando os contornos com o dedo.

A tarde não foi melhor do que a manhã. Como Marina apontou com tanta gentileza durante um dos exercícios de fortalecimento de River, sou inútil. Não consigo ferver a água nem esculpir ondas e, apesar do que aconteceu no Castelo Harglade, nem consigo criar gelo, o que seria bem conveniente no momento, uma vez que minha pele arde de calor.

Com uma carranca, arregaço o tecido da calça para analisar as canelas doloridas.

Estou prestes a cair de volta nos travesseiros quando algo atrai meu olhar. Curiosa, cruzo as portas de vidro abertas até a varanda. No parapeito dourado há uma pequena tigela de prata e ao lado dela um bilhete, com duas palavras rabiscadas em uma letra preguiçosa e cheia de curvas.

"Para você."

Olho ao redor, o que é estúpido, considerando que estou a centenas de metros de altura. Devagar, retiro a tampa e espio dentro da tigela. Está cheia do que parece ser uma gosma verde espessa, com um aroma doce e pungente e enjoativo — medicinal.

Será que é o que estou pensando?

Enfio os dedos na mistura e, hesitante, espalho um pouco em uma das canelas queimadas. A dor diminui quase de imediato, o remédio extraindo o calor da pele e a substituindo por uma gloriosa sensação de frescor. Sem hesitar mais, aplico o resto do negócio nas pernas. Então endireito a postura, confusa.

Não contei a ninguém o que Marina fez — nem a Spinner, nem a Flint. Só os Herdeiros aquatori e River viram o que aconteceu, mas Kai e Fjord não pareceram muito interessados em fazer amizade comigo e, embora eu só tenha conhecido o instrutor de manhã, ele não me parece o tipo que deixa presentes secretos nos quartos dos alunos. Também não pode ter sido Elva. Além do fato de não saber das queimaduras, ela chegou aqui depois de mim.

Penso então no príncipe Hal. Ele me surpreendeu ontem à noite, oferecendo-se para me escoltar até o banquete. Não importa que impressão eu possa ter deixado durante nossa dança, não sou bem a pessoa que considerariam uma companhia desejável.

Fico encarando a tigela de unguento. Seria absurdo acreditar que ele está me dando mais atenção do que talvez devesse?

Absurdo da parte dele, talvez, senão da minha.

Uma hora depois, estou com Spinner em um gigante salão dourado, tentando ignorar os olhares em mim.

— Bebida? — oferece minha acompanhante quando um servente atravessa a multidão, carregando uma bandeja cheia de taças delicadas.

Nego com a cabeça, mas Spinner pega duas taças mesmo assim, tomando um gole de cada uma, os grandes brincos triangulares batendo em um som metálico quando ela inclina a cabeça para o lado, admirando o próprio trabalho. O tema de hoje são pérolas. As bolinhas pendem de meus ouvidos, envolvem meus pulsos, entrelaçam-se em meu cabelo. Até o vestido azul-claro está coberto delas, a saia roçando as canelas enquanto me remexo, desconfortável, diante do olhar de Spinner. Mas, graças ao unguento, a dor das queimaduras quase sumiu.

Embora esteja grata a seja lá quem tenha mandado a pomada, desconfio de que aquela onda escaldante seja só o começo da hostilidade de Marina. Parece pessoal, de alguma forma. Mais do que a antipatia de uma competição, mais do que lealdade à minha prima. Achei que era por causa do príncipe, no começo, mas agora não tenho certeza disso.

Fico me perguntando qual será seu próximo ataque. Congelar-me no chão? Empurrar-me na lagoa?

Não tenho que me perguntar por muito tempo, pois ela e Ember de repente surgem dentre os convidados, caminhando com os braços dados e os rostos contorcidos em sorrisos satisfeitos.

— Ah, *Blaze* — cantarola minha prima.

Sinto um frio na barriga. Por instinto, começo a me esconder atrás de Spinner, que, para meu horror, dá um tapinha encorajador em meu braço e diz:

— Vou deixar você com suas amigas!

Impotente, observo as duas se aproximando. Por um momento, considero sair correndo, mas parece que ainda possuo certa dignidade, porque meus pés se recusam a se mexer. Olho ao redor, procurando Flint em desespero, mas não há sinal dele.

No entanto, bem quando Ember e Marina me alcançam e perco as esperanças de ser resgatada, alguém aparece a meu lado. Vestindo uma camisa dourada macia, o cabelo preto penteado de forma elegante para trás. O alívio me inunda. Acho que nunca fiquei tão feliz por ver alguém na vida.

— Blaze — cumprimenta o príncipe Hal, afetuoso. — Ember. Marina.

Nós três fazemos uma mesura em uníssono, e sinto uma breve faísca de satisfação quando os olhos de Ember se estreitam de surpresa.

— Como foi seu primeiro dia de treinamento? — pergunta Hal, ajeitando as abotoaduras.

— Eu estava prestes a fazer a mesma pergunta para minha prima — diz Ember, em um tom afetado.

— Ah, sim — acrescenta Marina. — Devo parabenizá-la, Blaze. Seu desempenho hoje foi... *muito interessante.*

Abaixo a cabeça, sentindo o rosto corar.

Hal me dá um olhar de esguelha.

— Parece intrigante.

Marina dá um sorrisinho.

— Bem, digamos que com certeza deu o que falar.

Não tenho nada a dizer em minha defesa, então fico em silêncio, queimando de vergonha.

Parecendo sentir meu desconforto, Hal muda de assunto.

— Está meio escuro aqui, não acham? — Ele olha ao redor do salão, ao longo do qual as velas tremeluzentes projetam longas sombras ondulantes pelas paredes. Então estende uma mão, atrás da qual o sol e o olho imperiais brilham com suavidade. — Blaze, você me daria a honra?

Fico sem reação.

— Quê?

— Deixe que eu lhe mostro.

Confusa, faço o que ele pede. Hal aperta minha mão entre as dele e fecha os olhos. Por um momento, nada acontece.

Então... *luz.*

Pura luz emanando de nossas mãos, como se nossas marcas estivessem se fundindo, cada vez mais brilhantes, até que Hal me solta e lança os raios para cima, expulsando as sombras e banhando o salão com um brilho dourado deslumbrante.

A multidão arqueja e irrompe em aplausos.

— Com licença — diz Hal para Ember e Marina, que encaram embasbacadas, antes de me puxar para longe.

Todo mundo está nos encarando, mas pela primeira vez não me importo. Hal acena com cordialidade aos observadores, mas sorri quando se vira para mim, e me pergunto como deve ser possuir tal dom... o dom do Criador. Ter nascido da luz do sol.

Príncipe da Aurora.

— Um truquezinho impressionante, Vossa Alteza Imperial — comenta um garoto usando uma longa túnica cinza, vindo em nossa direção.

Ele faz uma mesura baixa, depois dá um soquinho no ombro de Hal. Hal sorri.

— Blaze Harglade, quero que conheça Zephyr Graven, que, em minha opinião nada imparcial, é o maior lufa da geração dele. Zeph, essa é Blaze, que dispensa apresentações, claro.

Zephyr é alto e bonito, com pele escura e olhos fundos cor de mel. Lembro que Cole disse que era o favorito dos Olhos para vencer a coroa ventalla. Ele me cumprimenta, e a marcação — uma única pena — brilha com suavidade nas costas da mão dele.

— É um prazer, Blaze.

— Como foi o treinamento? — questiona Hal.

Zephyr dá de ombros.

— Não muito desafiador, mas foi só a primeira sessão — responde. Atrás dele vem um Olho com uma cara bem entediada, que imagino ser seu acompanhante. Zephyr se volta ao outro rapaz: — Pode ir agora. Não precisa ficar de babá.

O garoto ajusta o gibão dourado e assente, desaparecendo em meio à multidão.

Zephyr se vira de novo para nós.

— Deuses, Hal, esses acompanhantes são mesmo necessários? Eu sei amarrar meus próprios cadarços, sabe.

Hal só ri.

— É o que manda a tradição. E quanto a seu treinamento, Zeph, foi meu tio mesmo que escolheu a instrutora ventalla. Confie em mim, até o final da semana você vai estar chorando e pedindo para chamarem sua mãe.

Zephyr ergue a sobrancelha.

— É melhor esperar sentado. Falando em mães, a sua não parece muito feliz.

Nós nos viramos e vemos a imperatriz Goneril entrando no salão de baile, flanqueada pelas damas de companhia. Zephyr está certo. Ela não parece feliz. Na verdade, parece furiosa.

— *Xii* — murmura Hal baixinho. — Sei o que isso significa.

Eu não, mas sinto que estou prestes a descobrir.

De fato, momentos depois as cornetas são tocadas e todos fazemos uma reverência até o chão, inclusive Hal. O imperador aparece na entrada, magnífico com a capa dourada. Mas não é para ele que estou olhando... e sim para a mulher de braço dado com o dele. De pele leitosa, olhos verdes brilhantes e o cabelo castanho-avermelhado, ela é tão linda quanto uma deusa. Usa um colar de caules de flores entrelaçados e um vestido deslumbrante de folhas douradas e verdes. Quando o imperador olha para ela com uma admiração descarada, sei que essa mulher só pode ser uma pessoa.

Madame Kestrel Calloway, a amante do imperador.

Eles atravessam o salão, passando por Goneril sem dar nem um olhar de relance para ela. O rosto comum da imperatriz parece quase feio em comparação à beleza sobrenatural de Kestrel. Não estou preparada quando eles vêm justo em nossa direção.

— Pai. — Hal endireita a postura antes de acrescentar: — Milady.

Contudo, Kestrel está focada em mim. Eu me levanto e faço uma mesura apressada, inquieta com o olhar.

— Como você é parecida com sua mãe — diz ela, finalmente.

Há uma pausa e penso que ela vai dizer mais alguma coisa, mas então decide não falar. E os dois seguem o caminho, simples assim.

Consigo praticamente sentir a tensão entre os ombros de Hal, ondulando por sua coluna.

Não consigo imaginar como seria ver meu pai desfilando com a amante na frente das cortes enquanto minha mãe é humilhada e rebaixada. Ele tem seus defeitos, mas a devoção à minha mãe nunca esteve em dúvida; ela era sua salvação, sua redenção. Foi o que o levou a se perder no vazio inalcançável do luto.

Minha mãe morreu, mas foi amada. A mãe de Hal está aqui, mas não é. Também não parece ser odiada. Ela é de todo desconsiderada, o que pode ser até pior. Não é à toa que parece tão azeda o tempo todo. Dizem que ela e o imperador mal se falam. O único dever dela, o único propósito, foi cumprido com o nascimento do filho do casal: o príncipe a meu lado.

No entanto, embora Goneril tenha dado à luz o único Herdeiro legítimo do imperador, ele tem mais dois filhos bastardos com Kestrel. Ou *tinha*. A garota morreu jovem; da doença do suor, acredito. Dizem que ela teria sido tão linda quanto a mãe.

Quando ao garoto, se sou o começo que trouxe o fim, então ele é a própria destruição. É por isso que os nobres tratam Kestrel como se fosse uma rainha, por isso não desdenham quando ela passa, só se curvam e a bajulam e sorriem. Porque ela pode ser a meretriz do imperador, mas também é a mãe do Talhador da Terra.

Ela deu à luz o garoto que dilacerou o mundo.

14

— Hoje, vamos focar a arte de auscultar a água.

Há um suspiro coletivo de decepção entre os Herdeiros sentados ao redor da lagoa.

— Então não vamos treinar?

River só sorri.

— Pelo contrário, Marina. Auscultar a água é uma das lições mais importantes que vão aprender. Ninguém consegue extrair por completo um poder que não compreende e que não o compreende de volta. Então, como eu estava dizendo, vamos focar o treino de hoje na arte de auscultar a água, e abordá-la com a mente aberta e a boca fechada.

Isso faz Marina se calar, e a aula começa sem mais objeções.

As horas se passam e não escuto nada. Paramos para o almoço e depois retomamos as posições. Ainda não escuto nada. Fico deitada ao lado da lagoa, correndo os dedos pela água, forçando os ouvidos em busca de qualquer mínimo sussurro, mas nada.

Pelo menos não sou a única. Fjord está se concentrando tanto que gotas de suor brotaram em sua testa e no lábio superior. Quanto a Marina, de vez em quando solta um arquejo teatral e se inclina para perto da água, colocando a mão em concha ao redor da orelha e tudo. Julgando pela expressão dele, Kai também não caiu no teatrinho da garota.

Já se passou uma semana. Uma semana no Palácio Dourado, uma semana de treinamento para o primeiro desafio, uma semana em que eu fui total e completamente inútil. Toda manhã me arrasto para fora dos sonhos, visto a túnica azul e me junto aos outros Herdeiros na fortaleza. Toda noite, deixo Spinner e Elva me colocarem em um de meus muitos vestidos novos, estampo um sorriso no rosto e me submerjo no mar dourado de nobres puxa-saco.

A mísera garoa que consegui invocar no primeiro dia de treinamento foi reduzida a uma substância lamentável, parecida com uma névoa, que tende a pairar sobre minha cabeça. E, apesar da paciência inabalável de River e dos incentivos otimistas de meu irmão, não parece que estou melhorando. Pelo contrário, sinto que estou ficando pior.

Já estão circulando boatos sobre o anúncio do primeiro desafio, e só de pensar fico apavorada. O que não é surpreendente, na verdade, uma vez que posso acabar morta. Não seria a primeira morte de um Herdeiro durante a Seleção — o próprio River disse isso. E mesmo se, por algum milagre, eu conseguir sobreviver, e depois? Ser a primeira a sair da competição é uma coisa, mas ser a primeira porque nem tenho as habilidades para competir é outra. Parece que estou condenada à humilhação e à zombaria. Minha prima vai amar, não vai?

O dia segue em frente e sinto que caminho com pés grandes e desajeitados. Quando River por fim anuncia que nós quatro podemos voltar ao palácio, Marina tem que cutucar Fjord para acordá-lo antes de sair saltitando pela floresta, com certeza indo atrás de Ember para se divertir me ridicularizando mais um pouco. Com um suspiro, eu me sento e me alongo.

River contorna a lagoa e para a meu lado.

— Ouviu algo hoje?

Nego com a cabeça.

— Nada.

Ele sorri com gentileza.

— Estive considerando as dificuldades que vem tendo com a chuva e pensei em talvez passar uma lição de casa para você. — Na luz sarapintada refletindo na água, o cabelo dele parece mesmo neve. — Você gosta de ler, não gosta?

Franzo a testa.

— Como sabe disso?

— Sei muito sobre muitas coisas. E lhe digo que já fui a muitas bibliotecas boas na vida, Blaze, mas a Biblioteca Dourada é a melhor de todas. Também é um bom lugar para passar a noite quando se está buscando paz e quietude. Você conhece a lenda dos Cantores da Chuva, imagino?

Confirmo com a cabeça.

— É claro.

— Um assunto muito interessante, não acha? — comenta River.

— Algum livro em específico?

— Talvez.
— E como o encontro?
— Ah, o livro vai encontrar você — afirma o instrutor. — Bom, está dispensada.

◉

Assim que passo pelas portas da Biblioteca Dourada, entendo por que River disse que é a melhor que já viu. O lugar parece um oceano de livros. As enormes estantes douradas se estendem até o teto, que deve ter pelo menos vinte metros de altura, e há uma escada de rodinhas presa a cada uma. O ar tem cheiro de pergaminho antigo, tinta de pena e couro. Não há velas, mas a biblioteca é iluminada por centenas de pequenos orbes de luz. Um deles flutua, todo preguiçoso, por cima de mim quando começo a serpentear pelos corredores de estantes.

Está muito silencioso, mas consigo distinguir o arranhar de penas e o farfalhar de páginas. Não há sinal de um bibliotecário e, dado o tamanho do lugar, tenho certeza de que a Seleção vai ter acabado até eu conseguir achar o livro de River.

Encontro uma alcova e me recosto por um momento na maior de duas poltronas, tentando decidir por onde começar a busca. Porém, quando viro a cabeça, bem na mesa a meu lado, há um livro. O título está gravado na lombada em letras prateadas desbotadas:

Canção da Chuva.

Meu coração dispara enquanto sou tomada por uma onda de empolgação. Existem tão poucos livros sobre os Cantores da Chuva. Sabe-se muito pouco deles, uma vez que viviam nos desfiladeiros traiçoeiros de Brava, a província mais hostil das Terras da Água, por onde pouquíssimos etheri já ousaram se aventurar. Entretanto, sempre me perguntei em parte se essa escassez de informação não é uma tentativa de apagá-los da história. Eles eram poderosos e perigosos, e ao cortar relações com os aquatori deram origem a séculos de ressentimento. O rancor deixa uma marca.

Porém, se o plano era apagar todas as lembranças sobre os Cantores da Chuva, devo ter complicado as coisas.

Puxo o livro para o colo e, ao abri-lo, sou envolvida por uma nuvem de poeira. Afasto-a, impaciente, e o barulho de minha tosse é amplificado pelo silêncio da biblioteca. Dobro as pernas ao lado do corpo e começo a ler.

Situada nas profundezas rochosas das Terras da Água, Brava já foi lar de uma colônia de aquatori com o poder não só de manipular a água, mas de invocar a chuva. Os Cantores da Chuva moravam em cavernas conhecidas como fissuras, atravessavam os céus nas costas de libélulas gigantes e eram honrados pelos antigos costumes e rituais. Ao longo dos séculos, adaptaram-se ao ambiente inóspito, sobrevivendo com uma alimentação que consistia em água da chuva, peixe e plantas das montanhas.

Corro os olhos pelas próximas páginas, que detalham o hábitat periculoso.

Os Cantores da Chuva acreditavam ser os serviçais de uma figura conhecida como Om Shikara, que alegavam ser o único Deus verdadeiro. Por consequência, não veneravam os deuses etheri e não legitimavam a realeza etheri.

Minha marca cintila conforme traço as linhas com o dedo.

Quando viro a próxima página, fico paralisada, pois o papel está coberto de anotações, as margens cheias de uma letra intrincada.

No topo, alguém rabiscou: *Todos os Cantores da Chuva nascem com a habilidade de Fusão.*

Aproximo o rosto, erguendo o livro à luz.

A Fusão é a ancoragem de um dom a uma emoção específica.

Eu me endireito na poltrona, quase sem perceber que estou apertando o livro com tanta força que os nós de meus dedos perderam a cor.

Uma vez descoberta a habilidade, as âncoras possibilitam que a pessoa invoque o dom.

Penso em minha garoa e como só cai quando estou pensando *nela*. Em minha mãe. Quando me permito sentir o luto, mesmo que só por um momento.

Penso no que vovó disse na manhã do eclipse.

"Você encontrou um jeito de transformar a dor em poder."

"É só garoa", respondi na época, desconsiderando a ideia.

Só que lembro de sua expressão feroz, da promessa que me obrigou a fazer.

"Não reprima as emoções. Não dá para se esconder do coração. É aí que reside seu poder, é ele que vai guiar você."

Engulo em seco.

Pensei que minha chuva tinha sumido de vez. Mas e se não tiver? E se estiver conectada — *ancorada* — a uma emoção que não me permito sentir?

"Você nunca fala da mamãe", disse Renly no telhado do castelo Harglade.

"É porque me deixa triste", respondi.

Se meu poder está vinculado à tristeza que mantenho trancada no canto mais escuro de minha mente, o único jeito de acessá-lo por completo é me permitir senti-la, sentir tudo.

Mas há um motivo para eu nunca ter deixado as lágrimas virem: tenho medo de que nunca acabem.

Volto às palavras rabiscadas no livro.

Os Cantores da Chuva aprendem a controlar o poder por meio da emoção, sem deixar que essa emoção os domine.

Minhas mãos estão tremendo. Leio as anotações várias vezes, depois fecho os olhos.

Lembro do dia em que ela morreu. Lembro da dor. Senti que alguma coisa... me *rasgava*. E lembro de meu pai gritando. Não, gritando não. Não existe palavra que possa descrever os sons agoniados que escaparam da boca dele naquele dia. O bebê estava gritando... o bebê Renly. Pequenino e barulhento, coberto de sangue.

Ah, o sangue. Havia *tanto* sangue. Seria de pensar que eu estaria acostumada à cor vermelha, após crescer como filha de duas casas ignitia. Só que não era o vermelho das chamas; era o vermelho da morte, do sangue espesso, escuro e implacável. Eu podia sentir o cheiro daquela noite.

Parteiras. Lençóis manchados. Água estéril. Instrumentos afiados na cama. O médico balançando a cabeça. Vi tudo. Flint foi levado do quarto, mas eu não conseguia me mexer. Estava paralisada ali. Meu pai se curvava sobre minha mãe, como se protegê-la com o corpo de alguma forma fosse impedir a morte de levá-la. Ela estava perdendo a consciência depressa, com os olhos anuviados e desfocados. Mas, só por um momento, que conteve em si dor suficiente para durar uma vida inteira, focou os olhos em mim. Ela sorriu. E o fogo na lareira se apagou.

A garoa beija as maçãs de meu rosto. Minha garganta está se fechando e arquejo, todo meu ser se dobrando ao redor da dor vazia no peito.

"Não dá para se esconder do coração."

Então, faço algo que não me permiti fazer por seis longos anos.

Choro.

E, quando as lágrimas começam a cair, a chuva cai junto. Não a garoa... *a chuva*. As gotas vêm densas e velozes, e me atenho à tristeza, deixando-me senti-la, erguendo os olhos espantados enquanto ela assume forma acima de minha cabeça e toca meu rosto, encharcando o livro no colo.

Depois de todos esses anos achando que eu era vazia, parece que meu dom não se foi de vez. Ele está ancorado ao luto. À tristeza. A *ela*.

Um poder que surgiu da dor.

E, apesar de tudo, percebo que estou sorrindo.

Foco o livro de novo, cuja tinta já está escorrendo pelas margens. Estreito os olhos para as palavras rabiscadas ali, tentando enxugar a página com a manga da túnica.

Camufle, leio. *Camufle, contenha, controle.*

Respiro fundo algumas vezes, ainda trêmula, até as lágrimas pararem. Piscando com força, afasto a lembrança de minha mãe, vendo-a recuar diante dos olhos. Então me concentro em puxar o poder de volta, como se fosse algo tangível, algo vivo.

Camufle, contenha, controle.

Observo a chuva ir parando até cessar de vez.

Encharcada e melancólica, mas ainda sorrindo, pego o livro, enfio-o embaixo da túnica e só paro de correr quando chego ao quarto.

15

— E por que você parece tão alegrinha de repente, irmã? — pergunta Flint enquanto subimos a escada em espiral até a sala de treinamento.

Dou de ombros com um ar inocente.

— Talvez eu só tenha decidido enxergar minha situação com outros olhos.

— Muito curioso. Dado que você sempre me pareceu uma pessoa tão despreocupada e otimista.

Ergo a sobrancelha.

— Prefere que eu volte a ficar infeliz?

— De forma alguma — diz Flint, puxando uma de minhas tranças. — Mas essa mudança drástica de humor tem algo a ver com um certo príncipe? É só que ontem à noite não encontrei você em lugar nenhum, e reparei que Hal escapuliu do salão de banquete durante os discursos, então me perguntei se vocês... sabe, estavam juntos. — Ele limpa a garganta. — E como seu irmão, sinto que é meu dever garantir que você está sendo... *sensata*.

— Sensata?

— Responsável, digamos.

Eu o encaro, sem esconder o horror.

— Você não está querendo ter a conversa sobre de onde vêm os bebês, não, né?

Flint estremece, todo dramático.

— Não sei. Preciso? Quer dizer, você tem 17 anos e pouquíssima experiência de mundo e, como toda hora ele fica indo cheirar seu cangote, só estou dizendo...

— Bem, não precisa — interrompo. — Passei a noite na cama.

Flint parece horrorizado.

— *Com dor de cabeça* — acrescento, cutucando-o nas costelas.

Não estou pronta para contar a Flint de minha descoberta. Ainda parece um assunto sensível demais, pessoal demais, e quero guardar a informação para mim, pelo menos por um tempo.

Elva estava esperando nos aposentos quando voltei da biblioteca apertando o livro contra o peito. Ela saiu sem dizer nada quando a dispensei, e passei a noite inteira no banheiro praticando, cedendo às emoções sem deixar que me engolissem, chorando e depois me acalmando. Pouco a pouco, consegui acessar a tristeza sem deixá-la transparecer, camuflando, além de conter e controlar, forçando os olhos a permanecerem secos, e o rosto, impassível, mesmo quando parecia que meu coração estava se partindo. Fiz isso de novo e de novo. Devo ter queimado umas duas dúzias de velas. Também devo ter adormecido em algum ponto, porque acordei nos ladrilhos frios e molhados quando Flint e Spinner começaram a bater na porta, gritando que eu me atrasaria.

— Isso são horas? — pergunta Marina bem alto quando me aproximo da lagoa.

— Obrigado, Marina — diz River. — Blaze, por favor se junte a nós.

Ele passa alguns exercícios aos Herdeiros e vem até mim, com uma pergunta no olhar. Confirmo com a cabeça, contendo um sorriso.

— Você tinha razão. O livro me encontrou.

— E foi útil?

Não respondo. Não preciso. Alguém — acho que Fjord — solta um arquejo alto quando começa a chover do teto.

River está sorrindo. Faz um gesto para eu andar com ele, e nos afastamos dos outros, contornando a margem da floresta. Olho ao redor por um momento e tenho um vislumbre de Marina com um olhar fulminante sacudindo a água do cabelo.

Eu me viro para River.

— As anotações nas margens. São suas, não são?

Ele assente.

— Você só precisava de um empurrãozinho na direção certa.

— Mas como você sabia? Que eu tinha o poder da Fusão, no caso.

— Você é uma Cantora da Chuva, Blaze. Não era uma questão de possuir o poder, mas de libertá-lo. A resposta sempre esteve dentro de você. Você só precisava encontrá-la.

Absorvo isso antes de perguntar:

— Como você sabe tanta coisa? Tudo aquilo da Fusão... não estava no livro.

River faz uma pausa, então diz:

— Sempre fui fascinado pelos Cantores da Chuva. Sabia que podia aprender muito com eles, então, muitos anos atrás, quando eu tinha sua idade, fui até Brava.

Eu o encaro com os olhos arregalados.

— Você os *viu*? Os Cantores da Chuva?

— Vi.

— Como eles eram? — pergunto, sem fôlego.

River fecha os olhos por um momento.

— Eram... impressionantes. Com dons inigualáveis, tanto em força quanto em beleza.

Engulo em seco.

— Todas as histórias dizem que eles eram perigosos. Até bárbaros.

— Você descobrirá, Blaze, que muitas histórias são tecidas a partir de mentiras — revela River baixinho. — A verdade às vezes se perde entre os fios da tapeçaria.

Sinto um alívio profundo ao saber que nem todas as lendas são verdadeiras, que os Cantores não são rebeldes, nem cruéis, nem uma ameaça aos outros etheri.

Caminhamos em silêncio por um tempo, ouvindo o tamborilar suave de minha chuva, que dobra de intensidade quando sou atingida por uma tristeza desesperadora e repentina ao pensar que, ao contrário de River, nunca vou conhecê-los, as únicas pessoas que podem entender quem sou de verdade.

E quem sou eu, exatamente?

A pergunta escapa de minha boca:

— Se consegue explicar tudo isso, então como fui nascer assim? Venho de uma longa linhagem de ignitia de sangue puro, mas de alguma forma nasci Cantora da Chuva. Não faz sentido. *Eu* não faço sentido.

Uma expressão estranha cruza o rosto de River, fugaz e indecifrável. Quando ele fala, sua voz é gentil:

— Receio que não posso lhe dar todas as respostas que busca, Blaze.

A decepção toma conta, mas a reprimo.

— Então, e agora? — pergunto, interrompendo a chuva.

— Bem, agora que você controlou a chuva, quero que tente criar gelo.

— Ah — respondo, um pouco contrariada.

Teria sido legal ter um tempinho para desfrutar o fato de que não sou um fracasso completo.

River sorri.

— A Fusão pode ajudá-la a concentrar o poder, mas também tem consequências. Pode causar rompantes e desequilíbrios esporádicos, sobretudo em quem não está acostumado com o dom. Mas acho que você já sabe disso.

Assinto devagar, lembrando do som de mil taças se quebrando.

— Não estar ciente de qual emoção é a chave para libertar cada dom pode ser perigoso, porque não se estará no controle. Você entendeu qual de suas emoções está ancorada à chuva, Blaze. Agora deve descobrir a mesma coisa para o gelo.

De repente não estou mais com River na sala de treinamento da Fortaleza Dourada, e sim em um salão de baile lotado no Castelo Harglade enquanto uma voz doce sussurra palavras cruéis em meu ouvido. Sinto algo afiado e frio se espalhando dentro de mim. Raiva. Não, não é raiva. É algo *mais*.

Pigarreio, focando o pequeno tridente de prata preso ao cinto de River. Sempre me pareceu tão familiar e agora percebo por quê.

— Você estava lá — afirmo. — No meu Onomástico. Estava falando com minha avó.

River corre a mão pela casca molhada de uma muda.

— Estava. A rainha Hydra insistiu muito para que a Corte das Ondas comparecesse ao evento.

Respiro fundo.

— Estou preocupada com... com o que aconteceu da última vez. Com o gelo. Eu não conseguia controlá-lo.

— A disciplina é uma arte. Seja paciente consigo mesma. Não tenha medo do que pode fazer, aceite o poder. E, mais importante, aprenda com ele. — River olha para a lagoa. — Talvez os outros possam ajudá-la.

Faço uma careta.

— Não sei se os outros querem se envolver muito comigo. — Vejo Marina dar um sorrisinho convencido quando cria uma onda perfeita. — Eles não são Cantores da Chuva, então os dons não dependem da Fusão, né?

River balança a cabeça, gotas de chuva ainda se agarrando ao cabelo branco como a neve.

— Mas isso não os torna mais fortes que eu? — pergunto, franzindo a testa. — Quer dizer, eu tenho que canalizar a emoção certa para invocar a chuva, mas Marina pode criar uma onda só porque *quer*.

River analisa meu rosto, como se interpretasse algo ali.

— Alguns veem a emoção como um obstáculo em vez de uma força — comenta ele baixinho. — Mas é só porque esquecem de como as emoções podem ser poderosas. Nunca subestime seus sentimentos.

Ouço a voz de vovó na cabeça.

"Sentir é estar viva, Blaze. E juro a você que, não importa o que aconteça, é melhor sentir tudo que não sentir nada."

— Quanto à Fusão — continua River —, peço que evite comentar sobre isso com os outros. É um segredo protegido há centenas de anos.

— Pode deixar.

Quando volto à lagoa, Kai abre um meio-sorriso para mim.

— Parabéns.

Fico um pouco surpresa, uma vez que os outros Herdeiros raramente se dignam a falar comigo. Mas só dou de ombros, casual.

— Já estava na hora — comento.

— Sabe, se precisar de ajuda, eu ficaria feliz em lhe mostrar como criar gelo.

— Sério? — pergunto, espantada com a generosidade.

Kai olha para Fjord, que desvia os olhos depressa, fingindo não estar ouvindo a conversa.

— Claro. Por que não?

Hesito. É uma oferta gentil, mas aceitar não é tão simples, sabendo que meus dons de água requerem a Fusão. Os métodos de Kai não vão funcionar comigo. Só vamos desperdiçar o tempo um do outro. Mas não posso dizer isso a ele, que está me olhando, esperando uma resposta.

— Obrigada — digo, hesitante. — Seria ótimo.

Primeiro Kai me faz limpar a mente, o que não é nada fácil. Nós nos sentamos um na frente do outro, na margem da lagoa, e apoio as mãos no colo. Falei a verdade a River sobre estar preocupada. Não quero perder o controle. Não quero ferir ninguém.

Na escuridão atrás das pálpebras, vejo a cicatriz entrecruzada na bochecha de Hal.

— Quero que você só pense em gelo — orienta Kai. — Em como cobre o chão, no som que faz ao rachar. Pense em geadas, sincelos, o orvalho congelado. Siga em direção ao frio.

Depois de um tempo, abro os olhos, frustrada.

— Não adianta. Não consigo.

Kai parece estar contemplando algo.

— Novo plano — anuncia ele. — Você percebeu que conseguia congelar a água depois de quebrar um monte de taças, certo?

Faço uma careta em resposta.

— Muito bem, então. Peça uma taça.

Franzo o cenho.

— Pedir a quem?

— À Fortaleza Dourada. — Kai ri de minha expressão. — Meu pai me disse que a fortaleza vai te dar tudo o que quiser, se pedir com educação.

Só consigo encará-lo. Acho que nunca vou me acostumar com os feitiços neste lugar.

— Vai lá — insiste ele. — Tenta.

Olho ao redor para garantir que Marina não está por perto, então limpo a garganta.

— Me dê uma taça.

Minutos se passam e continuo com as mãos vazias.

Tento de novo, um pouco mais alto.

— Preciso de uma taça.

Kai arqueia a sobrancelha escura.

— Eu disse que você tem que pedir *com educação*.

— Desde quando uma torre velha sabe algo sobre bons modos?

— Ah, vai logo, antes que a gente morra de velhice.

— Está bem — concordo, suspirando. — Quero uma taça. *Por favor*.

Em um piscar de olhos, uma taça de vidro aparece do nada no espaço entre nós, oscilando um pouco até parar.

— Viu? — Kai enfia a taça na água e então a empurra para mim. — Agora, congele-a.

— Mas eu...

— Você fez antes. Pode fazer de novo.

Vejo River nos observando do outro lado da lagoa. Ele assente.

Acho que já sei qual de minhas emoções está ancorada ao gelo, e assim que fecho os olhos, vejo-a ali, com o vestido cor de ferrugem, os lábios curvados em um sorriso cruel.

"É só isso?"

Ouço os risinhos de deboche dos presentes.

"Assassina."

"Criança trocada."

"Aberração."

Sinto aquele frio de novo.

"Uma família como a nossa tinha que ter uma maçã podre em algum momento, prima. E cá está você, podre até o talo. Não engana ninguém, muito menos eu."

Vejo Ember dar um sorrisinho quando se prepara para o golpe final.

"Só estou feliz porque a querida tia Analiese não está viva para ver isso. Para ver *você*. Que fardo você deve ter sido para ela, Blaze. Que... *decepção*."

O frio está se espalhando, queimando-me como fogo, e me entrego a ele, deixando que me preencha inteira. Não é raiva. Não é revolta.

É uma fúria fria como gelo.

Tão forte que me inunda. Tão fria que queima.

Camufle, contenha, controle.

Preciso me esforçar ao máximo para resistir ao sentimento, e, por fim, com um último arquejo de esforço, refreio o poder.

Ofegante, abro os olhos, esperando ver a taça coberta em uma camada cintilante de gelo.

Em vez disso, descubro que a lagoa inteira está congelada.

16

O tapete de agulhas de pinheiro sob meus pés dá lugar a uma extensão de neve cintilante. Caminho pela terra estéril e congelada enquanto um vento gélido começa a soprar, com o olhar fixo em uma centelha dourada adiante. A cada passo, sinto a coisa me atrair mais e mais.

Mesmo com o vendaval uivando, ouço meu nome:

Blaze.

Acordo com um sobressalto. Envolvendo um cobertor ao redor dos ombros, abro as portas de vidro e me sento na varanda para ver o sol nascer.

Os sonhos começaram pouco depois do eclipse. Eu estaria mentindo se dissesse que não me perturbam, mas, mais do que tudo, deixam-me frustrada... enfurecida, até. Porque nunca consigo alcançar seja lá o que me aguarda ao longe.

Fico me perguntando o que deveria simbolizar. A coroa aquatori? O futuro que planejei para mim mesma? Minha mãe? Considerei contar a Flint, mas não quero entediá-lo. São só sonhos, afinal.

Não demora muito para meus pensamentos se voltarem a meus dons de água. Passei tantos anos pensando que estava vazia e me odiando por isso. Agora entendo. A chuva e o gelo dependem da Fusão, são *meus*. Tenho o que sempre quis: um poder próprio. E minha intenção é aproveitá-lo ao máximo.

Elva vem servir a bandeja de café da manhã na varanda. Se os etheri têm medo de mim, os fidra mal conseguem me encarar. Ainda assim, Elva foca os olhos, quase luminosos na luz das primeiras horas da manhã, nos meus. Ela se vira para sair, mas a paro com uma pergunta:

— Quer comer comigo?

Ela parece assustada e um pouco perplexa.

— Tem mais que o suficiente para duas pessoas — argumento, apontando a bandeja, que contém pão de canela, três tipos de geleia, melão, cogumelos fritos, café e suco de romã.

Não sei bem o que os serventes comem na cozinha, mas tenho certeza de que não é nada do tipo. Não insisto, porém, de repente envergonhada por ter oferecido.

Ela hesita por um momento, então se senta a meu lado com cautela.

— De que ilha das Terras Distintas você vem? — pergunto, servindo café e acrescentando uma boa colherada de creme batido e açúcar.

Elva não responde, só pega um pão e o leva ao nariz, inspirando o aroma antes de tirar um pedacinho e mastigar bem devagar.

— Você tem família?

Ela hesita, mas assente.

— E eles vieram com você? Para Ostacre?

Ela nega com a cabeça.

— Você sente saudade deles?

Ela confirma e dá outra mordida no pão.

— Eu tenho um irmão mais novo em casa. O nome dele é Renly. Morro de saudade, nunca fiquei longe dele.

Elva aceita uma fatia de melão.

Sopro o café, tentando pensar em outra coisa para dizer.

— Meu cabelo ficou lindo ontem.

Ficou mesmo; ela entremeou pedras da lua em minhas tranças, que cintilavam ao refletir a luz.

— Onde você aprendeu a fazer o penteado? — questiono.

Elva fica sem reação. Hesita. Abre a boca. Fecha. Então responde devagar:

— Amma.

Eu a encaro. Ao longo dos anos, tive muito tempo para ler muitos livros, e em toda língua que já estudei há uma palavra que sempre chamou minha atenção. Eu a conheço em uma série de dialetos. Esta em específico origina-se de Obsidia, uma ilha do outro lado do Segundo Mar, conhecida como a Ilha da Noite Eterna.

Amma. Mãe.

Então percebo que Elva respondeu não só a uma, mas duas perguntas. Porque me deu a resposta em sua língua materna: obsidiano.

O som de uma porta batendo estilhaça a quietude e Elva se levanta depressa, recuando quando Spinner entra correndo no quarto. Visto a túnica e deixo minha acompanhante me arrastar até o saguão. Contudo, não é meu irmão que me aguarda lá, é Kai.

— Pronta para o treinamento?

— Não vejo a hora — respondo, e é verdade.

Os outros Herdeiros tiveram anos para entender as complexidades de seus dons, e tenho muito a aprender antes de estar pronta para o primeiro desafio.

Afastando os pensamentos sobre Elva, coloco um sorriso no rosto enquanto caminhamos juntos pelos jardins do palácio na direção da fortaleza.

À noite, fico parada na frente do espelho enquanto Spinner ajeita a bainha de meu vestido e Elva prende meu cabelo em duas tranças grossas. Não conversamos desde sua revelação esta manhã. Há tantas coisas que quero perguntar a ela sobre Obsidia e as Terras Distintas, sobre como ela veio parar em Ostacre, sobre o que aconteceu com sua família.

Spinner ergue dois brincos diferentes.

— Pérolas ou safiras?

Dou de ombros.

— Tanto faz.

— Safiras, então. Não, talvez pérolas. Ou os dois?

Minha acompanhante está usando o que é sem dúvida o vestido mais curto que já vi. Ela me faz dar uma voltinha, depois seleciona sandálias azul-claras. Quando se abaixa, vejo a tatuagem em sua nuca. É um olho aberto.

— Sempre achei que era um mito os Olhos terem isso — digo.

— Não, não é. — Ela se endireita e dá um sorriso malicioso. — Significa que podemos ver vocês mesmo quando estamos de costas.

Bufo, mas as palavras me causam um arrepio pela coluna.

Neste instante, alguém bate à porta. Spinner vai saltitando pelo quarto para abri-la, revelando Hal. Só faz alguns dias desde que o vi pela última vez, mas fico mais uma vez espantada por sua beleza. Cabelo escuro, pele de marfim, olhos cintilando pretos sob a luz das velas. Idêntico a seu ancestral, o Criador. O Deus dos Deuses encarnado.

Envergonhada, percebo que estou sem palavras, um problema que, por sorte, minha acompanhante não tem.

— Vossa Lindeza Imperial. A que devemos o prazer inesperado?

Tenho certeza de que ninguém arriscaria fazer uma mesura em um vestido tão curto, mas Spinner me surpreende.

Hal sorri.

— Eu estava só passando e me perguntei se Blaze queria companhia.

Um rubor familiar toma minhas bochechas.

— Quanta gentileza. Ele não é gentil, Blaze?

Spinner pisca um olho para mim, e me vejo desejando que um buraco no chão me engula. Mal consigo fazer uma pequena mesura antes de ela me dar um empurrão indiscreto na direção do príncipe.

Hal parece contente ao me encontrar de bom humor, e ainda mais ao saber da ressurgência de meus dons de água. Toda vez que ergo os olhos para ele, descubro que já está olhando para mim, o que me deixa um pouco eufórica, como se minhas veias estivessem cheias de bolhas de espumante em vez de sangue.

Aceito o braço dele, sendo guiada pelo mar de olhares e sussurros. Pela primeira vez, quase não reparo neles.

— Não tem baile hoje? — pergunto quando chegamos ao salão do trono.

— Meu pai pediu que as cortes se reunissem aqui.

A ansiedade se revira em meu estômago quando Spinner nos empurra até onde Flint está nos esperando com Cole e Elaith. Sheen paira, taciturno, na margem do círculo, habilmente esquivando-se de minha acompanhante quando ela tenta beijá-lo na bochecha.

— Eu aceito o beijo, se ele não quiser — comenta Flint.

Spinner ri, erguendo-se na ponta dos pés e dando um beijo na bochecha dele.

— Para onde você foi depois do treinamento, Blaze? — pergunta Elaith.

— Eu estava na biblioteca.

— Eu nem sabia que este lugar tinha uma biblioteca — diz ela. — O que você fica fazendo lá?

Flint revira os olhos.

— O que você *acha* que alguém faz numa biblioteca, Elaith?

— Ah, perdão — retruca ela, levando a mão ao peito. — Não percebi que você era um especialista, *Flint Nascido das Chamas*. Na verdade, nem sabia que você sabia ler.

Flint abana um dedo em riste para ela.

— Tá, tá. Se bem que é verdade que minha irmã ocupa o tempo melhor que eu. Ela é a inteligente, e eu sou o...

— Bêbado? — sugere Elaith.

— Divertido. Na verdade, ia dizer...
— Vaidoso? — completa Cole, girando o vinho na taça.
Flint balança a cabeça.
— Já estou vendo que perdi. Vocês dois são cruéis. Desalmados e cruéis.
Momentos depois, o som das cornetas abafa as vozes dos convidados. Ajoelhamo-nos, observando enquanto eles entram pelas portas: o imperador e madame Kestrel, seguidos pelo Conselho das Coroas. Os olhos escuros do rei Balen me encontram na multidão, uma centelha de divertimento brilhando neles ao notar o sobrinho a meu lado. Já estou esperando por isso, mas ainda fico perturbada quando sua voz me alcança, aquele sussurro suave e sedoso destinado só a mim:
— Fazendo amigos, pombinha?
Reteso a mandíbula para não estremecer.
O imperador sobe os degraus dourados até o trono imperial, e cada fiapo de minha autoconfiança recente se desfaz quando ele anuncia que uma data foi escolhida para o primeiro desafio: amanhã.
Amanhã. A palavra ecoa dentro de mim, brusca e direta.
Não estou nem minimamente pronta. Ainda não. Talvez se tivesse mais tempo... mas de que adianta especular?
— Achei que teríamos mais algumas semanas — murmura Elaith, sibilando, quando a multidão irrompe em aplausos.
— Assustada, garotinha? — provoca Cole com um sorrisinho. — Isso é música para meus ouvidos.
Elaith pisa no pé dele, algumas das velas próximas tremeluzindo.
— Vai sonhando.
Hal me lança um olhar de desculpas; já devia saber faz tempo. Mas, antes que ele possa dizer qualquer coisa, Flint joga um braço ao redor de meus ombros.
— Tudo bem, irmãzinha?
Não, Flint, não estou bem. Sinto que o imperador acabou de anunciar minha execução.
— Tudo. E você?
— Melhor impossível. — Não há nem o mais leve brilho de incerteza em seus olhos. — Eu sempre tenho algumas cartas na manga.
— Ah, que bom — diz Elaith, puxando a manga do gibão vermelho dele. — Passe algumas para cá.
Os Herdeiros logo são levados para o centro do salão, que está transbordando de vozes conforme os etheri nos cercam. Pelo visto, o que Cole disse sobre os Olhos fazerem apostas em quem vai triunfar nos desafios

não era mentira. Escuto as probabilidades sendo discutidas em voz alta entre os nobres.

— Quatro a um no garoto Harglade.

— Esquece, é óbvio que ele vai passar. A irmã, por outro lado...

— Como está a situação? Ela consegue invocar a chuva ou não?

— Aposto cinquenta moedas de ouro que ela vai invocar outra tempestade.

— Aposto cinquenta moedas de ouro que ela vai quebrar a cara.

Elaith se aproxima, o cabelo fazendo cócegas em minha orelha quando sussurra:

— Não se preocupe, é só um jogo para eles. Não dê importância a isso.

Só que é praticamente impossível, com a multidão impenetrável ao redor. Estamos tão espremidos que mal consigo me mexer. Considero rastejar entre eles, mas corro o risco de ser pisoteada. Também não sei se era isso que Hal tinha em mente quando me disse para começar a agir como uma Herdeira. E duvido que invocar uma chuva agora me ajude muito... embora talvez ferrasse algumas apostas.

Quando sinto que estou prestes a gritar, a mão de alguém surge entre a multidão e pega meu braço, com um aperto firme, mas gentil.

— Obrigada — digo quando River me guia em segurança para fora do salão.

Caminhamos pelos corredores em um silêncio maravilhoso. Após vários minutos, River olha para mim.

— Posso perguntar em que está pensando, Blaze?

Paro de andar.

— Pela primeira vez na vida, senti que estava conseguindo segurar as pontas. Acho que foi só um lembrete de que sempre estarei com a corda no pescoço.

River não responde, sentindo que tenho mais a dizer.

— Não vou negar que estou morrendo de medo do que vai acontecer amanhã — confesso, encostando-me na parede —, mas é *mais* do que o desafio. Você viu como os outros agem perto de mim, e não os culpo, de verdade. Mas quando tudo isso acabar... quer dizer, se eu sobreviver... serei obrigada a servir o novo governante aquatori em qualquer posto que desejarem. E, se a pessoa for Fjord ou Marina, sempre estarei vinculada a alguém que me despreza.

Posso ver com nitidez esse futuro deprimente e solitário que me assombra desde o momento em que a lua eclipsou o sol. Passando os dias ociosa na Corte das Ondas, nunca podendo sair, nunca podendo conhecer as Terras Distintas, sendo lembrada a cada momento de que sou e sempre serei a garota mais odiada em todo o reino.

Uma tristeza profunda toma conta de mim, inabalável. Nem tenho que pensar em minha mãe... A garoa começa a cair, grudando em meus cílios.

River estende a mão no automático, mas parece pensar melhor e a abaixa, apoiando-a no tridente prateado no quadril.

— Você decidiu que não vai vencer e não tentarei convencê-la do contrário — diz ele, baixinho. — Mas a força, assim como a fraqueza, é uma escolha. Eu confio que você fará a escolha certa.

Olho para o chão.

— Quanto aos outros — continua ele —, você sabe, talvez melhor do que ninguém, que o ódio pode cravar as garras bem fundo. E se eu fosse você, Blaze, começaria a afiar as minhas.

17

Caminho por uma floresta tão densa e cerrada que bloqueia toda a luz do sol. Logo à frente há algo dourado e cintilante, pequeno a ponto de caber em minha mão.

Blaze.

Consigo sentir o poder da coisa estalando como raios, irradiando ao redor em grandes ondas. Eu me aproximo até vê-lo com nitidez.

Parece... parece...

É aí que o chão começa a tremer, rachaduras se espalhando pela terra. O medo me domina e começo a correr. Só que o chão da floresta sumiu... Mergulho no vazio escuro, caindo pelo mundo.

Acordo ouvindo um som forte e impaciente de batidinhas.

— Cai fora, Spinner — murmuro com o rosto no travesseiro.

— Ah, não — diz uma voz familiar. — Parece que deixamos os bons modos em casa.

Meus olhos se abrem com brusquidão.

— *Vovó?*

Cá está ela, parada ao lado de minha cama, com as mãos apertando o cabo da bengala incrustada de rubis, um vestido vermelho grosso e uma expressão preocupada. A testa enrugada se suaviza de leve enquanto me observa, estendendo a mão para tocar meu rosto.

— O que está fazendo aqui? — pergunto.

Ela apoia a bengala na mesa de cabeceira e se senta a meu lado.

— Achou mesmo que eu perderia seu primeiro desafio?

Ainda devo estar caindo, porque atinjo o chão com força suficiente para perder o fôlego. Claro. Meu primeiro desafio. E sem dúvida meu último.

Hoje serei humilhada diante do Conselho das Coroas e vou selar meu destino como uma lacaia do próximo governante aquatori.

O sol entra pelas janelas, iluminando os fios prateados no cabelo escuro de vovó.

— É um belo dia para isso — falo.

Ela me estuda por um segundo, então estala os dedos. Um momento depois, Elva aparece com meu café da manhã. Minha barriga fica embrulhada quando ela coloca a bandeja na cama.

— Coma — ordena vovó.

— Fico surpresa por você ter vindo até aqui só para assistir meu fracasso — comento, ignorando a comida. — Pensei que já estaria cansada de me ver envergonhando a família.

Vovó estala a língua.

— A única pessoa que você envergonha ao falar dessa forma é a si mesma. Você não me causa mais vergonha do que seu irmão me causa.

— Ah, sim. Como está Flint Nascido das Chamas? Ele parecia bem animado ontem à noite. Já foi vê-lo?

Minha avó nega com a cabeça.

— Eu vou aonde precisam de mim. Agora, coma.

Para apaziguá-la, mordisco uma fatia de maçã. Aí pergunto:

— Você visitou minha mãe antes do primeiro desafio dela?

Uma pontada de dor cruza seu rosto.

— Sim.

— Ela estava com medo?

— Estava, mas eu lhe disse que a verdadeira coragem nasce de um grande medo.

— E a senhora? Ficou com medo, vovó?

Ela dá um leve sorriso.

— Eu estava aterrorizada.

De repente, há um alvoroço na antessala e Spinner entra correndo pelas portas.

— Desculpe, eu me atrase... ah. Olá. Quer dizer, bom dia, lady Harglade.

Vovó dá um aceno curto com a cabeça.

— Seus serviços não são necessários hoje. Vou preparar minha neta para o desafio.

Spinner só a encara por um momento, depois faz uma meia mesura desajeitada antes de sair.

— Garota incompetente — resmunga vovó.

— Não seja cruel. Spinner é legal. Não é ótima em chegar na hora, mas é legal. E não tem como não admirar o bom gosto dela.

Aponto para a arara de vestidos, mas vovó não presta atenção a eles.

— *Legal* ou não, Blaze, ela ainda é um Olho. Avisei a você sobre os Olhos antes de deixar o Castelo Harglade.

Tomo um gole de água, lembrando das palavras dela.

"Os Olhos vivem segundo um código de sigilo e mentiras. Por que acham que só usam o dourado imperial e não a cor do dom deles? É um disfarce. E é essa ocultação de poderes que os torna perigosos."

Não é a primeira vez que me pergunto qual marca está escondida sob a luva dourada de Spinner, qual é seu elemento secreto.

Vovó pega a bengala e se ergue, tirando as cobertas de cima de mim.

— Levante-se.

O pavor me corrói por dentro enquanto me levanto, tomo banho e me visto. Não há discussão com minha avó; ela praticamente me enfia uma tigela de aveia goela abaixo antes de me sentar na frente da penteadeira e trançar meu cabelo.

— Não dá para falar para eles que estou gripada ou algo assim? — pergunto, esperançosa.

O cutucão com um alfinete na cabeça é a única resposta que recebo.

Olho pela porta da varanda, para Cor Caval estendendo-se abaixo de mim, cintilando ao sol. Ao longe, a Fenda está escancarada e vazia, cercando tudo.

— Você falou seu nome para o Guardião da Fenda? — pergunto à minha avó.

Ela endireita o colarinho de minha túnica.

— Não precisei. Ele sabe o que faz.

Em vez de me levar ao saguão, vovó me conduz às profundezas do palácio. Quero perguntar aonde estamos indo, mas minha garganta parece ter implodido, e a laringe foi reduzida a escombros. Tochas em arandelas ao longo das paredes iluminam os corredores sinuosos, ardendo mais forte quando minha avó passa por elas.

Por fim, escuto vozes à frente. Vovó aperta meu ombro, virando-me para encará-la. Ela é surpreendentemente forte para alguém que precisa de uma bengala para andar.

— Escute bem o que vou dizer. Você consegue fazer isso. Sem dúvida. — Ela segura minha mão e levanta meu queixo. — Mantenha a cabeça erguida, minha querida.

Então vai embora, desaparecendo no caminho por onde viemos.

Alator está esperando com o resto dos Herdeiros no final da passagem. Faço a contagem enquanto me aproximo. Quatro ignitia. Quatro ventalla. E, agora, quatro aquatori. Só três terrathian. Com ou sem o Herdeiro que falta, a Seleção vai continuar. Quem quer que seja, parece que se atrasou demais.

Quando alcanço o grupo, Alator explica que vamos seguir até a fortaleza pelos antigos túneis de evacuação usados quando o palácio estava sitiado. Espantada, vejo uma porta oculta se abrir ao toque da mão dele.

Vários Herdeiros tentam puxar conversa, mas a maioria fica em silêncio. Elaith murmura para si mesma enquanto andamos, e até Cole parece inseguro, a bravata de ontem à noite substituída por uma mandíbula retesada. Flint, por outro lado, parece bem despreocupado, balançando os braços. Quanto a mim, estou só tentando conter o revirar da barriga.

Kai começa a andar a meu lado.

— Como está se sentindo?

Prestes a vomitar.

— Bem — respondo.

Emergimos por um alçapão e saímos no piso térreo da fortaleza. Em vez de nos levar à sala de treinamento, Alator vai até uma porta que se abre para revelar outras quatro portas com as cores das cortes. Flint mal tem tempo de apertar minha mão antes que os Herdeiros ignitia sejam levados através da porta vermelha.

Atrás da porta azul, há uma sala com cadeiras e uma mesinha com comida. Do outro lado do espaço, há mais uma porta, uma dourada. Fjord testa a maçaneta, mas não se mexe. Nós quatro nos sentamos em um silêncio desconfortável até Alator reaparecer e nos informar que o Sorteio está completo. O Sorteio é um antigo ritual no qual o Conselho das Coroas coloca anéis de sinete em uma tigela dourada, e o filho do imperador — nesse caso, Hal — os pega um por um, determinando a ordem dos desafios.

— Os aquatori serão os primeiros — anuncia Alator com alegria.

Assim que a porta azul se fecha atrás dele, a porta dourada do outro lado da sala se abre com um rangido.

— O que estamos esperando? — pergunta Fjord. — Alguém deveria ir.

— Não vejo você tomando a iniciativa — aponta Kai.

Fjord se vira contra ele.

— Está me chamando de covarde?
— Não — diz Kai com calma. — Só estava constatando um fato.
Fjord dá uma risada desdenhosa e forçada.
— Talvez a Tecelã de Tempestades queira ir primeiro? Assim o resto de nós vai brilhar em comparação, sem dúvida.
— Deixe-a em paz, Fjord.
— Sempre a defendendo. Vamos, Kai. Por que não toma o lugar dela?
Marina joga o cabelo por cima do ombro.
— Ah, por favor. *Eu* vou. — Ela segue confiante até a porta dourada. Então acrescenta com um sorrisinho: — Boa sorte para chegarem ao meu nível. Vão precisar.
A porta se fecha com um estrondo metálico atrás dela.
Esfrego a cicatriz, tentando focar apenas o som do pé de Fjord batendo no chão. Não há um relógio na sala, então não sei dizer quanto tempo se passa antes que a porta se abra outra vez e Fjord desapareça por ela sem olhar para trás.
Quando a porta é aberta pela terceira vez, estou tonta de nervosismo. Kai olha para mim.
— As damas primeiro.
Balanço a cabeça.
— Não consigo.
— Consegue, sim — garante ele.
— Não, sério, não consigo.
— Tudo bem. — Kai respira fundo e se levanta. — Vejo você do outro lado?
Ele atravessa a porta dourada, deixando-me sozinha. Apoio o queixo nos joelhos, abraçando as pernas, até que a porta por fim se abre pela quarta e última vez.
A princípio, não me mexo. Tudo começa a parecer um sonho. As paredes azuis ficam mais azuis, as cadeiras se encolhem, o chão parece se mexer sob meus pés quando me obrigo a levantar.
"Você consegue", disse vovó.
Consigo? Não tenho tanta certeza. Fugir e me esconder em algum lugar onde ninguém possa me encontrar parece uma alternativa bem mais atrativa. Mas eu faria mesmo isso com vovó? Faria isso comigo mesma, depois de tudo?
Penso em minha mãe. Não como me lembro dela, mas como ela era antes, quando tinha minha idade, quando foi uma Herdeira. Ela também teve medo, mas atravessou a porta.

Dou um passo, depois outro e, quando me vejo na passagem além, é como se pudesse senti-la a meu lado. Então continuo andando. Sigo em frente até ver a boca do túnel adiante. Sinto o pulsar do coração na garganta. Acho que talvez eu me engasgue.

Faço uma prece silenciosa e inútil antes de dar um passo na direção da luz.

18

Meus olhos levam alguns segundos para se adaptarem, mas então começo a ter noção de onde estou.

O terreno é rochoso, irregular e imponente. Montanhas em miniatura com cumes de ouro sólido, os picos cintilando sob o sol forte. Água. Rios tributários descem as montanhas, mesclando-se com pequenas lagoas, e ao fundo um lago, cintilando azul e profundo.

Este lugar parece ser uma arena gigante. A abertura do túnel me fez sair na encosta da maior montanha, e espero aqui, olhando ao redor, para o enorme palco esférico. O silêncio não parece natural e, quando bato o pé em uma pedrinha, o som parece uma avalanche.

Onde está o Conselho? E o que, exatamente, eu devia estar fazendo? Eles querem que eu invoque a chuva? Congele um ou outro riacho? E por que esse cenário peculiar? Eu poderia fazer a mesma coisa na lagoa da sala de treinamento.

Cravo as unhas nas palmas e tento pensar. Tenho uma boa visão dos arredores, mas talvez devesse achar um ponto de observação ainda melhor. Olho para o cume dourado no centro da arena. Levo vários minutos para escalar até lá, com minhas botas arranhando a pedra, mas logo alcanço o topo, ofegante.

É aí que escuto... uma risada suave e melodiosa. Viro-me depressa. Ember está parada a alguns passos de mim.

— Olá, prima.

Recuo no automático, encarando-a, espantada.

— O que está fazendo aqui?

Reparo que ela está usando o mesmo vestido cor de ferrugem que usou em Harglade.

— Sabe, Blaze — começa Ember, enrolando uma mecha de cabelo escuro no dedo —, é sempre uma surpresa para mim o quanto você é patética.

Ranjo os dentes.

— Ah, como eu ri quando descobri que você era uma Herdeira. Não dá para dizer que os deuses não têm senso de humor.

— Ember — digo, tentando manter a voz calma.

Ela continua:

— Sempre me pergunto como é estar numa sala cheia de pessoas e saber que não há uma única entre elas que não despreza você.

Olho para meus pés, sem querer que ela veja a mágoa em meu rosto.

— Já pensou em quantos entes queridos você matou com aquela tempestade? Quantos filhos, irmãos, irmãs, pais e mães perdidos? — Ela faz uma pausa, um sorriso cruel curvando os cantos da boca. — Mas, claro, você sabe tudo sobre perder uma mãe, Blaze. Me conta, como foi ver a vida se esvair da querida tia Analiese?

Bile sobe por minha garganta.

— Que desperdício — diz Ember com um suspiro. — Especialmente porque o filho responsável pela morte dela parece ser um fardo ainda maior do que você.

Fecho as mãos em punhos.

— Não meta Ren nisso.

Ember dá um passo mais para perto, arrastando o vestido pelas pedras douradas.

— Pobre, querido e doce Renly. Totalmente sem poder. Ninguém nunca ouviu falar em um etheri sem dom. Como ele é frágil. Indesejado. Seu pai não o procura desde que nasceu. Fico me perguntando como deve ser saber que todo mundo que ele ama queria que ele nunca tivesse existido. Que, se tivessem a chance, trocariam a vida dele pela vida de sua mãe sem nem hesitar.

As palavras são venenosas.

— Cale a boca.

— Não é à toa que você o ama mais que todo mundo, Blaze. Ele é igualzinho a você. *Vazio.*

Quero estapear Ember até tirar o sorriso convencido de seu rosto, mas não tenho a chance, porque minha prima desaparece. Fico sem reação, confusa.

É aí que escuto outra vez.

— Garota tola. Achou mesmo que eu amava você?

Eu me viro.

A bengala de vovó bate alto na rocha dourada enquanto se aproxima.

— Como alguém poderia amar *você*? Você, que trouxe tanta vergonha ao nome de nossa família. A mim. Quem poderia te amar depois do que fez? Quem poderia te amar pelo que você é?

Arregalo os olhos em choque.

— Você não é nada além de uma decepção. Você não é *nada*. E sempre será nada em comparação a Flint Nascido das Chamas.

— É verdade, Blaze. — A voz de Flint surge atrás de mim. — Você sabe que é verdade. Tem ideia do quanto eu te odeio? Minha irmã, uma aberração e uma constante pedra em meu sapato. Por que acha que passo tanto tempo na corte?

Lágrimas quentes ardem em meus olhos.

— Flint — começo, sem conseguir esconder a súplica na voz.

— *Blaze* — responde ele, imitando minha voz com deboche. — Você é uma doença. Uma praga lançada em nossa casa, mas pelo menos nos faz rir.

E então Spinner e Elaith saem de trás dele com sorrisos maliciosos. Os três começam a rir, as vozes altas e cruéis ecoando pela arena. A náusea se revira em meu estômago. *O que está acontecendo?*

Meu irmão inclina a cabeça.

— Ah, sinto muito. Achou que eles eram seus amigos? Você não sabe? Não enxerga? Nada disso foi *real*.

Recuo aos tropeços, analisando a encosta da montanha em busca da melhor rota para descer. Contudo, quando me viro de volta, Flint, Spinner e Elaith sumiram.

É Kai quem dá um passo à frente, o rosto cheio de preocupação.

— Blaze. Deuses, você está bem?

Eu me encolho quando ele toca meu ombro.

— Sou eu — diz ele com a voz reconfortante, os olhos escuros gentis e sinceros. — Acabou, prometo. Vem, vamos tirar você daqui.

Trêmula e desorientada, eu me apoio no braço de Kai enquanto descemos a montanha, feliz por ter algo em que me segurar.

Ele me lança um olhar de esguelha.

— Foi tão *fácil* te convencer que eu gostava de você — declara o rapaz. Em pânico, tento me afastar, mas ele me segura com força, fincando os dedos em minha pele. — *Ridículo de tão fácil.*

Eu me desvencilho dele e começo a correr, mas alguém bloqueia meu caminho, aparecendo do nada.

— Ora, ora, se não é a garota mais odiada em todo o reino — comenta Marina, sibilando.

De onde ela veio? Por que está aqui? Por que estão todos aqui, em *meu* desafio?

É aí que entendo, a verdade brilhando como um farol através da névoa de confusão e desespero.

— Você não é real — sussurro. — Isso é só um truque.

O sorrisinho de Marina nem titubeia.

Minhas mãos estão tremendo, mas fico firme.

— Saia da minha frente.

— Senão vai fazer o quê, Blaze? Reclamar com o instrutor? Olhe ao redor. River não está aqui para proteger você. — Ela vem em minha direção, aproximando-se até conseguir sussurrar em meu ouvido. — Vou fazer uma promessa, Tecelã de Tempestades. Juro que, quando eu for coroada rainha, vou *acabar com sua vida.*

Com isso, ela me empurra com força no peito e caio pela lateral da montanha.

Não é como a queda livre em meu sonho. Sinto cada ponto de impacto quando meu corpo bate de novo e de novo na encosta rochosa, perdendo todo o ar dos pulmões enquanto vou girando, debatendo-me e tentando me segurar a alguma coisa, qualquer coisa. Só quando paro, encolhida na base da montanha, a dor enfim me acerta. Todo tipo de dor diferente, de uma só vez. Fico deitada, arquejando, enquanto a sensação me inunda. Acho que estou soluçando, mas não consigo ouvir por causa do zumbido nos ouvidos.

Recuperar o fôlego é como inspirar cacos de vidro. Apoio as mãos no chão para me sentar, mas alguma coisa — meu cóccix, acho — reclama, e caio de volta com um gritinho. Com a cabeça latejando, tento de novo.

Quando estou sentada, analiso meu corpo. O cabelo se soltou das tranças, minha túnica está rasgada e retalhada, e já vejo hematomas aparecendo na pele. Meu rosto arde com os arranhões, e não quero nem pensar em apoiar o peso no tornozelo direito. A dor em meu pulso esquerdo... é abrasadora. Está dobrado em um ângulo esquisito.

Minha cabeça continua a pulsar como a batida de um coração atrás dos olhos, e minha vista fica turva. Atordoada, cubro o rosto com as mãos e, quando por fim as abaixo, vejo uma mulher em minha frente. Uma linda mulher, alta e graciosa, com cabelo escuro e esvoaçante.

— Mãe — sussurro.

Como isso é possível? Estou alucinando? Estou *morta*?

Não sei. Não me importo. A dor diminui. Tudo o que resta no mundo sou eu e ela.

Minha mãe me puxa para um abraço.

— Ah, Blaze — murmura, alisando meu cabelo.

Minha voz sai trêmula:

— Eu... eu nunca achei que veria você de novo.

Uma lágrima escapa do canto de meu olho e a seguro com força, meu peito subindo e descendo na maré de emoção que ameaça me arrebatar.

Ela está aqui. Está mesmo aqui. Eu a sinto. Sinto seu perfume. Tenho 9 anos de novo e estou a salvo.

Minha mãe dá um beijo no topo de minha cabeça.

— Minha garota. Minha nuvem de chuva. Minha querida maldição. Pena que a tempestade não levou você junto.

Sinto um calafrio descer pela coluna. Não. *Não*.

Ela continua acariciando meu cabelo.

— Teria sido melhor assim, para todos. Nunca devíamos ter deixado uma aberração como você viver. Mas as pessoas estavam assustadas, entende? Se seu nascimento quase afogou o império, só podíamos imaginar o que sua morte causaria. Então, cá está você.

Estou tremendo sem parar, ainda nos braços dela. Isso não é uma alucinação. É tudo parte de meu desafio. Um teste pensado para me enganar. E essa é a mentira mais cruel de todas. Não só caí na armadilha, como pulei nela de cabeça. Às cegas. Afoita. Porque queria tanto que fosse real.

— Sabe, Blaze, de muitas formas, morrer foi uma bênção. Significava que eu não tinha mais que viver com a vergonha de saber que fui eu quem trouxe você para este mundo.

Cair da montanha doeu menos que isso.

Com as forças que me restam, empurro minha mãe para longe, uma pontada de dor subindo pelo meu pulso. Ela estreita os olhos castanho-dourados em hostilidade, o sorriso suave se transformado em uma expressão odiosa e zombeteira. Observo, horrorizada, quando seu rosto começa a se contorcer, as feições se distorcendo, a pele se retesando sobre os ossos até derreter e sumir, sendo substituída por escamas duras e brilhantes. Os olhos caem das órbitas, rolando pela rocha e parando a meus pés. Ela fica cada vez mais alta até se assomar sobre mim, e garras prateadas afiadas brotam dos dedos, tão longas e letais quanto adagas.

Minha boca está aberta em um grito silencioso. Cada instinto me diz para correr, mas é como se meu cérebro tivesse se desconectado de meu corpo, porque não consigo me mexer.

A fera me encara com olhos vermelho-sangue, e quando fala a voz sai da bocarra como um sibilo.

— *Tecelã de Tempestades.*

Perco o fôlego.

— Vamos, Cantorazinha. Deixe-me abrir você. Deixe-me sugar a medula de seus ossos. Deixe-me ver se você sangra vermelho ou chuva.

Fico imóvel, presa ali.

A criatura se aproxima.

— Deixe-me rasgar sua pele. Deixe-me cortar seu crânio. Deixe-me usar seus dentes ao redor do pescoço como um talismã para todos verem.

Estou indefesa por completo. Ninguém virá me ajudar. Vou morrer aqui, neste palco de pedra dourada. Vou morrer destroçada, ensanguentada e com medo.

Quando a fera fala de novo, sua voz está diferente, pesada de luto:

— Eu preferiria uma filha morta a amaldiçoada.

Quase caio para trás... soa como meu pai.

Então a voz muda de novo, tornando-se fria e desdenhosa.

— Um desperdício de espaço — brada tia Hester. — É isso que você é. Indigna do nome Harglade.

Em seguida vem a do rei Balen, um ronronar sedoso:

— Olá, pombinha.

De repente, as vozes começam a vir todas de uma vez, transbordando desdém como sangue coagulado de uma ferida profunda. Algumas não reconheço... inimigos sem nome com nomes infinitos para mim.

Tento correr, tropeçando no terreno com o tornozelo latejante, apertando o pulso contra o peito. Quando percebo que esse trecho de rochas leva a uma queda de dez metros, é tarde demais. Não há mais para onde ir. Paro na beirada da saliência e vejo minha morte se aproximar. A fera avança, acompanhada por uma torrente de ressentimento. A voz mais alta é de minha mãe, e as palavras me cortam em pedaços.

Minha garoa começa a cair, a chuva leve se agarrando às escamas da fera, gotas de orvalho cintilando como joias na ponta das garras afiadas. Está tão perto agora que quase sinto o cheiro do sangue em seu hálito quando mostra os dentes.

Então chega outra voz. Não da fera, mas de dentro de minha cabeça, flutuando por uma névoa de memória, suave e leve como borrifos do oceano. Lembro como a rainha Hydra se inclinou para perto, como se fosse me contar um segredo.

"Às vezes precisamos tropeçar para achar o equilíbrio."

Por um momento, não escuto nada além da garoa caindo com suavidade nas escamas da fera antes que ela salte sobre mim com um rugido atroante.

Só que já dei um passo para trás e despenquei pelo ar.

Atinjo a superfície do lago com tanta força que o impacto envia ondas de choque por meu corpo, despertando-me. E agora vejo... e entendo. Não há ninguém mais preparado para esse desafio do que eu. Ontem mesmo, River me disse:

"Você sabe, talvez melhor do que ninguém, que o ódio pode cravar as garras bem fundo. E se eu fosse você, Blaze, começaria a afiar as minhas."

As garras cortam fundo, as palavras cortam ainda mais. A criatura sombria e perversa me atormentou muito antes de eu pôr os pés na arena.

A fera é o *ódio*. É o ódio em si.

Eu me movimento mais rápido na água do que em terra, mesmo com um braço imobilizado. Sempre fui uma boa nadadora, até quando criança. Minha mãe me ensinou bem. Por um momento sinto que estou lá de novo, na baía sob a Mansão Bartell, disputando corrida com ela até a margem.

Só que não é minha mãe em meu encalço, e sim a fera... e está se aproximando cada vez mais.

Continuo nadando, forçando-me a seguir em frente até que a água fica rasa e consigo encostar os pés no chão. Subindo para a margem aos tropeços, eu me rendo às minhas âncoras, deixando a tristeza me preencher, deixando a fúria encharcar meus ossos.

Quando a fera sai rastejando do lago, liberto a chuva. Um momento depois, as escamas que pingam água começam a congelar em uma fina camada. A fera rosna, sacudindo-se para se libertar do gelo, mas persisto.

"Assassina."

"Criança trocada."

"Aberração."

O gelo está mais espesso agora. Ouço estalos altos quando começa a se fixar na pele da fera. Quando transformo o ódio em algo que posso estilhaçar.

Os olhos da criatura estão desvairados, movendo-se, frenéticos, de um lado ao outro. O fluxo de vozes desacelera, esvaindo-se enquanto meu gelo se espalha pela mandíbula da criatura, dentes, a língua bifurcada.

Estou ofegando por causa do esforço, mas só paro quando a fera parece estar presa sob uma camada espessa de vidro.

Então junto as mãos e milhares de fragmentos explodem para fora, obliterando a estátua congelada em minha frente.

Protejo o rosto contra a explosão e, quando ergo os olhos de novo, não sobrou nada da fera exceto cacos ensanguentados de gelo, nacos espalhados de pele escamosa e algumas garras mortíferas que lembram adagas.

19

Acordo em uma sala ladrilhada, sob uma luz forte, cercada por médicos. Eles se movimentam como insetos, murmurando baixinho uns com os outros. Alguém está segurando minha mão — a que não está presa em uma tipoia. Viro a cabeça e então dou um pulinho de susto.

— Está tudo bem, está tudo certo, minha querida. Você está segura. Acabou. Você conseguiu. — A voz de vovó é gentil e tranquilizante, mas ainda estreito os olhos, desconfiada.

— É você mesmo? — pergunto, com a voz um pouco arrastada.

— Sou.

Uma onda de dor me atravessa e um gemido baixo escapa da garganta. Vovó bate a bengala, impaciente, e um médico vem depressa até nós, examinando-me por trás dos oculozinhos.

— Você teve sorte — diz ele, com sinceridade. — Podia ter sido bem pior.

— Eu não me sinto muito sortuda — resmungo.

Com cuidado, tento me sentar, mas vovó me empurra de volta para a cama com gentileza.

— Descanse. Você passou por muita coisa.

Olho para meu corpo maltratado.

— Qual o tamanho do estrago?

Outra médica, que tritura algo antes de jogar em um frasco, foca em mim.

— Seu pulso esquerdo está quebrado, mas por sorte a fratura é simples. Suas costelas estão machucadas, seu cóccix também. Você torceu o tornozelo e sofreu uma concussão.

— Serviço completo, então.

Fecho os olhos quando a dor percorre cada terminação nervosa, irradiando com um calor embotado.

— Nada que não possamos consertar — responde a médica, estendendo o frasco com um líquido que consegue fazer lama parecer mais apetitosa. — Beba isso.

— O que é? — pergunto quando vovó o pega.

— Um sedativo — explica. — Vai apagar você por algumas horas.

Nunca estive tão exausta, mas a última coisa que quero fazer é dormir.

Então há uma batida na porta e Spinner entra, lançando um olhar ansioso para vovó antes de parar a meu lado.

— Como está se sentindo?

— Sabe, acho que é a primeira vez que você bate à porta — comento.

Spinner nos conta que Hal sorteou o anel de tia Yvainne, o que significa que os Herdeiros ignitia serão os próximos.

— Eu posso ficar com ela, lady Harglade, se quiser ir assistir a Flint e Ember — oferece ela, acenando a cabeça para mim.

Flint e Ember. Tento não estremecer ao lembrar de seus rostos desdenhosos, as vozes cruéis e debochadas. Não existe afeto algum entre minha prima e eu. Na verdade, devo a Ember a descoberta de uma de minhas âncoras, o que significa que, de uma forma distorcida e indireta, ela me ajudou a derrotar a fera naquela arena. Mas ouvir as palavras de Flint, ver *Flint* rindo de mim e me provocando, foi insuportável. Sinto um aperto no coração.

Não foi real, digo a mim mesma. *Não foi real e não era ele.*

Vovó me analisa, ainda segurando o frasco do sedativo.

— Não vou tomar isso. Também quero ver Flint.

Spinner balança a cabeça.

— Os Herdeiros não podem assistir ao desafio, Blaze.

Eu a ignoro, virando-me para a médica.

— Não tem como me dar alguma coisa para ficar acordada?

— Você sabe que não é a única Herdeira na enfermaria, certo? — argumenta Spinner. — Alguns dos lufas estão bem mal.

Descubro que a arena ventalla era um abismo, só espaço vazio com alguns apoios de pedra pairando no ar. Um dos Herdeiros calculou mal a habilidade de levitar e outra perdeu o equilíbrio quando tentou congelar a fera com uma corrente de ar densa, o que a fez cair.

— Tiveram que raspar os restos do chão, praticamente.

Arregalo os olhos de horror.

— Brincadeirinha! O rei Balen amenizou a queda deles. Mesmo assim, vão ficar fora de combate pelos próximos dias. Mas ninguém morreu ainda — acrescenta Spinner, como se isso fosse fazer eu me sentir melhor.

Vovó me dá um beijo leve na testa e vai assumir seu posto em uma das salas de observação privadas da arena, que são reservadas para as famílias dos Herdeiros, instrutores e etheri de alto escalão.

Ela é seguida por um par de médicos.

Spinner faz uma careta.

— Vamos ter muitas queimaduras para tratar depois do próximo desafio.

Recuso o sedativo de novo, mas aceito outro analgésico, abrindo a boca em obediência para beber do frasco com líquido roxo com cheiro forte que a médica me vira goela abaixo. A dor diminui de imediato, e eu fico absoluta e intensamente fascinada com a marca em minha mão.

— Olha, Spinner — chamo, ofegante. — Olha como ela brilha. É como uma estrelinha. Eu gosto de estrelas. — Desvio minha atenção para a médica. — Você gosta de estrelas?

Os ombros de Spinner sacodem com o esforço de segurar o riso. Eu mesma começo a rir porque de repente tudo parece muito mais vívido e interessante e divertido. Só que a risada cessa quando uma cadeira de rodas aparece ao lado da cama.

— Vamos levar você de volta ao palácio agora — declara um dos médicos.

— Não. — Minha voz fica um pouco mais aguda. — *Não*. Eu não vou nisso. Quero andar.

— Você não vai andar para lugar nenhum por alguns dias — declara outra médica. — Não quero você apoiando peso neste tornozelo. Entendido?

Viro-me para Spinner.

— Por que as pessoas sempre dizem isso? *Entendido?* Claro que entendi, não sou *estúpida*.

Spinner faz um sonzinho divertido, apertando os lábios.

Tento soar autoritária, mas minha voz sai bêbada e sonhadora:

— Escute aqui. Não vou ser *levada* para lugar nenhum. Sou uma Herdeira e você fará exatamente o que digo.

— Eu não discutiria com ela, se fosse vocês — afirma uma voz da porta.

Mal reparo em Spinner inspirando com força, ou na expressão dos médicos, ou no frasco de vidro que cai e se estilhaça no chão. Meus olhos estão fixos no garoto encostado no batente, sorrindo para mim. Em um piscar de olhos, ele está ao lado de minha cama, erguendo-me com gentileza nos braços, com um dedo tocando os próprios lábios pedindo discrição enquanto me tira do quarto. Estou tão atordoada do analgésico que só consigo formar um único pensamento coerente:

— Você é muito bonito.

E é mesmo, com a pele bronzeada, beijada pelo sol, as ondas bagunçadas do cabelo escuro e os olhos verde-folha penetrantes. É alto, um palmo a mais que eu, com maçãs do rosto proeminentes e um pequeno aro dourado pendendo de uma orelha. Os ombros são largos, a mandíbula angular, e sinto os músculos de seus antebraços enquanto ele me segura junto ao peito.

Tem o tipo de beleza que poderia ser definida como arrasadora. Do tipo que quase dói olhar.

O garoto dá uma risadinha suave, o rosto a centímetros do meu. Eu me pego observando seus cílios, que são tão pretos e longos que dá inveja. Ele não hesita por um segundo sequer enquanto percorre as profundezas da fortaleza.

Levo um momento para reparar que não estou usando nada além de uma camisola fina.

— Não deixe minha avó me ver — digo ao garoto em um sussurro alto. Então reparo no que ele está usando. Tocando o colarinho da túnica branca, pergunto: — Ah, você é um servente?

— Só quando me convém — responde ele, com a voz grave e aveludada. — E você não precisa se preocupar em ser vista, não aonde eu vou levá-la.

Franzo o cenho, sem conseguir entender o que tem de errado nesse garoto por causa da névoa de medicamentos, mas logo me distraio com minhas unhas dos pés, que Spinner insistiu em pintar de um azul brilhante.

Depois de um tempo, chegamos a uma porta que leva para uma pequena sala circular, vazia exceto por uma cadeira na frente de uma janelinha na parede. Do outro lado do vidro, há uma arena. De repente, fico rígida de medo.

O garoto me ajeita para me segurar com um braço só, usando o outro para afastar uma mecha de meu rosto com a mão enluvada. Relaxo um pouco com seu toque, inspirando o aroma de folhas de menta e algo terroso e doce, como pinheiro.

Ele me abaixa com cuidado na cadeira, então se ajoelha a meu lado.

— Se alguém vier procurar você, é melhor não mencionar isso — comenta. — Não quero que ninguém saiba que estou aqui por enquanto.

Assinto devagar.

— Tudo bem. Eu guardo seu segredo.

O garoto sorri.

— Ah, nunca duvidei.

Então vai embora.

Fico sentada, olhando para a arena. Dessa vez, não há montanhas em miniatura nem lagoas nem lagos. Também não parece o vazio que Spinner descreveu. Essa arena é feita toda de pedra, com um chão curvo e paredes altas nas quais estão penduradas tochas flamejantes. Os membros do Conselho das Coroas estão sentados em tronos dourados no topo de uma plataforma alguns metros acima. Então há, *sim,* uma plateia. Só que ficam invisíveis aos Herdeiros, assim como essa janelinha deve ser. Hal está com eles, parado todo rígido ao lado do pai. Do outro lado do imperador está o rei Balen, com uma expressão entediada, tamborilando uma melodia silenciosa no braço do trono.

De repente, uma pequena figura emerge do túnel abaixo, com cabelo da cor de chamas e botas de couro vermelhas que vão até o joelho. Elaith vira a cabeça de um lado ao outro, os olhos passando pelo conselho sem conseguir vê-los assistindo. Ela dá um passo à frente, bem quando Flint e Cole aparecem atrás dela.

Ela se vira, o rosto todo confuso.

— Eu não disse para esperarem sua vez?

Quero bater no vidro, gritar para Elaith que não são eles, que não é real. Só que não adianta, ela não me ouve. Então só fico sentada aqui, assistindo enquanto seus melhores amigos a estraçalham com palavras cruéis, provocando-a e empurrando-a até ela estar chorando no chão.

Por fim, Flint some e só sobra Cole, ajoelhado ao lado dela, acariciando seu cabelo, murmurando palavras gentis e reconfortantes. Elaith ergue a cabeça, e o jeito como olha para ele confirma o que venho suspeitando.

Até que Cole começa a se transformar e vira uma criatura tão aterrorizante que quase caio da cadeira.

Enquanto a minha era escura e reptiliana, a fera de Elaith é pálida e humana de um jeito perturbador. Parece o que imagino ser um cadáver morto há muito tempo, branqueado e exangue. O grito dela ecoa pela arena. Então ela fica de pé e começa a correr.

Mas esse é o problema: não há para onde correr.

A fera vai atrás dela com passos desajeitados e cambaleantes.

Fogo, Elaith, penso, desesperada. *Use o fogo.*

É como se ela me ouvisse. Enquanto corre, ergue a mão e uma tocha se extingue, fazendo uma bola de chamas brotar em sua palma. Ela a divide em duas e as joga com toda a força na criatura que a persegue. A fera solta um guincho agudo quando as chamas a acertam, cobrindo a pele pálida, quase translúcida, e derretendo uma parte para revelar o osso por baixo.

A fera começa a bradar diferentes vozes. Uma masculina, a do pai dela, talvez, dizendo que ela é uma decepção. Flint de novo, provocador. E Cole. O rosto dela se retorce de dor e humilhação enquanto ele diz que não a ama, que nunca vai amá-la, que ela é uma tola por imaginar que um dia a amaria.

Começo a desejar ter tomado o sedativo.

Elaith está soluçando quando as vozes a atingem como um bando de pássaros, bicando e arranhando enquanto ela tenta em desespero se concentrar.

Por fim, quando acho que está prestes a desistir, Elaith lança tanto fogo contra a criatura que toda a pele remanescente derrete, não deixando nada além de um esqueleto grotesco e chamuscado, até que os ossos caem no chão.

Dois médicos entram depressa na arena e começam a examinar as mãos de Elaith. Devia estar tão focada em destruir a fera que acabou se queimando. Eles a levam de volta ao túnel e ela some de vista.

Não demora muito para o próximo desafio começar. Vejo Cole ser cercado por um grupo de etheri de cabelo loiro e olhos castanhos, que imagino serem sua família, pressionando-o de todos os lados, cuspindo nele e lançando palavras de ódio. Então a fera dele se revela, uma criatura monstruosa e lupina, abanando a longa língua roxa. Mas, por mais que tente, Cole parece não conseguir derrotá-la, até que, por fim, a corneta que indica o encerramento do desafio soa e ele sai pisando forte da arena, afastando os médicos que entram correndo para cuidar de suas queimaduras, que parecem feias.

Não estou preparada quando Flint sai do túnel, menos ainda quando me vejo aparecer ao lado dele, minha voz fria e odiosa e cheia de escárnio enquanto digo a Flint que nossa mãe me amava mais e ele sabia, que era um covarde por não ficar ao lado dela enquanto morria.

Sou seguida pelos amigos dele, vovó, papai, tia Yvainne, Spinner, até Sheen. Então vem a fera, uma cobra gigante com presas douradas e cintilantes, grande o bastante para esmagar uma carruagem. Só quando vejo as escamas vermelhas e os olhos redondos, castanho-dourados, percebo: não é qualquer cobra — é uma cobra-real. A cobra-real Harglade, o emblema de nossa Casa.

Flint começa a correr, disparando de onde as paredes se inclinam na vertical como uma tigela gigante. Uma a uma, cada tocha acesa na arena é apagada, reduzida a fios de fumaça enquanto ele passa. De fato, Flint segura uma bola de fogo nas mãos esticadas, que cresce pouco a pouco a cada chama que ele recolhe.

A fera desliza atrás dele, as vozes jorrando como veneno da boca.

De repente, Flint para. Ele se vira, arquejando, empunhando a bola de fogo. Seus cachos estão grudados na testa com suor. A cobra está quase perto o suficiente agora para perfurá-lo com uma das presas mortais. Estou estática de medo, vidrada em meu irmão.

Flint segura as chamas até as vozes atingirem o ápice, até a fera abrir a boca o suficiente para engoli-lo... e lança a bola de fogo na garganta dela.

Há um guincho nauseante, e observo a cobra queimar de dentro para fora, contorcendo-se e revirando-se até cair no chão, morta.

Meu irmão acena com a mão para dispensar os médicos, com uma expressão bem-humorada, e desaparece pelo túnel.

Bufo, com um risinho de alívio, mas então me encolho. A dor está retornando. Se aquele garoto bonito voltasse, eu poderia mandá-lo atrás de mais analgésicos. Estou considerando pedir um remédio à fortaleza quando minha prima entra na arena com confiança.

Relutante, sou forçada a admitir que Ember lida bem com a primeira parte do desafio. Talvez só seja arrogante demais para acreditar nas palavras cruéis jogadas em sua direção.

Não conseguindo perturbá-la como a tia Hester ou a tia Yvainne, a fera de Ember se despe do disfarce e assume a verdadeira forma: a de um enorme dragão.

As Terras do Fogo já abrigaram muitos dragões, mas, durante a guerra, vários deles fugiram de Ostacre e nunca voltaram. O mais perto que já cheguei de ver um foi nos livros ilustrados de Renly. A criatura é incrível e terrivelmente linda.

Minha prima corre direto para o dragão enquanto desvia habilmente de jatos rodopiantes de fogo. Ela direciona as próprias chamas para os olhos da criatura e, no tempo que o dragão leva para desviar a cabeça, Ember começa a escalar sua perna e se joga nas costas dele. O dragão ruge e se arqueia, mas Ember segura com força, subindo pelo pescoço até chegar na cabeça dele. É só quando a fumaça começa a subir que entendo.

Minha prima está fervendo o cérebro da criatura.

O dragão mal tem tempo de cuspir os últimos jatos de chama antes de desabar no chão. Ember desliza com graciosidade das costas ásperas e se afasta, saltitando, do corpo chamuscado como se tivesse preparado um bule de chá em vez de fritado um dragão gigantesco.

Afundo na cadeira, enojada.

Momentos depois, estou olhando para uma arena totalmente diferente, um grande campo pontilhado com árvores. Atordoada, vejo os Herdeiros terrathian completarem os desafios. Uma garota, Amaryllis, consegue prender a fera, uma aranha monstruosa, na própria teia pegajosa.

Quando o terceiro Herdeiro sai carregado numa maca, a dor de meus ferimentos está insuportável. O fim dos desafios deve ter posto fim ao feitiço que estava escondendo o Conselho das Coroas. Eu os ouço conversando enquanto perco e recupero a consciência.

Então algo chama minha atenção e me pego olhando para a arena bem quando o quarto Herdeiro terrathian emerge à luz.

Eu me endireito na cadeira, ignorando os membros doloridos. O *quarto* Herdeiro? Mas só há três, só houve três desde o começo da Seleção. Todos perderam a esperança de que o quarto aparecesse.

Só que lá está ele, abrindo um sorriso preguiçoso para o Conselho.

— Desculpem o atraso — diz apenas.

Arqueio as sobrancelhas de surpresa. Eu o conheço. Só que ele não está mais usando o uniforme discreto de um servente, nem o par de luvas de couro finas. Veste-se como os outros Herdeiros terrathian — uma túnica verde que combina com seus olhos. Vejo a marca em formato de árvore brilhando com força nas costas de sua mão direita, a que ele passa pelo cabelo escuro e bagunçado.

O Conselho das Coroas é um retrato do mais puro choque. Tia Yvainne balança a cabeça enquanto a rainha Aspen leva as mãos à boca.

A sala ao redor começa a oscilar quando o garoto se vira para mim, e aos poucos começo a entender tudo. Pois só há uma pessoa que poderia suscitar tal reação, só uma pessoa que é ainda mais infame e mais temida que eu mesma.

O filho ilegítimo do imperador. O príncipe bastardo.

O nome dele é Fox Calloway Castellion, mas o chamam de Talhador da Terra.

20

Eu tinha 11 anos quando a terra foi partida em duas.
   Ainda recordo o momento com vividez: eu estava sentada à janela no castelo Harglade quando o chão começou a tremer. Todos receberam ordens de se refugiar na cripta. Odeio ficar lá embaixo, cercada por urnas e as altas estátuas de pedra de nossos ancestrais. Mesmo assim, parecia apropriado esperar tudo aquilo passar em uma tumba, sobretudo porque os criados estavam chorando e dizendo que iríamos morrer, o que não ajudava muito. E muitas pessoas morreram de fato. Milhares e milhares. Morreu mais gente engolida pela Fenda do que em minha tempestade.
   Exceto por Cor Caval, que é construída em um leito de ouro encantado, todas as províncias centrais foram afetadas. Muitas, obliteradas. De algumas, não resta nada, ou, como as Cidades de Almas Enterradas, os restos servem como um lembrete de tudo que foi perdido. Casas antigas. Linhagens inteiras. Incontáveis vidas. Etheri e fidra, todos mortos... todos se foram, para nunca mais voltarem.
   E o garoto responsável pelas mortes, o garoto responsável por dilacerar o mundo, está olhando para mim como se eu fosse a única pessoa em tal mundo.
   Só quando Fox por fim desvia o olhar é que consigo respirar de novo. A chegada dele estilhaçou a névoa de medicamentos, deixando-me dolorida, atordoada e terrivelmente alerta.
   O Talhador da Terra. O Talhador da Terra está *aqui*. E não só está aqui como é um Herdeiro ao trono terrathian. O monstro disfarçado de Ember tinha razão: os deuses devem ter senso de humor... ou intenções bem das questionáveis.

Fox volta a atenção ao Conselho das Coroas, cujos membros sussurram freneticamente uns com os outros, e faz uma mesura baixa.

— Pai. Tio. Vossas Majestades. — Então se vira para Hal e dá um sorrisinho. — Maninho.

O príncipe aperta os braços do trono e responde:

— Fox. Faz tempo que não o vejo.

Isso não me surpreende, dada a vocação de Fox. Imagino que traficar pessoas deve tomar um tempo considerável, com todas as viagens pelo Segundo Mar em expedições para as Terras Distintas. Dizem que ele caça criaturas mágicas também, no tempo livre. Com todos os hobbies adoráveis, é um milagre que o Talhador da Terra passe qualquer tempo na corte. Mas ele sempre volta, todo ano, no aniversário do Talho. Talvez goste de comemorá-lo. Talvez faça um brinde, parabenizando-se por ter realizado o maior massacre da história etheri com apenas 13 anos e saído incólume.

De repente, lembro de algo que Hal disse.

"Por experiência própria, descobri que as pessoas com esse tipo de poder costumam... sentir prazer com isso. Gostam que os outros saibam o que podem fazer. *Querem* que saibam."

Mesmo naquela hora, eu já imaginava a quem ele se referia, e aqui, vendo o Talhador da Terra, acho que acertei.

Fox estala o pescoço.

— Vamos acabar logo com isso, que tal? Estou viajando há semanas e louco por uma comidinha. Ou três.

O imperador ainda parece chocado, mas abre um sorrisinho para Fox — uma expressão que nunca o vi direcionar para Hal.

— Muito bem, filho. Que o último desafio comece.

Fox anda de um lado para o outro pela arena com as mãos atrás das costas enquanto inúmeras pessoas dizem coisas terríveis para ele. É quase cômico como não se abala nem um pouco com isso.

O sorrisinho só vacila uma vez. Acontece quando uma criança aparece em sua frente, uma garotinha com cabelo esvoaçante da cor de folhas de outono. Porém, após um momento, Fox apenas dá as costas à garotinha e estilhaça o chão onde ela está sem nem se dar ao trabalho de assistir enquanto ela se transforma na fera: uma criatura com tentáculos e olhos turvos e bulbosos.

Ele a despacha depressa. Com alguns giros casuais do pulso, videiras começam a se enrodilhar nos tentáculos da fera até deixá-la toda enredada. Fox vai até onde a criatura está, amarrada e quase digna de pena, então estende a mão e um galho grande voa para sua palma, como se atraído por uma força magnética. O Talhador da Terra quebra o galho no joelho e não hesita antes de cravar a coisa no coração da criatura.

Ele passa a manga da túnica no rosto manchado de sangue e sorri para o Conselho.

— Bem, foi divertido. Agora, se me dão licença. — Ele faz uma mesura baixa. — Ah, e maninho? — diz, virando-se de novo para Hal. — É bom te ver também.

Com isso, ele desaparece no túnel.

Rígida de choque, observo a poça de sangue que Fox deixou para trás começar a se espalhar, manchando o campo verde de carmesim. Percebo que estou com a boca aberta e a fecho depressa, engolindo um gemido quando a dor nos membros se torna insuportável.

A última coisa que lembro antes de perder a consciência é o som de uma porta se abrindo, as costas da mão de alguém tocando minha testa ardente com delicadeza e uma voz murmurando baixinho em meu ouvido.

👁

Quando abro os olhos, várias horas depois, estou deitada em minha cama no Palácio Dourado. Meus cortes e arranhões foram limpos e atados e um travesseirinho foi colocado embaixo de meu pulso quebrado na tipoia, aliviando parte do peso ao redor do pescoço. Viro a cabeça e encontro um frasco de remédio na mesa de cabeceira. Também há um som suave e tilintante... a caixa de música de Flint, aberta ao lado do medicamento. Ainda sinto dor, mas está sob controle graças à nova dose de remédio fluindo por minhas veias.

Faço uma careta à medida que vou recuperando a consciência, sem conseguir lembrar como cheguei aqui. Talvez vovó tenha conseguido me localizar e tenha mandado um médico atrás de mim?

Neste momento, alguns orbes de luz entram flutuando com gentileza no quarto, expulsando as sombras das paredes. São seguidos por Hal, segurando um enorme buquê de rosas douradas. Meu coração dá um salto, depois afunda de leve enquanto imagino como deve estar minha aparência. Devo estar horrível — exausta, surrada e machucada, com o cabelo ainda desgrenhado e solto ao redor dos ombros. Contudo, Hal não parece se importar. Seu olhar é bem afetuoso.

Ele deixa as flores em uma cadeira antes de sentar-se com delicadeza ao lado de minha cama.

— Como está se sentindo?

Dou de ombros, e então desejo não ter feito isso quando uma onda de calor recobre minhas juntas.

— Você foi incrível lá — elogia ele. — Teve que enfrentar mais do que todo mundo. Sinto muito por isso.

— Sente muito que tantas pessoas me odeiem? — pergunto, irônica.

Hal dá um meio-sorriso.

— Se serve de consolo, Blaze, eu não odeio você.

— Obrigada, Vossa Majestade Imperial. Tentarei lembrar disso quando estiver lustrando as botas da Marina.

Isso o faz rir.

— Não desista da competição ainda. Veja.

Hal aponta para minha mão esquerda, e fico de queixo caído.

Quando um Herdeiro é tirado da Seleção, a marca deixa de brilhar, mas a gota aquatori gravada em minha pele continua cintilando de leve sob as ataduras.

— O desafio era projetado para testar como os Herdeiros reagem à hostilidade e respondem ao medo — explica Hal. — Parece que Fjord não estava muito preparado para lidar nem com um nem com outro.

Fjord. O garoto esnobe e presunçoso foi o primeiro a sair da competição. Então restam Marina, Kai... e *eu*. Emoções conflitantes lutam por espaço, mas por um momento só consigo pensar nos orbes de luz refletidos nos olhos escuros de Hal e no aroma de limão em sua pele.

— Seu irmão também foi bem — prossegue ele. — Muito bem, na verdade.

Estou prestes a dizer que sei, que estava lá, mas me calo. Porque eu não devia ter visto o desafio de Flint nem de mais ninguém. Sobretudo não o de...

Bem neste momento, Flint entra no quarto, seguido por Spinner e Elaith, cujas mãos estão escondidas sob ataduras espessas. Hal se levanta tão rápido que até *eu* quase fico com vertigem.

Meu irmão ergue uma sobrancelha antes de se jogar ao pé da cama. Eu me encolho quando o colchão abaixa, mas ele dá um grito de alegria e aponta para minha marca.

— Eu *sabia*!

Vejo a marca dele e a de Elaith, ambas brilhando. Imagino que a de Ember também deva estar, pelo que vi em seu desafio. Isso significa que Cole foi eliminado dos Herdeiros ignitia. Elaith parece um pouco desanimada, o que só confirma minha suspeita.

Para minha decepção, Hal segue para a porta.

— É melhor eu voltar para a festa. Parabéns a todos vocês.
— Hal? — chamo.
Ele se vira para me olhar.
— Obrigada pelas flores.
O príncipe sorri e sai, os orbes de luz flutuando em seu encalço.
Flint bate os cílios para mim.
— *Obrigada pelas flores.*
Faço um gesto que nunca ousaria fazer na frente de vovó.
— Ficamos sabendo do que aconteceu no seu desafio — comenta Elaith, puxando uma ponta desfiada da atadura. — Você foi muito corajosa.
— Já tive dias melhores — admito. — Mas podia ser pior. Eu podia ter quebrado os dois pulsos.
Flint dá um tapinha afetuoso em meu pé, fazendo uma pontada de dor subir por minha perna.
— É isso aí, irmãzinha. Falando em quebrar coisas, você *não* vai acreditar em quem é o quarto Herdeiro terrathian.
Meu peito se contrai quando lembro de ser segurada por braços fortes, olhando, atordoada, para o garoto mais lindo que já vi na vida.
Spinner faz questão de ir pegar um vaso para as flores de Hal, evitando me encarar.
Elaith se inclina para a frente, abaixando a voz em um sussurro dramático:
— Ele está aqui. No palácio.
— Quem? — obrigo-me a perguntar.
— O *Talhador da Terra* — conta Flint. Talvez imaginando meu silêncio como uma indicação de que estou paralisada de terror, acrescenta: — Não tem problema, Blaze. Você não precisa falar com ele. Não precisa nem chegar perto dele. Eu vou me certificar disso.
É um pouco tarde demais, maninho.

21

Depois de sete dias inteiros de repouso, estou extremamente inquieta. Os etheri tendem a sarar mais rápido que os fidra. Graças a nosso poder, nosso corpo é mais resistente, extraindo força da magia para se curar. Meus cortes cicatrizaram faz tempo, o influxo constante de medicamentos fez o pulso quebrado passar de um inconveniente doloroso a apenas um inconveniente, e já posso até caminhar com a ajuda de uma muleta dourada com um ornamento ridículo. Quando Spinner a estendeu para mim pela primeira vez, Flint fingiu me confundir com nossa avó e rolou de tanto rir. Seu riso logo se transformou em um arquejo engasgado quando ergui a muleta e a bati em suas costas.

Eu pego o objeto agora enquanto me levanto da cama com cuidado. Vovó queria ficar mais um tempo para cuidar de mim, mas insisti que voltasse para Renly o quanto antes.

É o final da tarde, e ouço os sons abafados de uma festa vários andares abaixo, o que significa que o restante do palácio estará deserto. Só encontro um ou outro cortesão bêbado e alguns serventes antes que as portas imponentes da biblioteca estejam à vista.

Sigo mancando entre as estantes rangentes e pequenos orbes de luz até encontrar a alcova confortável. Como antes, assim que me sento, um livro aparece na mesa dourada a meu lado — outra recomendação de River. Eu o pego, esperando encontrar um título detalhando a vida dos Cantores da Chuva ou um guia avançado para a criação de gelo, mas em vez disso encontro um volume pequeno e um pouco esfarrapado chamado *A dança das ondas*.

Esculpir ondas. River deve estar pensando que é hora de eu descobrir meu terceiro dom da água. Um arrepio de empolgação me atravessa quando abro o livro no colo.

A primeira seção trata da arte de auscultar a água. Contenho um resmungo, lembrando o dia em que River nos fez sentar à margem da lagoa e forçar os ouvidos para captar qualquer mínimo som carregado na superfície imóvel... a que permaneceu teimosamente silenciosa.

Devoro as páginas até minhas pálpebras começarem a pesar.

Assim que fecho o livro, uma voz rouca e muitíssimo próxima questiona:
— Você é ela, não é?

Ergo os olhos e encontro um velho que nunca vi sentado na poltrona à frente. Tudo nele é pálido, da pele flácida à barba rala à túnica dourada amarrotada. Tudo exceto pelos olhos, que são tão escuros que parecem ser apenas pupilas.

— Eu sou... quem? — balbucio, sobressaltada.

O velho abre um sorriso torto.

— A garota que chamam de Tecelã de Tempestades.

— Ah, certo. *Ela*. Sim. Quer dizer, sim, sou eu.

Ele me analisa por um momento, pensativo, e então continua:
— Achei que seria mais alta. — As rugas em seu rosto parecem ter sido entalhadas ali. Vejo-o focar o livro em meu colo. — Você não vai encontrar as respostas aí, garota.

Franzo o cenho, na defensiva.

— Por que não?

— Livros são para quem já viveu. Mas você? Você não viveu. Ainda não. Tem que preencher as próprias páginas. Quer saber como criar uma onda, Tecelã?

Confirmo com a cabeça.

— Não leia a respeito. Só faça.

— Não é tão simples — resmungo, irritada.

O velho só dá uma risadinha.

— Você acha que esse livro vai lhe dizer qual de suas emoções está encorada às ondas?

Eu o encaro.

— Como você...

— Houve uma época em que meus conselhos valiam ouro — revela ele, ignorando-me. — E agora cá estou eu, os dando de graça. Feche o livro. Abra a mente. Crie a onda. — Ele ergue a mão enluvada e aponta o dedo longo e torto para mim. — Agora chispa, garota. Você está no meu lugar.

Rabugenta, pego a muleta, deixando o livro na mesa. Antes de virar o canto, olho para trás e vejo o velho se acomodando em minha poltrona.

Volto mancando para o quarto, irritada e confusa.

De que interessa para ele eu aprender a esculpir ondas ou não? Quem é ele, afinal? E, mais importante, como ele sabe que meus dons estão ancorados às emoções? Não há nada sobre a Fusão em nenhum dos livros de história. Os Cantores da Chuva mantinham segredo para que o resto do mundo nunca descobrisse a fonte do poder deles.

Enquanto Elva me prepara para a cama, percebo que dormir é a última coisa que quero fazer. As palavras do velho me incomodaram tanto que encho uma bacia, coloco-a no chão e me sento na frente dela, sem saber por onde começar.

A chuva é tristeza. O gelo é fúria. Mas as ondas... não sei. Pode ser qualquer coisa. Qualquer coisa mesmo. O que não ajuda muito. Na verdade, não ajuda em nada.

Penso nos anos de garoa, nas taças se estilhaçando no Castelo Harglade. Como aquilo só meio que... aconteceu. Nunca tentei descobrir aquelas âncoras. Elas me encontraram.

Sentindo-me boba, encaro a água, esperando uma inspiração súbita.

Acabo dormindo na frente da bacia e me arrasto, sonolenta, até a cama algumas horas depois, quando a luz cinzenta da aurora está começando a se infiltrar pelas janelas.

◈

Hal vem me visitar no fim da tarde.

Desde o primeiro desafio, ele começou a me trazer buquês de rosas douradas reluzentes. Meus aposentos estão lotados delas, o aroma doce perfumando o ar.

Lógico, fico lisonjeada. Encantada, até. Mas ainda estou perplexa com toda a atenção dele e, sobretudo, com medo de confundir as coisas. E se ele só estiver sendo gentil? E se eu estiver vendo coisas onde não tem?

Mas, se estiver, não sou a única.

— Todo mundo está falando de vocês dois — comentou Spinner ontem, erguendo e baixando as sobrancelhas enquanto me entregava outro frasco de remédio.

— Quê? Falando de quem?

— Você e o príncipe, claro. Tem um monte de gente fofocando sobre ele ficar vindo aqui te visitar — explicou minha acompanhante. Devo ter parecido assustada, porque ela acrescentou depressa: — Não se preocupe, garanti a todos que nada inapropriado aconteceu. Hal é um perfeito cavalheiro, afinal.

Quanto a isso não posso discordar.

— Não precisava mesmo — digo a ele, admirando as rosas. — Este quarto já é praticamente um jardim.

Hal sorri e entrega as flores para Elva, que vai procurar um vaso. Ela volta alguns momentos depois e coloca uma jarra e duas taças em uma das mesas baixas. Hal serve o líquido verde-claro em uma delas e a oferece para mim, mas recuso. Depois de encontrar o Talhador da Terra, comecei a evitar consumir tudo que possa me deixar desinibida. Com relutância, Spinner desistiu de me perguntar o que aconteceu, porque estou fingindo ter tido amnésia.

Eu me pergunto o que Hal diria se soubesse. Nada de bom, imagino, julgando por aquela breve conversa na arena. Ele não mencionou a chegada do meio-irmão nenhuma vez durante todas as nossas conversas, parecendo ansioso para evitar o assunto de todo.

O príncipe dá um gole no vinho.

— Imagino que esteja ansiosa para voltar ao treinamento. Pelo que sei, River está muito impressionado com seu progresso. — Ele dá uma gargalhada súbita. — E não é o único — adiciona, erguendo a taça e correndo o indicador pela fina camada de geada na borda.

— Talvez seja melhor servir outra — sugiro. — Ainda não descobri como derreter gelo.

— Por que não pede ajuda a Marina?

Arqueio a sobrancelha.

— Passo.

— Ah, vai. Ela é excelente em fervura, e é gente boa quando você a conhece melhor. Os Kalpara são uma das últimas famílias aquatori puro-sangue em Ostacre e têm muito orgulho disso. Marina é filha única, e os pais sempre a pressionaram muito para ser...

— Uma tirana?

Hal dá uma risadinha.

— Eu ia dizer perfeita. Tudo bem, ela pode ser meio chatinha. Mas nunca se sabe, talvez passe a gostar dela.

Não me dou ao trabalho de dizer que acho isso muito improvável, nem que eu preferiria me jogar na Fenda a pedir ajuda para Marina.

Hal coloca a taça na mesa.

— Sei que as últimas semanas não foram fáceis. Imagino que seja dificílimo lidar com tudo isso, sobretudo para alguém como você.

— Alguém como eu? — Minha intenção é usar um tom brincalhão, mas as palavras saem um pouco na defensiva.

— Só quis dizer alguém que não sai muito de casa.

— Nunca saía, na verdade — digo, sentando-me no braço de uma poltrona. — Quer dizer, a não ser que conte o percurso de carruagem de Nemeth a Valburn que fiz aos 10 anos.

— E qual foi o motivo da viagem?

Hesito, de repente tímida. Meu primeiro instinto é mudar de assunto. Não falo de meus pais — com ninguém.

Só que tem alguma coisa em Hal que... bem, tem muitas coisas. Fiquei atraída por ele assim que o conheci, e não só pela aparência, mas também pelo jeito que ele olha para mim. Hal me faz sentir especial e linda e admirada, como se eu fosse uma espécie de joia rara, brilhando ainda mais forte diante de seu olhar. E sinto que posso confiar nele, mesmo com minhas partes mais frágeis.

— Quando minha mãe morreu, meu pai... bem, ele meio que... recuou para dentro de si. Não saía do quarto, não comia, não falava com ninguém. — As palavras deixam um gosto amargo na boca. — Ele não cuidava mais de nós, meus irmãos e eu. Então nossa avó decidiu que seria melhor se fôssemos morar com ela, no Castelo Harglade.

Hal se senta à minha frente.

— E foi?

Considero por um momento.

— Foi — respondo, por fim. — Pelo menos, acho que sim. Flint se deu muito bem em Valburn. Ele adora estar no meio do agito. Renly mora lá desde sempre, então... Quanto a mim, acho que foi só...

— Como trocar uma prisão por outra? — finaliza Hal.

Eu o encaro, surpresa.

— Eu sempre me perguntei o que você fazia. Para ocupar os dias, quer dizer — comenta ele. Quando não respondo de imediato, Hal ergue o rosto, vê minha expressão e tenta se retratar. — Desculpe, isso não é da minha conta.

— Não. — Balanço a cabeça. — É só que ninguém nunca perguntou.

Hal inclina a cabeça.

— Bem, fico feliz por ser o primeiro.

Eu me ajeito na poltrona.

— No geral, os livros me ocupavam. Eu passava dias inteiros lendo. Por algum motivo, faziam eu me sentir menos isolada. O que provavelmente é estúpido.

— Não é nada estúpido.

— Eu queria aprender tudo que pudesse. Estudei história, poesia e cartografia. Aprendi seis línguas, só para passar o tempo.

Hal arregala os olhos, incrédulo.

— *Seis?*

— Bem, seis e meia. Meu thaveniano ainda não é grande coisa.

Ele solta um assovio baixo e diz:

— Você é incrível.

Fico corada, esquecendo de como falar. Porém, antes que possa recordar como formar uma frase, o sorriso de Hal vacila e então some de vez.

— Não vou dizer que entendo a dor com que deve ter lidado. Minha mãe está viva e saudável, e aceitei há muito tempo que meu pai é, antes de tudo, o pai do reino. — Ele pigarreia. — Mas sei um pouco de como é viver em uma jaula dourada.

Tento conceber a imagem dele com 4 ou 5 anos, correndo por corredores ecoantes cheios de nobres em roupas douradas.

— Não consigo imaginar ser uma criança neste palácio — comento. — Estar cercada por tantas pessoas, o tempo todo.

— No entanto, o que mais me lembro da infância é de me sentir solitário. Sabe, quando eu era pequeno, meus pais que escolhiam meus amigos. Sério, eram selecionados a dedo. Jovens Olhos em treinamento que relatavam tudo o que eu fazia. Eu não escolhia quase nada por mim mesmo, e pouco mudou. — Hal olha para a própria marca na mão. — É estranho, ter tudo que se poderia desejar, mas não a liberdade de decidir o próprio destino.

Penso no futuro que eu tinha planejado para mim mesma, todo aquele tempo que passei sonhando acordada com o ar salgado, a batida constante das ondas, a beleza estranha e mítica das Terras Distintas. Não consigo abandonar esse sonho, porque é tudo a que posso me ater.

— Eu já achei que poderia decidir — admito. — Quando atingisse a maioridade. Antes do eclipse. Mas, claro, não sou o Príncipe Herdeiro de Ostacre.

— Não — diz Hal, sarcástico. — Você é a Tecelã de Tempestades.

— Que bom que já colocamos essa carta na mesa.

Ele sorri e balança a cabeça.

— Não é irônico? Chamam isso de Ritual de Seleção, mas a gente não seleciona nada.

— Você não quer todo esse poder? — As palavras saem antes que eu entenda o peso que têm, pairando no ar entre nós. A expressão de Hal se fecha, e me xingo mentalmente. — Desculpe. Eu não devia ter perguntado.

— Não é isso — diz ele, fingindo ajeitar as abotoaduras. Elas têm o sol e o olho imperiais, combinando com a marca dele. — Prefiro quando você fala o que pensa. Tão poucas pessoas fazem isso.

Esfrego a cicatriz, encabulada. Estúpida. Foi uma pergunta tão estúpida. Mesmo agora, sentado ereto e elegante, com as mãos apoiadas de leve nos braços de uma poltrona azul que poderia muito bem ser um trono, Hal é a imagem perfeita do futuro imperador.

— É minha... herança — afirma ele, por fim. — Meu único propósito na vida.

Não digo nada, sentindo que tem algo mais. Posso me arrepender da pergunta, mas ainda quero a resposta.

— Mas também pode ser um fardo. Minha posição é mais frágil do que parece. — Ele respira fundo. — Acho que sempre me senti como... não sei, como um ator. Como se sempre estivesse no palco, interpretando o mesmo papel, vez após vez. Só que, se parasse, mesmo por um momento, colocaria tudo a perder.

Lembro de estar com ele na frente daquela tapeçaria que retratava os deuses, quando me disse para começar a agir como uma Herdeira.

"É isso que você faria?", eu perguntei.

Ao que ele respondeu: "É isso que faço o tempo todo".

Mantenho o olhar no dele. Vejo de novo aquela sombra de vulnerabilidade em meio ao brilho do bom humor. Já a vi cruzar seu rosto em mais de uma ocasião. Quando o pai dele entrou no salão de baile com lady Kestrel. Quando Fox apareceu naquela arena. E toda vez me pega de surpresa. Porque Hal é tão afetuoso, tão firme, tão cheio de luz. Quando estou com ele, sinto-me iluminada por ela. E não sou a única. Todo mundo sempre quer estar perto dele. Acho que Hal é um pouco como o sol nesse sentido. As pessoas tendem a se deleitar em sua presença.

Hal se levanta e vai até a janela. Lá fora, o céu noturno está pontilhado com estrelas. Brilham mais forte esta noite, prateadas e infinitas em contraste com a escuridão total.

— Você já quis ser outra pessoa? — questiono aos sussurros.

Não sei o que me leva a falar isso. Nem sei se teria coragem, se tivesse que encarar Hal para fazer a pergunta, em vez de estar de costas.

Há uma longa pausa.

— Às vezes — responde ele, sem se virar. — E você?

— Às vezes.

Levanto-me da poltrona e me junto a ele na janela. O silêncio cai entre nós, mas não é desconfortável. Parece sagrado, de alguma forma. Como um juramento tácito.

Então Hal completa:

— Mas aí não teríamos nossos dons. O que me lembra... — Ele enfia a mão no bolso. — Trouxe algo para você.

Na palma dele há o que parece ser uma caixinha de vidro.

Com o coração martelando, eu a pego.

— O que é?

Os dedos de Hal envolvem os meus e levam a caixa com gentileza aos meus lábios.

— É uma luz noturna. Está enfeitiçada para responder apenas à sua voz. Vai, diz alguma coisa.

— Tipo o quê? — pergunto, arquejando de surpresa quando a caixa brilha, iluminando nosso rosto.

— Imagine que é seu próprio raio de sol — explica ele baixinho. — Como se eu estivesse lhe dando um pedacinho do meu dom.

Sinto calafrios. O dom dele, herdado do próprio Criador. Luz — pura e dourada e cheia de esperança. Um lembrete de que a escuridão é temporária e a aurora sempre vai chegar para expulsar as sombras.

— Obrigada — digo, sem fôlego. — É linda.

— Não é nada de mais.

— É, sim. Eu adorei, de verdade.

Ele ainda está segurando minha mão, os olhos escuros fixos nos meus, questionadores e indecisos. Meu coração dispara. Não me mexo. Mal ouso respirar.

Então, quando penso que ele está prestes a acabar com o pequeno espaço entre nós, Hal se afasta.

Mais tarde, quando vou dormir, deixo a luz noturna brilhando suavemente na mesa de cabeceira, protegendo-me de meus sonhos.

22

Minha semana de folga dos olhares e sussurros logo chega ao fim. Elva me ajuda a pôr um vestido azul leve e sem mangas enquanto meu irmão está deitado em minha cama, comendo uma ameixa e reclamando sobre Sheen, o acompanhante taciturno.

— Ele é tão... — Flint move as mãos como se tentasse capturar a palavra certa no ar. — Tão... *azedo*.

— Talvez você seja doce demais? — sugiro.

— Verdade. É só que nunca conheci ninguém que não...

— Goste de você?

— Eu ia dizer *me adora*, mas serve.

Reviro os olhos.

Spinner aparece assim que Elva termina de trançar meu cabelo.

— Aqui — diz ela, estendendo a bengala.

Balanço a cabeça.

— De jeito nenhum. Não vou usar esse troço na frente dos outros.

— É, eu imaginei que diria isso. — Flint se levanta e estende o braço para mim. — Não se preocupe, irmãzinha. Serei sua bengala. Apoie-se em mim.

Sorrio com gratidão, e nós três seguimos devagar até o salão de banquete. Spinner dá uma piscadela para Flint antes de sair saltitando para a mesa dos Olhos.

— Do que estamos falando? — pergunta Flint, bagunçando o cabelo de Elaith enquanto se senta ao lado dela.

— Do que você acha? — responde Zeph, estendendo uma taça de vinho roxo para ele. — Do que todos estão falando? Ou, melhor, de *quem*.

— Entendo. Então, o que achou do bastardo imperial? Reparei que ele não nos agraciou com sua presença esta noite.

— Bem, não é difícil ver por que ele causou tanto rebuliço. O Talhador da Terra, Herdeiro do trono terrathian? É algo inédito, absurdo. Quer dizer, depois de tudo que ele fez... — Zephyr deixa a frase no ar, lançando um olhar ansioso em minha direção antes de virar a cabeça depressa.

Sei o que está pensando e não o culpo. O Talhador da Terra, Herdeiro do trono terrathian; a Tecelã de Tempestades, Herdeira do trono aquatori. Ele tem razão. É inédito. Inimaginável, até. Não foi à toa que o eclipse me pegou de surpresa, nem que quaisquer boatos relacionados ao verde que faltava tenham sido considerados risíveis. Os Herdeiros são selecionados pelo poder, sim, mas esse poder deveria simbolizar o rejuvenescimento, não a destruição.

— Fox é mítico — opina Elaith com ar sonhador, balançando o vinho no cálice. — Sem contar *lindo*.

Kai ergue uma sobrancelha.

— Que foi? Ele é. Objetivamente, quer dizer. Vocês têm que admitir.

Flint assente com um ar sábio.

— Ela tem razão.

— Ele é o enigma perfeito — continua Elaith. — Eu o acho fascinante.

— Como assim? — pergunto, sem erguer os olhos.

— Bem, ele é o etheri mais perigoso do reino, isso todo mundo sabe. Para não mencionar sádico... e cruel. Mas ele também é estranhamente... charmoso. *Aterrorizante,* mas charmoso. Não dá para saber se está planejando matar ou beijar você. É emocionante.

— É fácil ver por que os Olhos vivem puxando o saco dele — afirma Zephyr. — Os outros nobres são mais desconfiados, claro. A maioria tem medo dele, e muitos o desprezam, mas não ousariam demonstrar isso. Ele já é tratado como rei.

Franzo o cenho para meu prato vazio. Sou odiada por invocar a tempestade, mas, apesar de literalmente ter rachado o império ao meio, Fox de alguma forma conseguiu uma legião de admiradores? Charmoso ou não, isso não parece justo. Também não parece justo que ele possa viajar o mundo a seu bel-prazer e eu tenha ficado trancada em casa por dezessete anos. Acho que ser filho de um imperador tem suas vantagens.

— Dizem que ele é o preferido do pai — acrescenta Elaith. — Certo, Zeph?

Neste instante, Hal aparece com um grupinho de cortesãos em seu encalço. Ele dá um jeito de dispensá-los e vem se sentar a meu lado, abrindo um sorrisinho para mim enquanto os serventes entram no salão carregando bandejas de comida: bolinhos de siri servidos com alga marinha e limão; pernil com molho de mel; tomates do tamanho do meu punho, fatiados e cobertos de folhas de manjericão; batatas nadando em manteiga; damascos, tortas, folhados. Flint pega meu prato e começa a enchê-lo de comida, enquanto Zeph encara a chegada de Hal como a deixa para mudar de assunto.

— Como vai Cole? Não o vejo desde o primeiro desafio.

Vejo Elaith espetar uma batata com o garfo um pouco forte demais.

— Ele vai ficar bem — responde Flint. — Só precisa espairecer um pouco. O que me lembra, como vão os seus dons, irmã? Já dominou a fervura?

Nego com a cabeça.

— Estou tentando esculpir ondas, mas não posso dizer que está indo bem.

— Você vai conseguir — garante Kai. — A garota que conheci no primeiro dia na fortaleza mal conseguia criar uma garoa, mas olha só pra você agora.

— Concordo — diz Hal, erguendo a taça.

Os outros seguem o exemplo e, quando batem as taças, noto um sentimento caloroso se espalhando em meu peito.

Depois do banquete, sigo devagar para a biblioteca, onde vou mancando entre o labirinto de estantes até minha alcova costumeira. De novo encontro a poltrona ocupada... só que dessa vez não é o velho.

— Olá, Tecelã de Tempestades — cumprimenta Fox Calloway Castellion.

Tomo um susto, e então, por algum motivo inexplicável, escondo-me atrás de uma estante próxima.

— Você está me *seguindo*? — Tento, sem sucesso, disfarçar o constrangimento.

Ele ri.

— Bem, eu estava aqui primeiro, então acho que deveria lhe perguntar a mesma coisa.

— Tem razão. Bom, eu vou indo.

— Ah, nem pense nisso — rebate Fox com a voz agradável. — Há espaço para nós dois. E que oportunidade perfeita de nos conhecermos, não acha? Agora, por que não sai de trás da estante e deixa eu me apresentar?

— Eu *sei* quem você é. Já nos conhecemos.

— Então espero ter deixado uma boa impressão.

Impulsionada pela irritação, saio à vista. Fox está relaxado na poltrona. Usa uma camisa verde solta e aberta de um jeito indecente, para ser sincera, uma calça escura e botas de cavalgada um pouco arranhadas. O cabelo está tão bagunçado quanto antes, alguns fios caindo nos olhos da cor de folhas primaveris, que se fixam em mim, o que me faz ficar imóvel. Um rubor traiçoeiro sobe por meu rosto quando me lembro do que disse para ele na fortaleza.

"Você é muito bonito."

Fox dá um sorrisinho como se também estivesse se lembrando. Ele usa uma corrente dourada simples ao redor do pescoço, e corre o indicador por ela enquanto aponta a cabeça para a poltrona à frente.

— Fique à vontade.

Não me mexo.

— Por que você foi à enfermaria?

— Porque queria ver você.

Meu coração acelera de maneira desconfortável.

— Por quê?

— Para dar um rosto ao nome. E que *lindo* rosto.

Fico sem fôlego, mas desta vez me recuso a corar.

— Por que me fez pensar que era um servente?

— Eu não fiz você pensar nada — responde ele com um ar inocente, tirando um raminho de menta do bolso e o enfiando na boca. — Você fez uma suposição. Eu só escolhi não a corrigir.

Estreito os olhos.

— Você assistiu ao meu desafio, imagino?

Ele confirma com a cabeça, mastigando, com um ar pensativo.

— Confesso que sim. Foi... interessante.

— Interessante. De que forma?

— Ver você tomar uma decisão daquelas.

— *Daquelas* como?

— Você estava prestes a desistir, mas aí não desistiu. Escolheu *vencer*. Os outros lutaram contra as feras, mas *você* a virou contra si mesma. Toda aquela raiva, toda a dor que a infligiu, você usou como uma arma.

Eu o encaro, incomodada com a perspicácia da observação. Fox sorri, girando um anel de sinete dourado no dedo. Reparo que ele usa dois: um com o corvo Castellion e outro com o falcão Calloway. É tradição entre os etheri adotar o sobrenome da casa mais poderosa. O pai de Fox é o imperador e os Castellion são a família imperial, mas ele escolheu usar o nome da mãe também. Nunca tentou se esquivar da própria linhagem incomum, nem da condição de filho ilegítimo; pelo contrário, ostenta isso. *Orgulha-se* disso.

Fox se reclina na poltrona.

— Alguma outra pergunta?

— Por que você chegou tão atrasado à Seleção? Ou uma entrada dramática era parte do plano?

Ele abre um sorrisão.

— Não sou só eu que tenho um dom para a teatralidade, ao que parece. Vem quebrando muitas taças esses dias, Tecelã de Tempestades?

Faço uma carranca.

— Foi um acidente.

Ele dispensa minhas palavras com um aceno.

— Às vezes precisamos nos apropriar dos nossos acidentes. A intenção pode definir você. E é melhor parecer obstinada do que estúpida, não acha?

Ele se alonga, estalando o pescoço, e o som é tão alto na biblioteca silenciosa que me sobressalta. Fox sorri.

— Quando o eclipse aconteceu, eu estava no meio da floresta tropical de Serolia — revela ele. — Foi bem inconveniente.

Serolia. É uma das Terras Distintas, uma ilha que consiste sobretudo em selva e que já foi o lar de magi com a habilidade de metamorfose, criando até asas e se comunicando com animais. Parte de mim quer muito perguntar como era. Outra parte está me dizendo para sair correndo.

Limpo a garganta, esperando que meu tom brusco disfarce o medo:

— Então, agora que está aqui, o que você planeja fazer?

Ele considera por um momento.

— Estou procurando uma coisa.

Engulo em seco.

— E o que é?

Fox inclina a cabeça, analisando-me.

— Ah, Tecelã de Tempestades. Tem certeza de que quer saber?

Tudo nele, a voz suave, o olhar penetrante, até a postura, casual e preguiçosa, mas na verdade à espreita, preparado para atacar, tudo isso indica uma ameaça suspeita e perigosa. Um predador. E se ele é o predador...

De repente, quero colocar o máximo de distância possível entre o Talhador da Terra e eu. Dou um passo incerto para trás.

Fox se levanta.

— Já vai?

— Por mais encantadora que tenha sido a conversa, já vou.

Ele dá um sorrisinho.

— Assustada, Tecelã de Tempestades?

Sim.

— Não — respondo, tensa, virando-me e me encolhendo quando o tornozelo torcido reclama.

— Precisa de ajuda para a saída dramática?

Ranjo os dentes enquanto me afasto e, mesmo sem olhar, sei que ele está sorrindo.

23

Caminho por um campo de flores silvestres. O ar é doce, o céu de um azul brilhante. Raios de sol refletem em algo dourado à frente.

Blaze.

Escuto meu nome, sussurrado como uma carícia.

Então as flores começam a definhar e murchar. Há o som de algo rachando, seguido por um *estalo* trovejante e atroante.

Quando abro os olhos, Elva está parada diante de mim, segurando uma bandeja de café da manhã, com o rosto preocupado. É aí que a dor me atinge, no pulso, nas costelas e no cóccix, e percebo que estou emaranhada nos lençóis. Devo ter me debatido no sono.

Percebo que já acordei um tanto irritada, o que sem dúvida está relacionado a Fox e à conversa de ontem à noite, ao fato de ele responder às minhas perguntas com declarações ao mesmo tempo diretas e evasivas. Elaith tinha razão. Ele é estranhamente charmoso. Irritantemente agradável. Loucamente lindo.

Não o suporto.

Elva me ajuda a me sentar. Não conversamos direito desde aquele dia na varanda. Lembro que ela estava hesitante em aceitar a comida que lhe ofereci, que levou o pão ao nariz e inspirou fundo, como se não ousasse acreditar que era real. É essa lembrança que me faz convidá-la a se juntar a mim para o café da manhã de novo.

Com um ar ansioso, ela se senta na ponta da cama, como se o colchão pudesse explodir em chamas. Enfio uma colherada de mingau na boca com o braço bom, então empurro a bandeja para ela.

— Quantos anos você tinha quando foi... quando veio para cá? — Não consigo dizer "levada" ou qualquer palavra que implique o que ambas sabemos ser verdade.

Quando ela fala, sua voz é pouco mais que um sussurro:

— Dez.

Dez. Fico com o peito apertado.

Passou-se mais de meio século desde a Guerra dos Impérios, desde que Ostacre triunfou sobre as Terras Distintas e derrotou os magi. Vovó não gosta de falar do assunto, dizendo que algumas coisas devem ficar no passado. Só que, na verdade, não ficaram no passado. Para Elva e pessoas como ela, o conflito continua. Para sempre. Eu me pergunto quantas crianças foram escravizadas ao longo dos anos, feitas prisioneiras de uma guerra que nunca começaram.

Foi um período brutal, do tipo que deixa uma mancha nas páginas dos livros de história.

Depois que o Criador e os Primeiros etheri reivindicaram Ostacre, por um tempo viveram em paz com os magi, que já foram nômades e podiam ser encontrados por todo o mundo. Só que as tensões começaram a crescer, com os poderes dos magi sendo considerados inaturais, até perversos, e os magi, cansados de não terem uma terra própria, deslocaram-se para um arquipélago longínquo, que a partir dali ficou conhecido como Terras Distintas.

Séculos depois, os governantes das Terras Distintas se uniram, e sete ilhas se aliaram para reconquistar Ostacre dos etheri. Eles levaram os navios de guerra pelo Segundo Mar, e a Guerra dos Impérios começou. Durou um ano e um dia, mas, no fim, Ostacre triunfou, com os quatro altos generais liderando os exércitos para a vitória.

Aí o inexplicável aconteceu. Quando os magi perderam a guerra, também perderam a magia.

Alguns dizem que os deuses os abandonaram, que foi um castigo pela derrota. Outros acreditam que lutar contra os etheri ao longo de um período tão longo os enfraqueceu até os poderes se esgotarem.

É um mistério. Uma pergunta que segue sem resposta há mais de cinquenta anos.

Li sobre os magi incontáveis vezes. Alguns podiam fazer alguém confessar os pensamentos mais sombrios usando apenas a voz. Alguns podiam implantar visões na cabeça da pessoa e corroer o subconsciente até ela perder a sanidade. Alguns tinham o poder de manipular o corpo e os sentidos, capazes de cegar ou mutilar ou de coagular o sangue. Alguns partilhavam uma conexão profunda e telepática com os animais, ou assumiam a forma de qualquer pessoa ou coisa que escolhessem. Alguns tinham o poder de se comunicar com os mortos.

Contudo, sem a magia, os magi ficaram indefesos, e as Terras Distintas sucumbiram. O povo, que já fora letal e perigoso, agora é como os fidra, obrigado a pagar pelos crimes de seus ancestrais. Só que não com joias, óleo ou temperos. Não, as Terras Distintas fornecem algo muito mais valioso: escravizados. Ou, como os chamamos, serventes.

Sendo de Obsidia, a Ilha da Noite Eterna, os ancestrais de Elva já foram magi das sombras. Eles controlavam a escuridão, governavam sob o crepúsculo.

Ela bebe o chá, sem olhar para mim.

Pigarreio.

— Como era? — pergunto em voz baixa. — Obsidia?

Elva fica imóvel, então com cuidado devolve a xícara à bandeja. Estou certa de que joguei fora o pouco de confiança que consegui conquistar, mas ela finalmente sussurra:

— *Linda.*

Então fecha os olhos âmbar.

Fico em silêncio, imaginando Elva sendo arrancada da família, uma criança acorrentada e colocada em um navio seguindo rumo à terra que conquistou a sua, navegando em direção a um futuro sem liberdade, mais vazio que a Fenda, mais sombrio que os céus da própria terra natal, escuros feito piche.

Nesta noite, o imperador está dando um baile em homenagem ao irmão, portanto, em verdadeiro estilo ventalla, o salão está repleto de penas. Estão por toda parte: enfeitando vestidos e gibões, entregues como lembrancinhas, flutuando pelo teto e esvoaçando na pista de dança, onde são revolvidas pela brisa criada pelo círculo de dançarinos. Eu mesma uso uma grande pena de pavão no cabelo. Spinner deu uma a Flint também, mas ele a está usando mais para fazer cócegas nela. Sheen está parado à parte, observando os dois com uma expressão nem um pouco divertida.

A maior parte do Conselho das Coroas está dançando. O imperador dança com tia Yvainne, embora não consiga tirar os olhos de Kestrel Calloway, que está radiante em um vestido de penas que tem até asas de falcão. Vejo Ember também, usando o tom de ferrugem habitual, girando pela pista com Hal, toda convencida. Sinto uma breve pontada de ciúmes, mas no mesmo instante um silêncio súbito recai sobre o salão.

Viro o rosto e vejo o Talhador da Terra entrando pelas portas. Quando ele tira a mão do bolso e a estende com expectativa, um servente vai correndo até ele com uma bandeja. Fox toma um único gole de vinho e então joga a taça por cima do ombro. Eu me encolho quando ela se estilhaça, os cacos deslizando pelo chão dourado. Os cortesãos perto dele recuam, alguns até curvando a cabeça quando ele passa. Seus olhos verdes pousam em mim, com um brilho divertido, e escuto um eco de suas palavras na noite passada.

"Vem quebrando muitas taças esses dias, Tecelã de Tempestades?"

Um calor sobe por meu pescoço. Por que ele está me provocando? E por que me chama assim como se fosse uma medalha de honra?

Ele mesmo tem muitos nomes, talvez até mais que eu. Mas, desde minha conversa com Elva de manhã, só há um que não consigo ignorar.

Príncipe dos Escravocratas.

Como se ele já não fosse de todo irredimível.

— Deuses, ele é lindo — murmura Elaith com um suspiro.

— Nossa, Elaith, acho que você tem um problema sério — comenta Kai.

Elaith não se abala.

— Ah, eu adoro essa música! — exclama ela quando os músicos começam a tocar uma melodia acelerada das Terras do Fogo.

Entregando a taça de espumante para mim, ela joga o cabelo por cima do ombro e puxa Flint por entre a multidão até a pista de dança.

Sem eles, e com Kai conversando com Spinner, estou sozinha quando Fjord aparece a meu lado, com um sorriso cruel no rosto.

— Então — começa ele, o nariz a centímetros do meu —, acho que te devo os parabéns.

Não digo nada, torcendo em desespero para alguém vir me salvar.

— Me conta, Blaze, porque estou curioso. Como você conseguiu?

Eu o encaro.

— Como assim?

— Ah, sei lá. Talvez como tenha conseguido superar o primeiro desafio na lábia. Ou como conseguiu convencer o Conselho de que *você*, de todas as pessoas, é mais digna do trono aquatori do que eu.

Dou um passo para trás, contendo a indignação.

— Ou *talvez* — continua Fjord, dando um passo à frente — não tenha sido o Conselho que você enganou. Talvez tenha sido outra pessoa, alguém com o poder de influenciar tais decisões. Uma pessoa de quem você vem tentando se aproximar desde que chegou aqui.

Franzo a testa. Porém, antes que eu possa perguntar o que ele quer dizer com isso, Hal me avista do outro lado da pista de dança. Ele dá um sorriso quase tímido, ignorando minha prima tagarelando em seu ouvido.

Fjord observa a troca de olhares.

— Comovente. Tenho que admitir que a subestimei, Blaze. É realmente engenhoso se vender assim, usando as parcas vantagens que tem para cair nas graças do príncipe. Afinal — ele aponta para minha marca brilhante —, parece estar funcionando.

Uma frieza familiar começa a se espalhar por meu peito com a insinuação.

— Eu considerava você muitas coisas — continua Fjord, sem se dar ao trabalho de abaixar a voz. — Uma assassina, uma criança trocada, uma aberração amaldiçoada pelos deuses. — Ele faz uma pausa, os olhos percorrendo meu corpo devagar e subindo de novo. — Mas nunca achei que fosse uma *puta*.

Acontece tão rápido.

Há um borrão de cor, um grito aterrorizado, e Fjord é erguido do chão. Ele fica pendurado no ar, suspenso acima das cabeças da multidão, mantido ali pelo que parece ser uma corda verde grossa. Mas quando olho melhor vejo que não é uma corda... são *videiras*, que se enrolam ao redor dos pulsos de Fjord como cobras, deslizando pelos braços e subindo pelas costas.

Ao redor do salão, as vozes vão sumindo, os instrumentos se calando. Desviando a atenção de Fjord, que está amarrado e impotente no ar, vejo que um espaço se abriu embaixo dele e sinto alguém roçar em mim quando para a meu lado.

— É uma pena estragar uma ocasião dessas — diz o Talhador da Terra. — Mas parece que alguém esqueceu a educação em casa.

Meu peito sobe e desce depressa, minha respiração rápida e rasa.

— O que está acontecendo aqui? — pergunta o imperador Alvar, atravessando a multidão.

Reparo que ele parece um tanto cansado. Doentio, até. Está prestes a falar de novo, mas Kestrel Calloway põe a mão em seu braço, silenciando-o.

Fox nem olha para o pai.

— Solte-me — brada Fjord, sibilando, com o rosto pálido corado de humilhação e pavor.

— Quer repetir o que disse? — A voz de Fox continua agradável.

Fjord engole em seco, as videiras ondulando enquanto apertam mais.

— Eu não disse nada.

Fox balança a cabeça, com uma expressão afetuosa.

— Ah, mas isso não é verdade, é? — Ele usa o tom de quem censura uma criança pequena. — Eu ouvi, sabe, e quero ver se tem coragem de falar de novo para todos ouvirem também.

Fico estática como se também estivesse presa por videiras. Fjord se debate contra as amarras, mas elas não se afrouxam. Reveza o olhar entre o Talhador da Terra e eu, perplexo e franzindo o cenho já úmido de suor.

Quando responde, sua voz sai fina:

— Eu. Não. Disse. *Nada*.

Fox sorri para ele.

— Essa é a resposta errada, infelizmente. — Ele olha para a multidão chocada. — O que acham, devemos ensinar uma lição a ele?

Os etheri o encaram, horrorizados e entusiasmados.

— Vejamos — continua Fox, a marca brilhando com força nas costas da mão quando a ergue. — Por que não começamos lavando essa sua boca imunda?

Arquejo quando uma videira se separa das outras e mergulha na boca aberta de Fjord. Com os olhos arregalados, ele começa a se engasgar, virando a cabeça de um lado para o outro, encarando a multidão de observadores. Ninguém faz nada para ajudá-lo. Ninguém ousa. Só ficam observando, fascinados.

O medo que Fox inspira causa uma espécie de inebriamento nauseante. Não consigo desviar os olhos, por mais que tente.

Ele só fica satisfeito quando Fjord está a segundos de sufocar. A videira na garganta dele fica flácida, e o garoto tosse e cospe, o corpo inteiro arquejando, antes de vomitar em cima de si mesmo.

Fox estala os dedos e o resto das videiras solta Fjord, que cai três metros até o chão, estatelando-se no próprio vômito. Ele tenta se levantar, mas perde o equilíbrio e cai de novo, soltando um gemido baixo de dor.

A multidão está sussurrando. Alguns riem de deboche. Dois cortesãos aquatori avançam, erguendo Fjord e o apoiando entre eles.

Fox não está prestando atenção. Está com os olhos fixos em mim, e a intensidade do olhar queima — queima e continua queimando muito depois que ele se afasta.

— É melhor limparem isso — orienta a ninguém em específico, apontando a poça de vômito. — Não queremos que alguém escorregue.

24

Meu coração bate alto nos ouvidos quando saio correndo do salão, abrindo caminho entre um mar dourado de sussurros. Não paro nem quando coloco três andares entre o Talhador da Terra e eu, andando sem rumo, tentando desesperadamente achar uma resposta à pergunta que me atormenta sem parar.

Por quê?

Por que ele faria isso? Que motivo teria para me defender? Não somos amigos. Não somos nada.

— Blaze!

Viro-me e encontro Hal vindo em minha direção. Ao vê-lo, a tensão em meu peito se alivia um pouquinho.

— Eu vi você sair — diz ele, aproximando-se. — Está tudo bem?

— Está — minto, tentando fazer as mãos pararem de tremer.

— Fjord foi levado à enfermaria, mas acho que ele está mais com o orgulho ferido do que qualquer outra coisa. Você estava falando com ele logo antes da comoção. Sabe o que ele disse para irritar tanto Fox?

Meu coração dá um salto furioso ao lembrar das palavras de Fjord, a acusação de que eu estive me oferecendo ao príncipe em troca de um lugar na Seleção.

— Não. — Balanço a cabeça. — Não ouvi.

Hal assente, a luz das tochas refletindo no rosto. Não há uma grande semelhança entre ele e Fox. Hal é puro Castellion, um retrato do Criador: o corpo esguio, a pele de porcelana, os olhos pretos como os de um corvo. Fox, por outro lado, tem os olhos da mãe, a pele bronzeada e um físico mais atlético. E, embora ambos tenham cabelo preto, o de Hal está sempre escovado e arrumado, e o de Fox é mais longo e desalinhado.

Fico tentando imaginar quando eles começaram a desgostar um do outro, ou se o sentimento sempre esteve lá, piorando a cada dia como uma ferida infeccionada.

Hal suspira.

— Conhecendo Fox, provavelmente só estava querendo uma briga. Ele gosta de fazer escândalos. Demonstrar a força. É deplorável, mas não atípico. A melhor coisa para você seria ficar longe dele.

— Sim — concordo, tentando não pensar no jeito que Fox sorriu quando a videira deslizou pela garganta de Fjord.

A tensão ondula na mandíbula retesada de Hal, e tenho a sensação de que não é só o meio-irmão que o está incomodando.

— Você queria falar de mais alguma coisa? — pergunto, hesitante.

Há uma longa pausa durante a qual Hal parece murchar. Ele olha ao redor, certificando-se de que estamos a sós, e então toma minha mão e me puxa por uma porta até um cômodo totalmente escuro. Fico tensa por instinto, perplexa. Um instante depois, um orbe de luz se materializa na palma do príncipe e flutua com gentileza para cima, iluminando o ambiente. Estamos no que parece ser um armário de vassouras. Tem um forte cheiro de graxa, e é tão apertado que a cabeça de Hal quase toca o teto.

— Eu não queria ser ouvido — explica ele.

Sinto uma onda de ansiedade. Foco suas olheiras escuras e o jeito que fica flexionando as mãos, quase como se não estivesse ciente do que está fazendo.

— Certo — digo, remexendo-me de leve quando algo cutuca minhas costas. — Sou toda ouvidos.

— Conversei com meu pai. Quer dizer, se é que posso chamar aquilo de conversa — acrescenta ele, com uma careta. — Ele e os conselheiros imperiais acham que... — Ele faz uma pausa, limpando a garganta. — Ficou decidido que, quando eu for coroado imperador, devo me casar.

Sinto a barriga embrulhar. De todas as coisas que esperava que ele dissesse, essa não era uma delas.

— Um casamento imperial é, antes de tudo, uma aliança política — continua Hal, com a voz tensa. — É uma tradição amplamente respeitada que a noiva deve ser selecionada de um reino vizinho, seja para abrir rotas de comércio ou só garantir a paz entre dois territórios.

Penso no imperador e como nunca poderia ter se casado com Kestrel Calloway, uma plebeia terrathian com um título inventado às pressas, como ele foi forçado a se casar com Goneril, uma princesa vosti, e ao fazê-lo selou nossa aliança com Vost, o reino com o qual Ostacre negocia ouro por tecidos e materiais caros.

O armário já apertado parece se encolher ainda mais.

— Foi um delírio pensar, mesmo por um segundo, que eu teria a chance de escolher minha noiva — comenta Hal, amargurado.

Ele parece estar tentando controlar as emoções. Tenho medo de tocá-lo e vê-lo desmoronar.

— E seu pai... tem alguém em mente?

Ele respira fundo.

— Eu devo me casar com a princesa Mirade de Thaven.

Thaven. A terra das joias e dos metais preciosos.

— Estão mandando um emissário para redigir o tratado de casamento. Quando estiver feito, nosso noivado será anunciado diante das cortes.

Sinto o gosto de sangue e percebo que estive mordendo o interior da bochecha.

É bobo, na verdade. Não sou estúpida. No fundo, sempre soube que nada poderia acontecer entre nós. Nada sério, nada duradouro. Ele é o príncipe, afinal. Em breve será o imperador. E sou a garota mais odiada do reino.

— Você já a conheceu? — pergunto baixinho. — A princesa?

Por algum motivo, meus lábios não querem formar o nome dela.

— Já a encontrei uma ou duas vezes. Nossos pais são velhos amigos. Ela é simpática, mas não é... — Ele engole em seco. — Não é a minha *escolha*. Eu... eu não tenho escolha, Blaze.

Traço a cicatriz nas costas de minha mão.

— Sabe o que meu pai me disse? — O tom de Hal fica venenoso de um jeito que não combina com ele. — Assim que eu conseguir gerar um Herdeiro com ela, posso fazer o que quiser. Como se eu fosse repetir o que ele fez com minha mãe, descartando-a como se não fosse nada e deixando *aquela mulher* desfilar pela corte como se fosse a esposa dele.

Penso no jeito que o imperador olha para Kestrel — como se ela fosse a única pessoa no lugar, como se fosse a última beleza no mundo.

— E... está decidido? — As palavras saem espessas e desajeitadas de minha boca.

— Estou tentando achar um jeito de escapar, mas não tem como. A não ser que eu queira arriscar uma aliança extremamente poderosa e colocar o império inteiro em perigo antes de sequer assumir o trono.

— Eu entendo.

Não entendo, na verdade, mas é o que se diz nessas horas.

— Só me resta aceitar meu destino, mas *não consigo*. Não consigo aceitar. — Ele dá um passo para a frente, os olhos escuros me fazendo ficar imóvel. — Saber que não posso ficar com quem quero me mata, Blaze. Me mata mais a cada dia.

Minha respiração fica pesada. As palavras de Elaith ecoam em minha cabeça:

"Hal guarda o coração a sete chaves, nunca vi isso."

Mas o que ele está fazendo agora, se não baixando a guarda? O que está fazendo agora, se não falando com o coração?

E meu coração? Parece machucado, e talvez seja um pouco estúpido, mas ainda dá um salto quando Hal me puxa para perto, as mãos frias envolvendo minha cintura.

O orbe de luz acima de nós fica mais forte, como um sol em miniatura. E há segurança na luz do sol: calor e certeza. E uma beleza tão brilhante que ofusca.

Estudo Hal, a cicatriz sob o olho dele, as sombras projetadas nas maçãs do rosto. Ele me encara de volta, os olhos escurecendo com desespero e alguma coisa mais profunda, quase voraz.

Ele hesita, como se lutasse contra o impulso.

Então me beija.

Depois de passar dezessete anos trancada em casa, não é surpreendente que eu nunca tenha beijado ninguém. A sensação é totalmente nova. Eu não achava que saberia o que fazer, mas meus lábios se movem por instinto, e minha boca se abre.

O beijo é lento e doloroso de tão gentil. Uma das mãos dele sobe por minhas costas e se enfia em meu cabelo, enquanto a outra segura a seda do vestido, logo acima da cintura. Meus olhos se fecham sozinhos, meu corpo se moldando ao dele, e os arrepios me tomam a cada toque, a cada pressão e movimento de sua boca. Jogo os braços ao redor de seu pescoço, puxando-o para perto.

O mundo inteiro parece ficar em silêncio.

Por um momento, nada mais importa. Ninguém mais existe.

Só que então Hal recua de repente, assustando-me. Abro os olhos e vejo sua expressão culpada.

— Eu não devia ter feito isso. — É tudo o que diz.

Fico parada lá, no escuro, por muito tempo depois que ele vai embora, apoiando-me na porta. Devagar, passo um dedo nos lábios enquanto algo quente se agita em meu peito, misturado com uma espécie de dor doce que nunca imaginei que existisse.

25

A notícia do noivado secreto de Hal me assombra ao longo de toda a semana seguinte.

A notícia e o beijo. Fico lembrando sem parar: a pressão suave dos lábios, o aroma de limão na pele dele.

Não sei o que pensar disso. Não sei o que somos agora. Ele passou a maior parte dos dias trancado nas Câmaras do Conselho com um exército de conselheiros imperiais, mas, mesmo assim — e apesar dos buquês de rosas douradas frescas me esperando no quarto todos os dias na volta do treinamento —, não consigo me livrar da sensação de que está me evitando. A ideia me enche de pavor, porque quero que ele me procure como sempre fez, vez após vez. Quero que me deseje do mesmo jeito que estou começando a desejá-lo.

Será que é o jeito dele de romper as coisas entre nós? Uma espécie de adeus? Um primeiro e último beijo. Só que não me pareceu um final.

Enquanto Elva me ajuda a me vestir, esfrego o dedão na fria superfície de vidro da luz noturna, fingindo ouvir a avaliação de Spinner sobre os doze Herdeiros remanescentes. Só quando ela acena a mão na frente do meu rosto percebo que está esperando uma resposta.

Eu a encaro.

— Que foi?

— *Acorda,* Blaze. *Flint.* Ele falou de mim hoje?

Ela analisa a seda dourada das luvas como se não estivesse prendendo a respiração enquanto espera a resposta.

— Não o vi muito. Ah, mas ontem ele disse algo sobre você dizer algo sobre... — Paro de falar e estreito os olhos, tentando lembrar.

Spinner me entrega brincos de pérola, balançando a cabeça de incredulidade.

— Você é *péssima* nesse tipo de coisa. Sabe disso, né?

— Ai, grossa. Não tive muita prática, né. Além disso, *você* é um Olho. Se está tão interessada no meu irmão, tem três à sua disposição. Não era para ficar de *olho* nele?

Spinner só estala a língua e gira o dedo para que eu dê uma voltinha.

⁂

O príncipe Hal não janta com os Herdeiros esta noite. Em vez disso, está sentado em um trono dourado na plataforma elevada, completamente ereto e silencioso ao lado do imperador, que parece ainda mais extenuado que antes. Tanto ele como Hal têm as mesmas olheiras, que são acentuadas pela palidez da pele, e me pergunto se a pressão do que está por vir os está deixando doentes. Para Hal, o fardo de assumir o cargo de imperador. Para o pai, a ideia de abdicar do trono.

O olhar do príncipe está fixo em nossa mesa, só que não em mim. Encara o garoto sentado na ponta, que parece ter infinitos adoradores puxa-saco desesperados por sua atenção. Talvez jantar com o Conselho seja o jeito de Hal mandar uma mensagem ao Talhador da Terra, lembrando a ele — lembrando a todos — que, embora eles partilhem sangue, *ele* é o príncipe, um legítimo Castellion.

Quer Fox tenha notado ou não a tentativa do irmão de ostentar o próprio título, não parece se importar. Está inclinado na cadeira, bebendo vinho e dando um sorrisinho para algo que um dos Herdeiros ventalla está sussurrando em seu ouvido.

A imagem de Fjord emaranhado em uma rede de plantas surge sem querer em minha mente, e olho depressa para minhas mãos. Corro os dedos pela marca brilhante, lembrando do orbe de luz que Hal conjurou naquele armário de vassouras, tão parecido com os que flutuam com delicadeza na Biblioteca Dourada, que comecei a visitar todo anoitecer. Fiquei com receio de voltar lá depois do encontro noturno com o Talhador da Terra, mas minha poltrona tem permanecido vazia, sem sinal de Fox ou daquele velho estranho. Quero encontrar o velho e descobrir o que ele sabe da Fusão de meus dons e o que pensa que sabe da arte de esculpir ondas, sobretudo considerando que não consegui fazer nem uma ondinha até agora. Dominar a habilidade não só agradaria a River e apagaria o sorrisinho da cara de Marina, como também poderia se provar útil no segundo desafio, que, para meu terror, vai acontecer em duas semanas. Claro, para fazer isso, primeiro tenho que determinar qual é minha âncora, o que tem sido difícil.

Ver Hal faz meu peito doer, e descubro que não estou com muito apetite. Estou prestes a voltar para meus aposentos quando noto os olhos de Flint se arregalando de surpresa com algo atrás de mim. Antes que eu possa me virar, alguém cobre meus olhos com as mãos. Mãos muito pequenas. Pequenas e meio gosmentas com... chocolate.

— Renly! — exclamo quando meu irmãozinho joga os braços ao redor de meu pescoço.

Mesmo com o alarido do salão, consigo ouvir as batidas da bengala dela.

— Pelo Criador, Blaze, eu não tive um momento de paz até concordar em trazê-lo para ver você. — Vovó afaga os cachos de Renly. — Você tem a teimosia de sua irmã e os poderes de persuasão de seu irmão, não é, pequenino?

Renly dá uma risadinha enquanto o restante dos Herdeiros curva a cabeça em respeito, até Fox. Vovó dá um beijo em Flint e em mim antes de seguir para a mesa ignitia.

Renly senta-se a meu lado, tocando minha bochecha.

— Fiquei com saudade!

Sinto de novo aquele calor no peito, uma bola de luz, uma semente que começa a se espalhar e crescer, irradiando para fora.

O que acontece em seguida é inesperado e imediato.

Por toda a mesa, o conteúdo de cada taça salta para o ar, transbordando sobre pratos pela metade, manchando vestidos e gibões com água e vinho. Alguns dos Herdeiros dão gritinhos de surpresa, pulando dos assentos. Ember está fazendo um escândalo, e dois serventes em pânico correm para tentar limpar a mancha carmesim no vestido dela. Elaith se vira para Kai e Marina, sem conseguir decidir qual deles é responsável. Há espumante escorrendo dos olhos de Zeph, e Flint, que estava tomando um gole de vinho na hora, está tentando ejetar uma grande quantidade da bebida pelo nariz.

— Faz de novo! — exclama Renly.

Pego o guardanapo e enxugo a cara dele, perguntando-me se alguém consegue ouvir meu coração batendo forte.

Flint segura as costas do vestido de Elaith para impedi-la de avançar em Marina, que ela claramente escolheu como a culpada. Só que não foi ela, nem Kai. Fui eu. Sei que foi.

Desde que minha mãe morreu, esqueci de como é me sentir verdadeiramente feliz. Eu não estava miserável o tempo todo, claro. Alguns dias eram melhores que outros. Mas aqui, no Palácio Dourado, lembrei como era o sentimento: quando estava com meus amigos, quando estava com Hal. E agora, ao reencontrar meu irmãozinho depois de tanto tempo separados, uma onda de felicidade se ergueu e me envolveu por completo.

Então essa é minha âncora às ondas.

Felicidade.

Fico zonza de alegria, poderia gargalhar em voz alta. Como parece uma má ideia, nas atuais circunstâncias, só tento imitar a expressão dos outros Herdeiros. Choque, irritação, divertimento, um amálgama dos três. Porém, não importa muito, uma vez que todos estão ocupados demais discutindo para prestar atenção a mim.

Bem, não todos.

O Talhador da Terra está me encarando diretamente, sorrindo. Tento aparentar o máximo de inocência possível, mas ou não funciona ou seus olhos verdes de alguma forma conseguem perfurar os meus e entrar na minha cabeça, lendo meus pensamentos.

O cabelo escuro dele está molhado e reluzente de vinho, gota vermelho-sangue se formando na ponta de cada mecha. Uma cai e escorre pela bochecha dele, como uma lágrima, na direção dos lábios. Sem afastar os olhos de mim, ele abre a boca devagar e a lambe.

26

Acordo no susto, o sonho sumindo, mas a tensão logo passa quando vejo Renly dormindo tranquilo a meu lado. Em silêncio, para não o acordar, saio da cama, encho a bacia de água, e levo para a sacada. Coloco a mão em cima da água imóvel e tento alcançar aquela felicidade que brilha quente em meu peito. Uma onda pequena e perfeita se ergue, se curva e então quebra em cima de si mesma. Fechando os olhos, mudo o foco, atendo-me a uma emoção diferente. Em breve, a manhã silenciosa é preenchida pelo silvo crepitante de água congelando. E, só para completar, só porque posso, invoco a chuva, deixando-a cair ao redor, encharcando meu cabelo e camisola, derretendo o gelo.

— Blaze.

Os olhos de Renly estão arregalados de surpresa.

— Olá — cumprimento, interrompendo a chuva.

Ele se senta a meu lado, sem parecer se importar que a sacada está toda molhada.

— A vovó disse que você recuperou os dons. Que sabe usar eles agora.

Confirmo com a cabeça.

Renly passa o dedo por uma poça de água.

— Você acha... acha que eu vou achar os meus também?

Sinto palpitações. Lógico que Renly sabe que não tem um dom, pelo menos não por enquanto, mas sempre tentei protegê-lo do fato de que isso é incomum.

— Óbvio que vai — declaro com firmeza.

Ren sorri.

— Então espero que meu dom seja como o seu. — Ele abaixa a voz para sussurrar: — Não gosto muito de fogo.

Isso me faz rir.

— Nem eu.

Assim que visto a túnica de treinamento, Spinner chega para buscar Renly.

— Sou só eu — cantarola ela, entrando aos pulinhos no quarto. — Acompanhante e babá, às suas ordens.

Renly fica fascinado pelas tatuagens douradas rodopiantes no rosto dela e dá um gritinho de alegria quando Spinner mostra o olho na nuca.

— Acho que vou levá-lo para dar uma volta primeiro — anuncia ela. — Tomar um ar fresco. Aí café da manhã. Depois talvez uma soneca? Ou um banho?

— Ele não é um cachorro, Spinner — retruco por cima do ombro antes de sair pela porta.

Naquela noite, depois de jogar várias rodadas de carteado com Flint e Elaith, e permitir que Renly vencesse todas, deixo meu irmãozinho dormindo no quarto, aos cuidados de Elva, e sigo pela rota familiar até a Biblioteca Dourada em busca de um livro sobre a família real thavenian, pensando que talvez consiga descobrir mais dessa tal princesa Mirade. Só que, ao chegar lá, descubro que minha poltrona está ocupada mais uma vez.

— Boa noite, garota — cumprimenta o velho, nem se dando ao trabalho de erguer os olhos do livro. — Como vai a criação de ondas?

Reprimo a resposta teimosa.

— Bem.

— Encontrou a âncora, então?

— É o que parece. Falando nisso... como sabe da Fusão?

O velho vira uma página.

— Eu sei de tudo.

— Certo — digo, seca, sentindo que topei em um beco sem saída. — Bem, foi ótimo conversar com você de novo, mas já vou indo.

— A Tecelã de Tempestades está procurando um livro.

Arqueio uma sobrancelha.

— Você não pode atribuir isso à onisciência. Quer dizer, estamos em uma biblioteca.

Ele dá um risinho e fecha o exemplar no colo, que se chama *Antigas maldições e como quebrá-las*, deixando-o com cuidado na mesa ao lado. Só então olha para mim.

— Tenho uma história para te contar, garota. Quer ouvir?

— Não muito.

O velho abre um sorriso torto.

— A garota é uma criaturinha estranha. Fria. Fechada. Precisa abrir a mente.

— Preciso? Bem, talvez o velho precise aprender a cuidar da própria vida.

Ele dá uma risada meio sem fôlego.

— A garota é espirituosa. Entendo por que o filho do imperador gosta dela.

— Tchau.

— *Sente-se.*

Quase tropeço com a *autoridade* na voz do velho. Não é um pedido — é uma ordem. Eu me pego obedecendo.

— Pronto — diz ele, retomando o tom anterior. — Melhor assim.

Tento não fazer uma careta.

O velho pigarreia, fazendo um som rouco, e começa:

— Era uma vez três irmãs que estavam entre as magi mais poderosas que já existiram no mundo. Ao redor do pescoço, cada uma usava um talismã. Era dos talismãs que as irmãs extraíam poder.

Coloco os pés em cima da poltrona e me ajeito nas almofadas. Talvez a noite renda.

— Sifa, a irmã mais velha, tinha o poder de ver o passado. Conseguia vasculhar os segredos da história, descobrir coisas perdidas no tempo, aliviar a dor dos enlutados com lembranças dos entes queridos. Ela via tudo que já tinha sido, tudo que já tinha acontecido.

"Seera, a segunda irmã, tinha o poder de ver o futuro. Só ela sabia o resultado de cada colheita, o vencedor de cada batalha, o caminho que cada alma percorreria na jornada rumo ao destino. Ela enxergava o que viria pela frente, fragmentos do que estava por vir.

"E por fim havia Syla, a terceira irmã, a mais poderosa de todas. Pois o poder dela era *o poder em si*. Ela tinha o poder de tomar o poder. Devolvê-lo. Usá-lo. Protegê-lo. Possuí-lo. O poder pertencia a ela. Corria por suas veias."

O velho fecha os olhos por um momento, como se perdido em lembranças.

— Por muitos anos, os etheri e os magi mantiveram uma paz frágil, até que um dia a paz se rompeu, para nunca mais ser restaurada. Sabe a que me refiro, não?

— À Guerra dos Impérios.

— Precisamente. Porém, com o dom de previsão, Seera captou vislumbres do futuro antes que viesse a acontecer, ganhando tempo para que ela e as irmãs fugissem.

— E elas fugiram? — A pergunta escapa, revelando minha curiosidade. Passei anos estudando os magi, mas nunca ouvi essa história.

O velho balança a cabeça.

— Então o que aconteceu? Elas acabaram mortas?

— Sifa e Seera sucumbiram, de fato, mas não antes de lançarem um último feitiço. Lembra dos talismãs?

Confirmo com a cabeça.

— Bem, não eram quaisquer relíquias dos magi. Foram entalhados por uma Deusa dos Magi, eram pequenos pingentes dourados na forma de um olho.

Um arrepio estranho me atravessa.

— Um olho?

— Sim. O Olho do Passado, o Olho do Futuro, e o Olho da Alma, que era a chave para o poder em si. Com medo do que aconteceria se os preciosos talismãs caíssem nas mãos erradas, Sifa e Seera decidiram escondê-los. Juntas, elas deixaram o Olho do Passado e o Olho do Futuro onde acreditavam que nunca seriam encontrados.

— E a terceira irmã? O que aconteceu com ela?

— Syla foi capturada pelos etheri — revela o velho. — Ela foi trazida a Ostacre, ao imperador Caius.

Caius Castellion, o avô de Hal — e de Fox, no caso. Quase nunca o veem na corte. Dizem que está incapacitado pela idade, caduco e confuso, sem conseguir distinguir entre os dois filhos.

— Ele a executou? — indago.

Milhares de Magos foram executados depois da guerra. Os que sobreviveram voltaram para casa, nas Terras Distintas, sem poder e empobrecidos, forçados a aguardar os navios escravocratas que chegavam a cada poucos anos para levar seus filhos.

Penso em Elva e fico com o peito apertado.

— Não, Syla não foi executada.

Tento soar indiferente:

— Então o que aconteceu com ela?

— Viveu o resto dos dias como uma criada dos etheri.

Franzo a testa.

— Não entendo. Você disse que ela era a mais poderosa de todos os magi. Com certeza poderia ter matado o imperador. Matado todo mundo. Escapado.

O velho inclina a cabeça.

— É isso que você faria, garota?

Dou de ombros, encabulada.

A sombra de um sorriso toma os lábios pálidos dele.

— E se eu lhe dissesse que sua vida custaria a vida de alguém que você ama? Alguém... frágil. Diga, o que faria nesse caso?

— Mas Sifa e Seera já tinham morrido — digo devagar.

— Essa é a história das três irmãs, mas e se eu lhe dissesse que havia uma quarta? Uma que, de certa forma, provou-se a mais importante de todas. Senna era jovem, só uma criança, doce e pura e indefesa, uma garotinha que Syla amava mais do que qualquer outra pessoa no mundo. Por quem ela faria *tudo* para proteger.

Balanço a cabeça.

— Isso é perverso.

— A vida é perversa, Tecelã de Tempestades, mas é sempre preferível à morte.

Engulo em seco.

— Então eles a levaram? A quarta irmã? E a mantiveram como moeda de troca, como *isca*, para que Syla fosse a marionete deles?

O velho bate palmas, encantado.

— Isso, muito bem.

Meu coração está batendo tão forte que dói.

— E a machucaram? A garotinha?

— Enquanto Syla obedecia às ordens do imperador, Senna não foi ferida. Ela ganhou um quarto aqui no palácio. Naturalmente, sua identidade foi mantida em segredo, mas ela tinha uma babá e era tratada com gentileza. Podia até visitar a irmã.

— Visitá-la onde?

— Onde acha, garota? Syla era mantida onde todos os criminosos são mantidos: nas masmorras. Claro, nem todos os prisioneiros de guerra podem se gabar de ter uma cela feita do mais puro cristal.

Uma lembrança emerge em minha mente — algo que li.

— O cristal enfraquece os Magos, não é?

— Correto.

— Então o que fizeram com ela? Com Syla?

O olhar do velho me faz ficar imóvel.

— Eles a usaram. Afinal, não há arma maior que o poder em si, certo?

Há um silêncio prolongado, durante o qual espero meu coração voltar ao ritmo normal. Foi uma tolice ouvi-lo. O velho está claramente senil — ou então brincando comigo. De toda forma, cansei de sua companhia.

Eu me levanto.

— Foi uma história e tanto.

— Foi mesmo, e todas as melhores histórias são verdadeiras.

Reviro os olhos. É óbvio que ele inventou tudo isso. Espera mesmo que eu acredite que tais talismãs existiam, que o antigo imperador tinha... o quê? Uma *Maga de estimação*? É ridículo. Para começo de conversa, como tais coisas poderiam ter sido mantidas em segredo, não só na época, mas todos os anos desde então? Não faz sentido.

Dou um aceno para o velho, brusca e desdenhosa.

— Boa noite.

Porém, quando giro nos calcanhares e me afasto, ouço as palavras de vovó na cabeça, o aviso que ela nos deu na manhã do eclipse:

"Magia antiga ainda espreita pelo Palácio Dourado."

O velho ri baixinho.

— Bons sonhos — responde ele quando faço a curva.

Parte II
Os Olhos

27

Caminho por um deserto, a areia quente ondulando sob os pés. Algo dourado cintila adiante. Posso senti-lo, como um segundo coração batendo com o meu, vibrando com um poder incalculável. A coisa me impele adiante, atraindo-me até eu estar parada bem à sua frente. Vejo com nitidez agora. E a coisa me vê. Pois, deitado a meus pés, há um lindo olho dourado.

Blaze.

Se eu ousasse, estenderia a mão e o tocaria.

Eu me sento com um sobressalto, o coração martelando. Fico desorientada por um momento, até que a noite volta com tudo: o velho, a história, as irmãs, os Olhos.

Os Olhos.

Afasto as cobertas e puxo os joelhos contra o peito. A meu lado, Renly solta um resmungo em protesto.

Aquele brilho dourado no sonho... era um Olho esse tempo todo? Ou as palavras do velho só ficaram em minha cabeça? Faço uma careta enquanto tento entender o que aconteceu.

Conforme minha respiração volta ao normal, a lógica retorna também. Isso é estúpido. Foi só um sonho. Não significa nada. E por que eu deveria acreditar na palavra de um velho senil? Sem dúvida ele teria contado a mesma historinha a qualquer um disposto a ouvi-la. Imagino que não tenha nada melhor a fazer. Além disso, tenho coisas mais importantes com que me preocupar: o segundo desafio, para o qual faltam apenas treze dias.

Como antes, não temos a menor ideia do que esperar. Só que agora, com mais treinamento e três dons de água na manga, se eu perder pelo menos será com alguma dignidade. E os Herdeiros perdedores devem comparecer à Cerimônia de Vínculo, o que significa que posso ficar aqui, no palácio, perto de Flint, de meus amigos, de Hal.

— Blaze?

Renly boceja.

Olho para ele, tranquilizada por sua presença.

— Hum?

— Tô com fome.

— Você está sempre com fome — argumento, fazendo cócegas nele.

Uma hora depois, enquanto atravesso os jardins na direção da fortaleza, percebo uma coisa: amanhã é o Onomástico de Renly. Estive tão preocupada nos últimos tempos que quase esqueci.

Em nossa família, os Onomásticos nem sempre são motivo de celebração. Assim como o meu marca o aniversário da tempestade, o dia em que Renly chegou ao mundo também foi o dia em que nossa mãe o deixou. Sendo ignitia, minha mãe foi cremada, para que sua alma pudesse retornar à Deusa do Fogo, Vesta. Suas cinzas estão guardadas em uma urna dourada na frente de uma lápide na cripta sombria sob o Castelo Harglade, e é lá que vovó geralmente passa esse dia, sentada à luz de velas, perdida no luto. Flint muitas vezes está na corte, e imagino que nosso pai fique ainda mais inacessível que de costume. Renly nem se lembra dele. Vovó foi nos buscar quando meu irmãozinho só tinha alguns meses, depois que nosso pai não deu sinal de que emergiria do sofrimento que parecia infinito, e moramos com ela desde então. Já que Ren nunca o conheceu como Flint e eu, acho que passou a aceitar a ausência de nosso pai. O abandono.

Só que eu não.

Não foi culpa de Renly que nossa mãe perdeu tanto sangue lhe dando à luz. Não foi culpa dele que ela morreu, abrindo um buraco irreparável em nossas vidas para sempre. Ele era só um bebê, afinal. Como quando invoquei aquela tempestade.

Como é um dia de tristeza, tento torná-lo feliz para Renly, e sempre faço questão de dar um presente a ele. Quer dizer, mando um criado ir aos mercados comprar um, considerando que não posso ir eu mesma. Porém, com um dia inteiro de treinamento pela frente, só terei esta noite para encontrar o presente perfeito.

Passo o dia criando onda após onda na superfície da lagoa, testando diferentes intensidades de chuva, de leves a torrenciais. Depois do almoço, eu e Kai treinamos juntos a criação de gelo. River nos observa, de vez em quando nos dando um conselho ou uma instrução, até que, ao fim do treino, consigo congelar uma folha orvalhada a vinte metros de distância. Até capto um leve sussurro da água pairando pela superfície da lagoa.

Satisfeita, volto para o palácio com Flint, que promete sair cedo das festividades à noite para me ajudar a achar um presente para Renly.

◉

De volta ao quarto, tomo um banho demorado e então paro na frente do espelho antes de vestir um roupão. Meu corpo ainda ostenta hematomas amarelados, mas meu tornozelo, minhas costelas, o pulso e o cóccix estão quase curados. Estarei *novinha em folha em um piscar de olhos,* como meu médico animado fica me dizendo. Que bom. Estou cansada de me sentir incapaz.

Renly logo volta com Spinner, que parece exausta. Jantamos no chão, como um piquenique, e Renly adormece com a cabeça em meu colo. Eu o levo para a cama e me acomodo em uma poltrona com um livro para esperar por Flint.

Só que ele não aparece.

Uma, duas, três horas se passam, e nada.

Não tem como Flint ter esquecido, penso, revirando a luz noturna de Hal nas mãos. Ele prometeu.

Os relógios estão prestes a bater meia-noite quando há uma batida na porta. É Elaith, seguida por Zephyr e Sheen, que seguram um Flint muito bêbado entre eles.

Flint estreita os olhos, então abre um sorriso tonto.

— Aí está você!

— Aqui estou eu — respondo, seca, vendo os cortes em seu gibão e o machucado na mandíbula. — O que aconteceu?

— Ele bebeu a adega do palácio inteira e aí saiu rolando por quatro lances de escada — informa Elaith.

— Não é fácil ser tão gracioso — diz Flint, com a voz arrastada, enquanto Zeph e Sheen o colocam na poltrona, na qual se esparrama todo.

— E o presente de Renly? — pergunto, ríspida.

— Quê? — questiona Flint ao vaso de rosas na mesa ao lado.

Sirvo um copo d'água e o seguro perto da boca dele.

— Beba — ordeno. — Agora.

Enquanto ele bebe, viro-me para Zeph e Elaith.

— Obrigada.

— Não precisa agradecer — diz Zeph, massageando o pescoço. — Foi Sheen que o encontrou.

Eu me viro para Sheen, que espera perto da porta, e dou um aceno em agradecimento, mas os olhos violeta dele estão fixos em meu irmão.

— Olha, Blaze! — exclama Flint, alegre. — O quarto está girando! — Ele ri, mas então para de súbito, apertando a barriga. — Ah, não.

Em um segundo, Sheen está ao lado dele, entregando-me um buquê de rosas douradas pingando água enquanto segura o vaso sob o queixo de Flint, um tanto enojado enquanto meu irmão começa a vomitar ali dentro. Zeph torce o nariz.

— É assim que ele lida com a data — comenta Elaith em voz baixa. — Eu devia ter impedido antes que ele fosse longe demais. Esqueci de que dia é amanhã. Sinto muito.

Amanhã. O aniversário de morte de nossa mãe.

Olho para Flint, que está jogado no braço da poltrona, com os olhos meio fechados. Então é isso que ele faz todo ano para entorpecer a dor: bebe até cair.

Meu irmão não é alguém que associo com sofrimento. Ele é acolhedor demais, alegre demais, vívido demais para ficar triste. Mas é nítido que eu estava errada. Flint também sofre. É só que as pessoas demonstram a tristeza de jeitos diferentes. Ninguém sofre do mesmo jeito.

— Vamos — digo a ele, gentil. — Hora de dormir.

Incentivo os outros a voltarem à festa, mas Sheen se recusa a ir com eles. Fico grata, porque parece que Flint não está dando conta de ficar em pé. Juntos, conseguimos levá-lo ao banheiro, e lá lavamos seu rosto e o deixamos só com a roupa de baixo. Então o enfiamos na cama ao lado de Renly.

Fecho a porta do quarto e agradeço a Sheen pela ajuda.

— Sou o acompanhante dele. — É tudo que ele diz antes de ir embora.

Por um momento, eu penso que talvez ele não seja tão amargo quanto Flint acha. A gentileza com que lavou o rosto de meu irmão não pareceu o comportamento de alguém que não gosta dele — na verdade, pareceu o exato oposto.

De repente exausta, despenco na poltrona em que Flint estava sentado, bem do lado do vaso de vômito. Respiro fundo e me obrigo a me levantar.

Minha primeira ideia de presente é um livro, com muitas ilustrações. Renly gosta quando leio para ele. Contudo, não vai ser possível, uma vez que decidi evitar a biblioteca. Não estou a fim de ouvir outra história esquisita do velho.

Quebro a cabeça tentando achar uma alternativa.

Por fim, decido tentar na cozinha, pensando em talvez roubar um bolo — de chocolate, de preferência — e decorá-lo.

O palácio é preenchido por uma música abafada que vem de alguns andares abaixo, e não encontro ninguém enquanto sigo pelos corredores vazios. Só tem um problema: não faço ideia de onde fica a cozinha. E dispensei Elva horas atrás, então não posso perguntar a ela. Estou contemplando se devo tentar achar outro servente quando viro um canto... e esbarro no Talhador da Terra.

Dou um gritinho de dor e surpresa, e ele estende o braço para me segurar.

— Cuidado. Não quer adicionar ferimentos à coleção, quer?

— Foi mal — disparo, brusca.

— Soou bem sincera.

Faço uma carranca, o que o faz sorrir. Ele está usando uma camisa verde vários tons mais clara que os olhos, só meio enfiada em uma calça de couro que pende de maneira indecente no quadril. Reparei que muitas vezes Fox parece desalinhado, como se tivesse cavalgado por horas ou brigado com alguém.

Pigarreio.

— Por que não está na festa?

Ele se encosta na parede.

— Talvez minha cabeça estivesse em outro lugar. Talvez não seja tão fácil me manter entretido. E você, Tecelã de Tempestades? Por que *você* não está na festa?

— Tenho coisas para fazer — respondo, tensa, tentando contorná-lo.

Ele bloqueia meu caminho.

— Algo em que eu possa ajudar?

Desvio dele.

— Duvido.

Fox me bloqueia de novo.

— Tenta.

Eu o encaro, perplexa, com o coração martelando. Que joguinho é esse? Não entendo seus motivos, assim como quando ele me ajudou com Fjord. Porém, parece que Fox não vai aceitar não como resposta, e não vou só sair correndo.

— Tudo bem. Se quer mesmo saber, estou procurando um presente de Onomástico. Então, a não ser que você tenha o presente perfeito para meu irmão de 7 anos, não, você não pode me ajudar.

Ele abre mais o sorriso preguiçoso.

— E se eu disser que tenho?

Arqueio uma sobrancelha.

— É mesmo? Que conveniente. E o que seria?

Ainda sorrindo, ele endireita a postura e parte pelo corredor. Eu o encaro, meio irritada, meio intrigada.

— Ué, você não vem? — chama ele.

Hesito. Por que devo acreditar em uma palavra do que ele diz? Esse é o Talhador da Terra, afinal. O garoto que chamam de destruição em si. Não posso confiar nele. Ninguém pode. Eu seria estúpida se o seguisse. Não preciso segui-lo. Não *quero* segui-lo.

Fox abre um sorrisinho.

— Está com medo, Tecelã de Tempestades?

Sim.

— Não — murmuro e o sigo.

28

Caminhamos quietos pelos corredores dourados. O silêncio logo se torna uma competição: divertida da parte dele, teimosa da minha. Parece que ele quer que eu fale primeiro, mas me mantenho firme, recusando-me a dar esse gostinho.

Sem querer, começo a espiá-lo pelo canto do olho, analisando as botas sujas de lama, os anéis, a argolinha dourada na orelha, uma adaga que parece muito afiada no quadril. Seu cabelo está mais desgrenhado que de costume, como se alguém tivesse corrido os dedos por ele. Para minha irritação, a ideia me faz corar.

Por fim, o Talhador da Terra diz:

— Gostei do seu show na outra noite.

Sinto uma breve pontada de triunfo por ele ter falado primeiro. Então estreito os olhos.

— Do que está falando?

Ele me olha de esguelha.

— O que você tem contra taças de vinho?

Logo fico nervosa, lembrando de como ele me observou no banquete, a lágrima carmesim caindo em sua língua, o sorriso que dizia: "Você não me engana, mas valeu a tentativa".

— Não sei o que quer dizer — respondo, rígida, o que só o faz rir.

— Por aqui — orienta Fox, conduzindo-me por um arco no fim de uma longa escada.

O ar noturno acaricia meu rosto, sedoso e fresco.

— Aonde estamos indo?

— Aos estábulos.

Faço uma careta.
— Por quê?
— Você vai ver.
— É melhor que esse seu presente não seja um cavalo. Não é um cavalo, é?
— Você faz muitas perguntas, Tecelã de Tempestades.
— O que mais posso fazer quando você é tão enigmático o tempo todo?
Ele abre um sorrisinho.
— Olha só, mais uma pergunta.
— Sério?
— E lá vai você de novo.
Eu o fulmino com o olhar, fechando a boca com força, pronta para retomar o jogo de silêncio e determinada a odiar seja lá o que ele for me mostrar.

Os estábulos do palácio são extensos e, como tudo aqui, feitos de ouro sólido. Fox me conduz por incontáveis cavalos, puros-sangues dourados, pôneis pretos, até uma série de garanhões prateados de Thresk que pertencem ao rei Balen. Logo paramos diante de uma baia contendo um cavalo de pelugem castanha sedosa e uma bela crina.

— Esse é Cedar — revela Fox.

Estendo a mão para tocar o flanco musculoso de Cedar, sentindo sua força ondular sob os dedos.

— Ele é lindo.
— É mesmo — concorda Fox, enquanto o cavalo o cheira com um relincho sonolento. — Mas não foi por isso que trouxe você aqui. Por que não olha naquele cesto ali?

Faço isso, e toda a determinação de odiar o que está lá dentro desmorona. Porque, na cesta, sob um monte de feno, dormindo pertinho da mãe, há meia dúzia de gatinhos. Solto um arquejo, encantada, e a gata, uma criatura gorducha e enfumaçada, abre o olho laranja e o fixa em mim com desconfiança.

— Desculpe — sussurro.

O ar estagnado dos estábulos de repente é substituído pelo aroma de pinheiro e menta fresca quando Fox se senta a meu lado.

— Escolha um — oferece ele, acenando para os filhotes com a cabeça.

Só o encaro.

— Quê?
— Escolha um. Para seu irmão. Eu disse que tinha o presente perfeito para ele, não disse? Leve o que preferir. Leve todos se quiser.

Dou uma risada meio engasgada.

— Sério?

— Sério.

Engulo em seco, a mente de repente tomada pela imagem de Fjord amarrado por videiras, o rosto um retrato de humilhação e pavor.

— Naquela noite, no baile do seu tio... — começo.

Ele se apoia nos cotovelos.

— Eu lembro.

— Por que... por que você... — *Me defendeu?* — ... machucou Fjord daquele jeito?

Fox considera a pergunta.

— Aquele projeto de Herdeiro patético escolheu fazer calúnias em vez de admitir a derrota. Ele tentou difamar você com a vergonha dele.

— Isso ainda não explica por que você interveio — argumento em voz baixa.

Fox sorri, um lado da boca se erguendo antes do outro.

— Se tem uma coisa que abomino, Tecelã, é a injustiça.

Franzo a testa, perplexa. Como ele pode estar falando a verdade, sendo quem é? Eu não achava que um traficante de escravizados teria sentimentos fortes sobre injustiça.

Fox me observa, sem piscar.

Sou obrigada a desviar o olhar, carregado com uma intensidade que não entendo e que parece queimar minha pele até alcançar meus ossos.

Eu me viro para o cesto de gatinhos, alguns dos quais começaram um coro de miados enquanto escalam uns aos outros. Com gentileza, puxo uma cinza da pilha e a seguro nos braços.

— Boa escolha — elogia Fox, que agora está sentado com uma gatinha branca-perolada no ombro. — Qual vai ser o nome dela?

Dou de ombros.

— Não é escolha do Renly?

— Ah, não. Essa é sua. Ela é da cor dos seus olhos.

Não sei o que responder. Não sei se posso aceitar esse presente do Talhador da Terra. É peculiar demais, íntimo demais. Além disso, não vim aqui por mim mesma. Se esse filhote é de alguém, é para ser de Ren.

Bem neste momento, como se me ouvisse, a gatinha branca desce pelo braço de Fox e pula em minha perna.

— Olá — murmuro quando ela se enrosca em meu colo ao lado do outro gatinho. Renly vai *amá-la*. Olho para Fox, incerta. — Obrigada.

Ele me dá um aceno curto e estende a mão para acariciar a mãe, que ronrona com seu toque.

— Ela é sua? — questiono.
— Sim, mas nem sempre foi minha.
— Ah, é?

Fox passa o dedo pela corrente dourada, o pingente escondido sob a camisa.

— Era da minha irmã — revela ele, por fim, com um tom que é como uma porta se fechando.

Quase posso ouvir o trinco sendo acionado no silêncio que se segue.

A irmã dele? Uma lembrança me cutuca. Minha mente ainda estava anuviada do analgésico na hora, mas me lembro dela: a garotinha com cabelo de folhas de outono que apareceu na arena terrathian. Devia ser a irmã dele. O nome não me vem à mente. Estou prestes a perguntar qual é, mas paro quando vejo a expressão dele. É uma expressão que reconheço bem demais, que eu mesma uso há anos.

Luto.

Fox se levanta de súbito, estendendo a mão para me ajudar a me levantar.

— Está ficando tarde.
— Já estava tarde — aponto, entregando o filhote de Renly para ele.

Voltamos ao palácio. Fluxos de cortesãos caminham com alegria pelos corredores. Muitos estão inebriados demais para reparar em nós, mas vários Olhos nos observam de modo fixo até Fox segurar minha túnica pelas costas e me puxar por uma porta oculta na parede.

— O que está fazendo? — brado, sibilando. — Onde estamos?
— São os túneis dos serventes — explica ele, pegando a tocha de uma arandela. — É melhor ficarmos fora de vista. Não quero que meu irmão pense que estou atrás da garota dele.

Minhas bochechas queimam.

— Eu não sou... Não somos...

Só que Fox já está seguindo adiante. Um tempo depois, ele para. A luz invade o túnel quando ele usa o ombro para abrir outra porta, que, para minha surpresa, leva à ala aquatori. Ele me devolve o gatinho de Ren, que se acomoda em meus braços ao lado da irmã.

— Como você sabia? — pergunto, a curiosidade vencendo. — No banquete, quer dizer. As ondas, o vinho. Como você sabia que fui eu? Ninguém mais soube.

Os olhos de Fox cintilam verdes à luz tremeluzente da tocha.

— Posso ser um Herdeiro ao trono terrathian, mas acho que você se esquece de que fui criado como um Olho. O que os outros só olham, eu *enxergo*. E enxergo você, Tecelã. Eu a enxergo por inteiro.

As palavras parecem espinhos, formigando ao longo de minha coluna. Odeio ter medo dele. Odeio que ele saiba disso.

— Espera — digo depressa, quando Fox se vira para ir. — Por quê?

— Por que o quê, Ó Rainha das Perguntas?

— Por que me ajudou?

Eu me obrigo a encontrar seu olhar.

Fox fica em silêncio por um momento, como se pesasse a resposta em uma balança dourada. Uma delas pende para um dos lados. Ele sorri.

— Boa noite, Tecelã de Tempestades.

Fico assistindo a ele desaparecer pelo túnel antes de entrar em silêncio no quarto, deixando as gatinhas em uma almofada e subindo na cama entre meus irmãos. Flint está em um sono profundo, de lado, a boca um tanto aberta, o rosto tranquilo. Renly está esparramado com os braços e pernas abertos, os cachos pelo travesseiro, os pequenos punhos se abrindo e fechando ao dormir.

Penso na irmã de Fox, a pobre garota que morreu, e estremeço, sem conseguir imaginar a profundidade de tal dor.

Esta noite, meus sonhos são tomados por olhos. Alguns dourados, outros verdes.

29

Acordo ao som de gritinhos. Renly está correndo pelo quarto, com uma gatinha em cada mão, e um sorriso mais brilhante que o sol.

A meu lado, Flint solta um grunhido alto.

— Que horas são? — murmura ele, puxando os lençóis para cima da cabeça.

Renly os puxa de volta.

— Olha, Flint! Olha, Blaze! *Olha!*

Flint pisca para as gatas, sonolento, quando Renly as bota no peito dele.

— Feliz Onomástico, Ren — digo, abaixando-me para abraçá-lo. — A branquinha é sua. — Pego a cinza. — E esta é minha.

— Quê? — pergunta Flint, sonolento e revoltado. — E o *meu* gato?

Eu lhe lanço um olhar severo.

— Querido irmão, se os acontecimentos de ontem servem de prova para alguma coisa, é que você mal consegue cuidar de si mesmo.

Não acho que as palavras tenham muito impacto, pois Flint já está roncando de novo. Ainda assim, afasto um cacho de sua testa, ciente demais de que este não é só o dia em que Renly nasceu, mas também o dia em que nossa mãe morreu. Começos e fins tendem a se sobrepor. Sejam pacíficos ou dolorosos, sempre deixam uma marca.

— Que nome vai dar a ela? — pergunto enquanto Ren observa a gatinha, segurando-a perto do rosto.

— Leite — declara ele, convicto.

Dou uma gargalhada porque a resposta é perfeita, dado o bigode branco e espumoso que ele tem acima do lábio no momento.

— Leite — repito, enxugando a boca dele com a manga da camisola. — Adorei. É a Leite.

— E a sua? — pergunta Renly.

— Ainda não sei o nome dela, mas uma hora vou pensar em algo.

Ren começa a tagarelar com Elva enquanto ela me ajuda a me preparar para o dia. Está terminando de trançar meu cabelo quando alguém bate à porta.

O príncipe Hal endireita a postura quando abro a porta, Elva me segue como uma sombra silenciosa. Ele está lindo sem parecer que se esforçou para isso, com um belo gibão de ouro queimado e uma coroa simples reluzindo por cima do cabelo escuro, que ainda parece estar úmido do banho.

Um rubor suave cobre minhas bochechas e fico tímida de repente. Olho para seu rosto e só consigo pensar naquele beijo. Será que ele ainda pensa nisso?

Forçando um ar de normalidade, obrigo a lembrança dos lábios dele nos meus a ficar no fundo da mente e faço uma mesura.

— Hal.

— Blaze. — Ele pigarreia. — E esse deve ser Renly — arrisca quando meu irmãozinho se junta a nós, Leite fungando com suavidade em seus braços. — Ouvi falar muito de você.

Ren abaixa a cabeça e se aproxima de mim.

Hal aponta para a gatinha.

— E o que você tem aí? Um presente da sua irmã?

Fico tensa e engulo em seco, mas Hal não parece notar.

Renly assente.

— Bem, não sei se consigo superar isso — admite Hal. — Mas que tal outro presente? — Observo, espantada, quando ele tira a coroa da própria cabeça e a coloca com delicadeza na de Ren. — Pronto. Então, Renly, o que acha de ser príncipe por um dia?

Meu irmão parece em júbilo.

— Isso, claro, se sua irmã não se opuser — acrescenta Hal.

Renly se vira para mim com os olhos brilhando. A coroa é um pouco grande demais para ele e desliza por um lado da testa. Meu coração parece que vai transbordar.

— Não me oponho — respondo, sorrindo.

— Isso quer dizer que estou livre? — pergunta Spinner, esperançosa, da poltrona.

Eu lhe lanço um olhar duro.

Hal dá uma piscadela para Renly antes de fazer uma mesura graciosa.
— Vossa Alteza Imperial.

Meu irmão dá uma risadinha, entregando Leite para Elva antes de segurar a mão de Hal e ir com ele. Hal me lança um sorriso por cima do ombro antes que sumam de vista.

É muito fofo da parte dele. E muitíssimo atencioso, o que também é típico dele. Ao contrário de algumas pessoas, sua generosidade não me pega de surpresa.

O que Hal diria se soubesse de meu passeio noturno nos estábulos?

"Não quero que meu irmão pense que estou atrás da garota dele."

Sou a garota de Hal? Não sei. Acho que talvez queira ser, mas ser e querer são coisas diferentes. O que significa quando alguém puxa você para um armário de vassouras, conta que está noivo de outra pessoa e então a beija? O que significa quando o meio-irmão dele, que por acaso é o garoto mais perigoso de todo o reino, asfixia seu adversário na frente do palácio inteiro e dá uma gatinha de presente para você?

Se ao menos existisse um livro sobre esse tipo de coisa, talvez eu encontrasse algumas respostas.

Quando consigo convencer Flint a sair da cama, estamos atrasadíssimos para o treinamento. Spinner lhe dá uma bebida com um cheiro horrível que alega aliviar a ressaca. Ele faz uma careta, mas bebe, obediente, parando até para beijar uma das bochechas tatuadas dela antes que sigamos para o saguão de entrada.

— Então, os gatos... — começa ele.

— Gatas — corrijo.

— Que seja. Imagino que sejam outra oferenda de seu amigo *muito* íntimo, o futuro imperador?

Evito o olhar de Flint, fingindo analisar a marca em minha mão.

Ele me dá uma cotovelada.

— Você e seus segredos, maninha.

◉

Como é o Onomástico de Renly, vovó o deixa participar do banquete esta noite. Ele se senta na ponta da mesa dos Herdeiros, com a coroa de Hal ainda torta sobre os cachos. Depois, Flint o carrega até meus aposentos e o enfia na cama, com as gatinhas esticadas a seu lado no travesseiro. Renly pega no sono enquanto ainda está falando.

— Certo — começa Flint, jogando para mim um vestido de seda azul-escura com pequenas pérolas iridescentes. — Vista isso e vamos.

— Aonde? — pergunto, apreensiva.

Ele abre um sorriso travesso.

— Um evento muito exclusivo.

Ergo a sobrancelha.

— Uma festa?

— Não é uma festa, irmã. Só uma reunião íntima entre amigos.

Balanço a cabeça.

— Não.

— Sim.

— Mas estou cansada.

— E eu com isso?

— E queria ler meu livro.

Flint me encara como se eu tivesse anunciado o plano de assassinar o imperador.

— Às vezes me pergunto como a gente dividiu um útero.

Reviro os olhos.

— Flint, o que você diria se eu lhe contasse que, para algumas pessoas, ir a festas toda noite pode parecer *um pouco* demais?

— Eu diria que essas são exatamente as pessoas que precisam de uma festa. Agora vai se vestir e para de reclamar.

Relutante, faço o que ele pediu.

— Ah, aí está seu doce sorriso — comenta ele quando saio com uma carranca de trás da divisória. — Agora, vamos.

Suspiro alto.

— Deixa só eu soprar as velas antes.

Mas Flint só estala os dedos, fazendo todas as velas no quarto se apagarem, e toma meu braço.

— Vamos lá?

Meu irmão me puxa dos aposentos e segue pela ala aquatori, parando na frente da próxima porta.

— Você está de brincadeira — reclamo.

— Eu sei, ela não parece muito festeira — comenta ele, batendo a aldrava dourada. — É extremamente careta para uma peixe.

A porta se abre. Os olhos de Marina estão delineados de prata, o cabelo preso para trás com aquelas presilhas em formato de peixe. Ela é obrigada a erguer a voz para ser ouvida por causa da balbúrdia lá dentro.

— Flint. E você trouxe sua irmã. *Encantador.*

Ela me lança um sorriso bastante desagradável enquanto abre espaço para entrarmos.

Os aposentos de Marina são idênticos aos meus de todas as formas, exceto uma: estão lotados. Eu me enfio em um canto junto à janela enquanto um grupo de acompanhantes usando vestes douradas cintilantes se vira para me encarar. Passo quase uma hora ali, observando às margens da festa e contando os minutos até poder ir para a cama.

Então uma risada alta corta a algazarra, e ergo os olhos para Zeph, que está girando Elaith nos ombros. Ela brande uma garrafa de champagne, dando risadinhas enquanto verte um pouco na boca aberta de Flint. Meu irmão passa as costas da mão no queixo antes de se virar para o garoto ventalla bonito que estava beijando antes.

Kai aparece a meu lado, sorrindo.

— Eles são sempre assim?

— Pode apostar — respondo, vendo Elaith entornar todo o conteúdo da garrafa e Flint voltar a atenção a uma terrathian de cabelo dourado.

— Blaze!

Estudo o ambiente até achar Spinner, sentada ali perto, em meio a um jogo de cartas com alguns Olhos.

Ela abre um sorrisão quando me aproximo da mesa.

— Quer jogar?

Antes que eu possa responder, um silêncio recai sobre o local, calando as vozes enquanto os etheri se viram para a porta.

Perco o fôlego.

Fox está parado na entrada. Sua camisa verde solta está aberta no colarinho, expondo vários centímetros de pele bronzeada lisa, a corrente de ouro fina cintilando quando reflete a luz. Ele sorri, enfiando as mãos nos bolsos, o couro escuro apagando o brilho da marca em forma de árvore na mão. Quase de imediato, seu grupinho de bajuladores vai cercá-lo. Enojada, vejo como puxam o saco dele — e como ele os deixa fazer isso. Exceto que, em vez de parar, Fox continua andando, os etheri abrindo espaço enquanto ele segue bem na minha direção. Não consigo me mexer. Porém, não é comigo que ele fala.

— Saiam.

Os companheiros de Spinner se levantam às pressas, mas ela continua sentada, a boca aberta de choque e indignação.

Fox entorta a cabeça.

— Não me ouviu, Olho? Boca aberta entra mosca, viu?

Vários etheri dão risada. Spinner pisca e por fim se levanta, cambaleando um pouco nos saltos enquanto se afasta.

Fox se acomoda na cadeira, todo à vontade. Uma mão vai para atrás da cabeça e a outra, para meu horror, dá um tapinha no próprio joelho.

— Quer se juntar a mim, Tecelã de Tempestades?

Sussurros percorrem a festa.

Fico parada, ressentindo-me do rubor que cobre meu rosto — ressentindo-me *dele* — a cada martelar do coração.

O garoto sentado à frente não se parece nada com o garoto com quem estive ontem nos estábulos. Talvez nunca tenha existido, afinal.

— O que está acontecendo?

Quase despenco de alívio quando Hal aparece a meu lado. Seu tom é cuidadosamente neutro, mas os olhos escuros, fixos no irmão, cintilam com uma fúria mal contida.

— Vossa Alteza Imperial. — A voz de Fox transborda de deferência fingida. — Como você mudou desde que estive em casa pela última vez. Confesso que já achei que tinha mau gosto, mas agora parece que está de olho em um prêmio e tanto.

Hal dá um passo na direção de Fox, fechando os punhos.

Fox abre mais o sorriso e continua:

— Fico lisonjeado, irmão, mas minha oferta não se estende a você.

Hal está vermelho. Eles se encaram, o Príncipe da Aurora e o Talhador da Terra, por um longo momento, durante o qual ninguém respira.

Minha barriga se revira com violência, revezando o olhar entre os dois.

Então, sem interromper o contato visual, Hal passa um braço ao redor de minha cintura. Hesito só por um segundo antes de permitir que ele me puxe para perto.

Sinto o olhar de Fox queimando minha nuca enquanto nos afastamos.

Hal espera até o cômodo se encher de conversas de novo antes de me soltar.

— Desculpe — diz baixinho, a boca retorcida de desgosto. — Não suporto quando ele está aqui. Não suporto que ele seja um *Herdeiro*. Cada vez que ele volta, eu lembro o quanto eu queria que não voltasse. O lugar dele não é aqui. Nunca foi.

Olho por cima do ombro de Hal, para onde Marina está agora sentada com um ar arrogante no braço da cadeira de Fox. Ela dá uma risadinha alta quando ele murmura algo em seu ouvido, os dedos se fechando na camisa dele quando Fox se inclina na direção dela.

— Ele não tem honra alguma — continua Hal. — Não tem respeito. Nenhum senso de decência ou lealdade.

Não consigo afastar os olhos de onde Fox e Marina estão sentados, entrelaçados de um jeito obsceno, a mão dele subindo devagar pelo pescoço dela.

— Quero que fique longe dele, Blaze. Ele só quer assustar você.

Uma voz enche minha cabeça, divertida e provocadora: "Assustada, Tecelã de Tempestades?"

— Eu não estou assustada — digo, um pouco veemente demais.

Hal me lança um olhar curioso, mas não insiste. Roçando os dedos de leve nos meus, murmura algo sobre uma reunião do Conselho e vai embora.

— Blaze. — Flint aparece a meu lado com Elaith, Spinner e Kai. — O que aconteceu? Você está bem?

Fox parece ter perdido interesse na distração que escolheu. Vejo-o empurrar Marina com brusquidão e se virar, pegando um baralho abandonado, embaralhando as cartas e distribuindo-as para um grupo de jogadores animados.

— Não foi nada. Estou bem.

Flint faz uma careta.

— Bem, o Talhador da Terra com certeza acabou com o clima.

— Desgraçado arrogante — murmura Spinner.

— Sem querer piorar as coisas, mas parece que temos companhia — diz Kai.

Quando nos viramos, vemos Cole caminhando em nossa direção. Caminhando pode não ser a melhor palavra, talvez *cambaleando* seja mais preciso, pois está muitíssimo bêbado. Ele se detém, oscilando no lugar, abrindo um sorriso cruel enquanto se abaixa em uma mesura baixa e debochada.

— Herdeiros — diz ele, com a voz arrastada. — Que honra é estar na presença de vocês.

Elaith se encolhe, e vou para perto dela.

— Cole. — Flint acena calmamente com a cabeça. — Faz tempo que não nos vemos.

— Flint Nascido das Chamas — cumprimenta Cole, devagar. — O orgulho de sua Casa. Sobrinho da Rainha do Fogo. Que... *conveniente* para você.

— E o que quer dizer com isso? — questiona Spinner, observando Cole como se ele fosse algo desagradável que ela raspou da sola dos sapatos dourados e brilhantes.

— Vamos embora, pode ser? — pede Elaith em voz baixa.

Cole se vira para ela, estendendo a mão e erguendo seu queixo de modo que ela é obrigada a olhar para ele.

— Que foi, Elaith? Tenho que dizer que senti sua falta. Senti falta de ter você me seguindo como um cãozinho atrás de restos de comida.

Elaith murcha toda.

As palavras saem antes que eu consiga contê-las:

— Deixa ela em paz.

— Aí está — provoca Cole, soltando Elaith e se virando para mim. — A aberraçãozinha preferida de Ostacre.

— Chega — dispara Flint. — Cai fora, Cole.

Só que Cole não escuta, aproximando-se até eu sentir o fedor de álcool em seu hálito.

— Eu sempre me perguntei, Blaze, como é ser a pessoa mais odiada no recinto.

Olho para Cole e ouço Ember em sua voz, vejo Fjord em seu lábio retorcido. Há um par de olhos injetados espreitando sob a superfície dos dele, esperando por um sinal de fraqueza. As palavras me atingem com toda a força, como era a intenção, mas desta vez não me encolho.

— Me diz você — respondo. — Parece que desta vez fiquei em segundo lugar. Então parabéns, Cole. Finalmente conseguiu vencer alguma coisa.

Spinner dá uma bufada. Até Elaith morde o lábio.

— Você não faz ideia de com quem está lidando — ameaça Cole, sibilando.

Ergo a sobrancelha.

— Não? Bem, então por que não me conta?

Cole abre a boca para responder, mas não sai nenhuma palavra, só ruídos gorgolejantes e engasgados. Ele aperta o pescoço, os olhos turvos se arregalando de choque quando percebe o que fiz. Quando percebe que sua língua está congelada, grudada no céu da boca.

Ele tenta falar, gritar, mas não consegue.

Muitos etheri se viraram para assistir, dando risadinhas enquanto Cole arranha a língua com as unhas, tentando soltá-la.

Achei que seria horrível, ferir alguém assim. Deveria ser. Porém, me sinto *poderosa*. É quase inebriante. Há certa justiça nisso: em atormentar quem atormenta. Vê-lo sofrer as consequências.

Após um último olhar fulminante para mim, Cole se vira e sai cambaleando. Através de um mar de convidados bêbados, um par de olhos encontra os meus.

O Talhador da Terra está sorrindo. Não há surpresa em suas feições, só divertimento. Divertimento e satisfação e alguma outra coisa, algo como... *orgulho*.

Toda a sensação de triunfo se esvai.

Em minha mente, vejo Fjord, humilhado e amarrado por videiras. Vejo Fox parado embaixo dele, sorrindo enquanto uma multidão assiste, em horror e fascínio.

Ouço sua voz, atendo-se a meu subconsciente.

"O que os outros só olham, eu *enxergo*. E enxergo você, Tecelã. Eu a enxergo por inteiro."

Fiquei me perguntando o que ele enxergou em mim.

Agora, acho que sei a resposta.

Então me viro, porque ele não tem direito de me encarar assim. Como se me conhecesse. Como se eu o conhecesse. Como se eu pudesse abalar o mundo inteiro e ele só fosse rir enquanto assiste.

30

— O que acha? — pergunta Elaith, dando uma voltinha na frente do espelho.

Ergo os olhos do livro.

— Muito bonito.

— Você disse isso dos outros oito vestidos.

— *Dez*oito — murmuro.

— Eu ouvi, hein. Agora, seja sincera: qual você prefere?

— O vermelho — respondo, virando a página.

— São *todos* vermelhos, Blaze! — exclama Elaith, jogando as mãos para o alto em frustração. — Ah, Spinner, graças aos deuses você está aqui. Blaze está sendo tão útil quanto aquela gata que ela insiste em carregar para todo lado.

Minha gatinha fixa os olhos azul-claros em Elaith, indignada.

— Não dê ouvidos a ela — murmuro, afagando as orelhas do bichinho.

Ela volta a se deitar e adormece no travesseiro de Elaith.

Spinner cruza os braços, analisando Elaith de cima a baixo.

— Não — diz ela por fim. — Não, não serve. Você precisa estar mais linda do que nunca hoje.

O imperador vai dar um banquete, mas, ao contrário de todos os outros, a lista de convidados é muito menor, consistindo apenas nos Herdeiros remanescentes, os instrutores e o Conselho das Coroas. Falta uma semana para o segundo desafio. O tempo segue correndo depressa, e a cada dia tento ao máximo ignorar o nervosismo que corrói minhas entranhas incessantemente.

Depois de revirar a pilha de vestidos descartados, Spinner puxa um de chiffon vermelho do qual pendem granadas em formato de lágrima. Ela ajuda Elaith a vesti-lo, virando a cabeça dela para a esquerda, depois para a direita.

— Acho que neste aqui conseguimos dar um jeito.

E ela dá mesmo: tirando uma partezinha aqui, prendendo um pouquinho ali, alterando o decote e ajustando a bainha. Quando termina, o vestido é outro. O corpete agora é ajustado ao corpo e sem mangas, e a saia, antes simples e sem graça, está mais curta e arrufada, abrindo-se de modo chamativo logo acima dos joelhos.

— Amei! — exclama Elaith, girando pela sala como se dançasse com um parceiro invisível. — Spinner, você é genial.

Minha acompanhante faz uma mesura.

— Eu agradeço, mas meu trabalho aqui não acabou. Você — chama ela, apontando para mim. — Levante-se.

Resmungando, eu me ergo no instante em que a porta se abre e Elva aparece carregando um vestido de cetim índigo.

Elaith sorri quando saio de trás da divisória.

— Lindo — elogia ela.

Spinner assente em aprovação.

— Eu sou demais mesmo.

Elva parece distraída enquanto entrelaça pérolas em minhas tranças, como se algo a incomodasse. Talvez nossa conversa sobre seu passado tenha revirado lembranças dolorosas.

— Você está bem? — sussurro, enquanto Spinner e Elaith fofocam alto sobre alguém de quem nunca ouvi falar.

Ela não me olha.

— Sua Lindeza Imperial vem escoltá-la hoje, Blaze? — questiona Spinner.

— Não sei — respondo, ficando imóvel enquanto Elva borrifa um pó prateado cintilante em minhas bochechas. — Faz um tempo que não o vejo.

É verdade. Hal não compareceu às festividades nos últimos dias. Houve mais reuniões do Conselho. Mais rosas. Não adianta negar que sinto falta dele. E sinto falta do que sinto quando estou com ele. O jeito como *ele* me faz sentir.

Elva curva a cabeça e sai em silêncio do quarto. Minha gatinha se aproxima de mim, e me abaixo para pegá-la no colo.

— Você ainda não deu um nome para essa coisa? — pergunta Elaith, entregando-me uma taça de espumante.

— Para *ela* — corrijo. — E não. Eu disse a Renly que mandaria uma carta para ele assim que escolhesse.

Ele e vovó voltaram para o castelo Harglade alguns dias atrás. Dizer adeus foi tão duro da segunda vez como da primeira.

De repente, Elaith dá um berro de congelar o sangue, fazendo Spinner cuspir a golada de espumante.

— Que foi? — pergunta ela, engasgada.

Elaith está em pé na cama, apontando o dedo para o chão.

— Rato! Rato!

Eu o vejo disparando, frenético, em busca de um esconderijo.

— *Sério*, Elaith?

— Pega! — grita ela, pulando de um pé para o outro. — Manda a gata atrás dele! Depressa!

Olho para meu colo, onde minha gatinha está encolhida, miando de forma patética enquanto tenta se esconder em minha saia.

— *Blaze!*

— Sabe — digo —, acho que encontrei o nome perfeito para ela.

— Qual? — questiona Spinner, que subiu na penteadeira.

A gatinha olha para mim, tremendo. Sorrio, afagando o pelo cinza macio.

— Ratinha.

Spinner bufa, pulando de uma cadeira à outra até parar ao lado de Elaith, que se agarra a ela com tanta força que Spinner perde o equilíbrio e as duas caem de costas na montanha de travesseiros.

— Ora, ora, ora. O que temos aqui?

Ergo os olhos para meu irmão, parado na porta usando um gibão escarlate bonito, com Kai ao lado.

Flint dá um sorrisinho para mim antes de se jogar na cama.

— Senhoritas. Tem problema eu me juntar a vocês?

— Nem um pouco — responde Spinner, batendo os cílios.

Faço uma careta.

— Vamos, Blaze — chama Flint. — Está esperando o quê?

Kai estende a mão. Hesito só por um momento, observando a cena, observando meus *amigos*. Então ergo Ratinha nos braços e deixo Kai me puxar para o meio deles. Ficamos deitados ali, um emaranhado de membros, um borrão de vermelho e dourado e azul, e sinto que neste momento conseguiria criar uma onda do tamanho de um reino.

Spinner nos acompanha até o salão de banquetes. Quando Kai e Elaith seguem para dentro, ela me abraça rápido antes de se virar para meu irmão.

— Divirta-se hoje.

— Você não tem que falar duas vezes — diz Flint, então a beija bem na boca.

Spinner enlaça os braços no pescoço dele, correndo as mãos por seus cachos.

Só fico parada aqui, achando um pouco de graça, e sentindo um pouco de pavor, sem saber bem para onde olhar. Quando nenhum dos dois rompe o beijo, dou um aceno sem jeito com a cabeça.

— Bem, então eu vou só...

Praticamente me lanço através das portas.

As longas mesas douradas foram removidas, deixando o salão de banquetes vazio exceto por uma grande mesa circular no centro. Analiso os poucos convidados em busca do único rosto que não desejo ver. Não encontro o Talhador da Terra desde aquela noite nos aposentos de Marina. Talvez ele tenha se entediado do jogo que decidiu que estávamos jogando. Não sei se isso significa que ele é o vencedor, ou eu. Talvez ambos. Talvez nenhum dos dois. Não que isso importe.

Endireitando a postura ao máximo, sigo para onde Kai e Elaith estão falando com Zeph e o instrutor ignitia bastante excêntrico.

Elaith espia atrás de mim.

— Cadê Flint?

— Nem queira saber — murmuro.

Flint aparece vários minutos depois, parecendo muito satisfeito consigo mesmo.

— O Conselho está atrasado? — pergunta ele, limpando uma mancha de batom dourado com as costas da mão.

— O Conselho nunca está atrasado, jovem Harglade — murmura o instrutor dele, distraído.

Elaith revira os olhos.

Vejo River parado junto à mesa e começo a ir na direção dele, mas então Ember estica um pé pontudo e delicado em minha frente. Não reajo rápido o suficiente quando ele se engancha em meu tornozelo e tropeço, perco o equilíbrio, indo ao chão...

E sou pega. Bem a tempo.

Fox me endireita outra vez, corre a mão pelo próprio cabelo escuro, lança-me um olhar um pouco mais longo que um piscar de olhos e se afasta sem dizer uma coisa sequer.

Não tenho tempo para assimilar o que aconteceu, porque neste momento o Conselho entra no salão de banquetes, tão grandiosos e imponentes como de costume.

Atordoada, tomo lugar à mesa, esperando ver quem vai se sentar no lugar vazio a meu lado. Minha resposta usa um gibão do ouro mais puro, e a marca na mão — o sol e o olho imperiais — brilha com delicadeza enquanto empurra minha cadeira até a mesa. Como a notícia do noivado de Hal com a princesa Mirade de Thaven ainda é um segredo, sua atenção para comigo faz muitos olhos se voltarem para nós, incluindo os de Ember, que parece querer me esfolar viva.

O imperador nos dá as boas-vindas, e noto outra vez como ele parece doente. Está pior que antes, as olheiras ainda mais pronunciadas. Também parece ter perdido peso — está quase sendo engolido pela capa dourada resplandecente.

Enquanto faz alguns comentários introdutórios, observo a barba do instrutor ignitia mergulhar no cálice toda vez que ele assente.

Não demora muito para o banquete começar, e o imperador joga o peso na cadeira, apertando a têmpora com dois dedos. Não pode ser fácil, ser o pai do reino. Ele envelheceu. Claro, é por isso mesmo que existe a Seleção: para substituir pela próxima geração aqueles que já passaram da melhor fase.

Várias conversas se iniciam pela mesa. Muitos Herdeiros parecem estar desesperados na tentativa de impressionar o Conselho. Alguns estão sentados em silêncio, parecendo afetados com a situação. E há aqueles como meu irmão, que não prestam atenção a nada além da comida, e de Fox, que parece estar morrendo de tédio com a coisa toda enquanto se inclina para trás na cadeira, com um pé apoiado no outro joelho, girando o vinho na taça.

Ainda consigo sentir suas mãos — uma nas costas, a outra na cintura, evitando minha queda.

Elaith o chamou de enigma perfeito e tem toda a razão. Não consigo entendê-lo, por mais que tente. Ele me dá atenção porque sabe que isso vai irritar Hal? Mas então por que sempre tenta me encontrar longe de olhos curiosos? Se só quisesse provocar o irmão, com certeza teria aproveitado qualquer oportunidade para sermos vistos juntos.

Ele é desconcertante. Imprevisível. Nunca sei que lado dele vou encontrar nem o que quer de mim. Porque, se acha que somos iguais, está enganado. Eu me arrependo do que fiz com Cole. Ele mereceu, mas me arrependo. Não sou o Talhador da Terra. Não sinto prazer com a dor dos outros e nunca vou sentir.

Hal toca meu braço, assustando-me.

— Sinto muito pela ausência nos últimos dias.

— Você é o príncipe — argumento, como se ele pudesse ter esquecido. — Tem coisas muito mais importantes para fazer do que me visitar.

Hal sorri.

— Mais urgentes, talvez, mas não mais importantes. Juro para você, Blaze: visitar seus aposentos é minha parte preferida do dia.

Meu coração dispara. Ele está falando sério? Abaixo os olhos para a pequena cicatriz entrecruzada na bochecha dele — a cicatriz que causei.

— Não acredito nisso.

— Tente, pois não minto bem. Nunca menti.

— Por que não?

— Dizem que são meus olhos. Nunca consigo olhar nos olhos a pessoa para quem estou mentindo.

Olhos escuros que não conseguem mentir.

Um som tilintante preenche o ar, e ergo os olhos para o rei Balen, que está segurando a taça em uma das mãos e a faca na outra.

— Um brinde — declara ele, a voz me envolvendo como seda.

Mais serventes aparecem, colocando uma taça de vinho na frente de cada Herdeiro. Doze marcas cintilam como estrelas enquanto as erguemos.

— A vocês, meus jovens amigos — diz rei Balen. — Que continuem brilhando tanto no segundo desafio quanto fizeram no primeiro.

Brindamos. Bebemos.

Flint vira o conteúdo da taça em um gole gigante. Fox está com uma expressão esquisita, como se fosse leite azedo e não vinho que sente na língua. Está com as sobrancelhas franzidas e os punhos fechados. Ele não engole. Confusa, viro-me para Hal.

Que não me olha nos olhos.

De repente, o salão começa a oscilar ao redor. No começo com suavidade, como se eu estivesse em um barco no mar, e então mais rápido, girando como um pião. Perco a força nos dedos, e a taça cai no chão. Um a um, os Herdeiros desabam na mesa.

A última coisa que escuto antes de perder a consciência é uma risadinha suave e sedosa.

31

Quando acordo, o salão de banquetes está vazio.

Minha cabeça lateja quando a ergo da mesa. Olho ao redor para as mesas vazias, a comida abandonada, os cacos de vidro afiados espalhados pelo chão. Eu me levanto devagar, um pouco cambaleante. O silêncio amplifica meus passos quando vou até as portas duplas na outra ponta do salão. Tento uma maçaneta, depois a outra. Ambas estão trancadas.

O pânico se acumula em minha boca, com um gosto metálico. Cuspo. Grito por ajuda, mas ninguém vem. Corro de volta à mesa, pego uma faca e tento enfiá-la entre as portas, mas nada acontece. Então as chuto com força e aperto o pé com uma careta. A dor me traz um pouco de nitidez, e volto à cadeira.

Alguém drogou o vinho. Só pode ter sido isso, mas por quê? Que motivo o Conselho teria para nos *drogar*? E cadê todo mundo?

Estreito os olhos. A névoa anuviando minha mente me remete ao analgésico que me deram depois do primeiro desafio.

Neste instante, um sussurro suave se infiltra pela confusão mental:

"A vocês, meus jovens amigos. Que continuem brilhando tanto no segundo desafio quanto fizeram no primeiro."

Não. Agora, não. Assim, não. Ainda falta uma semana. Uma semana inteira. Isso *não pode* ser o segundo desafio, pode?

Como que em resposta, o salão começa a se encher de água.

Com um xingamento, pulo na cadeira. Os aquatori podem ser chamados de peixes, mas não significa que tenhamos guelras. Ainda podemos nos afogar, igual a todo mundo. Talvez a intenção deles seja libertar outra fera para eu combater, algum tipo de criatura marítima desta vez? Minhas entranhas se contorcem como cobras. Se ainda sobrou qualquer vinho em meu corpo, acho que estou prestes a vomitá-lo.

Pense, Blaze, eu ordeno. *Concentre-se.*

A água roça a bainha de meu vestido, subindo rápido. Rápido demais. Tenho que impedi-la, e o único jeito é congelando-a.

Fechando os olhos, tento alcançar aquele caco frio de fúria cravado no fundo do peito. Penso em Ember me fazendo tropeçar na frente de todos. Penso no Conselho nos enganando para beber vinho adulterado com veneno soporífero, convidando-nos a vir aqui sob falsos pretextos. Penso em Cole, na crueldade casual com Elaith, no jeito que ela se encolheu, arrasada...

Há um som crepitante quando a superfície da água cada vez mais alta começa a se solidificar, uma camada de gelo se espalhando ao redor de meus pés. Piso na mesa.

A água está congelando. Está funcionando. *Está funcionando.*

Não está funcionando.

O fluxo começa a aumentar, a água rompendo a camada de gelo. Ergo a saia e tento pensar. Chuva não vai ajudar, lógico. Quanto às ondas, não vejo como poderiam me ajudar também. Só piorariam a situação, com certeza. A não ser que... Ergo os olhos. Acima de minha cabeça há um enorme lustre.

Devo ter perdido a sanidade, penso, quando me preparo para pular da mesa.

Perdi mesmo, penso, quando pulo da mesa.

Dou um salto, caio na água, afundo, então nado para cima até romper a superfície. A água não está quente nem fria, e sim da mesma temperatura que o salão. Não, não do salão. Parece estar da mesma temperatura que minha *pele*. Estremecendo, deito-me de costas e flutuo por um momento, puxada pelo vestido.

Felicidade... tento encontrá-la.

Penso em Renly me surpreendendo neste exato salão após semanas separados. Em Hal me beijando sob o brilho suave de um sol em miniatura. Em como, após anos de garoa e vazio, sei o que é sentir, o que é ter coragem, ter *amigos*.

Ondinhas começam a se curvar e quebrar. Eu me endireito e avanço pela água, ainda me concentrando no quentinho dentro do peito, deixando-o me inundar. Ao redor, a água está se contorcendo, as ondas ficando mais fortes e subindo mais alto. Eu me abaixo sob a superfície quando uma onda enorme se agiganta sobre mim, preparando-me quando ela quebra.

Nado para cima e tento de novo. Outra onda monstruosa cresce, mas não o suficiente para eu alcançar o lustre.

As velas começam a tremeluzir e se apagar, deixando o salão cada vez mais escuro.

Tento mais uma vez, e sou bem-sucedida. A onda me envolve, a pura força da água expulsando o ar que resta em meus pulmões quando me ergue em um grande arco. Deixo-a me levar até o ápice e, com um grito estrangulado, lanço-me na direção do lustre.

Há um momento em que tudo pende na balança.

Uma respiração, as batidas de meu coração, e então minha mão encontra ouro sólido.

Seguro com força, ofegando quando meu braço suporta todo meu peso e repuxa meu ombro. O lustre é enorme e está suspenso do teto por uma corrente dourada espessa.

Começo a fazer movimentos espasmódicos, como um peixe fora d'água, chutando para trás e para a frente até conseguir enganchar uma perna na fileira mais baixa do lustre. Fico pendurada por um momento, arquejando, reunindo força suficiente para me puxar.

Sentada no lustre, encaro a água que sobe. Cadeiras e pedaços da mesa do banquete flutuam na superfície, iluminados pelas poucas velas remanescentes.

E agora?, penso, afastando um fio de cabelo úmido do rosto. Ganhei um pouco de tempo, mas para quê?

É aí que escuto.

O som é fraco. Tão fraco e sinistro quanto... sibilos. Não, não sibilos. *Sussurros.*

Tem alguém aqui? Ou *algo?* Viro a cabeça de um lado para o outro, procurando a fonte do som. Fica mais alto, preenchendo o salão. Não consigo distinguir as palavras. Mesclam-se umas nas outras, uma onda de vozes indistintas. Meus instintos me dizem que estou sozinha, mas se isso é verdade, quem, ou o *quê*, está fazendo o som?

Então entendo: está vindo da água.

Penso nas longas horas que passei sentada junto à lagoa na fortaleza, forçando os ouvidos para captarem qualquer mínimo sussurro. Entendo agora por que River insistiu tanto para que aprendêssemos a arte de auscultar a água: porque ele sabia que precisaríamos dela. Mal ouvi alguma coisa no treinamento, mas agora apuro os ouvidos como se minha vida dependesse disso. Talvez dependa mesmo.

De repente, a última vela se apaga. A única luz no salão é minha marca, que brilha com suavidade na penumbra. Fecho os olhos, concentrando-me com força, mas a superfície ainda está vários metros abaixo. Talvez eu esteja alto demais para ouvir.

Reunindo coragem, pulo de volta na água.

Atravesso a superfície e me permito afundar, flutuando em meio aos sussurros. As palavras acariciam minha pele, infiltrando-se em meus ouvidos.

> *Sou algo que é dado, mas não pode ser tomado.*
> *Muitas vezes emprestado, às vezes abandonado.*
> *Sou facilmente lembrado, facilmente esquecido.*
> *Talvez você me conheça, talvez eu seja desconhecido.*
> *Alguns me chamam de presente, outros de maldição.*
> *Às vezes sou uma ajuda, às vezes uma oposição.*
> *Alegria, tristeza ou medo meu som pode trazer.*
> *Em seus lábios, em sua cabeça, posso viver.*
> *Diga-me, Tecelã de Tempestades, o que sou eu?*

É um enigma. Escuto várias vezes, então subo para respirar, a mente disparando.

Sou algo que é dado, mas não pode ser tomado.
Muitas vezes emprestado, às vezes abandonado.

Meus pensamentos vagam até a Biblioteca Dourada. Talvez... talvez um livro? Livros podem ser dados. Podem ser emprestados também. Não. Não, não é isso. Um livro pode ser levado embora; vovó confiscou muitos dos meus ao longo dos anos. Também não os chamaria de maldição.

Sou facilmente lembrado, facilmente esquecido.

Um sonho? Sonhos podem ficar na memória ou se dissipar sozinhos. Sonhos vivem em sua cabeça. Pelo menos, na minha. Só que o restante não faz sentido.

A água sobe sem parar.

Talvez você me conheça, talvez eu seja desconhecido.

Penso na fortaleza, em como apoiei a mão na porta e a deixei me conhecer, rendendo-me aos feitiços lá dentro. Meu coração se aperta. *Feitiços.* Um feitiço pode ser lembrado, esquecido, abandonado... mas não emprestado.

O último verso me incomoda.

Em seus lábios, em sua cabeça, posso viver.

Um beijo? Um beijo pode ser dado. Pode ajudar, pode atrapalhar...
Alegria, tristeza ou medo meu som pode trazer.
Não. Certamente o *som* de um beijo não é o que incita tais emoções.

Algo colide com minha nuca e dou um grito agudo, mas é só uma cadeira flutuando. Eu a empurro para longe. O salão escuro está enchendo depressa. Logo estará todo submerso.

Penso no que Spinner disse sobre os Herdeiros ventalla despencando dos pedestais de pedra no primeiro desafio, em como o rei Balen interveio e manipulou a densidade do ar para reduzir a queda. Talvez eu devesse só desistir? Flutuar de costas até a rainha Hydra fazer a água parar, até eu ser levada daqui. Uma Herdeira desqualificada, mas viva.

Então penso em vovó e em como ela me olhou na manhã do eclipse. Penso em River — a gentileza, a paciência, a disposição para me ajudar apesar de quem sou. E penso em minha mãe. Será que ela teria só chorado? Admitido a derrota? Desistido sem lutar? Já sei a resposta.

A água não para de subir. O tempo está acabando.

Lembro do que o Talhador da Terra disse para mim naquela noite na biblioteca.

"Você estava prestes a desistir, mas aí não desistiu. Escolheu *vencer*."

Toda aquela tristeza, dor e fúria — não me derrotaram. Não deixei que me derrotassem. Eu as usei para lutar. Eu as usei para *vencer*.

Lembranças se erguem em minha mente. Escamas molhadas de chuva. Pele coberta de gelo. E os nomes cuspidos como dentes quebrados.

"Assassina."

"Criança trocada."

"Aberração."

Sempre estarão comigo. Sempre estiveram, desde que nasci. Nomes são criaturas curiosas, muito mais que palavras. Já tenho tantos. Aqueles que me ferem, que me humilham. Que fazem minha pele formigar. Nomes que viveram comigo nos últimos dezessete anos. Eu os conheço bem. Não consigo imaginar alguém que os conheça melhor.

Ou talvez, sim.

Penso nele — com os dentes tortos, a voz arranhada em meus tímpanos, o cajado de madeira que não se quebra, nem sob força, nem sob aço.

O Guardião da Fenda.

Ouro não concede passagem segura pela ponte do pedágio. Ele exige algo mais valioso que isso. Quantos nomes será que colecionou ao longo dos anos? Eu me pergunto se o meu foi o maior dos prêmios.

Minha cabeça bate no teto. Tomo um último fôlego desesperado antes que a água me cubra de todo.

Os sussurros ficam mais altos. Com os pulmões queimando, aperto os olhos e espero. Para ser resgatada, me afogar — o que quer que aconteça primeiro.

Então escuto algo, algo além da água. A imagem do Guardião da Fenda nada na minha visão, e desta vez capto as palavras dele.

"Um nome é um presente. Um nome é uma maldição. Um nome é um..."

Abro os olhos.

"Um nome é um enigma."

A revelação me impulsiona, fazendo a resposta disparar para a superfície de minha mente.

Diga-me, Tecelã de Tempestades, o que sou eu?

— Um nome — respondo, com a voz distorcida pela água, centenas de bolhas prateadas saindo da boca e subindo para a escuridão acima. — A resposta é um nome!

Por um momento, nada acontece.

Então a água começa a ser drenada, como se alguém tivesse puxado um tampão gigante do piso. Chuto com força, nadando para cima e rompendo a superfície, puxando o ar em grandes sorvos. O salão está subitamente iluminado com orbes de luz forte, e quase soluço de alívio quando meus pés enfim tocam o chão.

Quando a água é toda drenada, fico deitada, encharcada e trêmula enquanto a adrenalina vai diminuindo.

River não diz nada quando se ajoelha e me ergue nos braços. Ele me leva de volta a meus aposentos, onde Elva está esperando. Deixo que ela me seque, embrulhe meu cabelo molhado e me enrole em cobertores. Ainda escuto o enigma sendo sussurrado sem parar, pontuado apenas pelo bater de meus dentes. Fecho a boca com força. Fecho os olhos também.

Eu me afogo em meus sonhos, e quando acordo minha marca ainda está brilhando.

32

Os últimos dois Herdeiros de cada corte foram anunciados na noite passada.

Zephyr passou, junto a um rapaz chamado Eriq da Corte do Vento. Elaith não conseguiu desvendar o enigma e foi obrigada a desistir, deixando Flint, para minha alegria, e Ember, para meu horror. Fox e Amaryllis são os Herdeiros terrathian. Dizem que o Talhador da Terra saltou como uma espécie de animal de uma árvore a outra, que sentiu um tremor nas raízes antes que o chão cedesse. Quanto aos aquatori, Kai engoliu vários goles de água no começo e quase se afogou, deixando Marina e eu para competir pela coroa da rainha Hydra.

Tenho um mês para me preparar para enfrentá-la.

Apenas uma última batalha me separa do trono. Nem consigo acreditar. Nunca esperei chegar tão longe, e agora não sei como me sinto.

Vitoriosa — porque consegui chegar até aqui, contra todas as probabilidades?

Ou aterrorizada — porque, qualquer que seja o resultado, o terceiro desafio vai determinar meu futuro?

Assim como o primeiro desafio foi pensado para testar nossa coragem, parece que o segundo tinha a intenção de testar nossa mente. O tempo foi um fator decisivo para todos os Herdeiros, com os ventalla enfrentando um ar cada vez mais rarefeito, os ignitia um muro de chamas que ia se aproximando, os terrathian um terreno instável e os aquatori uma inundação. Cada desafio foi difícil. Cada desafio foi perigoso. O Conselho é mesmo experiente no jogo. Mas, até aí, é fácil jogar quando se cria as regras.

— Blaze, está quase na hora. — Spinner aparece a meu lado, apertando a língua entre os dentes enquanto examina cada detalhe do trabalho. — Olha, desta vez eu me superei.

Ela me dá um sorrisinho travesso, virando-me na direção do espelho.

O reflexo é de uma desconhecida... pois esta noite não sou Blaze, a Herdeira aquatori, nem Blaze, a Cantora da Chuva, nem Blaze, a Tecelã de Tempestades.

Sou Blaze, o Olho.

Pó dourado cintilante foi aplicado em minhas pálpebras, nos lábios e nas bochechas. Elva entremeou contas douradas em meus cachos, alguns dos quais emolduram meu rosto, enquanto o restante está preso no topo da cabeça em um popular estilo imperial. Luvas douradas escuras escondem o brilho revelador de minha marca, e o vestido... Corro a mão pelo tecido, maravilhada. Leve como ar, ondula e estremece a cada mínimo movimento. E não é só isso. A peça *brilha*. É como se eu estivesse usando mil flocos de luz do sol de um cintilar suave, entrelaçados como escamas douradas.

Esta noite haverá um baile de máscaras. Todo o palácio vai participar, mas a pegadinha é: esta noite, todos — todo rei, rainha, Herdeiro e cortesão — usarão dourado. É tradição, uma demonstração de lealdade ao futuro imperador, um jeito de mostrar a ele, a *Hal*, que não importa a qual corte pertencemos, pois os etheri estão unidos sob um único governo e se curvam a um único líder acima de tudo. Claro, com o pendor inesgotável por festas, a Corte Imperial encontrou um jeito de fazer essa demonstração de lealdade se tornar um grande desfile. Ou, no caso, um baile. Que requer um disfarce. Esta noite, podemos esquecer de nossas cores e nos mostrar como quisermos.

Esta noite, posso ser quem eu quiser.

— E agora o toque final — anuncia Spinner, pegando uma máscara dourada ornamentada e a colocando sobre meus olhos.

Tem a forma de uma libélula, o corpo esguio alongando-se da linha do cabelo à ponta do nariz. Eu me espio através dos buraquinhos cortados nas asas, que cobrem a largura de minha cabeça e mais um pouco, cada um salpicado com pequenas pérolas, safiras e ametistas.

É linda. Mais que linda — é uma obra de arte.

— Eu a encontrei em sua penteadeira — explica Spinner. — Com isso.

Ela enfia a mão na frente do vestido e saca um bilhete um pouco amarrotado. É quase idêntico ao que acompanhava o unguento para queimaduras, com duas palavras numa letra preguiçosa e floreada:

"Para você."

Meu coração dispara. Será que é de Hal? Porém, por que o sigilo? E por que ele continua me mandando presentes se está noivo de outra pessoa?

Sinto um embrulho no estômago toda vez que lembro disso.

— Ele deve gostar muito de você, sabe. — Spinner dá uma piscadela antes de seguir para a porta. — Vou encontrar seu irmão. Ele parece estar precisando de um bom *acompanhamento*.

Finjo que vou vomitar, depois enfio o bilhete sob o travesseiro e saio atrás dela.

O palácio está repleto de barulho e empolgação, e me deixo ser levada junto a um mar de Olhos com os rostos escondidos por máscaras: algumas grandes, algumas modestas, algumas ridículas de tão extravagantes. Uma garota está usando um adorno de cabeça dourado que parece a juba de um leão. Ninguém nem olha duas vezes para mim, e me delicio com a sensação de anonimidade. É um gostinho do futuro que sempre planejei para mim mesma. Sem nomes. Livre. Só queria que durasse.

Spinner e eu nos espremermos para entrar no maior salão de baile, percorrendo o perímetro até eu achar uma cabeleira ruiva. Elaith está deslumbrante em um macacão dourado justíssimo. Mesmo usando saltos perigosos de tão altos, ela ainda parece pequena ao lado de dois rapazes que, ao olhar com mais atenção, percebo serem Flint e Sheen, aparentemente brigando por algum motivo. Kai ainda deve estar se recuperando do segundo desafio.

— Até que enfim — diz Elaith, inclinando-se para me abraçar.

— Sinto muito — murmuro no cabelo dela.

Ela sabe que não estou falando do atraso.

— Não sinta — sussurra ela de volta. — Eles que perdem. Mas estou bem, sério.

Quando me afasto, vejo em seus olhos que é verdade.

Ela sorri.

— Vamos só torcer para Ember pegar alguma doença horrível antes do terceiro desafio. Só a *ideia* de ser governada por aquela arrogante, insuportável...

— *Elaith* — avisa Flint.

— Está bem, aquela odiosa, intolerável...

Sheen enfia uma garrafa de espumante na boca dela para calá-la.

Spinner se encosta toda no ombro de Flint.

— Ouvi alguns dos Olhos falando em descer para os jardins. Está rolando uma competição lá, ao que parece.

Elaith toma um gole de espumante.

— Bem, eu topo um desafio. Flint?

Meu irmão passa um braço ao redor de Spinner.

— Estou dentro.

Sheen franze o cenho.

— Não sei se é uma boa ideia.

Flint só revira os olhos.

— Isso é porque você é alérgico à diversão. E a festas. E a mim, aparentemente. Então por que não tira a noite de folga, Sheen? Já tenho uma acompanhante que parece mais do que disposta a ficar *de olho* em mim.

Ele enfia o nariz no pescoço de Spinner, e ela dá uma risadinha, tentando afastá-lo com um tapinha. Sheen lança um olhar fulminante a ele, mas não argumenta mais.

Elaith me estende a garrafa.

— E você, Blaze?

Hesito. Posso ser qualquer pessoa esta noite. Com isso em mente, decido que vou pensar no que seria mais provável eu fazer neste cenário e então fazer o oposto. Inclinando a cabeça para trás, viro o resto do espumante.

— Vamos lá.

Spinner grita em comemoração. Algumas pessoas se viram para nos encarar e abro um sorrisão para elas.

Nós cinco atravessamos o salão abarrotado e descemos o primeiro de muitos lances de escada. Elaith cambaleia tanto que, por fim, Flint só suspira, curva-se e a joga por cima do ombro. Ela se apoia nos cotovelos, e sigo atrás para continuar a conversa.

— Um *nome*? Deuses, eu não teria adivinhado nem um milhão de anos. O meu era algo sobre... Ah, como é que era mesmo? Algo quebrado, algo consertado... algo sobre uma lacuna... ou era uma laguna? Não consigo lembrar. Enfim, chutei dentes.

— *Dentes?*

— Desculpa aí, gênia. Como eu ia saber? Nem todos nós somos mais espertos que o Conselho. — Ainda jogada sobre as costas de meu irmão, Elaith estende a mão para pegar uma taça de uma bandeja. — Os garotos são meio que um enigma, não acha, Blaze?

Vozes se misturam com as leves notas de música flutuando pelo palácio enquanto grupos de cortesãos em trajes dourados seguem pelos jardins iluminados pelo luar na direção do labirinto, alto e escuro, ao longe. O espumante está começando a bater. Estou um tanto desorientada, como se uma fina camada de névoa cobrisse meu cérebro.

Alator está esperando na entrada do labirinto. Ele sorri para nós, exibindo as fileiras de dentes de ouro sólido.

— Prontos para brincar?

— Pode apostar — responde alguém.

Acho que talvez tenha sido eu.

— As regras são simples — explica ele. — Vocês entram sozinhos e nada de revelar os dons. Lembrem-se, todos são Olhos hoje. Quem chegar ao centro do labirinto vence.

— Mas ninguém *nunca* chega ao centro! — exclama Elaith. — Ele gosta de ficar mudando.

— Por favor, não vá se perder de novo — diz Flint a ela, com uma careta. — Não quero ter que te carregar uma segunda vez.

Elaith sopra um beijinho para ele.

Alator bate as palmas enluvadas.

— Quem vai primeiro?

Spinner me dá um empurrãozinho. Estou prestes a murmurar uma desculpa e me virar, mas não faço isso. Respirando fundo, entro no labirinto.

O ar ao redor está escuro e assustadoramente imóvel, o silêncio engolindo meus passos. O brilho suave de meu vestido ilumina o caminho, que se ramifica em três. Escolho o que vai para a direita. Na próxima bifurcação, escolho o da esquerda.

Logo começo a me perder, meus pés doendo nas sandálias pontudas que Spinner escolheu para mim. Tiro-as e as jogo atrás de mim, o solo agora macio e fresco sob os pés.

Então escuto vozes. Abafadas, mas cada vez mais próximas. Não reconheço nenhuma das duas.

— Dizem que a Rainha do Fogo gosta dele.

— Pode até ser, mas eu não subestimaria a prima, se fosse você. Ela é uma criaturinha implacável. Você ouviu como ela fritou o crânio do dragão.

Fico imóvel.

— Verdade, mas o garoto é igualmente talentoso, e mais benquisto.

— Ser benquisto não tem nada a ver. Sorrisos não vencem coroas.

As vozes estão próximas agora. Os donos devem estar parados do outro lado da sebe. Fico imóvel, escutando.

— E a irmã dele?

Há uma gargalhada e então um som desagradável, como um homem cuspindo no chão.

— É um maldito milagre dos deuses a terem deixado chegar até aqui.

— Tenho que admitir que ela me surpreendeu...

— Surpreendente ou não, não há alma viva que a aceitaria como governante. Marque minhas palavras: o deserto veridiano vai congelar antes que a Tecelã de Tempestades seja coroada Rainha dos Peixes.

As vozes vão diminuindo até eu não ouvir mais, mas as palavras permanecem, pairando no ar e o azedando. Tropeço às cegas por um caminho, depois por outro.

Pensei que poderia ser qualquer pessoa hoje, mas estava errada. O passado não é algo que posso só abandonar. Eu o carrego comigo todo dia. E por mais que eu seja grata ou graciosa, por mais que eu tente — nunca será suficiente. *Eu* nunca serei suficiente para essas pessoas, que prefeririam me ver morta do que sentada em um trono.

Dói aceitar algo que sempre se soube.

Começo a correr, disparando entre as sebes altas, sem rumo, até que de repente viro em um canto e esbarro em algo alto e sólido. Com uma careta, abaixo a máscara e aperto a testa. Meu nariz logo se enche com o aroma acre de álcool. Quando ergo a cabeça, estreitando os olhos para a pessoa à frente, perco o chão.

— Sabe, eu não consegui acreditar quando me disseram que a Tecelã de Tempestades passou no segundo desafio, mas cá está você, bem e viva. Ou, pelo menos, viva. Devo dizer que já te vi com uma cara melhor. — Cole dá um sorrisinho quando estende a mão e tira um graveto de meu cabelo, que deixa cair no chão entre nós. Na outra mão, segura uma garrafa metade vazia. — Que lugar perfeito para pôr a conversa em dia, não acha? Eu gostei tanto de nosso último encontro.

Lembro como os olhos dele ficaram enormes quando se engasgou, tentando em desespero descolar a língua congelada do céu da boca. Cautelosa, dou um passo para trás.

— Que foi, Blaze? Tem que ir para algum lugar?

— Na verdade, sim.

— E qual é?

— Qualquer outro lugar. Qualquer lugar longe de você.

Cole sorri. Um momento depois, somos cercados por um anel de fogo.

— Acho que é hora de você aprender a respeitar os outros — murmura ele com suavidade.

Minha voz sai estrangulada:

— Você não teria *coragem*.

— Ah, não? — Cole ergue a garrafa e despeja o conteúdo em meu vestido. — Você me subestima, Blaze. E não é a única, ao que parece.

Meu vestido está encharcado de álcool. Um giro do pulso dele e serei envolta por chamas.

— Entenda, o único motivo para você ainda estar respirando é que a maioria das pessoas tem medo do que sua morte pode causar. Outra tempestade, uma peste ou maldição, talvez? O que significa que sua vidinha miserável é intocável, pelo menos no futuro próximo. Porém, fora matar você, não há limites ao sofrimento que posso causar.

Ranjo os dentes com tanta força que me pergunto se vão virar pó.

— Nem você seria tão estúpido.

Cole dá de ombros.

— Fazer justiça não é estupidez.

Justiça. Penso no guarda que tentou me envenenar tantos anos atrás. Ele também achava que estava fazendo justiça.

— Eu não tenho medo, sabe — continua Cole. — Da retaliação dos deuses. Por que teria, quando estaria só corrigindo um erro? Destruindo algo que nunca devia ter existido? As pessoas me chamariam de herói.

As chamas se erguem mais alto. Tento invocar a chuva, conjurar gelo, mas um medo puro e genuíno me dominou, anuviando meus pensamentos.

— Você não é herói coisa nenhuma — sussurro. — É só um covarde.

Cole dá um passo para perto.

— O que disse?

— Você é um covarde. Assim como foi no primeiro desafio, assim como é agora, assim como imagino que sempre tenha sido. E eu tenho *pena* de você.

Ele segura minha nuca.

— Eu vou queimar você — brada ele, sibilando. — Não duvide de mim. Eu vou *queimar você* até virar cinzas nas minhas mãos.

— É o que veremos — diz uma voz atrás dele.

Cole se vira. Há o som de um punho atingindo um rosto, o som nauseante de osso sendo triturado, e de repente Cole está no chão, choramingando de dor. O fogo que me cerca desaparece, sendo engolido pela terra, não deixando nada além de fumaça para trás. Só que o recém-chegado não acabou. Ele se abaixa e puxa Cole para cima. Cole mal tem tempo de tentar recuar antes de sair voando com a força de outro soco. Ele estremece, cuspindo bocados de terra e sangue e ergue um braço em rendição.

Ergo os olhos para meu salvador, estreitando-os na escuridão enfumaçada. Alto, cabelo escuro, gibão dourado, uma máscara como as asas de um corvo obscurecendo metade do rosto.

Hal.

Ele pega minha mão e me puxa por um canto após o outro até chegarmos a uma clareira grande na forma de um olho: o centro do labirinto.

Hal está ofegando. Eu, tremendo. Ele abre a boca para falar, mas não escuto o que está prestes a dizer. Antes que a vozinha sensata em minha cabeça possa me convencer do contrário, aproximo-me e pressiono os lábios nos dele.

Isso parece pegá-lo de surpresa. Ele fica tenso quando meus braços envolvem seu pescoço. Por um longo momento, fica imóvel, como se estivesse decidindo se deveria retribuir ou não.

Então é como se derretesse. Ele me beija de volta. Hesitante, a princípio, depois voraz.

O beijo é melhor do que o primeiro. Melhor do que eu poderia ter imaginado.

Cada terminação nervosa em meu corpo ganha vida, como estrelas que nascem e ardem no céu.

É febril, arrasador, carregado com um senso delicioso de ousadia. Como um segredo sussurrado na calada da noite. Como mergulhar fundo no oceano depois de segurar o fôlego. Como cair. Os braços dele deslizam a meu redor, amparando-me e segurando apertado. Ele acaricia com mãos enluvadas minhas costas, cintura, nuca, seus dedos se entremeando em meu cabelo. Meus pensamentos são abafados pela sensação quando permito que minhas mãos perambulem, traçando as linhas esculturais de seu peito, todos os planos e sulcos e músculos firmes.

Ele roça o dedão por minha mandíbula, virando meu rosto do jeito que quer, inclinando minha cabeça para trás para ter um acesso melhor antes de enfiar a língua lá dentro. Minha barriga dá cambalhotas quando ele começa a explorar, esfregando-a com delicadeza na minha. Ele tem gosto de vinho, maçã verde e ervas, algo frio e fresco, um pouco doce.

Incentivada por sua resposta, encosto-me mais em seu peito, e então ainda mais, deslizando a língua na dele, testando. Ele solta um grunhido suave em minha boca, e estremeço.

Então ele me ergue nos braços sem o menor esforço, pressionando-me na sebe espessa ao redor. Mal consigo sentir a planta — tudo que sinto é ele. Cada ponto de contato. Meus braços ao redor de seu pescoço. Minhas pernas ao redor de sua cintura.

Ele me aperta com mais força, distribuindo beijos suaves por meu pescoço e clavícula. Eu me agarro a ele, arqueando as costas quando seus cílios roçam minha pele.

Nunca senti nada assim — a vertigem, o calor. Ele me salvou do fogo de Cole, mas meu corpo inteiro está ardendo, cada centímetro de pele eletrizado por seu toque.

Ele se afasta de leve, como se fosse dizer alguma coisa, mas só o puxo mais para perto, esmagando a boca na dele. Não quero parar. Não quero que termine. Quero congelar o tempo, imortalizar este momento, e revivê--lo sem parar.

Arquejo quando ele puxa meu lábio inferior entre os dentes, causando uma pontada de dor, e o sinto sorrir contra minha boca quando respondo cravando as unhas em suas costas.

Ele me beija até meus lábios estarem inchados, o coração, martelando, e o corpo, derretido e trêmulo.

Quando por fim nos separamos, estamos os dois respirando pesado. Relutante, ele afrouxa o aperto, deixando-me deslizar devagar até o chão.

Com as mãos ainda fechadas em punhos em seu peito, eu o olho nos olhos.

Os olhos verdes.

Verdes como folhas de primavera.

Sua máscara cai no chão, e percebo que as asas não são do corvo Castellion, mas sim do falcão Calloway. Chego para trás, horrorizada.

Fox passa a mão pelo cabelo, um sorrisinho brincando nos cantos da boca.

— Bem — murmura ele —, com certeza foi um agradecimento e tanto.

33

— Concentre-se, Blaze — orienta River, paciente.
— Estou concentrada — minto.

A verdade é que estou distraída pra caramba. Tão inepta quanto estava ao chegar aqui — minha chuva, uma mera garoa; meu gelo, uma leve geada; minhas ondas, pouco mais que ondulações na superfície da água. Não consigo focar as âncoras porque minhas emoções estão em completa desordem.

O terror me atormenta, o arrependimento me inunda e a *culpa* me estraçalha em pedaços, tudo por causa dele. O Talhador da Terra. Eu *beijei* o Talhador da Terra.

Sou torturada pela lembrança dos lábios dele nos meus, suaves e devoradores, o jeito que ele...

Engulo em seco, passando as costas da mão na boca como se algum resquício do beijo ainda permanecesse ali e pudesse revelar o que aconteceu.

Ele tentou me tocar depois, mas me desvencilhei, balancei a cabeça e recuei até reunir forças suficientes para fugir. Ele não tentou me seguir. No entanto, uma única videira veio deslizando atrás de mim, guiando-me em segurança para fora do labirinto.

Minha pele formiga, quente, e fecho bem os olhos.

O que eu fiz?

Neste instante, alguém passa por mim com brusquidão, quase me derrubando de cabeça na lagoa.

— Ah, como sou desajeitada. Desculpe, Blaze. Não vi você aí.

Lanço um olhar seco para Marina, sentindo mais do que nunca a ausência de Kai. Graças a ele, o treinamento passou de algo que devia ser suportado para algo que eu ficava ansiosa para fazer. Só que agora ele não está mais aqui, e só me resta Marina. Ela abre o sorrisinho desdenhoso de sempre, mas há uma nota de incerteza em seu ressentimento agora. Porque, apesar de todas as piadinhas, cá estou eu. E, se não estivesse no meio de uma crise moral, tenho certeza de que sentiria um prazer considerável em ser a pessoa a destruir o senso de superioridade inabalável de Marina Kalpara.

Passo o resto do treinamento sentada junto à lagoa, ouvindo os sussurros dançando na superfície. No fim do dia, River me puxa à parte.

— Amanhã, você terá a primeira aula com sua rainha.

Olho para ele, alarmada.

— Quê?

— É tradição que o monarca atual ofereça aulas pessoais aos últimos Herdeiros antes do terceiro desafio. Você ainda tem muito a aprender, e Sua Majestade é uma excelente professora. Posso dizer isso com autoridade e um pouco de autoindulgência, considerando que a rainha Hydra já foi aluna minha. — River abre um sorriso gentil. — Agora, pode ir.

E vou, esfregando o dedão na cicatriz sarapintada enquanto atravesso os jardins do palácio, tentando sem sucesso banir o Talhador da Terra da mente.

De volta aos aposentos, encontro Spinner jogada em uma espreguiçadeira de seda, encarando o nada.

— E você está sonhando acordada com o quê? — pergunto, tomando o assento na janela.

Ela dá um suspiro teatral.

— *Seu irmão.*

Reviro os olhos.

— Óbvio.

Elva paira na porta, segurando um novo buquê de rosas de Hal. A visão faz uma nova pontada de culpa me atravessar.

— Vou pegar um vaso, milady — avisa ela baixinho antes de sair do quarto.

Spinner dá um bocejo alto.

— Ela é bem tímida, né?

— Seria difícil não ser, depois de tudo que passou.

Assim que as palavras saem de minha boca, quero capturá-las do ar e enfiá-las de volta lá dentro.

Spinner me lança um olhar estranho.

— Como assim?

— Nada — digo, rápido demais.

— Ela disse algo a você, Blaze?

— Não. — De novo, rápido demais. Ranjo os dentes. — Quer dizer, ela é uma servente, não é? Não está bem vivendo uma vida de luxo, correndo atrás de mim o dia todo.

Spinner relaxa.

— Ah. Bem, se você diz.

Assinto, amaldiçoando meu descuido. O que Elva fez, me contar de seu passado, é proibido. Se descobrissem, ela seria punida. Spinner não pode saber o que sei sobre Elva. Ela é minha amiga, sim, mas também é um Olho da Corte Imperial. Às vezes é fácil esquecer que Spinner tem lealdades que se estendem muito além de mim.

O pôr do sol pinta o céu da cor de pêssego, e entro no quarto para assistir da sacada. Assim que abro as portas de vidro, vejo algo embrulhado em fina seda azul me esperando no parapeito dourado. Ao lado há um bilhete.

"Para você."

Outro presente.

Olho por cima do ombro antes de desembrulhá-lo. É uma adaga, o cabo prateado e brilhante, a lâmina curva como uma foice, como uma...

Eu me encolho e a adaga cai no chão, fazendo barulho. Porque já vi a lâmina, só que não era uma lâmina na ocasião, e sim uma de muitas garras cruéis e afiadas anexadas ao corpo de uma criatura com escamas pretas horrendas e olhos vermelho-sangue: a fera do primeiro desafio.

Eu a ergo devagar.

Por que Hal me daria uma adaga? E não qualquer adaga, mas uma arma feita da garra daquela *coisa*, como se eu fosse querer uma lembrancinha perversa de minha experiência na arena. Não me parece algo que ele faria. Não seria de seu feitio. Além disso, ele não faz segredo sobre as rosas — e pôs a luz noturna bem em minhas mãos. Não houve bilhete, não houve dúvidas.

Mordo o interior da bochecha.

Primeiro o remédio de queimadura, depois a máscara de libélula e agora isto.

E se os presentes não forem de Hal? E se forem de outra pessoa?

Ouço passos e depressa escondo a adaga às costas, amassando o bilhete na outra mão.

É Elaith.

— Qual? — Ela está segurando o que parecem ser dois vestidos vermelhos idênticos. — Não consigo decidir. São tão diferentes.

No dia seguinte, chego exausta e apreensiva aos aposentos da rainha Hydra. Passei horas acordada, pensando em Hal, tentando não pensar em Fox — e, quando enfim consegui dormir, o olho dourado estava me esperando, só que desta vez no centro de um labirinto.

Um servente me conduz por uma série de cômodos interconectados até uma sala grande com vista para a cidade. A rainha aquatori está sentada a uma longa mesa dourada, de costas para mim, usando um vestido modesto de um tom azul-celeste bem claro, o cabelo branco platinado caindo como uma cortina de neve ao redor dos ombros. Ela se vira quando me aproximo.

— Blaze Harglade. É uma honra encontrá-la outra vez.

Faço uma mesura baixa.

— Vossa Majestade.

— Sente-se comigo.

A cadeira faz um som horrível quando a arrasto e me sento, nervosa, na beirada.

— Devo dizer que seu desempenho nos primeiros dois desafios foi inesquecível — comenta a rainha Hydra enquanto ferve a água no bule com um pequeno giro do pulso. — Inesquecível, de fato. — Ela deixa a infusão ali por um momento, então serve o chá em uma xicarazinha de prata. — Mel? Limão? Leite? Açúcar?

— Mel. Obrigada, Majestade.

Ela insere uma colherada generosa e me entrega a xícara. Tomo um gole do líquido escaldante e a coloco de volta na mesa.

— Ouvi dizer que você dominou o dom com que nasceu.

Consigo abrir um pequeno sorriso.

— Sim, Majestade.

— Incrível — murmura ela. — Ter o poder de invocar a chuva. De menear o tempo à sua vontade. E você é a última de seu povo.

Olho para a mesa, sentindo o peso das palavras.

"A última de seu povo."

Pensei que eu era uma especialista em solidão, mas percebi que estar isolada é bem diferente de se sentir sozinha.

A rainha Hydra, parecendo notar a mudança em meu humor, empurra um prato de biscoitos gelados para mim, todos na forma de flocos de neve.

— Conte-me de seu treinamento — orienta ela. — Acredito que você vem progredindo bem com os outros dons de água.

Limpo a garganta.

— Estive trabalhando com o gelo e as ondas, mas ainda não aprendi como ferver a água. É isso que vai me ensinar, Majestade? — pergunto, espiando o bule ainda fumegante.

A rainha Hydra balança a cabeça.

— Infelizmente, isso não será possível. Você é uma Cantora da Chuva. Seus dons são acessados pela Fusão, ancorados às emoções, e para aprender a ferver a água você deve encontrar a âncora por conta própria, como fez com os outros.

— A senhora sabe? — pergunto, surpresa. — Da Fusão?

Ela assente.

— Eu sou uma das poucas que sabe o segredo dos Cantores.

Sim, penso. *Você, eu, River e o velho na biblioteca.*

A rainha se reclina na cadeira, entrelaçando os dedos esguios sobre a mesa à frente.

— Você está feliz aqui, criança?

Fico sem reação, pega de surpresa.

— Perdoe-me. Pergunto apenas porque eu mesma nunca me senti em casa na Província Imperial.

— Eu nunca me senti em casa em lugar nenhum — digo sem pensar, então fico toda vermelha. — Sinto muito, Majestade. Só quis dizer que...

— Sei exatamente o que quis dizer, criança, e é justo que se sinta assim. Confesso que pensei em você muitas vezes ao longo dos anos e, quando o convite de sua avó chegou, soube que tinha que ir até as Terras do Fogo para conhecê-la.

Encabulada, fico olhando para a xícara.

— Lembro de pensar que a senhora não viria. Ouvi dizer que prefere ficar na Corte das Ondas.

A rainha Hydra mergulha um biscoito no chá com delicadeza.

— Isso é verdade.

— Como é na Lagoa? — pergunto, sem conseguir me segurar.

A rainha sorri.

— Um paraíso — conta com suavidade. — Sempre será meu refúgio, mesmo quando a coroa não for mais minha. — Ela estende a mão para o diadema de ondas douradas arrumado em sua cabeça, então se levanta. — Venha.

Eu a sigo até a grande janela e olhamos juntas para Cor Caval, rodeada pela escuridão escancarada da Fenda.

— Acho que talvez o motivo de me sentir tão desconfortável nesta cidade seja por estar separada daquilo que me conecta a meu lar — conta a rainha.

Franzo o cenho.

— Como assim, Majestade?

— Eu me refiro ao Córrego, criança. Você está ciente, imagino, de que ele flui por todas as províncias.

Confirmo com a cabeça.

— Bem, aqui, por causa do garoto que chamam de Talhador da Terra, não é mais assim.

Fico tensa à menção de Fox. Nunca tinha parado para pensar que, como ele efetivamente transformou a Província Imperial em uma ilha rodeada por terra, a veia azul cintilante que conecta todas as regiões de Ostacre foi cortada.

A rainha Hydra apoia a mão em meu braço com gentileza.

— Saiba disso, criança: quando sair daqui, não importa qual caminho percorra, você sempre encontrará o que está procurando contanto que siga o Córrego.

Acho isso estranho de tão reconfortante, e tomo um susto quando a rainha se vira com brusquidão e vai até o centro do cômodo.

— Agora — diz ela —, vamos começar?

Não tenho tempo para responder antes de uma onda gigante se erguer em minha frente, grande o suficiente para me derrubar. Eu me preparo para o impacto — só que nada acontece. Espio de trás dos braços e arquejo. A onda está suspensa acima de mim, imóvel.

Encaro a parede de água, minha mão a atravessando quando tento tocar a superfície.

— Que incrível — sussurro.

Neste momento, a onda ganha vida outra vez. Recuo às pressas, mas não se quebra em cima de mim. Em vez disso, muda de direção, voltando até a rainha Hydra, que, com uma leve curva do dedo, a reduz a uma espuma que banha meus tornozelos e escurece o couro macio das botas. Porém, quando tento me mexer, descubro que não consigo.

Olho para a rainha, então para meus pés, no ponto em que uma espessa camada de gelo agora cintila embaixo deles, prendendo-me ao chão.

A rainha Hydra abre um sorriso gentil.

— Primeira lição: nunca tire os olhos de sua adversária.

34

Quando, várias horas depois, as portas dos aposentos da rainha aquatori se fecham atrás de mim, eu me encosto ali e exalo todo o ar nos pulmões.

Esfregando a cicatriz, busco conforto na escuridão quando fecho os olhos.

Olhos.

Estão em todo lugar. Alguns nos observam por trás de leques dourados, sussurram sobre nós atrás de luvas douradas, estão tatuados com agulha e tinta em nucas com correntes douradas. Alguns me lembram de casa. Alguns cintilam como pedra âmbar. Em alguns seria possível se afogar, tão azuis quanto águas profundas. Outros são pretos como asas de corvo. Mais verdes que folhas na primavera. Cinza como nuvens de tempestade e neblina do mar. E alguns estão imersos em feitiços, entalhados em ouro sólido.

De repente, há uma lufada de vento abrupta, seguida por uma voz:

— Olá, pombinha.

Os pensamentos se dispersam e transbordam em minha cabeça.

O rei Balen está parado a um passo de mim, os olhos escuros parecendo poços cavados no centro do crânio. Eles me observam sem piscar.

Minhas palavras saem baixas e fracas:

— Vossa Majestade me assustou.

O rei ventalla joga a ponta da capa por cima do ombro e estende o braço para mim. Hesitante, eu o tomo. Uma brisa fresca nos acompanha enquanto caminhamos.

— Sinto que foi ontem mesmo que viajei a Valburn para sua primeira aparição pública, e agora cá está você, a uma vitória do trono aquatori. Lembre-me, minha querida garota, como é estar à beira do destino?

A coroa do rei Balen cintila sob a luz das tochas tremeluzentes, uma guirlanda de penas douradas por cima do cabelo preto liso.

— Acho que... meio intimidador? — Minha voz sai entrecortada, a língua parecendo grande demais para a boca.

Tudo nesse homem me deixa nervosa.

— Confesso que também fiquei intimidado com a ideia — diz o rei Balen naquele tom sedoso. — Só que não se deve temer o futuro, e sim apropriar-se dele. Essas são as exatas palavras que meu pai me disse antes de eu conquistar o trono. Talvez possam ser de algum conforto a você quando atravessar a ponte para o desconhecido.

Abro o sorriso mais gracioso que consigo, esticando tanto os músculos das bochechas que tenho medo de rasgá-las.

— Obrigada, Majestade.

Paramos do lado de fora de uma grande antessala. Um servente faz a curva, toma um susto ao nos ver, gira nos calcanhares e sai correndo por onde veio.

— Vou deixá-la agora — afirma o rei Balen, para meu alívio. — Espero vê-la no baile hoje.

— *Outro* baile? — Estou quase com saudade dos dias de confinamento. Então limpo a garganta, envergonhada. — Quer dizer, acho que talvez eu me retire mais cedo hoje, Majestade. Não tenho dormido muito bem.

É verdade. Toda noite, quando fecho os olhos, os sonhos estão me esperando.

Ele parece achar graça.

— Que pena, pois meu sobrinho parece *muito* interessado em você. Vai privá-lo de sua companhia?

Coro.

— Tenho certeza de que não faltarão parceiros de dança para o príncipe Haldyn.

O rei Balen dá uma risadinha, inclinando-se para dar um beijo frio na cicatriz em minha mão, como fez no castelo Harglade.

— Perdoe-me, pombinha, mas eu disse *meu sobrinho*. Não disse qual.

Um piscar de olhos — é todo o tempo que levo para fazer uma expressão educadamente perplexa, mas não antes de o rei notar o puro choque que passa por meu rosto por um momento.

Sua risada continua a ecoar bem depois de ele desaparecer no corredor.

— Aí está você — cumprimenta Flint quando me junto a ele às margens da pista de dança uma hora depois.

Forço um sorriso.

— Aqui estou eu.

Meu irmão está usando um gibão magenta grosso e uma calça justa. Os flocos dourados em seus olhos castanho-escuros são realçados por um fino contorno dourado nas pálpebras. Sheen está parado ao lado dele, emburrado e silencioso, e me pergunto se ele escolhe as roupas de Flint do mesmo jeito que Spinner escolhe as minhas. Esta noite ela selecionou uma peça azul-clara que cintila como gelo na água quando reflete a luz.

— Como foi com a rainha Hydra? — indaga Flint.

— Bom. Ótimo. Como estava a tia Yvainne?

— Ember teve a aula dela hoje, então tive que ficar com o instrutor.

— E como foi?

— Ah, excelente. Ele caiu no sono enquanto me contava da vez que derrotou um lagarto de três cabeças num duelo.

— Um lagarto de três cabeças. E o que exatamente seu instrutor fez com o lagarto de três cabeças?

— Boa pergunta — declara Flint —, só que eu nunca descobri. Ele não chegou a essa parte. Fiquei treinando lançamento de chamas por um tempo, olhando à toa pela janela. Até que ele enfim acordou com um ronco bem alto e me disse que eu podia ir.

— Você não consegue *parar* de falar por um segundo? — murmura Sheen.

— Eu paro quando você abrir um sorriso — responde Flint com alegria. — Embora algo me diga que esse dia nunca vai chegar, para minha sorte, considerando que amo o som de minha própria voz.

Não consigo conter uma risada, e a sensação de aperto no peito começa a se amenizar. Pouco depois, Elaith, Spinner e Zeph vêm nos encontrar, envolvidos em uma conversa acalorada.

— Se Amaryllis tivesse um pingo de bom senso, ela se renderia.

— Ela não pode só se recusar a combatê-lo, Elaith. Não é assim que funciona.

— Você acha que ele *quer* ser rei?

— Óbvio que ele quer ser rei. Por que não iria querer?

— É só que parece uma grande mudança: ir de viajar o mundo por seis anos para se sentar em um trono no Arvoredo, definindo impostos e entretendo embaixadores.

— Bem, por que não pergunta para ele como se sente a respeito?
— Cala a boca.

Tento ao máximo ignorar a conversa. Não quero pensar no Talhador da Terra — porque, se fizer isso, vou acabar pensando no beijo.

É então que Spinner me dá uma cutucada nas costelas. Sigo seu olhar até onde uma figura de cabelo escuro caminha pela multidão, que abre espaço para ele. Ondas de silêncio se espalham aos poucos ao redor do salão enquanto ele atravessa o espaço, vindo em minha direção. Fico tensa quando ele se aproxima, culpa e anseio batalhando um contra o outro e apertando meu coração.

Hal estende a mão da marca.
— Dança comigo?

Olho para o príncipe. Olhos escuros, pele clara. Tão diferente do irmão. Só que os olhos de Fox estavam escuros no labirinto, lembro a mim mesma, e ele usava uma máscara na forma das asas de um pássaro, e todo mundo estava vestindo roupas douradas, e Cole tinha acabado de tentar me queimar viva, e eu não estava pensando com clareza, e tudo aconteceu tão rápido e... e...

Elaith me cutuca com força nas costas.

Faço uma mesura.
— Seria minha honra, Vossa Alteza Imperial.

Deixo Hal me guiar para o meio da pista. De uma só vez, os outros cortesãos passam a seguir nosso exemplo, e vários pares começam a dançar ao redor. A música inicia, lenta e onírica. Meus pés encontram o ritmo enquanto a outra mão de Hal vai à minha cintura.

— Obrigada — digo com suavidade. — Por me chamar para dançar.
— Eu não sabia se você iria querer.

Sinto uma pontada de pânico. E se ele ouviu alguma coisa? E se Fox e eu tivermos sido vistos no labirinto?

— Por que não?

Hal só sorri.
— Sei que não gosta de ser o centro das atenções.

Sinto o corpo relaxar.
— É por isso que vai a meus aposentos me ver?
— Que outro motivo eu teria? — Mudamos de direção e Hal foca o olhar, quase com timidez, em nossas mãos unidas. — Você valoriza a privacidade. Eu também. E prefiro falar com você longe do caos, sem Olhos escutando cada palavra que dizemos.

Olho ao redor. Por todo lado, as pessoas estão nos observando. Até os outros dançarinos torcem o pescoço para dar uma boa olhada em nós.

Vejo Ember na multidão, com uma expressão que parece dizer: "Ah, prima, bem que você podia quebrar as duas pernas".

— Você desapareceu na outra noite — comenta Hal. — Eu procurei em todo lugar, e garanto que é como procurar uma agulha em um palheiro muito grande e muito dourado.

O pânico retorna, e quebro a cabeça atrás de uma resposta.

— Alguns de nós descemos ao labirinto. — Isso é verdade. — Mas eu bebi um pouco de espumante demais. — Também verdade. — Aí resolvi voltar para o quarto.

Mentira. Mentira. *Mentira.*

Não sei por que sinto tanta culpa. Beijar Fox foi um acidente. Além disso, Hal está praticamente noivo. Pode ainda ser segredo, mas, quando for anunciado que ele será obrigado a se casar com a princesa Mirade de Thaven, e aí? Vou perdê-lo para sempre. Não que ele já tenha sido meu.

Para meu alívio, a música fica mais alta. Preenche tudo até não haver espaço para mais nada. Olhares ricocheteiam de mim, sussurros se dissolvem antes de alcançar meus ouvidos. Sou girada de Hal até Flint até Zeph e de volta para Hal, até que de repente me encontro nos braços de alguém novo, alguém alto e forte e impossivelmente, *irritantemente* lindo.

O Talhador da Terra sorri para mim.

— Você é um colírio para os olhos.

Fico imóvel no meio de um passo quando as lembranças voltam com tudo: suas mãos, sua boca, meus dedos correndo pelo cabelo dele. Meu rosto fica vermelho.

— Solte-me.

— Sério? — Ele parece achar graça. — Porque fique sabendo que solto, se pedir, mas já aviso que vai causar uma cena e tanto. "O que ele disse para ela?", alguém pode perguntar. "O que ela disse para ele?", outro pode se questionar. O que poderia ter acontecido entre eles para fazer a Tecelã de Tempestades fugir da pista de dança na frente de todo o palácio?

Abro e fecho a boca, furiosa. Ele tem razão, óbvio. O que significa que não há escapatória. O que significa que terei que dançar com o motivo de meu coração parecer prestes a explodir do peito e sair correndo.

— Tudo bem — respondo —, mas nada de conversa.

— Como desejar, mas devo dizer que você está particularmente bela hoje.

— Estou falando sério.

— Eu também — afirma ele, abaixando os olhos para meus lábios. — Absolutamente *encantadora.*

Lanço-lhe um olhar fulminante. Fox está usando uma camisa solta, verde-musgo, com a corrente dourada sob o colarinho. Sua mão está quente na minha, o aperto, firme. Sinto os calos em sua palma, criados ao longo de anos fazendo... o quê? Traficando pessoas? Percorrendo trilhas pelas selvas? A outra mão dele toca minha lombar, apertando-me com gentileza contra o peito.

— Então, Tecelã de Tempestades. O que estava conversando com o meu irmão? É que você parecia um pouco... tensa.

Fico irritada.

— Não é da sua conta.

— Dependendo do resultado do terceiro desafio, logo nós três talvez passemos muito tempo juntos, já imaginou?

Faço uma careta, perguntando-me se seria tão ruim assim Marina vencer o desafio, no fim das contas. Então me lembro do que Elaith estava falando momentos antes de Hal me chamar para dançar.

— Você *quer* ser rei? — pergunto na cara dura.

Fox parece considerar isso. Ele me gira duas vezes e então responde:

— Eu gosto de vencer.

Não sei como responder a isso.

— E você, Tecelã de Tempestades? Quer ser rainha?

A questão me pega de surpresa. Passei tanto tempo convencida de que perderia que nunca cheguei a considerar como seria se não perdesse. De toda forma, de que adianta especular? Marina é formidável, ambiciosa, quase majestosa na arrogância, e sua habilidade de fervura lhe dá uma vantagem. E, mesmo se eu conseguisse derrotá-la, aqueles homens que entreouvi no labirinto tinham razão — o povo não me aceitaria como governante. Sou uma Cantora da Chuva. Uma pária. E invoquei uma tempestade que quase afogou um império.

Porém, e se eu deixasse tudo isso de lado?

"Quer ser rainha?"

Não tenho muito interesse em glória ou status, mas estaria mentindo se dissesse que não estou interessada em poder. Porque sei como é se sentir poderosa, e sei como é se sentir impotente, e sei qual eu escolheria. Toda vez.

— Eu... — Minha boca está seca. Umedeço os lábios. — Não sei.

— Talvez seja bom descobrir — argumenta Fox, irônico, puxando-me mais para perto enquanto mudamos de direção. — Avise-me quando souber.

Solto um gritinho de surpresa e indignação quando ele me ergue sem esforço pela cintura.

Fox não dança como um cortesão real. Seus movimentos não são controlados nem ensaiados. Ele dança de um jeito brusco, selvagem, o corpo atravessando o espaço como uma lâmina, e levando o meu junto.

Mais rápido.

As cores se borram e se mesclam.

Mais rápido.

O ar ao redor se enche com o aroma de pinheiro e menta fresca.

Mais rápido.

Giro, e o mundo também. Olhos verdes são tudo que me ancoram à terra.

Quando a dança por fim acaba, um momento de clareza me atinge como um tapa frio e duro no rosto. Tropeço, os pés de repente desajeitados e deselegantes à medida que reparo em todos os olhares focados em nós.

A meu lado, Fox dobra a cintura em uma mesura baixa antes de atravessar a pista de dança sem nem olhar para trás.

35

O olho dourado jaz a meus pés, observando-me.
Sinto o poder puro e devastador. A coisa me atrai, e sou dominada pelo desejo de deixá-lo me consumir.
Blaze.
Tão perto.
Meus dedos ainda não roçaram a superfície quando a terra começa a estremecer e sacudir. Salto na direção do olho, mas é tarde demais. O abismo me engole e despenco, caindo, caindo, caindo até pousar em uma lagoa de ouro cintilante.

Acordo, sobressaltada, ofegante. Apoiando-me nos cotovelos, sento-me e então aperto uma mão na outra até pararem de tremer.

O olho continua a brilhar em meu subconsciente. Passa o dia todo comigo. Nada consegue me distrair: nem a sessão de treino com River, nem Fox, nem Hal, nem o terceiro desafio, para o qual falta menos de duas semanas.

Foi mais fácil ignorar os sonhos no começo, mas a história do velho não me deixa em paz. Não acredito nela, lógico. Pelo menos, acho que não. De toda forma, está ficando cada vez mais difícil fingir que não me perturbou, e quero algumas respostas.

Spinner pula em cima de mim assim que volto aos aposentos à noite, puxando-me na direção de uma pilha de tecidos caros que acabaram de ser desembarcados de um navio de Vost. Ela começa a tagarelar sobre sedas e cetins e veludos azul-safira, mas eu me afasto com gentileza.

— Aonde você vai? — pergunta quando pego Ratinha, que está dormindo, e saio pela porta.

Quando chego à biblioteca, o velho está me esperando.
— A garota está de volta. E trouxe um gato.
Ele aponta para a poltrona à frente, mas fico em pé.
— Vim ouvir o resto da história.
— O que mais há para contar?
— Você disse que Syla passou a vida como marionete dos etheri. Não disse o que aconteceu quando a vida dela acabou.
— E o que tem isso?
— Quando ela morreu, o que aconteceu com o Olho dela?
O velho sorri. Reparo que faltam alguns dentes na boca.
— A garota está aprendendo.
— Então? O que aconteceu com o Olho da Alma? Se existe, onde está a prova?
Há uma pausa, na qual uma centelha de angústia ilumina os olhos pretos como tinta, tão fugaz que não tenho certeza de se a vi mesmo.
— Está perdido.
— Perdido? Como assim, *perdido*?
— Quando Syla morreu, o Olho dela desapareceu. Foi um último feitiço, ao que parece. E um feitiço que, até agora, não foi quebrado.
Sinto a ansiedade se revirando em minhas entranhas. Ratinha dá um miado triste e percebo que estou apertando-a demais. Respiro fundo.
— Por que me contou a história?
O velho alisa a barba.
— Por que acha que eu lhe contei a história, garota?
— Não, não faça isso. Responda à pergunta.
— A história está atormentando você.
— *Não*.
Ele arqueia a sobrancelha.
— Você espera minha verdade em troca de suas mentiras? Acho que não.
Faço uma carranca.
— Tudo bem. — Hesito, então engulo em seco. — Eu venho tendo uns... *sonhos*.
— Muito esclarecedor.
Eu o encaro, irritada.
— Sonhos sobre... sobre...
— Fale, garota.
— Sobre um olho. — As palavras me escapam. — Um olho dourado.
Um sorriso lento e torto se abre no rosto do velho.

— A garota veio buscar um final — murmura, pensativo. — Mas a garota se esquece de que não se pode ter um final sem um começo. Quando uma coisa termina, outra começa. Ela conhece isso bem, creio. Ela que viu ambos. Ela que *é* ambos.

O começo que trouxe o fim.

É assim que os fidra me chamam. A morte nascida da vida. A vida nascida da morte.

A náusea embrulha meu estômago.

— Não entendo. O que você quer de mim?

Ele dá uma risadinha rouca.

— Perdoe os devaneios de um velho. Foi gentil de sua parte me ouvir falar tanto. Agora, deixe-me com meu livro. Preciso de solidão.

Por um momento, só fico parada aqui, com Ratinha apertada ao peito. Ele perdeu a cabeça? Ou eu que perdi, por deixá-lo me afetar assim?

Endireito a postura, resolvendo parar de pensar na história. Afinal, quer tenha existido ou não, Syla se foi... e o Olho dela também.

O velho olha para mim com a cabeça um tanto inclinada.

— Você me faz lembrar dela — murmura ele.

E, apesar de toda a determinação, as palavras de despedida me causam calafrios.

⬥

Naquela noite, caminho por um corredor sinuoso e sem janelas, iluminado por tochas nas paredes. Há algo familiar no local, como se eu já tivesse estado aqui. Então lembro — estou nos túneis de evacuação sob os jardins do palácio, que levam à fortaleza. Estou descalça, e o chão está frio. Espero que ele trema, chacoalhe, rache no meio.

Mas nada acontece.

Quando me aproximo da fortaleza, começo a notar as vozes. O som de meu nome ressoa vez após vez.

Blaze.

Sigo os sussurros pela escada em espiral.

Blaze.

Abro a porta que dá para a sala de treinamento, passo pelo poço de fogo, sigo pela floresta.

Blaze.

Alcanço a lagoa.

Blaze. Blaze. Blaze.

Eu me agacho, ouvindo. A água me chamou até aqui. Por quê?

Devagar, estendo os dedos, acariciando a superfície com delicadeza, e neste momento a imobilidade vítrea se estilhaça. A lagoa começa a se revolver com violência, e puxo a mão em choque. E não é só isso. A água está brilhando... brilhando dourada.

Blaze.

— Estou aqui — sussurro de volta.

É como se ela me ouvisse, porque fica parada de novo. Espio dentro da lagoa de sol líquido. Há algo no fundo. Posso vê-lo. Posso *senti-lo*.

Blaze.

Minha mente está nadando, flutuando na água dourada.

Nem respiro fundo antes de saltar.

Gelada. A água está mortalmente gelada. E é funda como o oceano. Apertando os olhos, espero atingir o fundo ou acordar, o que vier primeiro, mas nenhum dos dois acontece. Em vez disso, atravesso a lagoa... e saio do outro lado.

Com uma careta, levanto-me. Uma luz estranha dança pelo chão, e, ao erguer os olhos, vejo um teto aquoso suspenso. Que lugar é este?

A câmara é esférica. Sem portas, sem janelas. Vazia, exceto por um único objeto no centro.

"Ao redor do pescoço, cada uma usava um talismã."

Vou na direção da peça, com a camisola pingando. Sussurros enchem meus ouvidos. Meu nome é repetido como uma promessa.

"Quando Syla morreu, o Olho dela desapareceu. Foi um último feitiço, ao que parece."

Encaro o Olho dourado à frente.

"A chave para o poder em si."

Meu braço treme quando estendo a mão, hesitante, e, enfim, *enfim* o toco.

Agonia.

Euforia.

Correntes de algo que existe além do domínio das palavras me atravessam, disparando pelas veias, cantando no sangue. Cada partícula de meu ser está sendo incendiada, e me pergunto, em meio aos gritos, se esta seria a sensação de engolir raios.

Sou a vida. Sou a morte. Vejo estrelas, elas roçam minha pele. Sou uma estrela.

Não sou nada.

Quando acordo, o sol está entrando pelas janelas.

O sonho se finca em minha memória. Balanço a cabeça para expulsá-lo e percebo que meu cabelo está úmido como se eu tivesse tomado banho.

Será que fiz chover durante o sono?

Quando me sento, percebo outra coisa.

Minha mão. A mão da marca.

Os ossos estão tão rígidos que minhas juntas parecem travadas, fechadas em um punho apertado. Tremendo, abro os dedos.

Ali, na palma, está o Olho dourado.

36

Sem pensar, sem respirar, jogo o Olho para o outro lado do quarto... e lá a peça quica no chão, um som metálico, como as batidas de um segundo coração.

Fico sufocada, sem acreditar no que vejo, a cabeça girando enquanto tento desesperadamente racionalizar o que aconteceu e achar alguma explicação. Isso é real? Ou ainda estou sonhando?

Sim, deve ser isso.

Pisco com força, várias vezes. Até belisco o braço. Porém, quando olho para trás, o Olho ainda está lá.

Com cuidado, desço da cama e me aproximo. Não tem nada de muito especial no objeto. Duvido de que teria olhado duas vezes se estivesse sendo usado como joia.

Estendo a mão por instinto, então a puxo quando lembro o que aconteceu quando o toquei — como foi tocá-lo, como *eu* me senti. Um calafrio desce por minha coluna.

Reunindo coragem, ranjo os dentes e o pego.

Nada.

O Olho está frio e sem vida.

Será que sonhei essa parte? A parte em que minha pele estava iluminada, meu sangue vibrando com algo estranho e antigo e *vivo*...

Neste momento, Spinner abre a porta com tudo.

— Hora de acordar!

Depressa, enfio o Olho em uma caixinha de joias, e lá a peça se acomoda, discreta, entre vários broches dourados, e me viro para ela.

— Ah, que bom — diz ela. — Você está acordada. A rainha Hydra está esperando você.

Eu a encaro, sem compreender.

— Quê?

— *Oi?* — Spinner finge bater no lado de minha cabeça. — Para a aula.

Fico sem chão. Como vou me concentrar em qualquer coisa depois do que acabou de acontecer? Pensando bem, *o que* acabou de acontecer?

Spinner joga a túnica para mim e me empurra para atrás da divisória.

— Vamos, você não quer se atrasar.

Eu me visto depressa e saio aos tropeços, atordoada. Só que não tenho a intenção de ir direto aos aposentos da rainha aquatori. Tem outra pessoa que preciso encontrar primeiro.

As palavras já estão saindo de minha boca antes mesmo de fazer a curva que dá na pequena alcova familiar na biblioteca, mas então morrem na língua. Ambas as poltronas estão vazias. Há um livro aberto na mesa entre elas, com um pequeno orbe de luz pairando sobre ele.

— Sei que você está aqui — digo, impaciente. — Preciso falar com você.

O velho não aparece.

— *Por favor.*

Nada. Nem um farfalhar. Espero o máximo que ouso, então resmungo algo que me renderia um tapa de vovó e saio batendo os pés.

👁

— De novo. — A rainha Hydra derrete a parede de gelo à minha frente. — E mais rápido dessa vez, criança.

Assinto, tentando me concentrar. Estamos a vários metros de distância, o piso de mármore azul submerso em alguns centímetros de água. Tensiono os músculos à espera do ataque.

Passei a maior parte da manhã estatelada de costas no chão. Meus pensamentos estão longe, fixos na caixinha de joias.

Uma onda enorme se ergue e avança em minha direção. Eu me mantenho firme, erguendo as mãos no alto. O gelo entorpece a ponta de meus dedos quando o lanço no ar, formando um escudo ao redor. Um segundo depois, a onda da rainha Hydra quebra contra a barreira congelada, tão forte que faz o gelo sibilar e rachar — mas não se partir. Vejo a água cair no chão, criando espuma ao redor de minhas pernas.

— Foi bom.

O escudo de gelo derrete e fico cara a cara com a rainha. Ela faz um aceno e, em um segundo, toda a água na sala desaparece.

— Sente-se, criança. — A rainha Hydra serve uma xícara de chá fumegante de um bule prateado na mesa, acrescenta uma colher de mel e a empurra para mim. — Você parece distraída. Tem algo a incomodando?

Sim, eu estou completamente biruta.

— Não, Majestade.

— Muito bem. — A rainha não parece convencida. — Agora, tem algo que eu queria mostrar para você. Algo que poucos aquatori aprenderam, e que menos ainda já dominaram.

Eu me endireito um pouco na cadeira, intrigada.

— Pode falar.

— Beba o chá, e farei melhor. Vou lhe mostrar.

Obedeço, e acabo queimando a língua. Quando termino, a rainha Hydra olha para a mesa entre nós. Momentos depois, a superfície é coberta por uma fina camada de água. Ela passa o dedo ali, desenhando um círculo perfeito, do tamanho de minha cabeça. Se eu tivesse piscado, teria perdido o que acontece em seguida — pois, assim que o anel é desenhado, a seção da mesa cercada pelo desenho desaparece, deixando uma pequena poça sem fundo no lugar.

Encaro a poça, então a rainha.

— O que é isso?

Ela não responde, só estende a mão e pega minha xícara. Então se levanta da cadeira e vai até a ponta da mesa, e lá desenha outro círculo. Enfio a mão no buraco à frente e descubro que parece não ter fim mesmo. Perplexa, vejo a rainha segurar a xícara em cima da segunda poça, fechar os olhos e derrubá-la ali dentro. A água ondula de leve antes de ficar plana de novo.

— Como... — começo, mas as palavras são cortadas quando a xícara reaparece.

Não na poça na qual desapareceu, e sim naquela à minha frente. Eu a vejo, só um vislumbre prateado sob a superfície. Após um olhar incerto para a rainha Hydra em busca de confirmação, enfio a mão na água, pego a alça da xícara e a tiro dali.

— Portais aquáticos — explica ela, baixinho.

Com um gesto, a poça vai se fechando ao redor do centro do círculo, até que só a superfície dourada da mesa permanece.

— *Portais?* — repito, quando ela volta à cadeira.

A rainha assente.

— Pense neles como passagens, *vias aquáticas,* um jeito de se deslocar que não envolve cavalos ou carruagens. Os ventalla têm um método parecido, uma prática conhecida como tremulação, que permite que transitem pelo ar em alta velocidade, desaparecendo em um local e reaparecendo em outro. O rei Balen é um tremulador habilidoso.

Imagino ter o poder de ir a qualquer lugar em meros segundos. *Qualquer lugar.*

— Me ensine — digo depressa. Então acrescento: — Por favor, Majestade.

A rainha Hydra sorri.

— Dominar uma habilidade dessas pode levar tempo, mas acho que você consegue aprender.

— Sério?

— Sério, mas devo avisá-la, criança, portais aquáticos apresentam riscos. Riscos muito reais e perigosos. Portanto, peço que tenha cautela.

A rainha me oferece um prato de bolinhos, e pego um.

— Quais são os riscos?

— Bem, antes de tudo, você precisa saber exatamente aonde deseja ir antes de entrar no portal. Se por algum motivo houver qualquer incerteza sobre o destino, o que quer que esteja atravessando pode não chegar lá.

— Quê? Então só fica *preso*? — pergunto, horrorizada.

— O portal pode transportá-lo a um destino diferente, mas, sim, é muito provável que acabe preso. Em um limbo, por assim dizer.

— Mas e aí? Como ele escapa?

A rainha se inclina para a frente, o anel de sinete reluzindo na luz da tarde, gravado com o emblema de peixe-espada.

— Ou a pessoa encontra um jeito de voltar ao portal original ou tem que permanecer calma o suficiente para concentrar no destino outra vez.

— E se não conseguir? — pergunto, já sabendo a resposta.

— Ela se afoga. O corpo fica perdido para sempre nas vias aquáticas.

Um levíssimo arrepio me percorre.

— Entende agora como é importante ter o treinamento certo, a disciplina e a concentração necessárias para usar os portais aquáticos?

Confirmo com a cabeça, percebendo que ainda estou segurando a xícara de prata.

— E isso, Majestade? Xícaras não podem se afogar.

— Não, o que torna os portais um excelente meio para transportar objetos inanimados de um lugar a outro. Ou ainda excelentes esconderijos para guardar tais objetos, se quiser preservá-los ou ocultá-los. — A rainha mantém o olhar no meu, seus olhos parecendo dois outros portais, de um azul-escuro insondável. — Há muito que quero ensinar a você, criança, mas o tempo segue fluindo, tão incessante quanto um rio.

◉

Quando volto aos aposentos, várias horas depois, quase consegui me convencer de que imaginei o Olho. Porém, ao espiar com cautela dentro do quarto, lá está a peça na caixinha de joias, reluzindo dourado sob o sol do fim de tarde.

Fico andando de um lado para o outro por um tempo, tentando pensar. Por fim, decido que, até obter algumas respostas, é mais seguro levar o Olho comigo. Eu o enfio com cuidado em uma corrente dourada e a prendo ao redor do pescoço. Apesar do contato com a pele, o Olho continua frio, uma bolinha repousando junto ao coração.

O objeto me chamou. Assombrou meus sonhos e me levou até onde estava.

Mas *por quê*?

Elva prepara um banho, e afundo na água, deixando as palavras do velho passarem por mim outra vez.

"Sifa, a irmã mais velha, tinha o poder de ver o passado."

Imagino poder voltar no tempo, ver acontecimentos se desdobrarem como aconteceram minutos, dias ou até séculos antes.

"Seera, a segunda irmã, tinha o poder de ver o futuro."

Também seria incrível ver o que ainda está por vir.

"E por fim havia Syla, a terceira irmã, a mais poderosa de todas. Pois o poder dela era *o poder em si*. Ela tinha o poder de tomar o poder. Devolvê-lo. Usá-lo. Protegê-lo. Possuí-lo. O poder pertencia a ela. Corria por suas veias."

Syla, a garota que brincava com o poder. Estendo a mão e toco o Olho ao redor do pescoço.

Três irmãs. Três Olhos. Penso em Sifa e Seera, caçadas, capturadas e executadas, mas não antes de terem escondido os talismãs onde nunca poderiam ser encontrados. Penso em Syla, caçada, capturada e escravizada, forçada a servir aos assassinos das irmãs pelo resto da vida; Syla, que fora presa como uma criminosa e então explorada como uma marionete. Uma cela feita do cristal mais puro — era ali que o velho disse que ela era mantida.

Uma ideia começa a se formar... uma ideia imprudente e tola.

Eu me visto depressa, trançando o cabelo molhado e enfiando o Olho sob a gola da blusa. Quando guardo a luz noturna de Hal no bolso, foco a adaga. Hesito, então a escondo na bota.

Elva parece assustada quando entro na sala de visitas.

— Vou dar uma volta — minto. — Se alguém vier me procurar, diga que... diga que estou indisposta.

Todos sabem que as masmorras ficam nos níveis mais profundos do palácio, então percorro corredores sinuosos e desço incontáveis lances de escada, até o ar ficar frio e meu estômago se revirar de nervosismo a cada passo.

A maioria dos etheri está no banquete, e os poucos que encontro e que estão sóbrios o bastante para me reconhecer passam depressa, sem dizer nada, ansiosos para saírem de perto de mim. O que me preocupa são os guardas do palácio. Acho que alegar que estou perdida não vai funcionar muito.

Começo a ouvir vozes mais para o fim de um corredor escuro e me escondo atrás de uma gárgula dourada feiosa. Pegando a adaga, corto um pedaço da blusa e envolvo o tecido na mão esquerda para esconder o brilho da marca.

De repente, o plano não parece uma ideia tão boa. O que vovó diria se descobrisse que estive fuçando pelo palácio? E se me levarem até o imperador?

Levo um tempo até reunir coragem para sair de trás da gárgula.

No fim do corredor há um grande buraco que só pode ser a entrada das masmorras. De fato, de cada lado há vários guardas armados, mas, para minha surpresa, todos eles parecem estar dormindo. Há algumas cartas de jogo espalhadas e uma garrafa de vinho de fogo vazia ao lado de onde estão caídos contra a parede, roncando.

Franzo o cenho, confusa com a segurança negligente. Talvez não haja um prisioneiro importante o suficiente para ser vigiado com tanto rigor, ou talvez todo mundo saiba que, uma vez que alguém é jogado nas masmorras, não há saída.

Respiro fundo. É agora ou nunca, acho.

Saindo das sombras, passo em silêncio pelos guardas adormecidos. Então engulo o medo e adentro a escuridão além.

37

Não sei o que eu esperava ao certo, mas não era isso.
As masmorras são inacreditáveis de tão grandes, até maiores do que a sala de treinamento na fortaleza, mas também feitas de ouro. Espio por cima de um parapeito e vejo que parecem se estender por quilômetros, entalhadas nas entranhas da terra. Não, não da terra — do *minério*. Lógico. Cor Caval foi construída em cima de uma antiga mina de ouro. Por isso foi a única província central não afetada pelo Talho. O Talhador da Terra não pôde destruir a Província Imperial porque sua base é feita do ouro mais puro, sólido e sagrado.

Pareço estar no nível mais alto e, estendendo-se para baixo nas sombras, há muitos outros, cada um com portas incontáveis afixadas em paredes douradas. No centro, não há nada, só espaço vazio. Pego a luz noturna do bolso e a aproximo dos lábios. Ela se acende de imediato ao som de minha voz e a mantenho esticada conforme desço a escada para os níveis inferiores, espiando em salas que contêm apetrechos sinistros.

Não paro até o nível mais alto desaparecer de vista, coberto na escuridão que paira no ar como fumaça.

Depois do que parecem horas, a escadaria parece chegar ao fim, e faço uma pausa para recuperar o fôlego. É aí que o cheiro me atinge: espesso, pungente e inconfundível. Corpos sujos, vômito, dejetos, sangue. É o aroma de sofrimento e ameaça me sufocar. Cubro o nariz e a boca com a mão e obrigo os pés a se moverem.

Enfio a luz noturna na pequena fenda na primeira porta que encontro e quase solto um grito, pois cerca de duas dúzias de pares de olhos me encaram de volta. Velhos e jovens, magros e muito magros, os prisioneiros estão encolhidos contra as paredes da cela ou reunidos, tentando compartilhar qualquer calor corporal que ainda reste nos ossos. Alguns só parecem malnutridos, outros estão feridos, com olhos roxos ou tentando estancar sangramentos com tecidos sujos. Em um canto há o que parece ser um cocho para cavalos, cujo conteúdo faz bile subir por minha garganta. Não há comida ou água à vista, cobertores nem nada. Só infelicidade. O tipo de infelicidade que faz a morte passar de algo que se tenta evitar para algo desejável. É perverso.

As palavras do velho se insinuam em minha consciência.

"A vida é perversa, Tecelã de Tempestades, mas é sempre preferível à morte."

No entanto, olhando para a cela, eu me pego discordando.

O que alguém poderia fazer para merecer tal tratamento? Estão aguardando a execução? Ou só foram largados aqui embaixo até definharem?

Foco um balde vazio. Não é difícil invocar a chuva. Há arquejos entre os prisioneiros, então os vejo se lançar na direção da água e penso em como vi pouco do mundo, da beleza e da brutalidade.

Então me viro e continuo pelo corredor antes que faça algo estúpido.

Na cela seguinte, uma cena parecida me aguarda. E na próxima. Alguns dos prisioneiros têm feições que não são nativas de Ostacre: olhos de cores estranhas, tatuagens rodopiantes de símbolos esquisitos nos crânios, ao redor do pescoço ou nos braços. Uma mulher, cujas roupas puídas estão manchadas de sangue seco, amamenta um recém-nascido.

Nunca vivenciei isso antes: esse tipo de pena. É algo físico. Eu a sinto no peito.

Por fim, chego à última cela. Tem apenas um ocupante: um garoto, não muito mais velho que eu, a julgar pela aparência. O cabelo cobreado cai por cima dos estranhos olhos amarelados, e a pele está pálida e doentia, quase cinza. Os pulsos estão acorrentados com grilhões que parecem ser feitos de vidro, de...

Arregalo os olhos.

Só há um motivo para o garoto estar usando grilhões de cristal.

Ele é um magi.

Só que *não pode* ser. Os magi perderam a magia quando perderam a Guerra dos Impérios. O povo das Terras Distintas agora não é nada além de fidra, as novas gerações nascendo sem poder. Será que esse garoto de alguma forma *reteve* o poder? Mas como, se é tão jovem? A guerra ocorreu mais de cinquenta anos atrás.

Hesito por um momento, sentindo uma mistura de pavor e pena.

O garoto não olha para a chuva que cai no balde vazio ao lado. Ele olha apenas para mim. Há um silêncio longo e imóvel em que tenho que me lembrar de respirar. E, quando ele fala, é na língua nativa de Nepta, uma ilha no coração das Terras Distintas que já foi lar de magi com a habilidade de se comunicar com os mortos.

— S'ai nova sempara Voya Ishraki.

Meu corpo inteiro fica rígido. Porque o que falei para Hal era verdade: sei falar seis línguas. E essa é uma delas.

"S'ai nova sempara Voya Ishraki."

"Vou lembrar disso, Tecelã de Tempestades."

Minha pele fica gelada como um cadáver e me afasto da porta. Foi um erro ter vindo aqui. Eu nunca deveria ter feito isso. Não sei o que estava pensando.

Apagando a luz noturna e a enfiando no bolso, apoio todo o peso na parede... e caio de costas quando parte dela se abre para revelar uma câmara oculta feita toda de cristal.

O velho estava contando a verdade.

Com o coração martelando, levanto-me. Essa cela é maior do que as outras, parecendo mais uma caverna que uma câmara. Cintila, e eu consigo me ver, um reflexo borrado se repetindo cem vezes ao redor das paredes, que se curvam em ângulos estranhos. Grandes pedaços de cristal mais altos que eu estão cravados no chão, criando uma espécie de labirinto.

Estremeço quando ando ao redor da cela, esperando que o Olho faça alguma coisa: que fique pesado ou leve, que pulse ou brilhe, que envie choques por meu peito.

Só que nada acontece.

Imagino Syla aqui, acorrentada e enfraquecida, subordinada à vontade do imperador Caius. E penso em Senna, a quarta irmã, por quem Syla fez tudo para proteger. Quando ouvi essa parte da história, achei que ela era egoísta, abandonando o povo e sacrificando milhares de vidas em troca de apenas uma.

Aí pensei em Flint e Renly.

E é terrível admitir, mas entendi. Porque é assustador olhar para alguém e saber que não há nada — *nada* — que você não faria para mantê-lo a salvo.

Então me assusto com um barulho súbito. Não é um raspão acidental, mas algo intencional, como se alguém estivesse arranhando a unha pela parede. Eu me escondo atrás de um bloco alto de cristal, alcançando o cabo da adaga, desembainhando-a devagar.

— Quem está aí? — sussurro.

Não há resposta. Meu corpo está estático e respiro com dificuldade, arquejos ríspidos e dolorosos.

Pelo canto do olho, vejo alguma coisa se mover.

Corro para trás de outro pilar de cristal, então para o seguinte, voltando para o centro da cela. O silêncio voltou, pesado e dúbio.

Então sinto uma figura parada logo atrás de mim. Com um rompante de pavor e adrenalina, giro e de imediato pulo na pessoa, empurrando-a e encostando a ponta da adaga em seu pescoço.

— Sabe, se me queria contra a parede, só precisava pedir.

— O que está fazendo aqui? — pergunto, brusca.

— Lá vai você de novo com as perguntas, mas eu poderia perguntar a mesma coisa — responde Fox, devagar. — O que *você* está fazendo aqui, Tecelã de Tempestades? Herdeirazinhas comportadas não ficam se esgueirando pelas masmorras do palácio à noite.

Faço uma carranca.

— Não? Bom saber. Então pergunto de novo, porque perguntei primeiro, *você* está fazendo *o que* aqui?

Olhos verdes brilham, achando graça.

— Bem, eu sou um Herdeiro, como você, mas não diria que sou comportado. Nem *inho*.

Ele dá um sorrisinho.

Ajusto o aperto na adaga. A peça tem uma sensação estranha, como uma criatura viva em minha mão.

— Linda — diz Fox, olhando para a arma. — Delicada. Surpreendentemente letal.

— Foi um presente.

— Eu não estava falando da adaga.

Apesar de tudo, fico vermelha, e aperto a lâmina com mais força contra o colarinho da camisa verde-musgo dele. Então uma ideia me ocorre, atingindo-me com força no peito.

— Foi você — digo devagar. — Os guardas, eles não estavam dormindo, não é? Você os drogou.

Fox sorri em resposta.

Olho feio para ele.

— Não vai fazer o favor de explicar por que você está bem aqui, no exato mesmo lugar e na mesma hora que eu?

Ele relaxa encostado na parede.

— Já lhe disse.

— *Quando*? — pergunto, exasperada.

— Na biblioteca, depois do primeiro desafio. Você perguntou o que eu planejava fazer agora que estou aqui, e eu lhe disse.

Lembro. Lembro da resposta dele também.

"Estou procurando uma coisa."

— Talvez nós dois sejamos mais parecidos do que imagina, Tecelã de Tempestades.

Engulo em seco, lembrando como ele olhou para mim nos aposentos de Marina depois que congelei a língua de Cole. Ele acha que somos iguais, mas não somos. Ele partiu o reino ao meio e usa a notoriedade como uma coroa. Sente prazer com a dor alheia e se delicia com a destruição.

No entanto, há alguns... momentos. Suaves e silenciosos, ou vorazes e honestos, em que quase consigo ver outro lado dele.

Quase.

Então me lembro de quem ele é de verdade. O *que* é. Um traficante de pessoas. Um monstro. Perverso, volátil e cruel. E não há gatinhos ou beijos que vão me convencer do contrário.

— Nós não temos *nada* em comum, *Talhador da Terra*.

Fox dá de ombros, para minha irritação.

— Se você diz, mas parece que já encontrou o que estive procurando.

Uma pontada de medo atinge meu peito, deslizando sobre as teclas de um piano desafinado e ficando mais alta em meus ouvidos até atingir o ápice.

— É mesmo? — Esforço-me para manter um tom neutro. — E o que é?

Acontece tão rápido. Movendo-se veloz como um raio, Fox torce a adaga e a rouba de minha mão. Com outro gesto, ele me puxa com força para si e nos gira. Minhas costas batem no cristal, e arquejo com o impacto. Fico presa na parede pelo corpo dele, minha própria arma cintilando em meu pescoço.

O Talhador da Terra sorri para mim. Uma mecha de cabelo escuro cai na frente de seus olhos, mas ele não a afasta. Sinto os músculos de suas pernas imprensando as minhas, a superfície sólida de seu peito que sobe e desce. Sinto seu coração batendo no mesmo ritmo que o meu. Meu corpo inteiro queima... e não só de ódio.

— Há quanto tempo estava esperando para fazer isso? — pergunto, amarga.

— Desde que você sacou a laminazinha.

Uma pontada de raiva.

— Então por que demorou tanto?

Fox dá um sorriso um malicioso.

— Ah, Tecelã. Não sei por quê, mas ter você segurando uma faca contra meu pescoço faz meu sangue ferver.

Sou tomada pela raiva. Pensei que o tinha encurralado, mas o tempo todo ele estava me deixando fazer isso. O tempo todo, estava *gostando* disso.

Tento libertar um braço, mas ele só me aperta mais na parede cintilante. Eu me debato, frenética, tanto que a lâmina corta a pele macia sob meu pescoço. A breve pontada de dor me pega de surpresa. Paro de relutar e me recosto na parede enquanto uma única gota de sangue desliza por minha pele. Fox a observa por um momento. Então se inclina para perto — perto demais — e a lambe.

Fico tão chocada que só consigo piscar. Minha voz parece ter ficado presa na garganta. Levo mais tempo para encontrá-la do que gostaria de admitir.

— Saia. De. Perto. De. Mim. — Cada palavra exige uma lufada de ar diferente.

Estou com medo e estou brava. E estou brava por estar com medo.

Fox recua até não estarmos mais nos tocando. Ele inclina a cabeça para um lado, observando-me, então pega a adaga e corre a ponta por meu pescoço com delicadeza, até o meio da clavícula.

Inspiro de forma brusca. Não consigo me mexer. Não consigo formar um único pensamento. Minha existência inteira desaba em si mesma, reduzida ao ponto no qual a lâmina toca minha pele, deslizando, toda preguiçosa, por meu peito. Um giro do pulso e o botão de cima de minha camisa é cortado. Até os ecos parecem ecoar quando o objeto cai no chão e sai quicando.

— Quer saber o que estive procurando, Tecelã de Tempestades? — Fox corta o segundo botão. E o terceiro. — Bem, vou contar um segredinho. — Ele abaixa a voz a um sussurro, inclinando-se até os lábios quase roçarem os meus. — É o que você está usando.

É como se o mundo explodisse ao redor, com tudo se estilhaçando em cacos afiados de cristal que me retalham.

Fox ergue o talismã de meu peito com a ponta da adaga, analisando-o com os olhos verdes e frios como uma lagoa.

— Eu sabia — sussurra ele.

Espero a corrente se quebrar, Fox a puxar e cortar meu pescoço só para garantir. Passamos talvez um minuto, talvez uma hora parados, cara a cara, com o Olho reluzindo dourado entre nós.

— Você não pode pegá-lo — sussurro. — É meu. Eu o encontrei. Ele *queria* que eu o encontrasse.

Há uma mudança no ar quando os olhos de Fox focam meu rosto de novo. Ele poderia pegá-lo agora mesmo, pegá-lo e me deixar aqui para morrer, se quisesse.

Não é isso o que faz.

— Eu sabia — repete ele. — Sempre soube que tinha que ser você.

Ouço o coração martelando nos ouvidos como o tamborilar da chuva. Há uma parte de mim, uma parte estúpida e tola, que quer confiar nele. Eu a esmago com força, pisoteando-a com a bota.

— Solte-me.

Fox pisca, surpreso.

— Mas eu nunca faria você ficar.

Quero gritar com ele. Quero estilhaçar esta cela e eu mesma junto com ela.

— Ótimo. Então devolva minha adaga e me deixe ir. Aí posso voltar a evitar você e nós dois podemos fingir que nada disso jamais aconteceu.

Há uma pausa.

— Certo. — Ele ergue as mãos em rendição. — É que parece justo.

— *O que* parece justo?

— Bem — murmura ele, colocando uma mecha de cabelo errante atrás de minha orelha —, considerando que você me mostrou o seu, acho que é justo eu mostrar o meu.

Minha barriga se revira toda.

— Do que está falando?

Fox sorri, e é uma expressão tão afetuosa que ameaça me tirar dos eixos.

— Eu disse que somos mais parecidos do que pensa — murmura ele.

Estou prestes a contrapor quando a mão dele vai para a corrente ao redor do pescoço. É a mesma corrente que sempre usou desde o dia em que o conheci. Ele a puxa para cima, girando-a ao redor do dedo e revelando um pingente pendurado na ponta.

Um pequeno pingente dourado na forma de um olho.

38

Observo o sol da manhã refletindo na adaga e tento não desmoronar. Conto os segundos, as inalações, as batidas do coração, o tiquetaquear provocador do relógio na parede e tento capturar o tempo antes que possa escorrer como areia por meus dedos.

Devagar, começo a analisar os acontecimentos da noite passada.

Fox. Fox sabe dos três Olhos enfeitiçados. Sabe que uso o Olho de Syla no pescoço. Ele também tem um Olho, mas não me contou a qual irmã pertencia, ou por que me deixou ir embora, ou o que planeja fazer. Com os Olhos. Comigo.

Ele me acompanhou de volta aos aposentos ontem. Subindo os degraus infinitos, passando pelos guardas adormecidos e atravessando os túneis de serventes para evitar que alguém nos visse. Quando alcançamos a ala aquatori, ele se inclinou para abrir minha porta, mas, antes que eu pudesse entrar, segurou-me e murmurou:

— Estou confiando que você vai guardar segredo, Tecelã de Tempestades. Porque, quando alguém quebra minha confiança, eu quebro a pessoa.

Naquele momento, lembro de ter pensado em ossos. O estalo alto de meu pulso no primeiro desafio. O som nauseante da mandíbula de Cole sendo esmigalhada no labirinto. Só que algo me disse que Fox não estava se referindo apenas a ossos quando falou sobre quebrar algo. Alguém.

Passei o restante da noite acordada, perguntando-me se deveria só jogar o Olho de volta na lagoa da fortaleza.

Talvez, se me concentrasse com muita atenção na faixa de céu azul fora da janela, conseguiria me derreter nela. Deixar o corpo para trás e ir viver nas nuvens.

Contudo, isso vai ter que esperar, porque Flint entra com tudo no quarto. Ratinha, que estava dormindo no travesseiro ao lado, acorda com um susto e sibila furiosa para ele. Por algum motivo, meu irmão está cobrindo os olhos com a mão.

— Só para deixar posto, não dou a mínima para quem você é — brada ele com um rosnado. — A não ser que sua intenção seja o *casamento,* não tenho escolha exceto desafiá-lo para um duelo.

Eu me apoio nos cotovelos.

— Hã... com quem você está falando?

Flint está respirando pesado, como se tivesse marchado às pressas o caminho todo até aqui, o que imagino que fez mesmo. Abrindo os dedos de leve, ele espia com cautela pelo espaço. Balanço a cabeça, confusa. Ele franze o cenho, analisando o quarto antes de puxar minhas cobertas e jogá-las no chão. Dou um gritinho, metade indignada e metade perplexa. Flint não está satisfeito. Vai até o guarda-roupa e começa a puxar um vestido depois do outro. Então, como se tivesse tido uma ideia súbita, agacha-se no chão e começa a procurar embaixo da cama.

— Mas o que está fazendo, meus deuses?

Ele se vira para mim, os olhos ardendo de raiva.

— Cadê ele?

— *Quem?*

Então fico estática. Ele não pode estar falando de Fox, né? Não tem como ele saber que eu estava com o Talhador da Terra ontem à noite, tem?

Decido me fazer de sonsa.

— Flint, não sei mesmo do que está falando.

Meu irmão me ignora. Quase vejo o vapor escapando de seus ouvidos quando ergue a voz, dirigindo-se ao quarto em si:

— Sei que você está aqui e não dou a mínima para quem é seu pai, quem é você, nem o que vai ser. Se acha que vou ficar sentado enquanto você *desonra* minha irmã, está enganado.

Entro em pânico. Será que Flint descobriu do beijo no labirinto de alguma forma? Mas... mas foi só um beijo. Só um beijo impensado e equivocado. Não significou nada.

Tentando manter a voz tão calma e controlada quanto possível, dou um tapinha no espaço ao lado na cama.

— Por que você não se senta? Acho que houve algum tipo de engano.

Sim, um engano. Um engano cruel, sádico e de olhos verdes.

Flint não se senta. Está com os punhos fechados, os nós dos dedos salientes.

— Não adianta negar, Blaze. Spinner viu. Ela o viu.

Minhas bochechas ficam coradas.

— Não sei do que está falando.

Meu irmão suspira.

— Como pôde ser tão estúpida?

O constrangimento logo se transforma em raiva. Levanto-me e o encaro sem titubear.

— Estúpida? Então eu sou estúpida agora, é? E por que, exatamente, sou estúpida?

— Ninguém pode ficar sabendo disso — declara Flint. — Ninguém.

Eu o encaro. Se Spinner me viu com Fox no labirinto, por que não mencionou até agora? E se ela tivesse nos visto saindo dos túneis dos serventes juntos, no máximo poderia ter nos acusado de estar no mesmo lugar na mesma hora. De toda forma, se tivesse nos visto ontem à noite, também teria visto que Fox me deixou na porta. Então por que meu irmão está revirando meu quarto? E por que está gritando sobre casamento e me *desonrar* e...

— Não é culpa sua, Blaze — diz Flint em voz baixa. — É minha. Eu devia ter... — Ele para e respira fundo. Toda a raiva parece deixá-lo e ele atravessa o quarto, desabando no assento da janela. — Eu devia ter impedido isso. Devia ter lidado com a situação de outra forma, mas nunca achei que ele levaria as coisas tão longe. — Uma expressão angustiada toma o rosto dele. — Você viveu uma vida superprotegida. É jovem...

— Você sabe que só é dez minutos mais velho que eu, né?

Flint me lança um olhar feio, e me calo.

— Você é jovem — continua ele — e ingênua, e ele tirou proveito disso e vai pagar por isso, príncipe ou não.

Fico com o peito apertado.

— Espere aí — digo, devagar. — De quem estamos falando?

Flint me lança um olhar incrédulo.

— *Hal*, óbvio. Quem mais? Ou esse é seu jeito de me contar que levou vários garotos para a cama?

Lá está: meu queixo, estatelado no chão.

Hal? Meu irmão acha que Hal passou a noite aqui, em meu quarto, em minha *cama*?

Flint cruza os braços.

— E então?

De maneira incontrolável, a risada sobe por minha garganta. Aliviada pelo mal-entendido, eu me sento na cama diante de meu irmão e questiono:

— Que tal você me explicar o que está pensando?

— Spinner passou nos seus aposentos para ver como estava porque você resolveu não comparecer ao banquete... *de novo*, devo acrescentar... e viu Hal bater à porta, viu a porta se abrir e o viu entrar. Nos seus aposentos, tarde da noite, quando você estava sozinha e sem acompanhante.

Franzo o cenho, confusa, enquanto tento entender as palavras. Revelar que não sei nada disso é revelar que eu não estava aqui ontem à noite, o que só levará a perguntas. Só que Flint está olhando para mim como se eu fosse uma garotinha triste, tola e ignorante, e estou ficando tão brava que tenho que dizer algo em minha defesa sem me incriminar de uma forma diferente.

— Eu não estava no banquete, mas também não estava aqui. Eu estava... na biblioteca.

Isso, bom. Ninguém nunca vai à biblioteca, então não podem desmentir se eu estava lá ou não. Exceto pelo velho, mas, ao que parece, ele resolveu desaparecer da face da terra.

— É mesmo? — diz Flint, em uma voz que deixa nítido que não acredita em uma palavra sequer.

— Sério. Eu estava lendo sobre... sobre a história dos Cantores da Chuva. River me emprestou outro livro que achou que poderia me interessar. Tenho certeza de que Hal estava só deixando umas rosas dos jardins dos palácios.

— Entendo. — Meu irmão assente uma vez. Duas vezes. — Então você poderia me explicar por que Spinner também me informou que Hal não voltou ao banquete? Se você não estava aqui, como alega, por que o príncipe teria ficado longe por tanto tempo?

Eu o encaro, perplexa e irritada, com a sensação de estar sendo julgada por um crime que não cometi.

— Talvez... talvez ele tenha esperado que eu voltasse ou só não estava a fim de voltar ao banquete logo em seguida. Talvez tenha ido *dar uma volta*. Até onde sei, ele pode fazer o que quiser, sendo o príncipe e tal. O que quer que tenha feito, eu não sei, porque não estava aqui. Eu estava na biblioteca, como disse, e perdi a noção do tempo. Está satisfeito?

Flint puxa um fiozinho solto na bainha do próprio gibão.

— Não muito, não.

Jogo um travesseiro nele para fazê-lo olhar para mim.

— Flint, eu sou sua irmã. Por favor, acredite quando digo que o Príncipe Herdeiro de Ostacre *não* passou a noite em minha cama. Nem mais ninguém, por sinal, a não ser que conte Ratinha. Tudo bem?

Meu irmão estreita os olhos para mim, interpretando minha expressão. Então se levanta da janela e vem sentar-se a meu lado.

— Tudo bem — diz ele, em um tom meio derrotado. — Acredito em você.

— Se o tivesse encontrado aqui, realmente o teria desafiado para um *duelo*? — pergunto.

Ele dá de ombros.

— Se ele a tivesse acrescentado à lista de garotas usadas e descartadas por homens poderosos, então sim, eu o teria desafiado para um duelo. E o teria derrotado na frente da corte dele inteira.

Reviro os olhos.

— Eu não fazia ideia de que você tinha sentimentos tão fortes sobre esse tipo de coisa.

— Bem, maninha, eu tenho. É meu trabalho cuidar de você. Além disso, dependendo do resultado do terceiro desafio, você pode ser a *rainha*. Lembre-se do que vovó disse. Ela disse que você deve ser sábia a respeito de seu comportamento aqui. Que deve permanecer *irrepreensível*.

Dou uma cotovelada nele.

— Ela também disse isso a você.

— Então... você e Hal, vocês não... quer dizer, ele não...

— Não, eu não fiz nada, ele não fez nada, nós não fizemos nada. Mas só para você saber, mesmo se eu tivesse feito, teria sido minha escolha e não seria da sua conta. Por sinal, me chamar de estúpida e ingênua e me acusar de esconder o Herdeiro Imperial em minha gaveta de calcinhas me deixou brava, e, como você sabe, quando fico brava, as coisas tendem a ficar meio... *gélidas* entre nós.

Flint grita de surpresa quando uma camada de geada cobre seu antebraço. Ele a limpa, encolhendo-se com o frio, então sorri.

— Entendido. Mas, sério, o que quer que esteja acontecendo entre vocês dois... e *por favor* me poupe dos detalhes... você tem que tomar mais cuidado. Pense no que vovó faria se ouvisse que você está dormindo com o príncipe.

— Pense no que vovó faria se ouvisse que você está dormindo com uma Olho — retruco. — Imagino que ela não fosse gostar muito disso.

Flint aponta um dedo para mim.

— Você — diz ele —, você é boa.

Curvo a cabeça.

— Muito obrigada.

— Quer ser minha acompanhante na festa de hoje? — pergunta ele.

— Talvez consiga me convencer.
— Maravilha. Excelente.
— Melhor que estúpida e ingênua.

Flint troca um olhar exasperado com Ratinha, mas minha gata o ignora, aconchegando-se em meu colo e ronronando com suavidade.

— Ainda não acredito que Hal arranjou uma *gata* para você.
— Ah, ótimo — digo, erguendo o rosto tão rápido que quase me dá um torcicolo. — Café da manhã.

Elva atravessa o quarto em silêncio, os olhos âmbar fixos no chão enquanto apoia a bandeja na cama e sai sem abrir a boca. Ao ver a comida, lembro dos prisioneiros famintos presos nas masmorras, deploráveis e impotentes. E penso naquele garoto, naquele *magi*. Até onde sei, ele pode ser o último sobrevivente dos magi. O último do povo, assim como eu.

— Não é estranho? — comenta Flint, mastigando um pedaço de folhado. — Em algumas semanas, a gente pode estar sentado aqui usando coroas.

Fico tensa. Desde que descobri o Olho, mal pensei no terceiro desafio. E, em resposta à pergunta de Flint, *estranho* nem começa a descrever a ideia. Eu costumava achar que era inconcebível. Para mim, óbvio. Não para ele. Meu irmão nasceu para ser rei. Ele tem que vencer. Porque, se a ideia de Marina vencer já é ruim, a ideia de Flint perder evoca um tipo de terror totalmente diferente.

Não vejo Ember há dias. Dizem por aí que ela passa quase toda hora acordada treinando. Flint, por outro lado, parece bem mais interessado em beber espumante até a aurora e ir dormir quando — e com quem — quiser. Hipócrita.

Suspirando, estendo a mão para a bandeja e não encontro nada, exceto algumas migalhas e manchas de geleia. Olho feio para meu irmão, que está se reclinando contra o poste da cama com a mão na barriga.

— Foi toda aquela raiva — justifica ele. — Fiquei com fome.
— Nunca vi você assim.

Flint ergue a sobrancelha.

— Bem, se a reputação de minha querida irmã está em risco, tenho que desligar o charme. Só temporariamente. Não quero ninguém falando mal de você mais do que já... — Ele fecha a boca com brusquidão.

— Do que já falam — completo.

Muitas vezes me perguntei se Flint ignorava as coisas cruéis ditas sobre mim ou se só tentava me proteger delas o melhor possível. Percebo agora que deve ter sido a segunda opção. E o amo por isso, por querer me proteger. Ao mesmo tempo, percebo que a palavra *proteger* deixa um gosto amargo em minha boca.

Pela vida toda fui protegida.

"Para proteger você", diziam meus pais quando trancavam os portões e redobravam a guarda e construíam muros de dez metros de altura.

"É para sua proteção", dizia vovó quando eu implorava a ela para ir com Flint e os amigos dele assistir a uma peça ou nadar nas termas.

Depois de dezessete anos, percebi que *proteger* é uma palavra bonita para *esconder*.

Escondê-la. Trancafiá-la. Talvez o mundo se esqueça, se ela ficar fora de vista. Talvez ela não queira ir embora, se não lhe dermos escolha, exceto ficar. Talvez, se a escondermos bem o suficiente, ela desapareça de vez.

Sinto um ardor nos olhos e pisco com força, endireitando a postura.

Isso foi no passado. Agora é agora. E *me recuso* a desaparecer.

— Você está bem?

Flint está me observando, desconfiado.

Eu me forço a abrir um sorriso.

— Nunca estive melhor.

39

À s vezes, penso na Província Imperial como uma teia: tecida com esmero, dourada e reluzente. Agarrando-se a cada fio sedoso há pessoas de todos os tipos, jovens e velhas, ricas e pobres, etheri e fidra, todas emaranhadas umas às outras. É para cá que vêm aos montes, entrelaçando a vida aos fios translúcidos que se estendem na direção da aranha sentada bem no centro.

Se o imperador parecia abatido antes, agora está praticamente fantasmagórico. Eu tinha considerado que era a ideia de abdicar que o estava deixando doente, mas agora não tenho certeza. Nunca tive a sensação de que o imperador Alvar tem sentimentos fortes sobre qualquer coisa. É difícil interpretá-lo. Ele sentiu curiosidade, talvez, em relação a mim. Ao que parece, uma afeição pelo Conselho. Presumo que um carinho pelos filhos, embora Fox quase nunca esteja na corte — e, quanto a Hal, eu descreveria as interações deles como tensas, na melhor das hipóteses.

A única vez que já vi uma emoção real cruzar a máscara do imperador foi ao olhar para Kestrel Calloway.

Penso na imperatriz Goneril, a mãe de Hal, a princesa Vosti amargurada que cumpriu o dever duas décadas atrás e agora é vista apenas como um inconveniente. Como elas devem se ressentir uma da outra, a esposa indesejada e a amante querida.

Giro o caule de uma rosa dourada entre os dedos. Hal estava me esperando quando voltei do treino ontem à noite, com um novo buquê em mãos.

Quando ele se casar, não haverá mais rosas. Ele não vai mais aparecer em meus aposentos nem me tirar para dançar nem me dar beijos secretos em armários de vassouras. Sei que Hal, de todas as pessoas, que viu a mãe ser desprezada pelo pai e desrespeitada pela corte, nunca infligiria o mesmo destino à princesa thavenian que um dia será sua esposa.

A amargura queima minha garganta. O que estou *fazendo*? Por que estou me permitindo me apaixonar por um garoto que nunca será meu?

Talvez Flint tenha razão. Talvez eu seja estúpida e ingênua.

Uma sensação aguda de ardência me faz prender a respiração. Abaixo os olhos e descubro que apertei o caule da rosa tão forte que um espinho se alojou fundo na pele macia de minha palma. Elva aparece a meu lado, o lindo rosto vincado de preocupação enquanto remove o espinho com dedos rápidos e cuidadosos. Confusa, olho para o sangue empoçando-se na mão. Há sangue nas mãos de Elva também. Parece tão vermelho contra sua pele de porcelana.

Ela lava o corte na água, e assisto com surpresa quando arranca uma faixa da própria túnica branca e a envolve com força ao redor de minha mão, amarrando-a com um pequeno nó eficiente. Agradeço, e ela acena com a cabeça, como se suas ações não merecessem minha gratidão.

— Blaze! — chama Spinner. — Venha, vamos nos atrasar.

Desde a noite em que dancei com o Talhador da Terra, tenho evitado todos os bailes, banquetes e festas. Digo que é para conservar a energia para as sessões de treinamento com a rainha Hydra, mas na verdade é porque a ideia de vê-lo de novo, sobretudo depois do que descobri nas masmorras, me faz sentir como se estivesse prestes a me liquefazer ou despencar no chão.

Odeio que ele me pegue de surpresa. Odeio não conseguir entendê-lo, por mais que tente. Odeio que ele ache um jeito de se infiltrar e alojar e florescer em meu cérebro, mais do que deveria, mais do que eu deveria admitir. E odeio estar pensando nele agora, mesmo que seja só para listar tudo nele que eu odeio.

As palavras de River me vêm à mente:

"O ódio pode cravar as garras bem fundo."

Meus pensamentos voam para a adaga embrulhada com cuidado em minha camisa, uma garra prateada cortada do corpo de uma criatura sem alma. Lembro como foi senti-la pressionada em meu pescoço, aquela única gota de sangue como uma gota de vinho escuro na língua de Fox.

Balançando a cabeça para afastar a lembrança, abro um pequeno sorriso para Elva antes que Spinner me puxe na direção das festividades da noite.

Os jardins do palácio estão enfeitados com pequenos orbes de luz, que flutuam a alguns centímetros do chão. Fico tensa quando vejo o labirinto ao longe, mas Spinner me leva a um trecho iluminado do gramado, no qual uma multidão parece estar se reunindo. A música se ergue, melodiosa, misturando-se com o ar noturno doce.

— Por que tudo tem cheiro de lírios neste lugar? — pergunto, distraída.

— Lírios são as flores preferidas de lady Calloway — revela Spinner.

— Ah. — Fico em silêncio por um momento, então outra coisa me ocorre. — Spinner, sabe a segunda filha que lady Calloway e o imperador tiveram? A menininha que morreu?

Spinner me lança um olhar de esguelha.

— Aham.

— Qual era o nome dela? Não consigo me lembrar.

Há uma pausa, então Spinner diz:

— O nome dela era Freya.

Freya. Fox e Freya. Nascidos do amor, separados pela morte.

— Ela morreu da doença do suor, não é?

Spinner para de andar e se vira para mim.

— Da onde veio tudo isso?

— Como assim? — pergunto, inibida.

— Todas essas perguntas sobre Freya. Você nunca perguntou dela antes. Alguém disse algo para você?

— Não. — Engulo em seco. — Não, eu estava só... curiosa. É só isso.

Eu a sinto de novo, aquela outra Spinner, vigilante e desconfiada, escondida logo abaixo da superfície.

— Vou lhe dizer algo que *me* deixa curiosa — rebate ela, parecendo deixar o assunto de lado e estendendo a mão para tocar a corrente ao redor de meu pescoço. — De todas as belas joias de Thaven que passei *semanas* procurando e selecionando para você, por que, *por que* você insiste em usar esse troço velho? — Com um puxão, ela arranca o talismã de debaixo do vestido e o analisa. — Quer dizer, sem ofensas, mas nem é tão bonito.

Fico tensa, esperando que o Olho ganhe vida, que Spinner grite de agonia quando a força total do poder a atravessar como fez comigo. Nada acontece.

Exalando de alívio, dou de ombros com o que espero ser um jeito casual e despreocupado.

— Você tem razão. É só que, bem, era de minha mãe.

A mentira logo suaviza o ceticismo afiado no rosto de Spinner. Ela solta o Olho e o enfia embaixo do vestido.

— E isso — diz ela, acenando com a cabeça para minha mão, indicando o curativo improvisado. — Quer explicar isso? Não é um adendo muito bonito à minha obra-prima.

Ela faz um gesto amplo para indicar todo meu corpo, do vestido azul-celeste sedoso às perolas entrelaçadas no cabelo.

Analiso minha mão, pensando em como devo ter apertado aquela rosa forte para alojar o espinho tão fundo na pele.

— Desculpe. Sou desastrada.

Spinner revira os olhos, as tatuagens douradas nas bochechas mesclando-se em padrões diferentes quando sorri.

— Então venha, Desastrada. Estou morrendo de vontade de um canapé.

Logo chegamos a uma parte dos jardins em que nunca estive, onde o que parecem ser pessoas pintadas de ouro estão paradas em pequenos pódios pelo terreno. Ao analisá-las melhor, percebo que são estátuas, dezenas delas, e não importa para onde me vire sou observada de cada ângulo por olhos dourados, impassíveis e sem pupila.

Spinner avista Flint, Elaith e Zephyr na multidão e segue até lá, arrastando-me consigo. Só que uma voz familiar me faz parar de chofre.

— Blaze?

— Kai! — exclamo. — Você está aqui! Quer dizer, está melhor. Está bem? Você parece... Como... Como vai?

Kai está usando um gibão azul-escuro que combina com o tom de pele, o cabelo escuro amarrado para trás com uma fita. Não há nada — casquinha, cicatriz ou hematoma — que sugira que ele esteve acamado, mas lógico que não haveria. Estar a poucos segundos de morrer afogado não deixa uma marca. A água não corta... sufoca.

— Estou melhor — responde ele, sorrindo. — Bem melhor. E queria parabenizá-la, Blaze. Sempre soube que você era capaz.

Retribuo o sorriso, avançando para abraçá-lo. Ele envolve os braços a meu redor. Quando me afasto, percebo que há alguém nos observando.

O Talhador da Terra está encostado em uma das estátuas douradas, com um tornozelo cruzado por cima do outro. Ele usa uma camisa de botões solta, de um tom tão escuro de verde que é quase preto, com uma calça de couro justa e botas de cavalgada arranhadas e manchadas de lama. Sua corrente dourada cintila à luz dos orbes suspensos.

Perco o fôlego. Consegui evitá-lo a semana inteira, e agora ele me encontrou.

Fox se afasta da estátua e vem até nós, desviando o olhar de meu rosto só para focar em Kai por um momento.

— Tecelã de Tempestades. Amigo da Tecelã de Tempestades. Como estamos esta noite? — Sua voz é suave e charmosa, com um mínimo toque de sarcasmo.

Quando não respondo, Kai limpa a garganta.

— Bem. E você?

Fox não responde. Eu o vejo enfiar as mãos nos bolsos, dando um passinho mais para perto. É de fato enfurecedor o quanto ele é lindo.

— O que você quer? — pergunto, ríspida.

— Uma palavrinha — diz ele. — A sós.

— *Agora?*

— Agora.

Kai parece dividido entre sentir medo de Fox e preocupação por mim. Ele hesita por um momento, sem saber o que fazer, revezando o olhar entre nós dois.

— Está tudo bem, Kai — digo a ele. — Encontro você depois.

— Isso, chispa — reforça Fox sem nem olhar para ele.

Kai hesita mais um segundo, então se afasta depressa pela multidão.

Fox estende o braço.

— Venha dar uma volta comigo.

Não é uma pergunta, mas ignoro o braço e passo por ele, brusca. Ouço o sorriso em sua voz quando alinha o passo com o meu.

— Sabe, você pode arranjar coisa bem melhor que um peixe meio afogado com um rabo de cavalo.

Olho feio para ele pelo canto do olho e não digo nada. Vamos até as margens da festa. Está mais silencioso aqui, com menos luzes flutuantes. Alguns convidados atrasados nos olham, boquiabertos, quando passamos, mas um olhar de Fox os faz sair correndo.

— Podemos terminar logo com isso? — pergunto. — Eu preferiria não ter essas conversas assim, em público.

Fox abre mais o sorriso.

— Eu sabia que você gostava de ficar sozinha comigo.

Quero arranhar a própria pele quando minhas bochechas ficam vermelhas.

— Não foi *isso* que eu quis dizer.

— Não se preocupe, Tecelã de Tempestades. Meu querido irmão não está à vista. Quanto a ter essas conversas em público, você pode não ter notado, mas agora estamos às margens deste evento tedioso e portanto atraindo pouca atenção.

Puxo a folha de um galho baixo e a rasgo em pedacinhos.

Fox me observa, achando graça.

— Essas estátuas — comenta ele. — Sabe o que são?

Deixo a espinha mutilada da folha cair ao chão.

— Eu deveria saber?

— Que jeito interessante de dizer não.

Faço uma carranca.

Fox passa a mão pela estátua mais próxima: um homem alto e barbado olhando ao longe com um olhar pensativo.

— Cada uma delas é um antigo imperador. Esse é Rekar Castellion.

— O segundo imperador — complemento. — O filho do Criador. Ele construiu a Fortaleza Dourada.

Fox assente.

— Você é boa de história. — Ele me leva a outra estátua, a poucos metros de distância. Esse imperador é mais baixo, a boca curvada em um sorriso torto. — Esse é o pai do meu pai, Caius Castellion.

Um calafrio desce por minha coluna quando fito o rosto que conquistou as Terras Distintas e derrotou os magi. Que assassinou Sifa e Seera, guardando Syla para si mesmo e a obrigando a servi-lo até morrer.

Fox está olhando para mim. Ele sempre está olhando para mim.

— Então — digo, brusca. — Fale.

Ele arqueia a sobrancelha.

— Você disse que queria uma palavrinha. Eu quero acabar logo com isso. Então diga o que quer.

Os olhos de Fox reluzem, ainda achando graça.

— Ninguém *jamais* falou comigo desse jeito. — Mantenho o olhar no dele, a irritação sobrepondo o medo. — Muito bem. Eu queria perguntar o que você fez com a mão.

— Com a mão? — Olho para a faixa de tecido branco. — Ah, minha mão. Eu... me cortei. Em um espinho. — Franzo o cenho. — Por quê?

Fox faz uma expressão estranha.

— Você se cortou?

— Foi o que eu disse.

— O corte foi muito fundo?

Eu o encaro.

— Por que quer saber isso?

Fox me ignora. Ele estende a mão, segura meu pulso e ergue-o na frente do rosto, os dedos quentes e ásperos em minha pele.

— Este tecido... vem da túnica de um servente.

— E daí?

— Como conseguiu isso?

— Como *você* conseguiu a túnica de servente que usou no primeiro desafio? — retruco.

Fox sorri, mas sinto mais do que ouço a urgência em sua voz.

— Havia alguém com você? Quando cortou sua mão?

— Eu... sim, minha servente. Ela limpou o corte. Rasgou um pedaço da túnica dela e a usou como uma atadura improvisada. De novo, *por quê?*

— Sua servente.

— É. Posso ir agora?

Há uma pausa estranha e longa, então Fox solta meu pulso.

— Acho que você tem algumas perguntas que deseja fazer para mim, Tecelã de Tempestades.

Cruzo os braços.

— Talvez eu tenha algumas — admito a contragosto.

Fox curva o dedo de leve e vejo os pedaços espalhados da folha que rasguei flutuarem no ar e se juntarem de novo.

— Vá em frente — incentiva ele.

Respiro fundo.

— Como sabe dos Olhos?

— Quando se viaja, ouve-se muitas histórias.

Bem, que frase irritante de tão vaga. Tento de novo.

— Por que estava nas masmorras naquela noite?

— Não gostei do clima da festa.

— *Sério?*

Fox analisa os próprios anéis de sinete.

— Tudo bem — digo entredentes. — Então pode pelo menos me dizer se seu Olho era de Sifa ou Seera?

— Talvez. No devido tempo.

Eu o encaro, furiosa.

Fox abre um sorriso agradável.

— Eu disse que achava que você tinha algumas perguntas para mim, Tecelã de Tempestades. Não falei que iria respondê-las.

— Você é inacreditável. Não pode só jogar algo assim em cima de mim e esperar que eu entenda tudo sozinha. Preciso de respostas. Sinto que estou *enlouquecendo*.

Um silêncio se espalha pela multidão distante quando o emissário thavenian é anunciado. Perco o chão quando o imperador faz o anúncio que venho temendo desde a noite em que Hal me beijou.

— É meu prazer informar a todos que meu filho, Sua Alteza Imperial, o príncipe Haldyn Castellion, está noivo da princesa Mirade de Thaven.

E sinto algo se partir dentro de mim.

— Não consigo fazer isso — digo, puxando o Olho de debaixo do vestido. — Não sei o que está acontecendo. Não entendo o que nada disso significa: os Olhos, a história, as irmãs, e quer saber? Estou começando a achar que não quero entender.

Solto um palavrão quando a garoa começa a cair em nossas cabeças. Minhas mãos tremem conforme o gelo enche minhas veias.

Fox dá um passo para a frente.

— Tecelã.

— Estou falando sério. Não quero fazer parte disso.

— O que está dizendo?

— Estou dizendo... estou dizendo que para mim chega. Você quer ir em frente com isso? — Tiro a corrente pela cabeça e a balanço na frente dele. — É todo seu.

Jogo o Olho aos pés dele. O objeto quica duas vezes na grama, parando junto à ponta da bota de Fox.

— Tecelã...

— E pare de me chamar assim. *Não* é meu nome.

— Você não está pensando com clareza. Acalme-se e vamos conversar.

— Não. — Nunca percebi como era bom dizer essa palavra. Falo de novo. — *Não*. Eu não quero conversar. Não tenho mais nada a dizer. Só me deixe *em paz*.

Dou as costas a ele e volto para a festa, pisando com força.

Tudo que eu disse era verdade. Não quero o Olho. Nunca pedi por isso. Contudo, agora que estou sem a peça, não me sinto mais leve. Pelo contrário, a ausência parece pesar. Por dias eu o mantive perto de mim, esse talismã estranho e antigo. Fiquei refletindo sobre a história, procurei o velho na biblioteca, arrisquei-me ser pega e levada ao imperador, e foi tudo em troca de nada. O Olho está inerte. Morto, como Syla. Não sei nem se aquele rompante de poder que senti no sonho não foi só isso mesmo: um sonho. Além disso, já tenho muito em que pensar. Meus treinos com a rainha Hydra. O terceiro desafio. Hal.

Percorro o perímetro da multidão, analisando o monte de cores até ver Elaith. Mergulho entre as pessoas e seguro o ombro dela.

— Elaith, você viu o príncipe?

— Blaze! A gente estava se perguntando onde você foi parar. Amei o vestido. E não, não o vi. Ele nem parece estar aqui, o que é meio estranho dado que acabaram de anunciar o *noivado* dele. Você está bem? Você sabia?

Mas eu só me viro e corro pelos jardins até o palácio. Quando alcanço os aposentos, estou pronta para desabar na cama e dormir por uma semana.

Escuridão.

É isso que me cumprimenta quando abro a porta. Uma escuridão espessa e impenetrável, reunida ao redor, cobrindo-me com sombras. Nem minha marca consegue penetrá-la.

Então ouço uma voz, uma voz familiar, tensa e angustiada:

— Feche a porta.

Um orbe de luz aparece e flutua na direção do teto, iluminando a cena à frente. Uma série de rosas douradas estão espalhadas no chão. Elva está deitada de costas, com os olhos fechados, ao que parece, inconsciente. E, apertando-a de um jeito protetor contra o peito, com o rosto enfiado em seu cabelo enquanto fala com ela... enquanto *implora* para que ela acorde... está Hal.

40

Nunca ouvi nada mais alto que o silêncio em minha cabeça.

A coisa se enterra em meus ouvidos, verte-se em minha boca. Eu me afogo nela. Porque não há como confundir o jeito que Hal está olhando para Elva. O desespero com que se agarra a ela. O terror na voz enquanto tenta acordá-la sem sucesso.

Palavras disparam por minha mente, ecos de uma conversa.

"Sei que não gosta de ser o centro das atenções."

"É por isso que vai a meus aposentos me ver?"

Lembro de como Hal olhou para nossas mãos unidas na ocasião, olhando para baixo e não para mim, porque não conseguia encontrar meus olhos.

"Que outro motivo eu teria?"

Acho que sei qual seria o outro motivo. Ela está inconsciente no chão no momento.

Elva.

Hal... e *Elva*.

De repente, as peças começam a se encaixar. Na semana passada, Spinner viu Hal entrando em meus aposentos quando eu não estava aqui. Eu não estava, mas *ela* estava. Ela está aqui o tempo todo, movendo-se em silêncio de um cômodo ao outro, uma presença gentil e calada que passei a ver como algo próximo de uma amiga. E Hal. O fato de parecer distraído. As rosas entregues em pessoa. Nunca foi por minha causa, e sim por causa dela. Sempre foi por causa *dela*. Esse tempo todo.

A verdade é um caco de vidro na jugular. O objeto me corta e me vê sangrar. Não oferece consolo — só a clareza fria e afiada sobre a situação.

— Blaze — pede Hal, engasgado. — Por favor, por favor, peça ajuda. Eu não posso... não posso deixá-la.

"Juro para você, Blaze: visitar seus aposentos é minha parte preferida do dia."

Estou estática. Sou uma estátua dourada em um jardim.

"Saber que não posso ficar com quem quero me mata, Blaze. Me mata mais a cada dia."

A humilhação recobre minha pele como tinta. Quero me encolher em posição fetal e morrer.

— Blaze. *Por favor.*

Balanço a cabeça, engolindo em seco.

— Tudo bem. Tudo bem, fique aqui.

Tropeço pela escuridão, meu braço parecendo desconectado do corpo quando abro a porta.

— Que foi? — Uma das mãos de Fox já está estendida, fechada em um punho como se ele estivesse prestes a bater à porta. Na outra, ele segura meu Olho. — Que foi? O que aconteceu?

Minha voz treme:

— Preciso de um médico.

Ele analisa meu rosto.

— De novo, o que aconteceu?

— É minha... minha servente, ela...

Só que Fox já está entrando em meus aposentos. Por um momento, ele absorve a cena. Então estende a mão e me puxa para dentro antes de fechar a porta atrás de nós.

Hal ainda está curvado sobre Elva, sacudindo-a com gentileza, acariciando seu rosto com a mão. Ele ergue os olhos, sua expressão passando do medo à raiva.

— O que *ele* está fazendo aqui?

— E uma boa noite para você também, querido irmão. — Fox se agacha ao lado dele, olhando primeiro para Elva, depois para mim. — Então, parece que seu belo segredinho foi descoberto por sua bela mentirinha. Que inconveniente para você.

Aperto os punhos com força, sentindo o corte na palma borbulhar e sangrar de novo.

— Não está vendo que ela precisa de ajuda?

Um canto da boca de Fox se curva para cima.

— Que perceptivo de sua parte, Tecelã de Tempestades. Agora, faça a gentileza de me pegar um cobertor, tudo bem? Precisamos deixá-la aquecida.

Eu só o encaro.

— *Você* vai ajudar?

— É o que parece — retruca ele, pressionando dois dedos no pescoço de Elva.

— E se eu não quiser sua ajuda? — brada Hal, tremendo.

Fox pressiona os mesmos dedos no pulso de Elva.

— Você tem todo o direito de recusar, lógico, mas devo informá-lo de que os médicos da corte, a maioria dos quais está em sua festa de noivado no momento, não priorizariam o bem-estar de uma servente tanto assim. E mesmo se encontrasse um disposto a ajudar, sua preocupação pessoal pela servente em questão sem dúvida levantaria uma série de perguntas que acho que você preferiria evitar.

Vejo a determinação de Hal começar a se desmantelar.

A voz de Fox fica mais baixa... não bem gentil, mas firme e confiante:

— De toda forma, maninho, você sabe tão bem quanto eu que sou melhor que dez desses médicos, e ofereço ajuda sem pedir nada em troca.

Meus olhos estão arregalados de surpresa e incompreensão. Hal olha de Fox para mim para Elva em seus braços, e então de volta para Fox.

O Talhador da Terra dá de ombros.

— A decisão é sua, mas devo lembrá-lo que não podemos perder tempo. Quanto antes eu puder examiná-la, mais rápido consigo prescrever um remédio.

De repente, Elva solta um arquejo agudo. Seus olhos se abrem por pouco mais de um segundo e recuo para a parede, um gritinho lutando para escapar de minha boca. Porque, neste momento, inconfundível na escuridão espessa nos cercando, os olhos de Elva cintilaram com um tom âmbar fortíssimo. Neste momento, seus olhos brilharam no escuro.

— O *que* foi isso? — sussurro.

Hal está respirando pesado, olhando para ela.

— O que... o que aconteceu?

Fox não parece nem chocado nem assustado. Ele apoia a mão de leve no braço do irmão.

— Haldyn — diz ele, com calma. — Deixe-me ajudá-la.

Algo parece ganhar vida dentro de Hal.

— Vamos — confirma ele.

Fox se levanta.

— Vamos pelos túneis dos serventes. Consegue carregá-la?

Hal assente, erguendo Elva e a apertando junto ao peito.

— O cobertor, Tecelã, fazendo o favor — diz Fox com calma, indo abrir a porta.

Ele vai na frente pelos túneis, brandindo uma tocha que tirou de uma arandela na parede. Hal o segue, segurando Elva apertado como se ela pudesse se desmanchar inteira.

Não posso pensar em Hal agora. Não posso pensar no fato de que ele estava me usando. E não posso pensar no fato de que caí direitinho na dele. De que me *apaixonei por ele*.

À frente, Fox para. Na luz tremeluzente, eu o vejo estender a mão e girar algo no que parece ser uma parede sólida, mas que logo se abre e revela um cômodo. O espaço é grande, com um teto surpreendente de tão alto, paredes inclinadas e um chão esquisito e esponjoso. Tem aroma de pinheiro e menta fresca.

Fox nos leva para dentro.

— Um pouco de luz, maninho?

Hal fecha bem os olhos e um momento depois um brilho quente ilumina o lugar.

Não consigo conter o arquejo, pois estamos no que parece ser um jardim. Ou, bem, não exatamente — não é tão organizado quanto um jardim. É mais selvagem, indomado.

Videiras estendem-se pelas paredes, longas e grossas como cordas, compartilhando o espaço com uma série de trepadeiras. Há hera, muita hera, e madressilva, as pétalas pálidas se desdobrando sob a luz, devagar. O chão é um tapete de grama macia e flores selvagens, centenas delas, de cores vívidas e lindas, em uma quantidade incontável. No centro do espaço, estendendo-se até o teto, há uma árvore gigante. Os galhos são longos e vastos, as folhas tão verdes quanto os olhos do rapaz que apoia a mão gentil às minhas costas enquanto fecha a porta atrás de mim. Mais alguma coisa na árvore chama minha atenção. Olho mais de perto — o que parece ser uma cama está posicionada mais ou menos na metade da altura do tronco, um colchão grande encaixado no espaço em que vários galhos foram entrelaçados na forma de duas mãos em concha. Não há cabeceira, só um monte de travesseiros e lençóis.

Através de uma porta do lado oposto vejo um banheiro, o piso feito de esmeraldas reluzentes. Há outra porta também, um pouco mais perto de onde estamos agora, mas está fechada e aparentemente trancada.

— O que *é* este lugar? — pergunto.

— Meus aposentos — responde Fox com simplicidade.

Levo um momento para reconhecer como é absurdo que eu esteja aqui, nesta selva estranha que é o quarto do Talhador da Terra. Ah, e estamos acompanhados do Príncipe Herdeiro de Ostacre e de minha servente inconsciente, que por acaso estavam tendo um romance secreto por meses bem embaixo de meu nariz.

Fox saca uma pequena chave prateada do bolso e destranca a porta mais próxima, e meu queixo cai quando entro no cômodo. No centro há uma mesa de madeira alta com plantas secas, pós, poções, ervas em vasos e estranhos caules curvos. Quanto às paredes, não consigo nem as ver atrás das estantes, pois estão lotadas de frascos de vidro de todas as formas e tamanhos, de tonalidade verde e etiquetadas com minúcia.

Fox está olhando para mim, analisando minha reação enquanto libera a mesa e faz um gesto para Hal deitar Elva ali.

— Então... então você é um *médico*? — Minha voz sai fraca e chocada.

Ele balança a cabeça.

— Não gosto de pensar em mim mesmo como um médico. Eles são criaturas cautelosas, sempre dependendo de métodos e remédios testados e conhecidos. Seus serviços são comprados com moeda. Eles são seletivos sobre quem tratam. Não, eu não sou um médico.

— Então o que é tudo isso? — insisto. — O que você é?

Fox sorri.

— Sou um curandeiro.

Talhador. Traficante. Caçador. *Curandeiro*.

Caio em um silêncio pasmo, mas Hal encontra a voz:

— Você tem que ajudá-la, Fox. Tem que fazer alguma cois...

— Você a encontrou assim? — interrompe Fox, enrolando as mangas da camisa e expondo os antebraços fortes, a pele bronzeada castigada pelos elementos e riscada por uma série de pequenas cicatrizes.

— Encontrei. Eu bati à porta e esperei, mas ela não respondeu, então entrei e a encontrei caída no chão, e pensei... pensei...

Hal inspira, uma ação longa e trêmula, apoiando-se na mesa.

— Aqui. — Fox estende um frasquinho verde para ele. — Tome isso. Vai ajudar com o choque.

Aperto os lábios.

— Não se preocupe, Tecelã — diz Fox, como se tivesse ouvido o comentário que reprimi. — Vou mandar um balde desse negócio para seus aposentos amanhã.

Hal toma um gole do frasco, e fico surpresa com a concordância súbita em confiar no irmão, quando meros minutos atrás ele estava pronto para recusar a oferta de ajuda, mesmo com a vida de Elva em jogo, graças a um orgulho bem enraizado. E, por mais precária que possa ser, a nova confiança entre eles não me parece ser nem um pouco *nova*. Parece uma confiança antiga, que já foi sólida e agora está desfiada, mas ainda não se partiu.

— Dez, nove, oito... — Fox começa a contar, sem se virar nem para Hal nem para mim, com os olhos fixos na paciente.

— O que está fazendo? — pergunto.

— Sete, seis, cinco... Faça o favor de puxar uma cadeira para Sua Alteza Imperial, pode ser, Tecelã? Quatro, três...

Franzo o cenho, mas Hal está começando a parecer um pouco tonto, então faço como ele diz. Assim que deslizo a cadeira embaixo de Hal, ele começa a cambalear.

— Dois, um. Bons sonhos, querido irmão.

Hal desaba na cadeira, com os olhos fechados.

Arquejo, com uma pontada de medo, feroz e incandescente. Será que acabei de presenciar o assassinato do Príncipe Herdeiro? E serei a próxima? É aqui que morro, nesta botica exótica, cercada por estantes e extratos e medicamentos e...

— Ah, não faça essa cara. Ele não morreu. Só está dormindo.

Fox seleciona alguns galhinhos de algo verde com aroma pungente da prateleira acima do balcão.

Minha voz é pouco mais que um grasnado:

— O que *fez* com ele?

— Eu o apaguei com um pouco de cardo-morto. Não dá para ele ficar todo histérico enquanto estou tentando trabalhar. Atrapalha a concentração. Além disso, imaginei que a voz dele fosse algo que você com certeza não quer ouvir nas atuais circunstâncias.

Olho para Hal esparramado na cadeira. É difícil ficar brava com alguém dormindo, mas me esforçarei ao máximo.

Eu me viro para Elva.

— O que ela tem?

— Parece ter desmaiado.

— Mas é mais que isso, não é? — pergunto enquanto Fox estende a mão atrás de mim para pegar algo.

Fox fixa o olhar em mim.

— Sim, Tecelã de Tempestades, e vou explicar tudo a você depois de trazer sua amiga de volta ao mundo dos vivos.

Meus olhos ficam arregalados.

— Quer dizer que ela...

— Ela está viva — promete Fox —, mas a pulsação está mais fraca do que o ideal.

— O que posso fazer? — Contorço as mãos. — Não posso só ficar aqui parada.

Fox dá um meio-sorriso.

— Tudo bem. Pegue aquele frasco verde ali.

Eu o encaro.

— Pode ser mais específico? Tem uns dez mil.

— Não exagere, Tecelã. Só tem nove mil, quatrocentos e oitenta e dois. — Ele aponta. — Terceira prateleira, a segunda estante a partir da esquerda. Na etiqueta está escrito "Sabatia angularis".

Passo por cima das pernas de Hal e pego o frasco. Fox o pega de mim, tira a rolha com os dentes e pinga duas gotas em um pilão com ervas pungentes, então começa a triturá-las para fazer uma pasta.

— O que é isso?

— Erga a cabeça dela para mim, por favor.

Contorno a mesa. O cabelo de Elva escorre pela beirada, a pele pálida como a de um cadáver, os lábios um pouquinho abertos. O subir e descer quase imperceptível do peito é o único sinal de que ela ainda está respirando. Com gentileza, enfio as mãos atrás da cabeça dela e a apoio.

— Assim?

— Isso. Agora, vou passar isso embaixo do nariz dela, o que vai causar uma espécie de choque, e significa que ela vai abrir os olhos por um momento ou dois.

Estremeço.

— Os olhos dela... estavam *brilhando*, estavam...

— Sim, e preciso dar uma olhada melhor neles para testar minha teoria.

— Você tem uma teoria?

— Eu sempre tenho uma teoria. Agora, não importa o que aconteça, não solte a cabeça dela.

Assinto, entendendo que não é a hora de questionar por que estou escolhendo confiar nele.

Devagar, ele ergue a tigelinha até o rosto de Elva e os olhos dela se abrem com brusquidão. O que já foram fragmentos de pedra âmbar agora são faixas de um pôr do sol líquido, luminosos entre as sombras.

Fox se inclina para analisá-los de perto.

— Ela pode... nos ver? — pergunto.

Ele nega com a cabeça.

— Ela ainda está inconsciente.

Os olhos de Elva se fecham de novo.

Fox deixa a tigela na mesa e solta um assovio longo e baixo.

— Pode descrever o que viu ao certo ao entrar no quarto?

Engulo em seco.

— Bem, abri a porta e ela estava só deitada lá, no chão, e Hal estava curvado sobre ela e...

— Não isso. Quero que descreva o que viu, a primeira coisa que viu, ao abrir a porta.

Franzo a testa, abaixando a cabeça de Elva com delicadeza na mesa.

— Eu já disse, eu a vi...

— Não ela, nem meu irmão. Pense nos arredores. O que você *viu*?

— Eu vi... — Então me lembro. — Eu não vi *nada*. Eu não conseguia enxergar nada, estava tudo escuro.

— Estava tudo escuro — repete Fox baixinho. — Parece estranho, não? As velas são acesas bem antes do crepúsculo, as cortinas não estavam fechadas, a lua estava brilhante hoje, mas você entrou em um quarto mergulhado na completa escuridão.

Não estou entendendo, mas sinto os músculos se tensionando, como se estivessem se preparando para alguma coisa.

— Você gosta dessa garota, não é, Tecelã? Você a respeita. Fala com ela. Já conversaram sobre de onde ela vem?

Percebo que mentir é inútil.

— Já.

— E consegue recordar o nome do lugar?

— Obsidia. — Cruzo os braços. — Mas o que isso tem a ver com qualquer coisa?

Fox apoia a cabeça no peito de Elva, ouvindo seu coração.

— Incrível — sussurra ele. — Que ela consiga aguentar tanto, que isso não a tenha matado.

— Que o *que* não a tenha matado?

Fox endireita a postura.

— Diga-me, como Ostacre derrotou as Terras Distintas na Guerra dos Impérios?

Ergo a sobrancelha.

— Sério que você... quer testar meus conhecimentos de história agora?

— Responda.

Respondo:

— Bem, porque os etheri eram mais fortes, óbvio. Não é por isso que as pessoas geralmente vencem guerras? Por serem mais poderosas que os inimigos.

— Mais poderosas que os inimigos. É, pode-se dizer que sim. Os magi ficaram sem poder, transformados em fidra. Muitos foram escravizados, como sua amiga aqui.

— Então, os ancestrais de Elva perderam a magia e agora ela é uma servente. Disso eu já sabia. — Luto para conter a impaciência na voz. — Diga o que aconteceu com ela. Diga o que está acontecendo. Por favor. — A última palavra sai sem querer.

— Você disse que os magi perderam a magia. Perderam como?

Solto o ar, exasperada.

— Porque se esgotou. Porque os deuses decidiram puni-los. É o que todos dizem. Como você explicaria?

Fox passa a mão pelo cabelo. Hesita, então diz:

— E se eu dissesse para você que havia uma arma secreta? Uma arma de poder inimaginável.

Balanço a cabeça.

— Não entendo.

— Os etheri a usaram para arrancar a magia dos magi. Os poderes não se esgotaram nem foram levados pelos deuses. Foram *roubados* deles. Selados, por mais de cinquenta anos, na arma que usaram para vencer a guerra.

Atordoada, dou um passo para trás.

— Do que está falando? Que *arma*? E o que isso tem a ver com Elva?

Fox insere uma colherada de líquido na boca de Elva.

— Antes da guerra, Obsidia, a ilha conhecida como a Ilha da Noite Eterna, era o lar dos magi das sombras, que possuíam o dom da escuridão. — Ele faz uma pausa. — Parece que... bem, parece que os poderes de Elva, os poderes que foram roubados do povo dela, foram devolvidos a ela.

Meu coração começa a bater forte demais, rápido demais.

— Você não pode estar falando sério.

A expressão firme de Fox não muda.

— Tem que haver alguma outra explicação — insisto. — Tem que haver alguma outra coisa, algo... — Apoio as mãos na mesa entre nós. — *Como?*

— O *como* está sempre conectado de maneira indissolúvel a *quem*. Você pergunta como ela pode ter recuperado os poderes, mas o que deveria estar perguntando é *quem* devolveu os poderes. O como vem depois.

Engulo a náusea subindo pela garganta.

— Tudo bem. Quem? Quem poderia ter devolvido uma magia que foi roubada dos ancestrais dela antes que ela sequer nascesse?

Fox saca algo do bolso e estende para mim. Mal tenho tempo de recuperar o fôlego antes que as palavras dele me façam perder o prumo.

— Você, Tecelã de Tempestades.

Na mão dele, observando-me, está o Olho dourado.

41

Fox me conta que a Guerra dos Impérios não foi iniciada pelos governantes magi, mas pelo avô dele, Caius Castellion. Que ele convidou os embaixadores deles a Ostacre, sob o pretexto de forjar uma aliança, e então assassinou todos, levando os magi a declarar guerra. Só quando eles zarparam com os navios de batalha pelo Segundo Mar para invadir e supostamente tomar Ostacre dos etheri, o imperador Caius enviou a Guarda Imperial às Terras Distintas com ordens de encontrar as três irmãs.

Quando o imperador escravizou Syla, ele a fez selar os dons dos magi dentro do Olho — a arma secreta e a chave para o poder em si. E eu, sem querer, devolvi um dos dons a quem o pertence por direito.

Fox ainda está tratando Elva, selecionando frascos verdes das prateleiras e triturando ervas.

— Então... então, quando Elva me tocou, quando a toquei, o Olho devolveu a magia dela? — pergunto com a voz fraca. — Ele a transformou em uma *magi*?

Fox assente, dando um passo para trás e limpando as mãos em um pano.

— Ela vai ficar bem?

— Tenho quase certeza de que, se ela sobreviveu ao golpe que foi ter décadas de poder puro entrando no corpo, ela vai ficar bem.

— Então ela está fora de perigo?

— Ela está fora de perigo. Deixe-a dormir.

Olho para Hal, que está tão inconsciente quanto Elva. "Mais um motivo para apagá-lo", afirmou Fox antes. Fora o fato de que eu preferiria dar um soco nele do que olhá-lo, é melhor evitar que ele saiba dos Olhos, pelo menos por enquanto.

Respiro fundo.

— Ainda não entendo como podem ter mantido tudo isso em segredo.

— Quando tão poucas pessoas sabem o segredo em questão, não é difícil guardá-lo — argumenta Fox. — Sobretudo porque a maior parte delas literalmente levou o segredo para o túmulo. Havia algumas antigas lendas dos magi, lógico, histórias populares sobre as irmãs e os Olhos, mas nada que as conectasse com a guerra. Quanto a meu avô, foi ele quem garantiu que a verdade nunca fosse descoberta, para começo de conversa. Foi fácil. Ele só teve que difundir algumas histórias, especulações sobre a ira dos deuses e a força superior dos etheri, e pronto: os Olhos foram apagados da história. — Ele faz uma careta. — Bem, não exatamente.

— Como assim, *não exatamente*?

— Veja a Corte Imperial, por exemplo. Antigamente era a Corte Dourada, agora a Corte dos Olhos. As pessoas acham que é um apelido que surgiu na guerra, quando muitos cortesãos viraram espiões para o imperador.

A verdade queima um buraco em meu peito. É então que meu olhar foca a mão direita do príncipe.

— Foi Caius Castellion que acrescentou o olho à marca imperial, não foi?

— Antes do reino de meu avô, era só um sol.

— Por quê? — pergunto, horrorizada. — *Por que* ele faria isso?

— Imagino que tenha achado engraçado — opina Fox com simplicidade. — Reivindicar o Olho como o próprio símbolo, escondendo a verdade em plena vista, sem que ninguém soubesse de nada.

Balanço a cabeça, enojada.

— E seu Olho?

Fox se apoia na mesa.

— Você terá que ser mais específica. No momento, tenho cinco.

— *Cinco?*

Ele aponta duas vezes, para cada um dos próprios olhos de verdade, então ergue as duas correntes.

— E o quinto?

Ele se vira e ergue o cabelo. Ali, gravado na nuca, há um olho aberto, a tatuagem característica da Corte Imperial. Se antes eu a achava perturbadora, agora me causa puro pavor.

Fox se vira de novo e ergue o segundo pingente dourado.

— Imagino que você estivesse falando do talismã que vasculhei as Terras Distintas por meses para achar?

— *Como* o achou? — pergunto, incrédula, quando ele o tira pela cabeça e o joga em minha mão.

Ele dá de ombros.

— Intuição. Um pouco de sorte. Excelentes habilidades de orientação.

Eu o viro nas mãos. É idêntico ao de Syla.

— Qual deles é?

Fox me observa por um momento.

— O Olho que você está segurando era de Sifa.

Exalo devagar.

— Quer dizer... esse Olho pode mostrar o passado? Você pode ver o passado quando quiser?

— Sim e não. Faz um tempo que venho tentando entender como funciona, mas as visões do Olho são... subjetivas.

— E isso significa o *quê*?

— *Significa* que não é tão simples quanto pedir para revisitar um tempo ou lugar específico. Às vezes me mostra vislumbres do que quero ver, e às vezes um fluxo de recordações que flui daquele momento ou lembrança específica. E ainda há vezes que me dá uma visão que eu não estava procurando, quase como se estivesse tentando me contar alguma coisa.

— Então é *assim* que você sabe tanta coisa.

Fox joga folhas de menta na boca e sorri enquanto mastiga. Passo o dedão sobre o Olho do Passado, imaginando como deve ser ter a história na ponta dos dedos. Com esse talismã, eu poderia estudar os Cantores da Chuva. Poderia desvendar o mistério do garoto magi nas masmorras, quem quer que seja. Talvez até pudesse descobrir a verdade sobre mim mesma. Sobre meu poder. Sobre a tempestade.

Mas e Fox? Onde ele se encaixa em tudo isso?

— Por que estava procurando o Olho, afinal? — pergunto.

Vejo várias emoções passarem por seu rosto. Ele faz uma pausa, escolhendo as próximas palavras com cuidado.

— Havia algumas... perguntas para as quais eu queria respostas.

— Que perguntas?

Fox gira o anel de sinete Calloway no indicador.

— Você não pode ter todos os meus segredos, Tecelã de Tempestades — diz ele com suavidade. — Não sobraria nenhum para mim.

Contenho a decepção. Por que ele tem que ser tão irritantemente enigmático?

— E quanto ao Olho do Futuro? Onde acha que está?

Fox suspira.

— Eu sei tanto quanto você.

— Então se perdeu para sempre mesmo? Está escondido em segurança, como Seera queria?

— Ah, duvido. Entenda, os Olhos são parecidos com as donas originais. São irmãos. Gostam de estar juntos. E se unidos, todos os três... — Ele deixa a frase no ar. — Você entende que estar em posse do passado, do futuro e do poder em si tornaria o usuário *invencível*?

O peso do Olho de Sifa em minha palma parece me puxar para as profundezas da terra.

— É por isso que queria encontrá-los? — pergunto baixinho.

Ele abre um sorrisinho.

— Você tem mesmo uma opinião bem ruim de mim, não é, Tecelã?

— Quer mesmo que eu responda? Você partiu o império ao meio.

— E você invocou uma tempestade que quase afogou todo mundo. Dá na mesma.

— É aí que você está errado. Porque eu me arrependo das minhas ações, mas acho que você não se arrepende das suas. Na verdade, parece orgulhoso do que fez.

Os olhos de Fox estão fixos em mim, sem piscar e ilegíveis.

— Além disso, eu era um bebê. Você não tem essa desculpa. — Foco o olhar em Elva. — E ainda há o fato de que é um *traficante de pessoas*...

— Eu não sou um traficante de pessoas — contrapõe Fox com brusquidão.

Eu o encaro.

— Como assim? As pessoas chamam você de *Príncipe dos Escravocratas*.

Fox bufa e dá uma risadinha.

— Ah, Tecelã de Tempestades. Você, de todas as pessoas, deveria saber que há uma diferença entre quem alguém é o que as pessoas dizem que é. — Ele abre um leve sorriso, embora não atinja os olhos. — Todos temos papéis a cumprir.

O silêncio se estende entre nós, pontuado pelas batidas de meu coração. Não consigo decidir se acredito nele, mas que motivo teria para mentir?

— Acredite no que quiser — diz ele, estendendo a mão para pegar o talismã de Sifa. — Temos coisas mais importantes a discutir.

Eu o devolvo a ele, vendo-o passar a corrente pela cabeça.

— Como ficou sabendo deles? Os Olhos.

— Eu já lhe disse. Ouvi histórias nas viagens.

— E o imperador? Ele sabe deles?

Fox balança a cabeça, despreocupado.

— Meu pai mal sabe que dia é no momento.

Penso na aparência abatida do imperador Alvar, nas olheiras escuras. Ele pareceu tão imponente em meu Onomástico. Como pode ter mudado tanto em poucos meses?

— Seu pai — começo, hesitante. — Ele está... doente? É só que não pude deixar de notar que nos últimos tempos ele parece...

— Estar com o pé na cova? — sugere Fox.

— Eu ia dizer indisposto, mas sim.

Fox se vira e começa a limpar a mesa, estendendo a mão por cima de Elva para pegar as várias tigelas com extratos.

— Ele sofre de uma doença hereditária. Nada com que você precise se preocupar. Dê-me aquele frasco.

Faço o que ele diz, não querendo bisbilhotar mais.

— Então, o que nós fazemos agora?

Fox abre um sorriso preguiçoso.

— Adoro quando você diz "nós".

Lanço um olhar seco a ele.

— Tudo em seu devido tempo, Tecelã de Tempestades. — Ele balança o olho de Syla em minha frente. — Primeiro, preciso saber: você está dentro ou não?

— Por que o devolveria para mim? — pergunto, desconfiada.

— Porque ele não me escolheu — explica ele com calma. — Escolheu você.

Eu me forço a manter o olhar no dele, tão intenso que parece íntimo. Ele sempre me olhou desse jeito, como se me conhecesse mais do que conheço a mim mesma.

Umedeço os lábios, encabulada.

— Aquela noite nas masmorras, você disse "sempre soube que tinha que ser você". O que quis dizer com isso?

Fox reflete por um momento, então declara:

— Só uma sensação. Meus instintos estavam certos, mas você não deve a si mesma descobrir o porquê? Não acha que é o destino?

As palavras de vovó voltam a mim:

"O destino tem muitos rostos, minha querida. Não deixe de olhar todos eles nos olhos."

Mal ouso respirar enquanto deixo Fox passar a corrente dourada por minha cabeça.

A escuridão em meus aposentos se dissipou faz tempo, sem deixar qualquer traço das novas habilidades de Elva. Rosas douradas ainda estão espalhadas no chão. Devagar, eu me abaixo e ergo uma. As pétalas são macias como veludo, os espinhos cintilando na luz do início da manhã. É linda. Perfeita, na verdade. Eu a odeio.

Uma estranha calma me atravessa. Puxo um cordãozinho azul junto à porta e então reúno as rosas espalhadas. Em seguida, sigo até os incontáveis vasos, transbordando de flores, puxando caule após caule até encherem meus braços.

Chega. Não vou mais pensar em Haldyn Castellion como qualquer coisa além de Príncipe Herdeiro ou futuro imperador. Um conhecido, talvez um aliado, mas nada mais que isso.

Há uma batida à porta. O servente me encara, a expressão aterrorizada e um pouco confusa quando lhe estendo a braçada gigante de rosas douradas.

— Por favor, leve isso aos aposentos do príncipe — oriento a ele. — Sinta-se livre para só deixá-las no chão. Jogá-las na cama dele também seria uma boa. E quando ele voltar, diga a ele... diga a ele que Blaze manda lembranças.

— Mas... mas milady...

— Obrigada — digo, fechando a porta.

Durmo a manhã toda. Flint e Spinner vêm me visitar por volta do meio-dia, mas só puxo o cobertor para cima da cabeça.

— Eu estava certo por desconfiar das intenções de Hal — murmura Flint. — Ele devia saber desse noivado há meses. O que ele estava *pensando*?

— Coitadinha — sussurra minha acompanhante. — Ela deve estar arrasada.

Porém, quando sigo para os aposentos da rainha Hydra um pouco depois, percebo que me sinto até... *bem*. Como se tivesse despido uma pele e vestido outra, esta mais grossa e difícil de machucar.

A rainha me espera sentada à longa mesa dourada.

— Ah, Blaze — cumprimenta ela, levantando-se quando faço uma mesura baixa. — Chá? — Ela me serve uma xícara com uma colherada de mel. — Agora, o que você prefere focar hoje? Chuva, talvez? Ondas? Gelo? — Ela sorri. — Portais?

Uma hora depois, estou parada na ponta da mesa, segurando a xícara que acabei de erguer da pequena piscina cintilante à frente. A rainha Hydra mandou a xícara pela passagem aquática do outro portal, em sua ponta da mesa, e agora quer que eu tente enviá-la de volta.

— Concentre-se, criança. Nomeie o lugar aonde quer que o objeto vá. Mantenha a imagem na cabeça. Visualize-a.

— Mas e se a xícara se perder?

— Então receio que você vai ficar devendo uma xícara de prata a Sua Majestade Imperial.

Respiro fundo, visualizo o destino, desejo que a xícara vá até lá com toda partícula de meu ser e a jogo no buraco à frente. Há uma pausa prolongada e dolorosa. Então a rainha enfia a mão no poço à frente e a puxa.

Ela sorri.

— Muito bem.

A rainha se livra do segundo portal com um aceno da mão e me diz para tentar mandar a xícara para qualquer parte do cômodo. Faço como ela diz, arquejando de espanto quando o objeto aparece várias vezes, junto à janela, ao lado da porta, através de uma parte da parede. Depois, ela me faz tentar algo diferente.

— Portais podem ser excelentes métodos de ocultação. Podemos usar um portal para mandar objetos a um destino, mas também para os manter escondidos lá. Dessa vez, não quero que envie a xícara pela passagem, mas que a deixe *dentro* da passagem, acessível apenas para alguém que souber onde encontrá-la. Vamos começar com algo simples. Por que não tenta esconder a xícara aqui, no portal que desenhei na mesa?

Assinto, tentando desanuviar a mente.

A xícara bate na água com um pequeno borrifo e afunda devagar sob a superfície. Fechando os olhos, desejo que permaneça lá, escondida no cantinho secreto da passagem aquática, fora de vista, mas sempre a meu alcance.

Uma imagem surge em minha visão. Vejo uma lagoa — a lagoa de treinamento na fortaleza. E estou caindo nela, caindo *através* dela, pousando em uma pequena sala dourada do outro lado. Quando ergo os olhos, o teto é feito só de água, suspensa sobre mim como vidro.

Abro os olhos com brusquidão.

A lagoa.

O *portal*.

Sinto o talismã de Syla frio contra o peito. E se ela o escondeu lá, oculto de todos, exceto da única pessoa que ela queria que o encontrasse, alguém que foi atraída até aquele lugar pela água sussurrando seu nome?

Blaze.

— Você está bem, criança?

A rainha Hydra está se inclinando sobre mim, com rugas de preocupação na testa.

Limpo a garganta.

— Estou, Majestade.

Ela abre um sorriso gentil.

— Bom. Agora, tente recuperar a xícara.

Com a mente ainda girando, enfio a mão no portal à frente, sentindo o metal frio entre os dedos.

42

— O que você quer?

Hal se vira da janela em meus aposentos. Não parece saber o que fazer com as mãos — primeiro as unindo atrás das costas, depois entrelaçando os dedos. Por fim, só as deixa cair ao lado do corpo, o que o faz parecer mais jovem e vulnerável quando diz:

— Podemos conversar?

— Sobre o quê? — pergunto com um tom inocente. — O fato de que esteve fingindo sentir algo por mim?

Ele dá um passo em minha direção.

— Blaze, eu...

— Ou sobre o fato de que me fez totalmente de otária por *semanas* e certamente não pretendia me contar a verdade?

— *Blaze*.

— Porque não ia contar, ia?

Hal engole em seco, a garganta se movendo.

— Blaze, por favor, escute, eu...

— Eu não fui nada além de uma conveniência para você. Um disfarce perfeito para esconder o que você estava fazendo de verdade e com *quem* estava fazendo.

Minha voz permanece calma, até agradável, mas cada palavra parece acender um fósforo na pele dele. Hal exala de um jeito lento e derrotado, cerrando os olhos escuros e se sentando, apoiando a cabeça nas mãos.

Conto um minuto inteiro antes que um de nós fale de novo.

Por fim, ele se endireita e olha para mim.

— Eu recebi as rosas.

— Recebeu? — Aceno com a cabeça. — Que bom. Achei que passariam uma mensagem bem clara.

— Que seria?

— *Cai fora*, Vossa Alteza Imperial.

É como se eu tivesse me inclinado para estapeá-lo. Ele pisca várias vezes, então, para minha surpresa, começa a rir.

— Sempre soube que gostava de você, Blaze.

Revirando os olhos, sento-me na frente dele e aperto uma almofada ao peito.

— É melhor a desculpa ser boa.

Hal se inclina para a frente, olhando-me nos olhos.

— Sinto muito. Sinto muito por usar você assim e sinto muito por ter descoberto daquele jeito. Nunca tive a intenção de machucá-la. Na verdade, acredite se quiser, achei que estava fazendo um favor a você.

Eu o encaro.

— Achou que estava me fazendo um *favor*?

Ele dá de ombros. É estranho de ver. Faz com que ele pareça mais um garoto que um príncipe.

— Imaginei que seria mais fácil para você ficar aqui se as cortes pensassem que eu estava lhe dando uma atenção especial. Tive a ideia por causa de seu Onomástico, vendo como as pessoas trataram você diferente depois que dançamos juntos.

Eu lembro: o jeito que o ódio maldisfarçado dos convidados se transformou em intriga. Fui procurada, apresentada a um e outro, tratada com... se não *gentileza*, em si, algo parecido com civilidade. E aqui, no Palácio Dourado, a companhia de Hal se tornou uma espécie de escudo. Quando eu estava com o braço enganchado no dele, era intocável.

— Eu não esperava me importar com você — continua Hal. — Não assim. Mas eu me importo, Blaze. Confio em você. Você... você é minha amiga.

Passo o dedo pelo padrão de ondas rodopiantes costurado na almofada.

— Quero saber de Elva. Como as coisas começaram entre vocês dois, afinal? Sabe, dado que ela é uma servente e você é o *Príncipe Herdeiro de Ostacre*.

Hal quase sorri.

— Dois anos atrás, meu pai deu um banquete às famílias reais de Thaven e Vost, que estavam aqui na corte discutindo potenciais rotas de comércio.

— Fascinante — comento, seca.

— Durante o banquete, os serventes ofereciam vinho enquanto o rei de Thaven fazia um discurso. Eu estava sentado ao lado de minha prima, a princesa Lira de Vost. Ela usava um vestido branco, e um servente... ele não devia ter mais de 11 ou 12 anos... estava tremendo tanto que derrubou vinho tinto em cima do vestido de Lira, e Lira *perdeu a cabeça*, começou a berrar e exigir que o servente responsável fosse punido.

Ergo uma sobrancelha.

— Ela parece um amor.

Hal faz uma careta.

— Ela é insuportável. Enfim, durante a comoção, reparei em uma garota. — A expressão dele muda, a voz também. — Uma servente. Eu a vi trocar a bandeja que estava carregando com a jarra de vinho do garoto. Quando Lira se virou para ele, a garota deu um passo à frente. Alegou que ela tinha derrubado o vinho e estendeu a jarra para provar. Disse que receberia qualquer punição que Lira julgasse apropriada. — Hal puxa o ar com força. — Elva foi sentenciada a vinte chicotadas, a serem executadas de imediato.

Sinto calafrios.

— A próxima vez que a vi, ela mal conseguia se mexer direito. As costas dela... Ela... — Ele não termina, e por um momento acho que vai chorar. Ou apunhalar alguma coisa. — Ela assumiu a culpa, foi *açoitada*, só para proteger o garoto. Depois disso, eu me peguei... procurando por ela. Em cada multidão, em todo cômodo, às vezes sem nem querer. — O rosto de Hal se suaviza. — Não consigo desviar os olhos desde então.

Sinto uma pontada no peito.

— A primeira vez que reuni coragem para falar com Elva, ela ficou aterrorizada. Levou semanas para que dissesse mais que algumas palavras para mim. Lembro do dia em que contou seu nome. Lembro da primeira vez que a vi sorrir. — Ele abre um sorriso gentil. — Uma vez, eu a vi admirando rosas, então deixei uma para ela no quarto. Ela teve que esconder a flor sob o colchão, para não ser acusada de roubar dos jardins do palácio. Mas aí eu... eu achei um jeito de dar uma dúzia de rosas para ela, todo dia.

Abaixo os olhos. Todos aqueles buquês dourados entregues aos meus aposentos não foram para mim.

— Nunca senti isso, Blaze. Por ninguém. E ontem à noite, quando achei que poderia perdê-la... — Hal engole em seco. — Não posso viver sem ela. Não posso. Mas também não posso viver *com ela*. Sempre que estamos juntos, eu a coloco em perigo. Fox tinha razão sobre precisarmos ser discretos, mas às vezes me sinto tão *inútil*. Se eu sequer sugerisse que os deveres dela fossem reduzidos, ou pedisse que ela recebesse mais comida, as pessoas começariam a fazer perguntas. — Ele balança a cabeça. — Pense no que diriam. O Príncipe Herdeiro, apaixonado por uma servente.

— Você não poderia... libertá-la? — pergunto, hesitante.

— Serventes nunca são libertos — retruca Hal, abatido. — Pensei em tirá-la escondido daqui, mas ela só seria caçada, e como poderia se defender?

Mordo a língua. Ele não sabe — não sabe que Elva não é mais fidra. Não sabe que agora ela é uma magi.

Hal se levanta, indo até a janela de novo.

— Não posso arriscar o tratado com Thaven — declara ele. — Guerras foram travadas por menos. Quanto a Mirade... o que ela não sabe não pode feri-la.

As palavras ardem, e sinto um pouco da amargura voltar.

Minha voz não chega a ser um sussurro:

— Por que você me beijou?

Hal respira fundo.

— Se não tivesse feito isso, você teria se perguntado por quê.

Se a culpa tivesse um rosto, eu estaria olhando para ela.

Vou até Hal na janela.

— Sabe, se você tivesse só sido sincero desde o começo e me pedido para fingir para enganar as cortes, eu teria feito isso.

Hal abre um sorriso triste.

— Lembre-me de nunca subestimar você de novo.

☉

A última semana antes do terceiro desafio se passa em uma velocidade atordoante. Treino do amanhecer ao anoitecer, sobretudo com a rainha Hydra, às vezes com River. Sinto que vou ficando mais forte a cada dia, meus reflexos mais velozes, e toda noite desabo na cama, exausta. Só que muitas vezes fico deitada lá, insone, repassando a noite nos aposentos do Talhador da Terra sem parar na mente.

Não sei o que pensar dessa nova aliança peculiar entre nós. Não sei o que pensar *dele*.

Como pode um garoto que partiu o império no meio, que é responsável pela morte de milhares de pessoas, que é chamado de destruição, ser um *curandeiro*, de todas as coisas? Por que o Príncipe dos Escravocratas salvaria a vida de uma servente? Quer dizer, se é que ele é mesmo um traficante de pessoas.

Ouço sua voz na mente.

"Todos temos papéis a cumprir."

Quanto a Elva, desde que acordou passou os últimos dias em quarentena, recuperando-se de uma suposta gripe. Só Fox e eu sabemos a verdade, uma vez que a poção que ele usou para apagar Hal era tão forte que o príncipe só tem lembranças nebulosas sobre os acontecimentos, não parecendo se lembrar de como os olhos de Elva brilharam na escuridão.

Ainda estou tentando assimilar o que aconteceu: que a magia dos ancestrais foi devolvida a ela. Que fui *eu* que a devolvi, com o talismã que extraiu tal magia tantos anos atrás. O Olho de Syla: a arma secreta usada para vencer a Guerra dos Impérios.

Hoje é a noite antes do terceiro desafio, e as cinco cortes foram convocadas ao salão do trono, na qual os oito Herdeiros remanescentes devem se apresentar diante do Conselho.

Amanhã marca o começo de uma nova era, uma nova vida. Amanhã, disputo a coroa aquatori com Marina.

E estou completamente apavorada.

Coluna reta, Blaze, digo a mim mesma enquanto caminho por corredores lotados e atravesso portas douradas imensas. *Ombros para trás. Sorria.*

— Lá estão eles! — exclama Spinner, puxando-me para um grupo de rostos familiares e se jogando nos braços de meu irmão.

O ar parece ondular de empolgação quando o Conselho das Coroas entra no salão. O imperador, emaciado como sempre, com a coroa imperial brilhando na cabeça. Tia Yvainne, com um vestido vermelho que tremeluz como a luz de velas. A rainha Aspen, com o lindo cabelo na altura da cintura entremeado com flores. A rainha Hydra, em um vestido azul simples. E o rei Balen, usando a capa feita da névoa matinal e um sorriso de quem acha graça.

Elaith toma meu braço em um gesto reconfortante quando cabeças começam a se virar em nossa direção. Sinto-a ficar rígida quando vê Cole parado a alguns metros dali com Ember e Marina. Ele dá um sorrisinho quando se inclina para a frente e sussurra algo nos ouvidos delas. Alguns momentos depois, Elaith pula para trás, em choque, quando a bainha de meu vestido pega fogo.

Dou um gritinho, os olhos arregalados de espanto quando as chamas começam a lamber a lateral de minha saia.

Largando Spinner, Flint entra em ação, as chamas disparando para sua palma esticada, que ele logo fecha em um punho. Com um leve silvo, o fogo se extingue. Cambaleio, com o rosto vermelho.

Então eles começam a rir: Ember, Marina e Cole. Vários outros se juntam aos três, e o som faz algo se revolver dentro de mim, algo frio e silencioso e implacável.

Flint está a meu lado, com uma expressão ansiosa. Kai está contendo Elaith, enquanto Zeph balança a cabeça, enojado. Vejo Hal na multidão. Ele parece furioso.

Os risos enchem minha cabeça, ecoando por de mim. Ranjo os dentes e olho devagar ao redor do salão, gravando o momento na memória.

Porque eles podem rir o quanto quiserem enquanto perco.

Não vão rir quando eu ganhar.

43

Vozes vêm e vão conforme os espectadores passam pelas tendas dos Herdeiros na direção do anfiteatro dourado gigante, localizado bem à margem de Cor Caval, na frente da Fenda. As arquibancadas logo estarão cheias de etheri, fidra, emissários estrangeiros, cortesãos de todas as Cortes das Coroas e vários membros da realeza de reinos vizinhos — os quais viajaram até a Província Imperial para assistir ao terceiro desafio.

Mal dormi. Passei a noite me revirando na cama, enjoada de tão nervosa, com risos debochados ainda ecoando nos ouvidos, pensando no juramento que fiz a mim mesma no salão do trono. Acho que em parte foi impulsionado por despeito, um desejo de triunfar diante da adversidade. Mesmo assim, estava sendo sincera. Quero vencer. E pela primeira vez sinto que tenho uma chance. A coroa está a meu alcance. Só tenho que ter a coragem de conquistá-la.

Elva ainda está se recuperando na ala dos serventes, o que significa que Spinner recebeu a tarefa de me fazer parecer menos com uma criança assustada e mais uma futura rainha, calma e pronta para a batalha.

— *Fique quieta*, Blaze. Deuses, nunca vou entender por que as pessoas têm cabelo tão longo. Quer dizer, olha o meu — diz Spinner, apontando. — Prático *e* estiloso. — Ela me lança um olhar travesso. — Sabe, acho que vi um par de tesouras em algum lu...

— Nem pense nisso — rebato, firme.

Spinner revira os olhos e bate as palmas uma vez.

— Agora, vamos nos livrar dessas olheiras *enormes*, que tal?

Flint levanta a aba da tenda.

— Aí está você.

— Aqui estou eu.

Ele não se senta, preferindo andar ao redor da tenda. Há oito no total, uma para cada Herdeiro. Cada uma contém uma penteadeira, vários sofás baixos, uma série de almofadas grandes e uma variedade de comidas. Spinner está tentando me fazer tomar uma tigela de caldo faz meia hora, mas estou com zero apetite.

— Como você está? — pergunto a Flint.

Meu irmão dá de ombros.

— Ah, sabe. Uma pitada de terror. Um toque de enjoo. Também não consigo ficar parado sem sentir que vou explodir. Esse tipo de coisa. — Ele abre e fecha o punho enquanto anda, uma pequena chama se acendendo e apagando na palma. Por fim, ele para. — O papai mandou uma carta para mim.

Fico rígida.

— Ele queria me desejar sorte.

— Queria? — digo na mesma voz neutra que uso sempre que falo sobre meu pai.

— Ele queria que eu desejasse sorte a você também.

É como um soco na barriga. Mesmo agora, no dia mais importante de minha vida, meu pai não se deu ao trabalho de *escrever,* que dirá estar no mesmo lugar que eu. Olho para Spinner, que está fingindo não ouvir enquanto ajeita meus cachos em duas tranças intricadas. Meu cabelo é o cabelo de minha mãe, espesso e escuro. Ela sempre usava o dela solto, e foi por isso que comecei a trançar o meu nas semanas após sua morte — para evitar o sofrimento nos olhos de meu pai. Percebo agora que não importa como penteie o cabelo, nem que eu sempre esteja usando azul em vez de vermelho, porque ele nunca vai me olhar e não ver *ela.* Assim como nunca vai olhar o filho mais novo e não ver o sangue dela nas mãos dele. Causamos dor a ele, Renly e eu. E estou cansada disso.

Não posso deixar de lembrá-lo de minha mãe. Não posso deixar de parecer com ela. *Quero* parecer com ela.

— Deixe solto — digo de repente. — Meu cabelo.

Spinner assente, soltando as tranças até meu cabelo emoldurar meu rosto.

Flint sorri.

— Aí está ela — declara meu irmão, apertando meu ombro.

A Guarda Imperial está prostada ao redor das tendas dos Herdeiros. Não podemos sair para assistir aos desafios; temos que ficar aqui até sermos chamados para os nossos. Fico sentada na tenda com vovó e River, sem dizer muita coisa, ouvindo o rugido da multidão. Minutos se passam, cada um roubando uma parte de mim: a coragem, a habilidade de respirar, a sensação nas pernas.

Desta vez não há feras para derrotar nem enigmas para resolver. O terceiro desafio é um combate, uma batalha entre os dois Herdeiros remanescentes de cada corte. A batalha só termina quando um dos Herdeiros se render ou estiver incapacitado demais para continuar.

Os ventalla vão primeiro. Zephyr e Eriq lutam por um longo tempo, até que, após o que parecem ser horas, a voz do imperador troveja pelas arquibancadas, amplificada de um jeito bizarro, anunciando Zeph como o vencedor. Lembro do que a rainha Hydra disse sobre os ventalla terem um modo de se deslocar parecido com os portais aquáticos, só que usando o ar. *Tremulação*, ela chamou. Eu me pergunto se Zeph dominou essa habilidade específica, se o rei Balen lhe ensinou.

Não demora muito para os Herdeiros terrathian serem chamados.

Algo se agita à direita e me viro, vejo Spinner rastejando sob a tenda de bruços.

— Você não vai querer perder — diz ela, ofegante. — Vamos.

Olho para vovó e River.

Meu instrutor dá um meio-sorriso.

— Não vimos nada.

— Tome cuidado — acrescenta vovó, e deixo minha acompanhante me arrastar sem cerimônia por baixo da tenda.

— Pegue isso — diz Spinner, jogando um xale dourado por cima de meu cabelo como um lenço. — Não podemos ser vistas.

Eu a sigo até as arquibancadas, que são tão grandes que tocam as nuvens. A base do anfiteatro no centro está abarrotada com espectadores colados uns aos outros, empurrando-se em busca de uma vista melhor. Todo mundo parece focado demais na chegada da primeira Herdeira terrathian e ninguém olha duas vezes nem para Spinner nem para mim enquanto abrimos caminho às cotoveladas até a frente.

Amaryllis está sorrindo e acenando para a multidão, mas estou perto o bastante para ver suas pernas tremendo. Não surpreende, dado quem ela está prestes a enfrentar.

Ele demora para aparecer. Sabe como fazer uma entrada dramática, tenho que admitir, e quando entra no anfiteatro, a plateia vai à loucura.

Fox abre um sorriso preguiçoso, e é alarmante como não consigo encontrar qualquer traço do rapaz que me ofereceu um cesto de gatinhos para meu irmão caçula, que cuidou de Elva com tanto cuidado sem pedir nada em troca. Não, aquele rapaz desapareceu por completo. Ele foi substituído por um que conheço bem demais: um rapaz arrogante e violento e cruel.

O Talhador da Terra.

Ele rodeia Amaryllis, avaliando-a. Ergo a cabeça para o ponto em que Hal, o pai e o Conselho das Coroas estão sentados, separados da plateia, em tronos dourados.

O imperador se levanta devagar.

— Herdeiros terrathian, que o terceiro desafio comece.

Amaryllis entra em ação de imediato. Ela ergue os braços, e pedrinhas na grama começam a crescer até ficarem do tamanho de bolas de canhão. Uma a uma, elas se lançam pelo ar diretamente contra Fox. É quase engraçado ver o jeito despreocupado como ele desvia delas. Amaryllis tenta várias vezes, e em todas elas Fox evita as pedras com facilidade, fazendo a plateia irromper em deleite.

Abandonando as pedras, Amaryllis escolhe a próxima arma. A grama ao redor de Fox fica tão alta quanto sua cabeça, escondendo-o de vista. Arquejo, convencida de que ela conseguiu prendê-lo, mas um instante depois as folhas grossas caem em uma pilha flácida, como se alguém as tivesse cortado ao meio com uma foice.

— Por que ele não está lutando? — sussurro para Spinner.

Então percebo: ele está brincando com ela. Deixando-a pôr todas as cartas na mesa, em plena vista, esperando o momento certo de quebrar a mesa ao meio.

Com delicadeza, Fox tira uma folha de grama do ombro e a deixa cair no chão bem quando Amaryllis lança o próximo ataque. Spinner segura meu braço quando Fox é cercado por um muro impenetrável de galhos com espinhos, cada um retorcido e letal.

De repente, os galhos começam a estremecer e se partem. Espinhos do tamanho de meu dedo voam pelo ar, e Amaryllis grita de dor quando eles atingem o alvo. Sangue escorre por suas bochechas como lágrimas.

Fox estende os braços e os ergue devagar. A plateia arqueja quando duas árvores gigantes irrompem da terra.

Por um momento, Amaryllis parece paralisada, então começa a correr, um mar de urtigas crescendo atrás de si, separando-a de Fox. Não adianta — vejo as trepadeiras enroladas nos troncos das árvores começarem a se desenrolar.

Fox deixa Amaryllis correr até quase chegar ao outro lado do anfiteatro. Só então ele ataca: as trepadeiras deslizam pelas urtigas, e Amarylis berra quando a encontram, enrolando-se em seus pulsos e tornozelos e a arrastando de volta pelo pequeno campo de plantas ardentes. Ranjo os dentes ao ouvir seus gritos de dor, mas não consigo desviar os olhos quando as trepadeiras se curvam de volta ao redor das duas árvores, o corpo dela suspenso no ar entre elas como uma marionete pendendo das cordas.

Ela está acabada. Seu cabelo está emaranhado, a pele esfolada e sangrando. Um espinho se alojou em seu lábio, o corte vertendo sangue o suficiente para manchar a frente da túnica rasgada.

Fox para abaixo dela, com um sorriso agradável.

— Tem mais alguma coisa para apresentar?

Amaryllis olha para ele. Torço para que ela só admita a derrota, mas, para meu horror, ela joga a cabeça para trás e cospe uma bolota de sangue e saliva que cai na bota de Fox. Ele olha para a sujeira, então balança a cabeça, condescendente.

— Bem, isso é inaceitável — diz ele, virando para a plateia. — Certo?

Ele é respondido por um rugido atroante e se vira para Amaryllis. Vejo o choque no rosto dela quando as trepadeiras ao redor de seus braços e pernas começam a se tensionar, apertando cada vez mais até esticar os membros dela. Há um estalo nauseante quando um osso sai da junta. Amaryllis grita. Fox está observando-a, recusando-se a ceder.

Eu o encaro, enjoada com a tortura, mas sem conseguir desviar o olhar. E por um único segundo, tão breve que nem sei se acontece mesmo, ele olha para mim.

As trepadeiras soltam Amaryllis, e ela cai esparramada no chão, inconsciente.

Fox se vira para o Conselho das Coroas e faz uma mesura baixa enquanto sua vitória é anunciada em meio aos gritos da plateia.

44

*R*ei.
 O Talhador da Terra.
 Ele vai ser *rei*.
 Não é como se fosse inesperado. A Corte Imperial achava que ele venceria desde o momento em que pisou na arena no primeiro desafio. Só que nunca parei para pensar de fato no que isso *significaria*, e não só para os terrathian, mas para o império. O etheri mais perigoso do reino, que já está em posse de um de três Olhos encantados, agora tem um trono para chamar de seu. Fox vai governar a terra e controlar o conhecimento e o poder do passado, e fará tudo isso com uma coroa na cabeça.
 Lembro do que ele disse para mim quando dançamos.
 "Eu gosto de vencer."
 — Blaze — chama Spinner, sibilando e me puxando, impaciente. — Temos que ir. *Agora*.
 O Olho de Syla está apoiado em meu peito, escondido em segurança sob a túnica. Toco nele, pressionando-o com força na pele.
 Spinner puxa meu braço.
 — Blaze! Rápido! Temos que sair daqui antes que eles sorteiem o próximo anel.
 Só que é tarde demais — Hal já está erguendo a mão, o pequeno anel brilhando dourado à luz do sol. Tia Yvainne se levanta. Os Herdeiros ignitia são os próximos.
 Spinner e eu ficamos estáticas, virando-nos para nos entreolhar quando o nome de Flint é anunciado em meio à algazarra da multidão, seguido pelo de Ember.

— Eu não vou embora — digo para minha acompanhante.

Meu coração bate no ritmo dos tambores quando meu irmão emerge do túnel sob as arquibancadas. Ele ergue a mão para proteger o rosto do brilho do sol, mas logo transforma o gesto em um aceno. A multidão responde com entusiasmo, entoando seu nome sem parar.

Então Ember aparece, desfilando até o centro do anfiteatro. Ela para na frente de Flint e sorri com doçura.

Penso em vovó. Este dia vai transformar tudo. O resultado do desafio vai mudar não só o destino do império, mas de nossa Casa.

Olho para tia Yvainne, que está observando a sobrinha e o sobrinho com uma expressão estranha. Eu me pergunto se está pensando em minha mãe. Dois Harglades batalhando pelo trono ignitia. Alator tinha razão: a história realmente se repetiu.

O imperador começa a falar, mas não estou ouvindo. Meus olhos estão grudados em meu irmão, que fica trocando o peso de um pé para o outro.

Por favor, suplico em silêncio. *Você tem que vencer.*

Flint e Ember se encaram por um longo tempo. Aperto a mão de Spinner com força quando Ember de súbito manda um pequeno arco de fogo na direção de Flint, do qual ele se esquiva com facilidade. Ele atira um de volta e ela desvia com habilidade, ainda sorrindo. Isso começa uma espécie de duelo: um duelo de fogo. Eles parecem estar em um treino, ambos lançando e bloqueando chamas, que aos poucos começam a aumentar em velocidade e ferocidade.

— Blaze — sussurra Spinner. — Você está esmagando minha mão.

— Desculpe — digo, soltando-a.

Um momento depois, a túnica de Flint pega fogo, mas assim que seguro a mão de Spinner de novo ele já o extinguiu, mandando uma chama de volta para Ember, chamuscando uma mecha do cabelo dela. Vejo o sorriso dela estremecer e então murchar.

Bastou isso, percebo — bastou isso para Ember perder o controle.

De repente, Flint é cercado por um muro de fogo. Mal tenho tempo de gritar e ele já o atravessou, mandando linguetas ardentes de chama com força total na direção de Ember, mas ela está pronta e gira o pulso.

Os espectadores erguem a cabeça para assistir às chamas tomarem o céu, queimando mais quente e mais forte do que nunca... e então descerem, chovendo como bombas de fogo.

Gritos preenchem o ar quando elas atingem o chão, chamuscando a grama, explodindo e englobando umas às outras até que o anfiteatro inteiro parece estar devorado por chamas.

— Flint!

Spinner tapa minha boca, com os olhos arregalados e assustados enquanto observa a cena. Então ela aponta.

— Ali!

Ele está parado em uma pequena clareira, as chamas ao redor morrendo e recuando conforme sua vontade. Porém, a cada foco de fogo que apaga, outro surge no lugar, e sei só de olhar para sua cara que ele está ficando exausto. Suor brota em sua testa conforme Ember avança, com chamas lambendo as pontas dos dedos e a boca curvada em um sorriso triunfante.

Penso no cronograma de treinamento rigoroso dela. No ódio de ser ofuscada. Na necessidade compulsiva de vencer. E penso em meu irmão passando a noite toda fora, fazendo tudo que queria, tão confiante no próprio poder que subestimou o dela. Era só uma grande festa para ele, o Ritual de Seleção. Ele nunca viu Ember como uma ameaça.

— Flint! — grito de novo, mas ele não me ouve por causa do barulho da plateia.

Então Ember bate palmas, o som ecoando pelas arquibancadas. Em um segundo, as chamas se apagam. Tudo que resta é o chão chamuscado e escurecido, e meu irmão, que cai de joelhos, o corpo sacudindo enquanto tosse. As lágrimas escorrendo de seus olhos deixam sulcos verticais na fuligem em seu rosto. Meu coração se aperta.

Ember vai saltitando até ele, e Flint se levanta com dificuldade, preparando-se para um ataque. A plateia fica em silêncio, esperando. Ela está tão perto dele agora, e é tão pequena em comparação. Às vezes é fácil esquecer que só tem 15 anos.

Ember apoia a mão no braço de Flint.

— Não se preocupe, primo. Aceito sua rendição assim como aceitarei sua lealdade.

Flint a encara, os ombros tremendo enquanto arqueja.

— Mas é uma pena — murmura Ember com um suspiro. — Parece que você é tão patético quanto sua irmã.

A expressão de Flint muda em um segundo, os olhos ardendo de raiva quando Ember dá um sorrisinho, vira-se e começa a se afastar. Uma bola de chama se forma na palma esticada dele, e Flint a lança com toda a força contra as costas dela.

Impotente, horrorizada, assisto quando Ember se vira com uma velocidade impossível e captura o fogo, quando o lança de volta contra Flint, quando as chamas disparam com graciosidade pelo ar.

Até que o atingem bem no rosto.

45

Mãos me arrastam pela plateia ensandecida. Estou meio gritando, meio soluçando, em desespero tentando me desvencilhar, abrir caminho entre o mar de corpos e alcançar meu irmão. Em vez disso, sou puxada e empurrada para uma tenda dourada, desabando em uma pilha de almofadas de seda vermelha.

Momentos depois, um time de médicos entra na arena às pressas. Carregam uma maca, mas há tanta gente obstruindo minha visão que não consigo ver Flint direito, só um braço aqui, uma perna ali, uma explosão de cachos escuros. Os médicos vasculham as bolsas de couro para pegar instrumentos, encharcando ataduras e gritando instruções uns aos outros enquanto cercam a figura flácida na maca. Dou um pulo para a frente, mas vovó e River me seguram.

É aí que Sheen aparece a meu lado, os olhos violeta aterrorizados.

— Ele... ele está...?

Spinner segura minha mão.

— Ele vai ficar bem. Vai ficar bem, não vai?

Ela olha ao redor, mas ninguém responde.

Tento chegar a Flint de novo, mas um médico bloqueia meu caminho.

— Todo mundo para *fora* — exige ele.

Vovó se vira para ele, batendo a bengala com raiva.

— Você esquece de com quem está falando, rapaz. Eu sou a mãe da Rainha do Fogo e esse é *meu* net...

Então ouço o anúncio, alto e claro, acima da algazarra lá fora. Meu nome.

Todos os ossos de meu corpo parecem virar pó. Eu me pergunto como ainda estou de pé e percebo que River está me segurando.

— Chegou a hora — diz vovó com seriedade, com um gesto para que eu avance.

Eu me encolho, balançando a cabeça.

— *Não*. Eu não vou a lugar nenhum.

— Blaze, você não tem escolha.

— Mas Flint...

— Está sendo tratado agora mesmo. Não há mais nada que possa fazer por ele.

River aperta meu ombro, reconfortante. Lanço um último olhar desesperado para meu irmão antes de ser conduzida para fora da tenda.

— Use seus instintos, confie em seu treinamento — murmura River. — Encontre as fraquezas de Marina e mire nelas. Não baixe a guarda, nem um por instante.

Vovó enxuga minhas lágrimas com gentileza.

— Cabeça erguida, minha querida.

Assinto, atordoada, mas por dentro estou gritando.

Dois membros da Guarda Imperial se afastam de onde vários cavaleiros estão contendo a multidão e vêm me acompanhar até o anfiteatro.

— Blaze?

Quando me viro, vovó está apertando a bengala com força, os olhos perfurando os meus quando parece chegar a alguma decisão.

— Lembre-se de quem você é — declara ela.

Engulo em seco, mantendo o olhar no dela enquanto posso, antes que os cavaleiros me conduzam para o centro das arquibancadas. O sangue pulsa em meus ouvidos quando atravesso o túnel, até emergir de novo na luz ofuscante do sol.

Só agora que estou parada no centro do anfiteatro posso absorver quantos espectadores há aqui dentro. Dezenas de milhares, talvez mais, todos se esticando para ter um vislumbre de mim. Endireito as costas, aprumo os ombros, ergo o queixo no ar. Não sorrio. Não aceno.

A batida dos tambores fica mais forte.

Então vejo Marina. Ela está vindo do outro lado do chão chamuscado, o longo cabelo escuro preso com aquelas presilhas prateadas na forma de peixinhos. Seus olhos encontram os meus e ela mantém o olhar, a boca se curvando em um sorrisinho.

Uma voz sedosa atravessa o barulho da plateia, carregada por fluxos obedientes de ar. Não é um pedido... e sim uma ordem.

— *Silêncio.*

A multidão obedece de imediato. Ergo os olhos para o estrado dourado e vejo o rei Balen sorrindo para mim.

Ao lado dele, o imperador se levanta, instável.

— Apresento as Herdeiras aquatori.

As arquibancadas irrompem em gritos e aplausos.

Quero desaparecer por um portal, mas ainda não aprendi a desenhá-los bem. Quero me virar e correr e me esconder. Só que é tarde demais.

— Que a batalha pela coroa aquatori se inicie.

Há um breve momento em que nada acontece. Então sou empurrada para trás por um jato d'água, caindo de costas com força e perdendo o fôlego. O céu é de um azul perfeito, brilhante e sem nuvens. Vejo pássaros voando acima.

Foco.

Eu me ergo às pressas bem quando Marina manda outro fluxo em minha direção. Sou mais rápida desta vez e consigo desviar.

Marina fecha os olhos. Olho para baixo quando o anfiteatro começa a se encher de água, só o suficiente para cobrir meus tornozelos. Eu deveria agir agora, enquanto ela está concentrada, mas não consigo parar de pensar em Flint, com os membros todo contorcidos no chão...

Solto um grito de dor quando a água ao redor de meus pés começa a ferver. Chia e borbulha, ficando mais quente a cada segundo. Marina agita o mar quente, mandando uma onda contra mim. Desvio, pulando de um pé para o outro.

Lembro do primeiro dia de treinamento na fortaleza, quando ela também me queimou. Eu era impotente e não sabia o que estava fazendo, e ela não via a hora de me mostrar como eu não era bem-vinda. Uso a lembrança para alimentar minha fúria, deixando-a se verter de mim como gelo líquido.

De repente, a água ao redor começa a esfriar. Sinto-a através do couro encharcado das botas. Marina rosna quando pequenos icebergs começam a se formar. Se eu conseguir pará-la, congelando-a no lugar...

Arquejo quando sou engolida por vapor — está por toda parte, subindo em grandes nuvens ardentes. Levo um momento para entender que Marina está evaporando a água, e tropeço sem conseguir enxergar, enterrando o rosto na dobra do cotovelo. Está tão quente que não consigo respirar.

Por fim, o vapor se dissipa, e estreito os olhos através da névoa remanescente, com o cabelo colado ao rosto e ao pescoço.

Marina deve ter me visto primeiro, porque, quando a encontro, ela já está correndo em minha direção. Porém, meus reflexos estão mais rápidos do que antes. É quase cômico como ela escorrega e cai na camada de gelo cintilante que criei.

Dou um passinho para a frente quando ela se atrapalha no chão, tentando se erguer em desespero.

— Precisa de uma mãozinha?

A plateia irrompe em gargalhadas.

Os olhos de Marina são ressentimento puro. Arquejando, apoiada nas mãos e joelhos, vejo-a erguer o punho no ar e batê-lo no topo do gelo. Ela faz isso de novo. E de novo. Os nós dos seus dedos se rasgam e sangram.

Eu a encaro, perplexa. O que ela está *fazendo*?

Então Marina ergue as mãos acima da cabeça, e os cacos congelados sobem do chão, irregulares e afiados. Soltando um grito selvagem, ela os lança em minha direção, numerosos o suficiente para me cortar em pedacinhos.

O tempo parece desacelerar conforme o gelo voa pelo ar.

Fecho os olhos.

E não é um enxame de cacos de gelo que me envolve, e sim uma pancada de chuva.

Exalando de alívio, abro os olhos e encontro Marina de pé, com o rosto contorcido de raiva. Ela faz um gesto brusco com o braço e um jato de água fervente dispara em minha direção. Ergo um escudo antes que possa atingir o alvo, a água chiando quando atinge a parede de gelo.

Marina me rodeia, mas a rainha Hydra me ensinou bem, e logo estou toda cercada pelo muro, protegida de todos os lados. Porém, não consigo mais ver Marina; o gelo é espesso demais. Estou protegida, mas também presa. *Eu mesma* me prendi. Com um xingamento, explodo o muro de gelo, girando, frenética, em busca de minha adversária.

É aí que uma onda colossal me atinge por trás, fazendo-me cair no chão.

Luto para me apoiar nos cotovelos, tentando me levantar, mas a primeira onda é seguida por uma segunda, essa tão poderosa que sinto a cabeça bater na terra batida, o impacto mandando ondas de choque por meu pescoço. A dor é ofuscante. Vejo estrelas e estendo a mão para pegar uma.

Quando a onda recua, espalhando-se pelo chão chamuscado, ouço Marina rindo. Então sinto uma pressão diferente, desta vez no pulso esticado, o mesmo que quebrei no primeiro desafio, quando a fera disfarçada de Ember me empurrou de cabeça montanha abaixo. O osso sarou, mas ainda está sensível, e sinto uma pontada de dor subir pelo braço, quente e aguda, quando Marina pisa com força em meu pulso.

— Achou mesmo que podia me derrotar? — brada ela. — Achou mesmo que o joguinho sádico dos deuses, qualquer que seja, acabaria com *você* no trono?

Ranjo os dentes para não gritar.

— Não sei como você conseguiu chegar até aqui — continua Marina —, mas, quando eu for rainha, prometo que vai desejar ter se *afogado* naquela tempestade quando bebê.

Minha cabeça ainda está girando, meu coração martelando. Tento girar o corpo, mas mal consigo me mexer.

— Sabe quantas pessoas morreram porque você nasceu? Quantas Casas perderam *tudo*? Os lares, as fortunas, as heranças legítimas.

Talvez esteja imaginando, mas há dor na voz dela, que fica estridente e ameaça falhar.

— E tudo isso para quê? O que você já fez, exceto trazer infelicidade e sofrimento à terra que se acha digna de governar? Você me dá *nojo*.

Um gritinho estrangulado escapa de meus lábios.

— Olhe só você. Ember tinha razão. Você é patética. *Fraca*. Seu poder doentio sumiu faz tempo. É como sua avó disse: os dias de tempestade ficaram para trás.

A pressão em meu braço afrouxa só o suficiente para Marina chutar minha nuca.

Ouço meu nariz quebrar antes de sentir a dor.

Então sinto a dor.

Marina ri.

— Pois bem, *Tecelã de Tempestades*. Você se rende?

Cuspo sangue, lutando para ficar consciente.

— Diga — ordena Marina, sibilando. — Quero ouvir você dizer.

O rugido atroante da multidão de repente parece muito distante, como se eu estivesse submersa. Eu me *sinto* a água, como se meus membros tivessem sido abertos e enchidos de líquido. Como se eu pudesse me afogar aqui mesmo, dentro da própria cabeça.

O Olho se crava em meu peito. Ao redor de meu pescoço está a maior arma de Ostacre. Ele me chamou, esse talismã encantado. Ele me *escolheu*.

O poder em si.

Qualquer poder, todo o poder, bem na ponta de meus dedos, mesmo que eu não saiba bem como usá-lo ainda. O velho disse que o Olho da Alma dava ao usuário a habilidade de tomar o poder, de possui-lo.

De devolvê-lo também. Elva provou isso. E que coisa linda, penso, enquanto pontos pretos começam a nadar em minha vista. Devolver aquilo que se pensava perdido para sempre.

Pisco.

O poder de devolver o poder.

Quer tenha sido tirado à força, cortado ou perdido, o poder pode ser devolvido pelo Olho dourado ao redor de meu pescoço. E o que Marina acabou de dizer?

"Seu poder doentio sumiu faz tempo. É como sua avó disse: os dias de tempestade ficaram para trás."

Devagar, ergo a cabeça. Eu me vejo refletida em uma poça de água ao lado, o cabelo pingando, o nariz escorrendo vermelho. Olho para meus próprios olhos, arregalados e ensandecidos. Cinza, como nuvens de tempestade.

As últimas palavras de vovó mergulham fundo no oceano em que me afogo, puxando-me de volta à superfície:

"Lembre-se de quem você é."

Minha mãe me chamou de Blaze — *conflagração*. Sou a filha de duas grandes Casas. Sou a última Cantora da Chuva. O começo que trouxe o fim. Alguns dizem que sou amaldiçoada pelos deuses. Alguns dizem que sou uma assassina, uma criança trocada, uma aberração.

Minha vida inteira foi moldada por aquela tempestade, por um poder que achei ter perdido para sempre.

Só que e se não tiver? E se eu puder recuperá-lo? Não é roubo. Não posso roubar algo que é *meu*, tão inerente que nasci com ele. Que nasceu comigo.

"Lembre-se de quem você é."

— Está me ouvindo? — pergunta Marina, ríspida.

Espelhada na água, vejo-a erguer os braços para acabar com a luta. Então giro o corpo, segurando seu tornozelo e puxando. Ela cai, gritando de surpresa.

Cerrando a mandíbula, eu me obrigo a me levantar.

Marina pula em cima de mim, mas meu jato d'água a atinge com força no peito. Mando um segundo, depois um terceiro.

Agora é minha vez de criar uma onda.

A coisa se ergue à frente, com três metros de altura e espumando em fúria. Marina recua aos tropeços, cuspindo água, mas mal tem tempo de erguer as mãos antes que a onda avance e a envolva. Eu a observo se debater por um momento, rolando pela água.

Então estalo os dedos, e a água congela.

Marina está presa dentro da onda, o cabelo suspenso como uma auréola escura acima da cabeça, os membros congelados em ângulos esquisitos, os olhos enormes e aterrorizados.

A multidão está de pé, o Conselho das Coroas se inclinando para a frente nos tronos.

"Lembre-se de quem você é."

Aperto o ponto em que o Olho de Syla está apoiado no centro de meu peito.

Você me escolheu, penso. *Agora é minha vez de escolher você.*

A sensação começa no peito e se espalha. De alguma forma, é tanto quente quanto fria; tão forte quanto aço, mas tão frágil quanto vidro. Parece um... um puxão suave na parte mais interna de mim, que esteve adormecida por muito tempo.

Há outro puxão. Mais agudo desta vez.

"Lembre-se de quem você é."

Começa a garoar, uma chuva leve e lenta.

Houve uma época em que acreditei que estava destinada a ser garoa. Fraca e inconsequente. Vivendo entre extremos, quase inexistente.

A garoa se intensifica, não mais uma névoa, mas gotas perfeitamente formadas, caindo pesada e com propósito do céu que escurece.

Depois que aprendi mais sobre meus dons e como usá-los, passei a achar que eu era chuva. Foi meu primeiro dom, o que pertence apenas a mim, que se fundiu à tristeza. Contudo, estou percebendo que sou mais do que isso. Que meu destino sempre foi ser mais do que isso.

"Lembre-se de quem você é."

A sensação está ficando mais forte, como se me engolisse por inteiro. A chuva escorre por minha pele, batendo com força no chão. Ergo os olhos e percebo que o sol recuou, o céu está agora de um cinza profundo. Nuvens escuras e inchadas se agregam, sinistras, lá em cima.

A chuva pesada se torna uma torrente. Gritos enchem o ar conforme o anfiteatro começa a encher, a água subindo a uma velocidade alarmante.

Apenas eu sou protegida por algum campo de força invisível, como se eu fosse o centro de tudo.

O olho da tempestade.

Um som estranho enche meus ouvidos, fraco e lindo de doer. Lágrimas escorrem por meu rosto quando percebo o que é.

A canção da chuva.

Abrindo os braços, inclino a cabeça e a deixo me lavar.

"Lembre-se de quem você é."

Nunca foi questão de esquecer, e sim de acreditar. E aqui, neste momento, nunca me senti mais eu mesma.

Por fim, depois de reunir todas as forças, estendo a mão para a tempestade e controlo o poder. De uma só vez, a chuva para. As nuvens se dispersam e o céu fica mais claro, um cinza pálido atravessado por feixes de luz do sol. O silêncio se assenta ao redor como nevoa.

Fico parada, arquejando, tremendo tanto que meus ossos parecem bater uns nos outros.

"Lembre-se de quem você é."

Sou a garota que teceu a tempestade que abalou o mundo.

E vim pegar minha coroa.

46

O que aconteceu em seguida é um borrão.

Vagamente, lembro do imperador dizendo algumas palavras, acalmando a multidão histérica e me anunciando como a vencedora. Médicos entraram correndo no anfiteatro, alguns seguindo até Marina, encharcada e esparramada no chão, e outros vindo em minha direção. Só que os afastei, forçando-me a pôr um pé na frente do outro até estar em segurança de volta no túnel. Então caí no chão.

Acordei algum tempo depois na tenda. Um dos médicos notou minhas pálpebras tremulando e murmurou algo que não entendi enquanto virava um frasco de líquido claro minha goela abaixo.

Quando acordo de novo, estou deitada na cama no Palácio Dourado. É o fim da tarde e todas as velas estão acesas. Vovó está curvada sobre mim, o rosto tenso e enrugado de tensão. Eu o vejo se suavizar quando ela me observa, estendendo a mão para alisar meu cabelo.

— Minha querida.

— Vovó — sussurro, então inspiro com força quando a dor chega.

— Eles realinharam o osso — explica ela, apontando para meu nariz. — O inchaço deve passar em um ou dois dias.

Assinto, o que dói. Vovó me ajuda a me sentar para beber um gole d'água. Quase me engasgo quando as lembranças dos desafios atravessam a névoa de analgésicos.

— Flint! Cadê ele?

— Descansando. Como você deveria fazer. Ele está na ala médica.

— Ele está bem?

A leve pausa antes de vovó falar parece amplificar a gravidade no quarto.

— Seu irmão está tão bem quanto se poderia esperar. A pele do lado esquerdo do rosto ficou bem queimada depois que sua prima... — Ela para e engole em seco. — Eles conseguiram salvá-la. Só que... só que...

Vovó desvia o olhar, apertando os lábios com força.

Meu coração se encolhe até ficar do tamanho de uma unha.

— *Só que?*

Vovó toca minha bochecha, e não sei se quero arrancar a resposta da boca dela ou colocar as mãos nos ouvidos para não ter que ouvi-la.

— O olho esquerdo dele — conclui ela, baixinho. — Estava aberto quando... — Ela respira fundo. — Ele não pode mais enxergar, minha querida.

O quarto oscila e gira. Acho que vou vomitar.

— Quer dizer... quer dizer que ele está... *cego?* — A última palavra sai como um sussurro.

— Só do olho esquerdo — responde vovó depressa.

— E eles não podem fazer nada?

Vovó nega com a cabeça. Engulo o soluço subindo pela garganta e giro as pernas para o lado da cama. Só o movimento já me deixa tonta.

— O que está fazendo?

Tento me levantar.

— Flint. Preciso vê-lo. Preciso...

Porém, com delicadeza, vovó me empurra de volta na cama.

— Ele está dormindo, Blaze, e você não está firme o bastante para ir a lugar algum hoje. O acompanhante dele está lá, ele não deixou Flint por um segundo. Você pode ver seu irmão amanhã quando estiver mais descansada, ouviu bem?

Lanço um olhar irritado para ela, mas então caio nos travesseiros, entorpecida.

A fúria me encontra primeiro.

— *Ember* — sussurro.

O copo d'água ao lado da cama congela e se estilhaça.

Vovó estende um braço para proteger meu rosto.

— Blaze. *Blaze.* Você tem que se acalmar...

Só que já estou me desvencilhando dos lençóis de seda, o gelo queimando frio no meu âmago enquanto me ergo aos tropeços.

— River — chama vovó.

Tudo oscila diante de minha vista, mas um par de braços me segura antes de eu atingir o chão.

Quando abro os olhos de novo, vejo o luar entrando pelas cortinas. Meus movimentos estão grogues e lentos, como se meus músculos tivessem sido trocados por melaço. Sinto uma sede desesperada, mas lembro que estilhacei o copo d'água.

Então me lembro por quê.

Assim que me sento com dificuldade, uma vela se acende ao lado da cama.

— Eu *disse* para você descansar — diz vovó com um suspiro. — Futura rainha ou não, peço que lembre que eu raramente estou errada, sobretudo quando se trata de você.

Ela me estende outro copo d'água e eu o bebo em dois goles. É então que as palavras começam a permear o que resta da névoa em minha cabeça.

Futura rainha.

— Eu venci — sussurro.

Vovó assente.

— Venceu.

— E isso significa...

— Que está prestes a ser coroada a nova rainha dos aquatori.

Minha barriga fica embrulhada.

— Mas... mas as pessoas *nunca* vão me aceitar.

Vovó apoia a mão na minha.

— Não vou fingir que a transição vai ser fácil. Há muitos desafios à frente, mas você tem que enfrentar a tempestade. Tem que ser corajosa. Inabalável. Só então pode provar ao povo, ao *seu* povo, que é muito mais do que eles pensam. — A luz da vela dança em seus olhos. — Você venceu a coroa, Blaze. Agora faça por *merecê-la*.

Uma torrente de emoções colide contra mim, uma após a outra.

Medo, quente e sufocante, seguido por aquela pontada de nostalgia dolorosa pelo futuro que um dia planejei para mim mesma. Eu estava tão focada em derrotar Marina, em *vencer,* que quase esqueci de que vencer não significa o fim — que é só o começo. O que foi que vovó disse tantas semanas atrás, na manhã do eclipse?

"Não se enganem, o verdadeiro jogo começa quando os vencedores assumem os tronos."

A dúvida se revira dentro de mim. Não sei se tenho o necessário para ser rainha. E se eu não for corajosa ou inabalável? E se eu cair de cara no chão? E se as pessoas se recusarem a me servir, ou pior, se rebelarem contra meu governo?

Esfrego a cicatriz, os resquícios de minha primeira marca de nascença, o lembrete constante de que não sou o que deveria ser: ignitia. Ousada e brilhante, uma filha do fogo, outra centelha para atiçar o legado da Casa Harglade.

Porém, de modo estranho, também percebo que estou feliz. Porque aquela garota não conseguia transformar água em gelo, nem criar uma onda, nem invocar a chuva. Aquela garota não sou eu. Não importa quem eu deveria ser, pois naquele anfiteatro lembrei de quem sou.

Não nasci para conjurar chamas, e sim para afogá-las.

Então, entre o medo e a perda e as dúvidas, sinto algo familiar, mas quase febril em tamanha intensidade. *Orgulho.*

Penso na tempestade, em como foi tecê-la, controlar as nuvens e pintar o céu, ver o poder chover na terra. Um poder que é meu e apenas meu.

Um poder que foi devolvido a mim.

Sem pensar, ergo a mão para a corrente ao redor do pescoço. Vovó repara. Fico tensa quando ela estende a mão e puxa o talismã de Syla de debaixo do colarinho da camisola.

— Um olho — murmura.

— É de Spinner — minto depressa. — Ela me deu como um amuleto da sorte.

Vovó abre um sorriso gentil.

— Bem, então funcionou, não é?

Assinto, mas então me encolho, erguendo uma mão para cutucar a saliência inchada na cabeça.

— Ai.

— Durma — ordena vovó.

— Como quer que eu durma depois do que aconteceu? — pergunto, incrédula.

— Minha querida, eu não me importo que você seja a nova rainha aquatori. Sou sua avó, e você vai fazer o que eu digo.

Admitindo a derrota, deixo-a ajeitar os lençóis a meu redor. Algo pequeno e macio pula na cama e se enrodilha a meu lado, ronronando em meu ouvido.

— Oi, Ratinha — sussurro enquanto ela encosta o focinho em minha bochecha.

Apesar do que eu disse, não demora muito para o sono chegar. Sonho com Flint, vendo-o desabar no chão vez após vez. Sonho com Syla, amarrada em correntes de cristal nas masmorras. Sonho com a canção da chuva, pura e devastadora de tão linda.

E sonho com olhos.

Olhos e céus e tempestades.

47

Os etheri se dispersam quando me veem, com pressa para me deixar passar enquanto atravesso o Palácio Dourado até os aposentos da rainha Hydra.

Ela está sentada na cadeira junto à janela. Não me convidou, mas parece que minha visita era esperada, uma vez que me cumprimenta antes mesmo de se virar.

— Blaze.

Faço uma mesura profunda.

— Majestade.

— Em pouco tempo, criança, eu é que vou me curvar a você.

A ideia é tão absurda que quase dou risada. Limpando a garganta, esfrego a cicatriz enquanto tento em desespero pensar em algo para dizer.

A rainha sorri.

— Está tudo bem. Depois de quase vinte e cinco anos como governante, aprecio a oportunidade de abdicar. Lógico que nem todos os meus colegas do Conselho partilham de meus sentimentos, mas vão perceber que, quando chega a hora de algo acabar... — Ela balança a cabeça. — Bem, é melhor aceitar.

Afundo na cadeira ao lado enquanto ela me serve uma xícara de chá quente e doce.

— E como vai seu irmão?

Flint ainda não consegue falar mais que algumas palavras. Os médicos acham que é sábio mantê-lo dopado com analgésicos. Ele passa a maior parte do tempo dormindo. Às vezes, seu olho bom se abre e se move em um frenesi, então se fecha quando os medicamentos o deixam inconsciente de novo.

— Tão bem quanto se poderia esperar, Majestade.

A rainha Hydra não insiste. O diadema de ondas douradas cintila na luz do sol de fim de tarde.

— Parece certo que eu entregue a coroa a você — diz ela com suavidade. — Eu sabia que seria sua. Soube no momento em que a conheci.

As palavras me tocam e me aterrorizam em igual medida.

— Passei os últimos dezessete anos escondida do mundo — digo em voz baixa. — Nunca estive nas Terras da Água. Não conheço o povo que devo governar. Não sei nada sobre ser rainha. Como... como vou fazer isso?

A rainha mexe o chá, batendo a colher com delicadeza na beirada da xícara antes de apoiá-la no pires.

— Se não estivesse intimidada pela vida que a espera, eu não a acharia digna dela — declara ela.

Engulo em seco.

— Pode me ajudar?

A voz da rainha Hydra é tão solene quanto um juramento:

— Se é o que você deseja.

Quando abro a porta de meus aposentos, Elva está esperando por mim. Embora continue linda, está com óbvias olheiras, e os olhos reassumiram a tonalidade âmbar habitual. Ela está apertando o encosto da cadeira como se as pernas pudessem fraquejar.

— Então você voltou — digo, ríspida.

Ela abaixa a cabeça, o cabelo loiro-manteiga caindo no rosto.

— Sei que você deve estar brava comigo — sussurra ela. — Eu... eu nunca tive a intenção, nunca quis...

— Elva.

Ela ergue os olhos e há medo neles, um medo real, e por um momento não vejo a garota parada à frente, e sim a garota arrancada dos braços da mãe e vendida como servente, a garota que foi açoitada para salvar uma criança do mesmo destino, a garota que rasgou um pedaço de sua única peça de roupa para atar minha mão ensanguentada, e sinto todo resquício da traição que alimentava minha raiva sumir.

— Você o ama, não ama? — pergunto. — Hal. Você o ama de verdade?

Vejo a resposta em seu rosto. Reconheço-a de imediato. É a mesma expressão que minha mãe sempre tinha quando meu pai chegava. Como se ela estivesse iluminada por dentro.

Assinto, então me sento na cadeira, apontando para Elva se sentar à frente.

— Como está se sentindo?

Ela parece chocada.

— Que foi? — Dou de ombros. — Quem sou eu para atrapalhar o amor verdadeiro?

Ela só me encara, hesitante, mas então se senta na beirada da cadeira com as mãos unidas no colo.

— Eu me sinto... *estranha*.

— O que exatamente Fox disse a você?

Ela parece aterrorizada de repente.

— Ele... ele disse que, se eu contasse para alguém, ele... ele...

— Ele o quê?

Arqueio uma sobrancelha.

Ela estremece, a voz mal audível.

— Ele me mataria.

— Ele não vai fazer isso — garanto a ela. — Não enquanto eu estiver por aqui. Não tenha medo dele.

Ela franze a testa.

— Mas... você não tem medo dele?

Sim.

— Não, e você também não deveria ter — digo com firmeza. — Além disso, acha mesmo que ele se daria ao trabalho de salvar você para matá-la logo depois?

Ela pensa nisso por um momento, mas ainda não parece convencida.

Eu me inclino em sua direção.

— Você entende, Elva? Entende o que eu... o que aconteceu? — Eu me corto a tempo.

Confessar que fui eu que devolvi a magia significa expor a verdade sobre o Olho da Alma.

Elva se remexe, desconfortável, na cadeira.

— Ele me disse que eu sou uma... *magi*. — Ela fala a palavra como se queimasse. — Mas não posso ser, eu...

— Calma. É muita coisa para absorver, eu sei.

Ela cobre o rosto com as mãos.

— Elva — digo com gentileza. — Você sabe o que isso significa, certo? Você possui um poder extraordinário. Não tem mais que ser uma servente. Pode ser o que quiser, ir aonde quiser. Você poderia... poderia ir para casa.

Ela fica imóvel. Erguendo a cabeça minimamente, sussurra:

— Eu poderia ir para casa?

Vejo, espantada, quando finas gavinhas de escuridão começam a escapar da ponta de seus dedos, fitas de sombra envolvendo-se ao redor dela.

Uma única lágrima escorre por seu rosto.

— O que está acontecendo comigo?

Ambas levamos um susto quando alguém bate à porta. Em pânico, Elva espera até a escuridão se dissipar e então vai abri-la, o rosto corando de culpa e prazer. Hal está do outro lado. Algo em seus olhos cansados ganha vida quando vê Elva, e tenho a sensação de que ela não irá a lugar nenhum, pelo menos não tão cedo.

Estou começando a aceitar a situação, juro, e os perdoei por me enganarem — pela maior parte, ao menos —, mas não resisto a dar uma tossidinha.

— Blaze.

Hal curva a cabeça quando entra na sala.

Eu me ergo e faço uma mesura.

— Sua Alteza Imperial.

Elva paira, incerta, perto da porta.

— Pode ficar — digo a ela.

Ela balança a cabeça.

— É melhor eu ir — responde e sai em silêncio.

— Então — começo, quando a porta se fecha atrás dela —, aposto que você não esperava por isso.

Hal se senta a meu lado.

— Eu sempre acreditei em você, Blaze. Desde o começo.

Há uma pausa. Não falo, sabendo que ele tem mais a dizer.

Por fim, ele vira a cabeça e me olha nos olhos.

— Diga que não perdi você para sempre — pede ele. — Diga que ainda podemos ser amigos.

Penso em meu Onomástico, em como Hal estendeu a mão para mim, e só sei que, apesar de tudo, minha vida ficou um pouco mais iluminada na noite em que conheci o Príncipe da Aurora.

Ele quer ser meu amigo. Achei que eu mesma queria mais, mas estou percebendo agora que talvez isso fosse tudo que eu precisava dele. Talvez o destino sempre tenha sido sermos só isso.

— Sempre — digo a ele.

Hal sorri.

— Quero que você saiba que estou feliz... não, que é uma *honra* a sua presença em meu Conselho.

Sorrio de volta.

— A honra é minha.

Meu irmão ainda está dormindo quando chego à ala médica, metade do rosto escondido pelas ataduras.

Sheen está cochilando em uma cadeira ao lado da cama. Ele quase não deixou Flint desde o desafio, mais uma sentinela que um acompanhante, vigiando-o com uma devoção tão intensa que às vezes sinto que estou atrapalhando com minha presença. Meu olhar se demora na mão esticada dele, apoiada a meros centímetros da de Flint, e sinto um aperto no peito quando vejo a marca de meu irmão, que não brilha mais. A dor reaparece e ameaça me sufocar.

Não só por Flint ter perdido — é muito pior que isso. Ember *venceu*. Não consigo pensar nela sem querer quebrar alguma coisa. Um copo. Um vaso. Um pescoço.

Ontem à noite, quando entrei aqui, vi tia Yvainne se debulhando em lágrimas nos braços da esposa, Seraphine, que murmurava palavras reconfortantes. Nossa tia nunca escondeu a esperança de que seria Flint a tomar seu lugar no trono. Só que agora...

Reteso a mandíbula, mirando Spinner. Ela também está dormindo, apoiada no peitoril da janela, a cabeça curvada sobre o peito, uma única lágrima pendendo do queixo.

Sempre que entro neste quarto, fico dividida entre decepção e alívio. Decepção porque parte de mim anseia por ouvir a voz de Flint, por vê-lo sentado na cama me esperando, e alívio porque outra parte quer prolongar o tempo dele aqui, seguro e aconchegado na inconsciência, sem fazer ideia do que aconteceu consigo.

Ele murmura algo incoerente no sono, e estendo a mão por instinto, afastando com delicadeza seus cachos espessos da testa, que está quente e úmida de suor. Esfrio a água na bacia ao lado da cama, encharcando um pano e o torcendo antes de apertá-lo de leve no lado direito de seu rosto.

Uma nuvem de garoa me segue quando volto para a ala aquatori. Contudo, assim que chego aos aposentos, meu olhar foca uma aldrava em forma de olho, e percebo que ainda preciso ver uma pessoa.

Sigo pelos corredores iluminados por velas até a Biblioteca Dourada. Minha pequena alcova está deserta, mas um orbe de luz flutua com gentileza ao lado da maior das duas poltronas.

— Sei que você está aqui — digo no silêncio. — Apareça.

De repente, a luz começa a crescer em tamanho e brilho até eu ser forçada a proteger os olhos do clarão ofuscante. Quando abaixo os braços, o velho está sentado à minha frente, arrumando a túnica dourada descorada ao redor de si na cadeira.

— Então, garota. A que devo este prazer totalmente inesperado?

— Preciso de respostas, e é você que as tem.

Ele ergue uma sobrancelha grossa.

— Ah, é? E o que me incitaria a lhe dar?

Não hesito antes de passar a corrente pela cabeça e balançar o Olho de Syla na frente dele.

— *Isso*.

Há um silêncio longo e carregado.

Sento-me na poltrona diante dele.

— Quem é você?

O velho abre um sorriso torto, rugas de idade entalhando vincos profundos no rosto.

— A garota pergunta quem eu sou. Não quem eu era.

Eu o encaro, a mente em branco.

— Houve uma época em que eu tinha o mundo na palma da mão. Era uma força da natureza, um governante sem rivais, um Deus entre os homens. Era o ser mais poderoso da Terra. Ao menos era o que eu pensava. — Seus olhos escuros ficam anuviados com as lembranças. — Eu ouvi boatos, rumores sobre três irmãs magi, cada uma com um Olho dourado encantado. O Olho do Passado, o Olho do Futuro e o Olho da Alma. Eu tinha que descobrir se as histórias eram verdadeiras e, quando descobri que eram, soube que precisava agir. Soube que precisava tomar os Olhos para mim. Estávamos no meio de uma guerra, sangue estava sendo derramado, e a terceira irmã foi trazida a Ostacre em correntes de cristal.

— Syla — murmuro.

— Syla — confirma ele. — Mas as irmãs mais velhas não eram garotas tão obedientes. Lembra o que aconteceu com Sifa e Seera?

Confirmo com a cabeça.

— Você disse que elas fugiram, que foram mortas, mas, antes de morrerem, elas esconderam os talismãs onde eles nunca seriam encontrados.

O velho ri.

— Onde elas *acreditavam* que eles nunca seriam encontrados.

— Como assim?

— Ah, minha querida garota — murmura ele, balançando a cabeça de modo afetuoso. — Acha mesmo que não sei que o Olho do Passado está pendurado no pescoço de seu amigo, o Talhador da Terra?

Meu peito se aperta, esmagando minha traqueia.

— Não sei do que está falando.

— Mentira. E não uma muito boa.

Engulo em seco.

— Por que está me contando isso? Por que me contou a história?

— Porque sempre seria eu que a contaria a você, garota.

Meu coração martela alto e rápido.

— O que isso *significa*?

— Significa que eu me vi contando essa história a você antes de você sequer nascer.

O velho ergue o dedo longo e nodoso, e percebo que ele não está usando as luvas douradas costumeiras. O orbe de luz desliza mais para perto até pairar no espaço entre nós, tão brilhante quando minha marca.

— Seera tentou escondê-lo de mim, sabe. E conseguiu, por muitos anos.

Observo, pasma, a luz começar a se encolher, ficando mais fraca até não ser um orbe de luz, mas algo pequeno e delicado, emanando um brilho dourado.

— Ela foi para o túmulo acreditando que eu nunca o encontraria — diz ele, quando o objeto cai em sua mão esticada —, mas *encontrei*.

Estou balançando a cabeça, recusando-me a crer que estou olhando para o Olho perdido, recusando-me a acreditar que esteve aqui, na posse do velho, esse tempo todo.

Escuto a voz de Fox na cabeça:

"Os Olhos são parecidos com as donas originais. São irmãos. Gostam de estar juntos."

— Você... você tem o Olho do Futuro — sussurro.

— Que garota observadora.

— Mas *como*?

— Você parece assustada. Só que não se deve temer o futuro, e sim apropriar-se dele.

Uma lembrança se agita, trazendo as mesmas palavras, ditas a mim por outra pessoa, alguém com uma voz suave como seda.

— Mas talvez você esteja certa em ter cautela — continua o velho. — Seu inimigo está próximo, garota. Ah, se soubesse o que ele quer fazer com você...

Minhas mãos estão tremendo. Aperto os braços da poltrona com força.

— Quem é você?

O velho une as pontas dos dedos pálidos.

— Sou muitas coisas. Já fui fogo, já fui água, já fui ar e terra e a aurora. Já fui o mestre titereiro. Já manipulei os fios dourados da vida. Meu *nome*, garota. Pergunte meu nome.

Outro orbe de luz surge ao lado dele, e arquejo. Apenas a família imperial possui o dom da luz — e apenas um filho primogênito. Um imperador.

Minha mente está girando, mas estou imobilizada pelos olhos do velho, de um preto profundo, estranhamente familiares.

— Qual é seu nome? — sussurro.

Ele estende a mão e vejo a marca desbotada, um sol cercando um olho, e um anel de sinete dourado com um pássaro em voo entalhado. Não, não qualquer pássaro.

Um corvo.

— É um prazer conhecê-la formalmente, Tecelã de Tempestades — declara ele. — Meu nome é Caius Castellion.

48

O dia da Cerimônia de Vínculo amanhece rosa e dourado. Estou sentada na sacada, vendo o sol ascender devagar para o céu rosado, com os olhos doendo de cansaço. Não tenho conseguido dormir. Desde a revelação na biblioteca, passei a maioria das noites acordada, virando o talismã de Syla nas mãos.

Caius Castellion.

Aquele velho é Caius Castellion.

O avô de Hal. O avô de *Fox*. O imperador que derrotou os magi e conquistou as Terras Distintas, que escravizou Syla, que sabe que tenho o Olho da Alma e que Fox tem o Olho do Passado, e que possui o Olho do Futuro.

Esse tempo todo, e eu não sabia. Nem suspeitava. Por que suspeitaria? O velho imperador supostamente está acamado, sob os cuidados de um exército de médicos da corte. Dizem que sua saúde está debilitada, que a sanidade se esvai mais a cada dia. Mas, embora idoso e frágil, o velho que conheço não parece alguém desprovido das faculdades mentais. Na verdade, parece bastante astuto. Mais do que astuto... ardiloso.

Devo mesmo acreditar que, depois de tudo que ele fez para possuir os três Olhos encantados, ele só ficaria à toa enquanto as peças são empunhadas por outras pessoas?

Ele está jogando um jogo, só que não sei as regras. Nem sabia que eu era uma jogadora.

Levanto-me e volto para o quarto em busca de Ratinha, mas não é minha gata que espera por mim na cama. Há um cinto de couro com uma bainha, parecido com o que River usa para o pequeno tridente prateado, exceto que essa bainha é curva, como se fosse projetado para...

Pego a adaga e a enfio ali. Cabe com perfeição. Há um bilhete também: "Para você."

— Acorde, *Majestade*. Chegou a hora. — Spinner enfia uma xícara de café com muito açúcar nas minhas mãos. — Beba. Deuses, você está com uma cara *péssima*. — Ela me empurra com gentileza para a cadeira na frente da penteadeira e analisa meu rosto no espelho, virando-o de um lado para o outro. — *Hmm*. Não vai ser fácil, mas acho que consigo dar um jeito.

— Fico muito aliviada.

A própria Spinner não parece muito descansada. Se tivesse que adivinhar, eu diria que ela veio direto da ala médica. Como Sheen, ela quase não sai de lá. Não agora que Flint acordou. Alguns dias atrás, cheguei e o encontrei apoiado na cama, com um sorriso fraco.

— Bem, maninha — disse ele —, ao que parece devo parabenizá-la. Ouvi dizer que você foi muito tempestuosa no terceiro desafio.

No verdadeiro estilo Flint, meu irmão está incompreensivelmente alegre. Contudo, eu sei, como só eu posso saber, que por dentro está atordoado. E, quando o choque passar, preocupo-me com o que pode substitui-lo.

Espero em silêncio enquanto Spinner e Elva me preparam para a cerimônia, tomando um cuidado especial para cobrir os hematomas ao redor de meu nariz. Quando terminam, estou quase irreconhecível.

— Pronto! — Spinner bate as palmas. — O que acha?

— Eu pareço uma rainha — digo.

Spinner aperta minha mão.

— Você não *parece* uma rainha, Blaze. Você *é* uma rainha.

Vou rumo à Sala da Seleção em um vestido da cor do oceano iluminado pelo sol: um azul brilhante e claro que desliza atrás de mim, o material tão maleável e fluido quanto água. Meu cabelo está solto, minhas pálpebras maquiadas com um pó cinza-tempestade. Ao redor do pescoço trajo o Olho de Syla, e nos quadris uso o cinto de couro, com a bainha e a adaga.

O Vínculo ocorre em uma câmara abobadada gigante, situada no ponto mais alto do palácio. Aqui, ambos os Conselhos das Coroas, o antigo e o novo, se reúnem para completar a cerimônia, que é presidida pela Mãe Suprema das Valla Jakartis, uma antiga irmandade, composta por mulheres etheri que levam vidas modestas, sem riquezas ou luxos, nunca se casando e escolhendo se dedicar por inteiro à prece e à adoração.

A cerimônia tem duas partes. Primeiro, o imperador atual abdica dos poderes concedidos a ele pelo Conselho das Coroas, o que significa que sua linha direta para os quatro dons será cortada. Depois, o novo Conselho assume o lugar e o processo todo será invertido. Um a um, os Herdeiros serão unidos ao novo imperador, forjando o vínculo que permitirá a Hal acessar e incorporar nossos poderes enquanto estiver sentado no Trono Dourado. A coroação vai acontecer esta noite. Dizem que as celebrações vão durar semanas. Espero que Flint esteja bem o suficiente para comparecer.

Vejo a porta à frente e meu estômago parece se revirar mais e mais em uma velocidade alarmante. Só tenho tempo para inspirar fundo antes que o objeto se abra e eu seja conduzida a uma pequena sala.

A rainha Hydra sorri para mim do outro lado. Ela usa o traje simples de sempre, os olhos azuis cintilando, o longo cabelo loiro-platinado escorrendo pelas costas.

— Se sua mãe pudesse vê-la agora — diz ela com suavidade —, ficaria tão orgulhosa.

A garoa ameaça cair, mas a afasto.

— Obrigada, Majestade — sussurro.

Neste momento, a porta para a sala adiante se abre. Tenho que fechar as mãos em punhos para impedi-las de tremer.

A rainha Hydra vem até mim e toma meu braço. Então diz:

— Nunca duvide das marés da fortuna, quer quebrem, quer conectem.

E, com isso, vamos em direção ao início.

A Sala de Seleção é de tirar o fôlego sob o sol entrando pelos vitrais. Longos bancos dourados curvos foram construídos para as figuras que são importantes o suficiente para presenciar o evento, e no centro do espaço há um grande pedestal circular. Quando me aproximo, vejo que há cinco símbolos entalhados ali — a chama ignitia, a pena ventalla, a árvore terrathian, a gota d'água aquatori, e, no meio deles, o sol Imperial.

A rainha e eu subimos os degraus e assumimos nossos lugares. Momentos depois, há uma inspiração coletiva dos espectadores, e quando me viro vejo a rainha Aspen, linda em um vestido de folhas farfalhantes. Ao lado dela vem o Talhador da Terra, com a camisa verde-sálvia esvoaçando e um pouco aberta no peito, expondo alguns centímetros de pele bronzeada e corrente dourada. Sinto um frio na barriga quando o vejo, e desvio o olhar quando ele toma o lugar a minha esquerda, o espaço entre nós transbordando com os segredos que compartilhamos agora.

Outra porta se abre do lado oposto da sala, revelando o rei Balen e Zephyr, os dois vestindo capas de seda cinza-névoa. O Rei do Ar para do outro lado do sobrinho, sorrindo para a congregação.

Volto a atenção para os espectadores e encontro vovó de imediato. Ela está sentada com Renly, murmurando baixinho no ouvido dele. Quando me vê olhando, meu irmãozinho sorri e acena, e sinto o aperto no peito se afrouxar um pouco.

Então vem o som de outra porta se abrindo, e a sensação de conforto vira gelo sólido.

Ember entra com alegria na sala ao lado de tia Yvainne, usando um vestido laranja-queimado extravagante, os lábios curvados em um sorriso nauseante de tão doce. Sou tomada pela vontade arrasadora de arrancá-lo do rosto dela. O gelo dentro de mim fissura e racha, e dou um passo para a frente. Então, pelo canto do olho, vejo Fox balançar a cabeça minimamente, o que me faz hesitar por tempo o bastante para a rainha ignitia e a Herdeira passarem. Lanço um olhar questionador para ele, mas Fox está olhando para a frente, sem dar nenhuma indicação de que fez algo para me impedir. Inspirando com força pelo nariz, volto para o lado da rainha Hydra, olhando para o círculo completo.

Os espectadores caem em um silêncio total quando a última porta se abre e a Suprema Mãe das Valla Jakartis entra, seguida pelo imperador Alvar, que parece tão emaciado quanto sempre. Uma doença hereditária, segundo Fox. Eu me pergunto o que poderia ser.

O príncipe Hal é o último a emergir, usando uma longa capa cerimonial de fio de ouro. Seu belo rosto está pálido e tenso, como se ele não tivesse dormido muito nos últimos tempos.

Os Castellion param no centro do pedestal. Hal parece estar tentando permanecer impassível, mas reparo no tremor em suas mãos quando as une com cuidado na frente do corpo, virando-se para a Mãe Suprema. Ela é uma mulher pequena, minúscula, na verdade, com o cabelo fino e grisalho puxado para trás sob um adereço de cabeça alto e imponente. Está usando uma túnica simples, da cor de chá fraco, que desliza atrás dela quando caminha devagar ao redor da congregação.

— Hoje — começa ela, em uma inesperada voz potente e grave — é um dia de grandes mudanças, grandes promessas. Hoje, presenciamos a aurora de uma nova era.

A Mãe Suprema fecha os olhos e começa a rezar, unindo a ponta dos dedos de leve. Meu coração parece estar fazendo piruetas. Concentro-me nos próprios pés, então arquejo de espanto quando ergo os olhos de novo.

Finas gavinhas de ouro, tão finas que parecem fios, esticam-se no ar entre o imperador e tia Yvainne, vinculando-os um ao outro. Os olhos de Hal estão arregalados, e Zephyr assovia baixinho. Assisto, em silêncio e fascínio, quando mais fios de poder brotam do imperador e deslizam para a rainha Hydra.

A voz da Mãe Suprema se ergue de um murmúrio para um cântico, a túnica pálida sussurrando sobre o pedestal quando o imperador é unido às três rainhas.

Neste momento, Fox, que estava assistindo aos procedimentos com um vago interesse, fica com o corpo rígido. Vejo a tensão nos músculos de sua mandíbula, a rigidez nos ombros, as centelhas de intensidade nos olhos verdes enquanto encara as profundezas de algo que não consigo ver.

Olho ao redor para os outros, mas ninguém parece ter notado.

Hesitante, toco o braço dele. E de repente não estou mais na Sala de Seleção — e sim em um lugar completamente diferente.

Um quarto grande, repleto de flores. Há um cavalinho de madeira no canto e, no centro, uma cama. Uma criança está dormindo nela, o longo cabelo castanho espalhado nos travesseiros. É a garotinha do primeiro desafio de Fox — a irmã dele.

Freya.

A visão fica um tanto borrada, mas distingo uma figura se aproximando da cama: um homem, alto e sombrio e vestindo uma túnica cinza-aço.

Ouço o eco de uma voz.

"Para dilacerar o mundo, primeiro é preciso dilacerar o coração do garoto."

O homem passa um longo dedo pálido pela bochecha de Freya, e de repente os olhos verde-folha dela se abrem. A menina começa a se engasgar, convulsionando como se o ar tivesse sido bloqueado dos pulmões.

Assisto, impotente e imóvel, até seu corpinho ficar imóvel.

O homem se vira, e vejo seu rosto.

Solto o braço de Fox e estou de volta à Sala da Seleção. O rosto dele é tomado por um amálgama de emoções tão complexo que não consigo desemaranhá-las. Contudo, quando ele dá um passo para a frente do círculo, vejo uma que reconheço.

Fúria — pura e ofuscante.

— Você — diz ele, apontando um dedo para o tio.

Todos os olhos na sala se voltam para o rei Balen, que só ergue as sobrancelhas. A Mãe Suprema se cala no meio de uma frase, virando-se para a comoção.

Fox está vibrando de fúria.

— Foi você — acusa ele. — Esse tempo todo.

A Mãe Suprema se irrita.

— Como ousa interromper...

Só que o imperador ergue a mão, silenciando-a. As gavinhas douradas ainda brilham, conectando-o aos membros do Conselho... menos um.

O rei Balen entra na frente do irmão, com o olhar fixo em Fox.

— Querido sobrinho — diz ele com a voz sedosa —, você está bem?

É aí que o chão começa a tremer. Os espectadores gritam, segurando-se com força nos bancos dourados, apertando uns aos outros de medo.

Durante o breve momento de pânico, Fox saca minha adaga da bainha no quadril. Ele avança sobre o rei Balen, parado de modo protetor na frente do imperador, que parece não conseguir se mover, atado de todos os lados por fios inquebráveis de poder.

Fox ergue a lâmina e pula em cima do tio, mas o rei ventalla só abre um grande sorriso antes de tremular e desaparecer... e observo, horrorizada, quando minha adaga se crava fundo no coração do imperador.

49

Sangue se derrama do peito do imperador.
Ele tenta conter o fluxo com as mãos, mas a capa já está toda escarlate. A adaga cai no chão quando ele tomba de joelhos.

Todos estão gritando.

Então percebo: o imperador não é o único sangrando.

O tempo parece desacelerar quando olho para o restante do Conselho das Coroas. A rainha Yvainne, a rainha Aspen e a rainha Hydra estão todas encharcadas de sangue, todas apertando o coração. Um a um, os quatro desabam no chão, que parou de tremer.

Alguns dos convidados fugiram da câmara, enquanto outros parecem estar paralisados de choque. Só consigo ver Renly aterrorizado nos braços de Kai quando ele e Elaith desaparecem pelas portas douradas imponentes.

Uma equipe de médicos entra correndo na sala bem quando River me alcança. Sua presença parece me despertar, e rasgo as mangas do vestido, que ele usa para estancar o fluxo de sangue ainda borbulhando no corte profundo no peito da rainha Hydra.

Isso não pode estar acontecendo. Como o Conselho está sangrando até a morte bem ali?

Foco as gavinhas de poder atando as rainhas ao imperador. Ouço a voz de Caius Castellion na cabeça:

"Já fui o mestre titereiro. Já manipulei os fios dourados da vida."

Enquanto observo, as gavinhas tremeluzem de leve e então começam a esvanecer.

Lógico. Foi isso que o Conselho fez: todos juraram a vida e o poder a ele, que reina sobre todos nós. E neste momento, quando estão conectados como um só, Fox apunhalou o pai no coração.

Um grito agoniado se ergue acima dos outros. Kestrel Calloway está curvada sobre o imperador, as lágrimas dela caindo no rosto dele enquanto o segura nos braços. Hal está ajoelhado ao lado dela, o corpo inteiro tremendo. Giro a cabeça, procurando Fox. Ele está imóvel, apertando o Olho do Passado ao redor do pescoço.

E entendo: o talismã de Sifa lhe deu uma visão.

Freya não morreu da doença do suor. Ela foi morta a sangue-frio por causa de uma profecia — assassinada pelo tio, o rei Balen.

Os olhos de Fox estão arregalados de choque, as feições retorcidas de dor.

"Para dilacerar o mundo, primeiro é preciso dilacerar o coração do garoto."

O Talho... A Fenda...

O garoto que dilacerou o mundo.

A compreensão me atinge no instante em que um grito estridente e terrível preenche a câmara. Vovó se ajoelha ao lado de tia Yvainne enquanto Seraphine, chorando, embala o corpo dela.

Em seguida... silêncio.

Um silêncio total e absoluto, como se o ar em si estivesse segurando o fôlego. Só quando escuto a risada baixa e suave entendo por quê.

O rei Balen surge de repente no centro do pedestal. Ele olha ao redor, para os corpos dos outros membros do Conselho, e estala a língua.

— Que desperdício.

Por toda a parte, bocas estão se abrindo e fechando, mas nenhum som sai, porque o som é carregado pelo ar, e o ar pertence ao rei Balen.

O rei caminha pela circunferência do pedestal, passando casualmente por cima das pernas do irmão e parando na frente de Fox.

— Ah, sobrinho. Olha só o que você fez.

Fox salta em cima dele, mas o rei Balen evidentemente dispôs uma barreira de ar denso entre os dois, e Fox não consegue tocá-lo. Vejo o olhar dele se voltar para onde minha adaga jaz ao lado do corpo do imperador. O rei Balen também repara. Com um giro delicado do pulso, ele faz a arma voar até o outro lado da câmara. Então, um fluxo invisível de ar puxa o Olho de Sifa, antes escondido sob a camisa de Fox. Solto um arquejo silencioso de horror quando o talismã paira com gentileza alguns centímetros acima do peito dele.

O rei Balen abre um grande sorriso.

— Ah, eu sabia. Garoto esperto. O Olho do Passado. Como o procurei.

Raízes irrompem pelo pedestal, estendendo-se na direção do rei Balen, mas ele só faz outro gesto descuidado e a corrente dourada começa a se fechar ao redor do pescoço de Fox.

— Que belo prêmio. — O rei estende a mão para acariciar o Olho, como acariciou a bochecha de Freya. — Agradeço muito, sobrinho, por tê-lo encontrado para mim.

As raízes desaceleram, retorcendo-se ao redor umas das outras.

— *Você* — diz Fox, engasgado, as mãos lutando contra a corrente que se aperta no pescoço. — Você matou minha irmã...

— Matei. — O rei Balen pisa em uma raiz imobilizada, fazendo a madeira rachar e estalar no silêncio espesso. — Um sacrifício necessário, infelizmente, devido à profecia. Só que essa é uma história para outro momento, pois acredito que há outro prêmio entre nós. E acho que sei bem quem o detém. — Os olhos pretos do rei cintilam. — Não é verdade, pombinha?

Meu coração parece parar de vez.

No instante seguinte, sou erguida no ar por uma poderosa lufada de vento. Fico pendurada, suspensa, lutando em desespero enquanto o rei Balen avança até mim. Rangendo os dentes, envio uma rajada de gelo direto na cara dele, mas ele a desvia.

De repente, a sala se enche de luz ofuscante. Hal está de pé, com os braços erguidos. Olha de Fox para mim, depois para o tio, sem saber quem atacar e quem defender.

A mudança de foco do rei parece ser suficiente para os espectadores recuperarem a voz.

Vejo vovó abrir caminho entre a equipe de médicos, uma chama crescendo na palma e refletida nos olhos. Quando fala, sua voz queima com uma fúria letal:

— Fique *longe* da minha neta.

River afasta o olhar da rainha Hydra, que está perdendo a consciência, e vai ficar ao lado de vovó. Escuto o som inconfundível de passos fora da Sala da Seleção, mas o rei Balen aponta preguiçosamente para as portas, que se fecham com um baque alto. Há vários gritos aterrorizados. Kestrel Calloway ainda está soluçando desconsolada no peito do imperador.

— Ah, *basta* — declara o rei Balen com um suspiro. — Eu não consigo ouvir meus próprios pensamentos.

Ele ergue a mão e quase todos na sala são erguidos alguns passos no ar e então lançados contra as paredes. A coroa de Hal cai de sua cabeça e rola pelo chão.

Faz-se silêncio de novo.

— Pronto — murmura o rei Balen com alegria. — Muito melhor, não acha, lady Harglade? E, por favor, permita-me ser o primeiro a oferecer meus pêsames pela morte da rainha Yvainne. É a segunda filha que você perde. Isso sugere certo descuido.

O som que sai da boca de minha avó é de pura fúria — um grito de guerra. Sua bengala incrustada de rubis cai no chão. Ela firma os pés, apruma os ombros e, por um momento, não vejo uma idosa, curvada por causa da idade e do luto, e sim Leda Lançadora de Chamas.

Descendente da Deusa do Fogo, Vesta. A líder da Casa Harglade.

Uma *guerreira*.

Ela começa a lançar chama após chama contra o rei Balen, enquanto River segue com cacos de gelo e jatos ardentes d'água. Arregalo os olhos quando vejo os dois, fogo e água, lutando juntos. O jeito como se movem é instintivo. Como uma dança, rítmica e fluida, cujos passos eles parecem ter aprendido há muito tempo. Duas vezes, o rei Balen quase é derrubado... mas já vejo que vovó e River estão começando a se cansar, sentindo a idade, enquanto o rei ventalla aguenta firme, bloqueando todos os ataques.

— Vovó! — grito quando ela tropeça, mas River está lá para firmá-la.

É então que o rei Balen estende os braços para a frente, mandando uma rajada violenta na direção dos dois, que os faz voar para trás como se não fossem nada além das penas adornando sua coroa dourada reluzente.

Grito quando vovó e River colidem com uma das portas douradas e caem ao lado de Hal e da Mãe Suprema, que jaz com o pescoço curvado em um ângulo estranho.

O rei Balen sorri para mim.

— Agora, onde estávamos?

Neste momento, há um som metálico atrás dele.

Fox está arquejando, a corrente, agora quebrada, pendendo da mão enquanto o Olho de Sifa se arrasta sobre o pedestal, fazendo o rei Balen hesitar só o suficiente para as trepadeiras que cercam os punhos de Fox se lançarem contra ele, envolvendo seus tornozelos e o fazendo cair no chão.

Quando o rei é derrubado, o controle sobre minhas amarras invisíveis se afrouxa e começo a cair. Dou um grito, preparando-me para o impacto.

Só que Fox chega a tempo, pegando-me nos braços.

A mandíbula dele está retesada, e ele me abaixa, os olhos incandescentes. Mantenho o olhar no dele por um momento fugaz antes de me virar e correr para vovó. Mas, antes que possa alcançá-la, o ar ao redor fica rarefeito.

Não consigo respirar.

Não consigo respirar, e, ao que parece, Fox também não.

O rei Balen, de pé outra vez, abaixa-se e pega o Olho de Sifa a alguns passos do corpo do imperador, que já está esfriando. Fox cai no chão, ofegando, apertando o pescoço como Freya fez naquela visão. Observo quando ele forma uma única palavra com a boca:

— *Corra.*

Só que não corro. Dou um passo cambaleante para a frente, mandando uma onda fraca contra o rei Balen. Ele a desvia com uma risada bem-humorada, fazendo a água escorrer pelo chão ao lado de onde a vida escorre para fora do corpo da rainha Hydra. Tento de novo, mas já estou zonza. Pontos pretos surgem em minha vista, e desabo de joelhos.

— Até que enfim — diz o rei Balen. — Um pouco de respeito.

Ele bate as mãos e o ar volta com tudo. Começo a inspirar e ofegar, vendo Fox fazer o mesmo.

— Estou cansado de nossos jogos hoje, pombinha. Quero que sejamos amigos. E amigos não roubam de amigos.

— Roubar? — digo, engasgada, fechando o punho ao redor do Olho de Syla. — Isto não é *seu.*

— Incorreto, docinho. Com a morte prematura de meu irmão, da mesma forma que o Olho foi de meu pai, agora é meu por direito. Então seja uma boa garota e o passe para cá.

Nego com a cabeça.

O rei Balen estala a língua.

— Menina teimosa. Eu poderia tirá-lo de você, sabe. Poderia arrancá-lo de seu pescoço, mas prefiro que você o ofereça de boa vontade. Afinal, se for ser minha rainha, devemos aprender a confiar um no outro.

"Seu inimigo está próximo, garota. Ah, se soubesse o que ele quer fazer com você..."

Sinto um nó na garganta.

— Como assim, *sua* rainha?

— Você não achou que eu deixaria meu sobrinho tomar a Coroa Imperial, não é? O querido Haldyn é parecido demais com o pai para ser um verdadeiro líder. Mole demais. Distrai-se fácil, fácil com coisas bonitas.

Não, esse fardo deve recair sobre alguém que é digno dele. E, com o poder em si em minha posse, quem ousaria me desafiar?

Fox se levanta, mas é jogado para trás por uma lufada de ar antes de dar um passo sequer em nossa direção, caindo com um baque abafado ao lado da rainha Hydra. O sangue da ferida dela se misturou com a água no chão, os restos de minhas ondas caídas. Ela aguentou mais do que os outros membros do Conselho, mas de certo já está morta a esta altura.

— Só imagine — continua o rei Balen. — Imagine o que podemos conseguir juntos. O mundo que poderíamos criar, os reinos que poderíamos dizimar.

Talvez seja só minha imaginação, mas eu poderia ter jurado que o braço da rainha Hydra estremeceu.

O rei ventalla estende a mão.

— O Olho, pombinha.

Minha mente gira, e passo os dedos pela corrente ao redor do pescoço.

— Não — sussurra Fox, rouco.

Devagar, puxo a corrente pela cabeça.

— Isso mesmo — diz o rei Balen em uma voz melodiosa. — Agora passe para cá.

Atrás dele, os olhos da rainha Hydra se abrem. Observo, pasma, quando a mão dela começa a se mexer, espasmódica, por cima da água.

Logo volto o olhar para o rei.

— Se eu te der o que você quer, promete que ninguém mais morre?

O rei Balen inclina a cabeça.

— Ah, docinho, você tem minha promessa solene.

A mão da rainha Hydra ainda está se mexendo. Ao lado dela, os olhos de Fox estão fixos em mim.

— Você e eu, pombinha — afirma o rei Balen com suavidade, inclinando-se para a frente. — Vamos conquistar tudo.

Olho para o talismã em minha mão. O poder em si. Poder que nunca deveria pertencer a alguém como o rei Balen, que o tomaria à força e o usaria para explorar outras pessoas em benefício próprio. E se ele puser as mãos nos três...

O rei dá um passo para perto. Sua voz continua tão sedosa quanto sempre, mas posso ouvir uma nota de impaciência nela:

— Dê-me o Olho.

Eu me levanto.

— Tudo bem.

— *Não* — brada Fox.

O rei Balen sorri.

— Eu sabia que você faria a escolha certa.

— É — concordo. — Eu também.

Recuo o braço e jogo o Olho com toda a força na direção da rainha Hydra. Vejo-o voar em um grande arco e cair dentro do portal que ela desenhou na água ensanguentada e desaparecer de vista. O portal se fecha e os olhos da rainha aquatori tremulam pela última vez.

Um grito furioso atravessa a câmara. O rei Balen se vira para mim, com o rosto contorcido de fúria. Só que neste momento as portas da Sala de Seleção se abrem e a Guarda Imperial começa a nos cercar.

Quando os cavaleiros avançam, os olhos escuros do rei Balen encontram os meus. Então ele some, desaparecendo no ar... mas as palavras permanecem, uma promessa sussurrada:

— Isso é só o começo, pombinha.

50

Estamos sentados no telhado do castelo Harglade, assistindo ao pôr do sol em Valburn.

— De volta ao começo — comenta Flint, jogando-me um pêssego.

Pego a fruta e dou uma mordida. Foi um dia de calor desconfortável, sem a menor brisa para aliviar o ar pesado. Tem sido assim há semanas: dias quentes e ensolarados, noites frias e escuras, relatos de incêndios, colheitas morrendo e ondas monstruosas.

Os deuses estão furiosos, a ordem natural das coisas virou um caos, e os elementos estão fora de controle.

— O que acha desse aqui? — pergunta Flint, apontando para seu tapa-olho.

— Gostei — digo, mas não é bem verdade.

A verdade é que me deixa perturbada. Horrorizada, até. Porque não estou acostumada a ver Flint assim. Debilitado.

Ele dá um gole em uma garrafa de vinho empoeirada.

— Spinner me mandou uma caixa cheia de tapa-olhos. Ela e Elaith dizem que podem fazer virar moda, que até o Dia da Aurora todo mundo vai usar um.

Tento sorrir.

— Não duvido.

Renly murmura algo no sono, ajeitando a cabeça em meu colo. Desde que vimos o imperador apunhalado no coração, ele vem tendo pesadelos, e não é o único. Ainda consigo sentir o cheiro do sangue, ver as três rainhas mortas ao redor.

Depois da Cerimônia de Vínculo, muitos pediram a execução do Talhador da Terra, exigindo que as mortes do Conselho fossem vingadas. As pessoas não sabem o que ocorreu de verdade naquela sala. Não sabem o que sei. Sobre o rei Balen, sobre a profecia. De toda forma, matar um Herdeiro é proibido. É nossa lei mais antiga e sagrada.

Então Fox não foi executado — foi exilado.

Foi o primeiro decreto de Hal como imperador.

Hal, que passou as últimas semanas seguido por uma enxurrada incessante de conselheiros e emissários, que assumiu o novo papel na pior das circunstâncias, que perdeu um pai e baniu um irmão em um período de dias, enquanto espera que o tio faça uma nova tentativa de usurpar o trono.

O rei Balen pode estar em qualquer lugar, esperando o momento certo, reunindo apoiadores. Uma coisa é certa: ele vai voltar.

À vista disso, como nos últimos dezessete anos, fui colocada sob uma guarda pesada, sem poder me aventurar sozinha em qualquer lugar, e aceitei a situação com a graciosidade e dignidade de uma futura rainha. Ao menos é o que eles acham.

Eu sabia que tinha que contar a Flint sobre os três Olhos encantados. Ele não acreditou no começo e só fez uma piada sobre ele mesmo precisar de um Olho também. Contudo, insisti.

— Então você está dizendo — começou meu irmão, devagar, depois que expliquei — que o rei Balen tem o Olho que já foi de...

— Sifa.

— Sifa. E com isso tem a habilidade de ver o passado?

Assenti.

— E você tem... *tinha*... aquele que era de...

— *Syla*.

— Que lhe deu o poder de invocar aquela tempestade no terceiro desafio e devolver os dons de sua servente de Obsidia?

— Isso mesmo.

— E o rei Balen quer esse Olho?

— Muito.

— Mas você o lançou num portal para... *onde*, exatamente?

— Bem, aí é que está. Não sei. A única coisa que passou por minha cabeça quando fiz aquilo foi mandar o Olho o mais longe possível do rei Balen. Onde quer que esteja, foi enviado para lá por algum resquício de meu subconsciente.

Flint fez uma careta.

— Então pode estar em *qualquer lugar*?
— Em teoria.
— Bem, isso reduz bastante as opções. E o velho na biblioteca, que contou a história para você, era *Caius Castellion*. Ele tem o último Olho. O que era de... de...
— Seera.
— Isso, ela. Para onde você acha que ele o levou?
Balancei a cabeça.
— Sei tanto quanto você.

Caius desapareceu logo depois da cerimônia. Até onde sei, talvez estivesse em conluio com o rei Balen esse tempo todo. No entanto, por algum motivo, não acredito nisso. E, se estiver certa, ele tem objetivos próprios, o que significa que minha lista de inimigos duplicou. Então, com o rei Balen em posse do Olho do Passado e Caius Castellion em posse do Olho do Futuro, é primordial que o Olho da Alma seja encontrado... e rápido. Se o encontrei antes, posso encontrá-lo de novo. *Preciso* encontrá-lo de novo. Porque, se cair nas mãos erradas, estamos todos perdidos.

Quando propus o plano a Flint, ele me disse que eu era tola, imprudente e que tinha perdido a cabeça. Que eu era uma Herdeira e logo seria coroada rainha. Que não poderia só sair por aí em busca de um talismã antigo com o poder de destruir o mundo. Porém, eu o convenci. "Tem que ser eu", declarei a ele. Eu que fui chamada à fortaleza, eu que joguei o Olho no portal.

— Eu vou com você, sabe — afirma Flint agora, deitando-se no telhado com os braços atrás da cabeça.

Franzo o cenho.
— Não seja ridículo. Você ainda está se recuperando.
— Ah, *eu* sou ridículo? Muito engraçado, vindo da garota que passou a maior parte da vida sob prisão domiciliar e decidiu simplesmente se aventurar com alegria por um mundo cheio de perigos.

Reviro os olhos.
— Além disso — continua Flint —, o que quer que eu faça? Fique aqui? Com a vovó, que não consegue nem formar uma frase, e Spinner me mandando diferentes amostras da seda que está considerando para seu vestido de coroação? Dispenso.
— Você pode ficar no palácio.
— Ah, claro, porque o clima lá está muito melhor que aqui. Sério, Blaze, eu não aguento mais essa atmosfera deprimente. Já aguentei semanas disso.

— Então é isso? Está decidido? Você vem comigo? — Meu irmão confirma com a cabeça. — Você mesmo disse que vai ser perigoso.

— Maninha, meu nome do meio é Perigo.

— Estranho, sempre achei que fosse Percival.

Flint sorri.

Olho para o Córrego, para a luz do sol cintilando na água, e penso na coroa de ondas douradas esperando no salão do trono. Não herdada — conquistada, mas ainda à espera de ser merecida.

As últimas palavras da rainha Hydra me vêm à mente, e as guardo no peito:

"Nunca duvide das marés da fortuna, quer quebrem quer conectem."

AGRADECIMENTOS

Quero começar agradecendo à minha agente, Catherine Cho, da Paper Literary. Você é a pessoa mais sábia e perspicaz que conheço, e a maior defensora desta história. Obrigada por acreditar em mim — em Blaze — desde o comecinho.

Obrigada aos meus editores: Carmen McCullough, Kate Meltzer e Emilia Sowersby. Serei eternamente grata a seus olhares afiados, excelentes conselhos e inúmeros incentivos. Nada disso seria possível sem a equipe incrível da Penguin. Obrigada, Alice Todd, Tom Rubira, Awo Ibrahim, Alicia Ingram, Shreeta Shah, Libby Thornton, Millie Street, Sarah Doyle, Adam Webling, Katherine Whelan, Chessanie Vincent, Lottie Chesterman, Rachael Hughes, Alice Grigg, Susanne Evans, Beth Fennell, Millie Lovett, Maeve Banham, Magdalena Morris, Clare Braganza, Ellie Williamson, Stella Dodwell, Rosie Pinder, Aisling O'Toole, Cande Rivero, Chloe Traynor e Faith Young.

Obrigada à equipe brilhante da Roaring Brook: Connie Hsu, Allison Verost, Julia Bianchi, Samira Iravani, Kathy Wielgosz, Jennifer Healey, Celeste Cass e Tatiana Merced-Zarou. Estou mais do que animada ao ver que a série Tecelã de Tempestades tem uma casa tão maravilhosa nos Estados Unidos.

Obrigada às minhas editoras internacionais e aos tradutores por cuidarem deste livro com tanto carinho, e por sua dedicação a levar histórias ao redor do mundo.

Obrigada, Melissa Pimentel, por seu insight editorial exemplar pré-submissão.

Obrigada a cada bibliotecário, livreiro e produtor de conteúdo que apoiou *Tecelã de Tempestades*. Sou muito grata pelo que vocês fazem por leitores e autores.

Obrigada a todos os professores maravilhosos que tive ao longo dos anos na Buckstone Primary School, Boroughmuir High School, University of Stirling e University of Edinburgh. Sua gentileza e encorajamento foi realmente inestimável.

Aos Hamilton...

Obrigada à minha mãe. Por sua causa, sempre acreditei que eu poderia fazer qualquer coisa que eu decidisse fazer. Você é meu porto seguro, minha maior apoiadora e minha pessoa favorita do mundo todo. Nan e Bubba, minhas lembranças mais antigas são de vocês lendo para mim. Obrigada por tudo. Jamais conseguirei colocar em palavras tudo o que significam para mim. Amo vocês para sempre. Nisey, você é a melhor titia e uma alma gêmea genuína. Minha vida é mil vezes melhor por você estar nela.

Aos Murray...

Obrigada ao meu pai, por sempre escutar, por me fazer rir, por guardar todas as histórias que eu já escrevi, e por ser alguém com quem eu posso conversar sobre qualquer coisa. Vovó e vovô, vocês viram diferentes versões deste livro, mas seu entusiasmo jamais oscilou. Seu altruísmo e compaixão me inspiram todos os dias. Rebecca, obrigada por todos os sábios conselhos e pelas conversas sinceras. Eu sou muito sortuda de ser sua irmãzinha.

Emma Wadee, obrigada por uma vida de amor e orientação e por sempre estar presente, não importa o que aconteç a. Amber Wadee, você é o sol em formato humano. Para todos os Wadees... eu sou muito grata por crescer com vocês.

Gill e John Wright, obrigada por serem meus segundos pais. Sam Wright, obrigada por vinte anos de amizade e por uma vez me dizer: "Aconteça o que acontecer, o seu livro vai ter um leitor". Beth Wright, sinto muitíssimo por tê-la trancado na despensa quando éramos mais novas. Espero ter me redimido desde então.

Kirsty Sutherland, que está comigo desde o primeiro dia, não sei o que faria sem você. Amy Niven, meu anjo, você torna tudo melhor. Mhairi McDougall, minha rocha, sou muito grata por termos deixado de ser inimigas. Tia Fitzgerald, Emma Anderson, Emily Rigg, Eilidh Robertson e Aimee Vincent... amo vocês.

Hayley, Keith e Karis Mackie, onde vocês estiveram minha vida toda?

Jess, Hux e Ziggy, obrigada por serem os melhores cachorros do mundo todo.

E, finalmente, ao meu irmão, Sam: obrigada por ser meu melhor amigo embutido, e por ter ficado, de maneira lisonjeira, tão pouco surpreso com a notícia da venda do meu livro. Você é a razão para eu ter sido capaz de colocar em palavras o amor de Blaze por Flint e Renly.

É um privilégio escrever para jovens adultos. Eu nunca precisei tanto de livros como na adolescência. Ser um adolescente é duro. É um estado de chicotadas emocionais constantes. O aprendizado de Blaze sobre a Fusão foi algo muito terapêutico de explorar. Eu quis criar uma forma de transformar dor em poder, então escrevi uma história sobre uma garota que pode transformar tristeza em magia. Espero que você tenha gostado de ler este livro tanto quanto eu gostei de escrevê-lo.

MINHAS IMPRESSÕES

Início da leitura: __/__/___

Término da leitura: __/__/___

Citação (ou página) favorita:

Personagem favorito: _____

Nota: ✿ ✿ ✿ ✿ ✿ ♡

O que achei do livro?

O que as reviravoltas deste livro, impresso em 2025 pela Geográfica para a Editora Pitaya, fizeram o editorial surtar não está escrito! Mal podemos esperar pela continuação. O papel do miolo é o polen natural 70g/m² e o da capa é couchê fosco 150g/m².

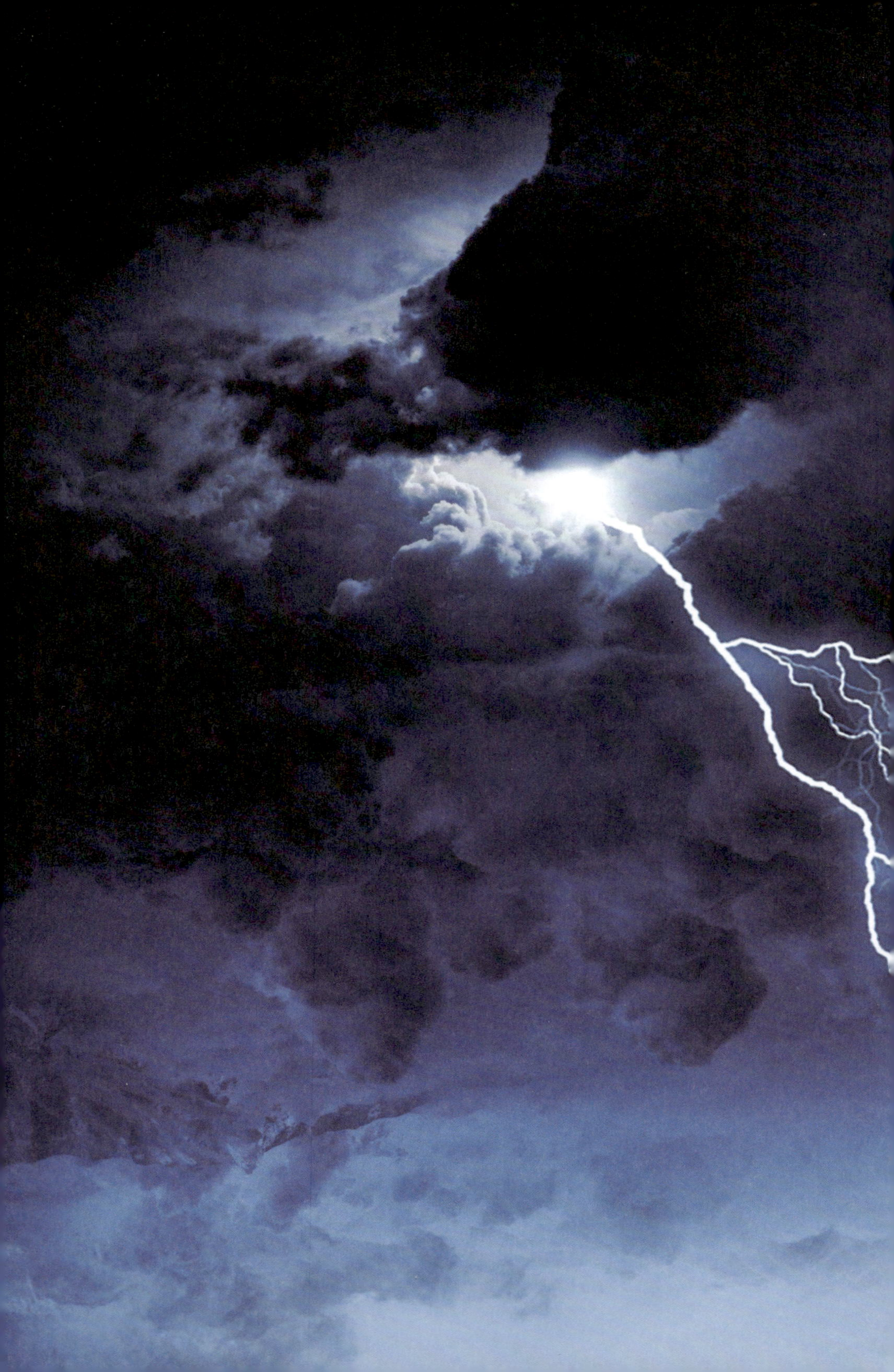

SUBA NO SALTO!

Ana Lúcia Emmerich **Cida Silveira**

Dicas para sua independência financeira

Literare Books
INTERNATIONAL
BRASIL · EUROPA · USA · JAPÃO

Copyright© 2017 by Literare Books International Ltda.
Todos os direitos desta edição são reservados à Literare Books International Ltda.

Presidente:
Mauricio Sita

Capa, diagramação e projeto gráfico:
David Guimarães

Revisão:
Débora Tamayose

Gerente de Projetos:
Gleide Santos

Diretora de Operações:
Alessandra Ksenhuck

Diretora Executiva:
Julyana Rosa

Relacionamento com o cliente:
Claudia Pires

Impressão:
Rotermund

Dados Internacionais de Catalogação na Publicação (CIP)
(Câmara Brasileira do Livro, SP, Brasil)

Emmerich, Ana Lúcia
  Suba no salto! : dicas para sua independência / Ana Lúcia Emmerich, Cida Silveira. -- São Paulo : Literare Books International, 2017.

  ISBN: 978-85-9455-023-1

  1. Administração financeira 2. Mulheres - Conduta de vida 3. Mulheres - Finanças pessoais I. Silveira, Cida. II. Título.

17-04603   CDD-332.0240082

Índices para catálogo sistemático:

1. Mulheres : Finanças pessoais : Economia 332.0240082

Literare Books International Ltda
Rua Antônio Augusto Covello, 472 – Vila Mariana – São Paulo, SP
CEP 01550-060
Fone/fax: (0**11) 2659-0968
site: www.literarebooks.com.br
e-mail: contato@literarebooks.com.br

SUBA NO SALTO!

Dicas para sua independência financeira

AGRADECIMENTOS

Por Ana Lúcia Emmerich

Gratidão a Cida pela confiança, disposição, vasto conhecimento, dedicação e companheirismo nesta jornada.

Agradeço aos meus pais, Alcinda e Fernando, por terem feito com que valorizássemos o dinheiro, sempre questionando se precisávamos comprar ou não. Pelo exemplo de vida que deram mostrando que, independentemente de estar numa situação equilibrada, é possível, sim, comemorar. Sempre tivemos festas de aniversários, presentes no Natal e viagens nas férias.

Percebíamos que, de um ano para o outro, elas podiam mudar, só não entendíamos que a variação era de acordo com o fluxo de caixa da empresa, mas sempre celebramos.

A minha avó Elvira, minha eterna gratidão por desde cedo ter mostrado para minha irmã e para mim o quanto era importante que a mulher tivesse seu dinheiro, proporcionando segurança, liberdade de escolha e independência.

Gratidão a meu primo Ricardo, que desde o início de minha jornada sempre me apoiou apesar de sua atribulada agenda. Agradeço também a minha prima Daniela, sempre buscando parceiros e agenda de palestras em sua rede de relacionamentos.

Agradeço também a minha sócia da primeira empresa Patrícia Steinmetz, por todos os sufocos financeiros que passamos juntas no início. Pela parceria, suporte e pela resiliência em acreditar e trabalhar para que dias melhores viessem.

Agradeço aos meus *coachees* que compartilharam seus valores e dificuldades em relação ao dinheiro; que me proporcionaram muito aprendizado e crescimento.

Gostaria, também, de agradecer Patrícia Rodrigues, por todas as conversas que tivemos em relação ao dinheiro e pela troca de perspectivas.

Agradeço a Kátia Teixeira, querida parceira, que desde que nos conhecemos torce por mim e sempre acreditou em mim e mostrou muitas vezes minha competência quando às vezes eu tinha esquecido.

Agradeço a Fabiana Casarini, autora de *Petty Lee e seus amigos*, pelas nossas conversas e por todas as informações fornecidas quanto à dinâmica e aos bastidores do processo de lançamento de um livro que muito me ajudaram na escolha de qual caminho seguir.

Agradeço a Raquel Junqueira, cliente e amiga, que sempre acreditou em mim e depositou grande confiança no desenvolvimento de seus líderes colaborando também com meu crescimento e desenvolvimento.

Gratidão, ainda, às participantes do Empretec, que tive o imenso prazer de conhecer e compartilhar experiências com as quais me identifiquei em inúmeros momentos e me inspiraram a me engajar no Empoderamento Feminino. Falando em Empoderamento Feminino, gratidão também a meus empoderadores: Solange, minha terapeuta cujo suporte tem sido inigualável, e aos profissionais Flávio Sampaio e Renato Vermmont, respectivamente fotógrafo e maquiador, que encararam o desafio de realizar uma sessão de fotos para o livro e a fizeram de maneira incrível.

Gratidão também a tia Vânia, minha tia do coração, que me ofereceu apoio em um momento que ninguém mais podia ou queria, minha querida confidente e amiga!

Agradeço aos meus irmãos, Ana Paula e Eduardo, com quem desde cedo aprendi a compartilhar as dores da perda de duas pessoas amadas que, além disso, precisamos aprender a lidar com as dificuldades financeiras que surgiram. Gratidão ao Dú, meu companheiro de aventuras que agora segue numa trajetória mais incrível ainda junto a super Laura.

Agradeço a Paula e ao Alessandro que embora nem sempre concordando com minhas decisões sempre me apoiaram nesta caminhada que abracei dentro do empreendedorismo. Apoio este que veio na minha capacidade mesmo quando eu me questionava e pela parceria que nos une.

Paula, Dú e Lê: sem vocês nada do que tenho realizado teria sido possível, meu eterno amor e gratidão a vocês.

E, finalmente, sou grata pela existência das minhas sobrinhas Giovana e Bruna, por fazerem parte da minha vida e me inspirarem a ser, a cada dia, mais que uma tia divertida, mas uma mulher melhor.

AGRADECIMENTOS

Por Cida Silveira

Começo meus agradecimentos para Ana Lúcia, pelo convite e a bela parceria que fizemos durante esta trajetória. Tenho certeza de que será o início de novos projetos e a continuidade da nossa Oficina AprendaAki.

A Leandra e João Victor, meus filhos amados, companheiros de todas as horas, agradeço todo o amor, comprometimento e respeito que sempre recebi de vocês.

Aos meus pais, Juvenal e Alaide, com uma imensa saudade, obrigada por tudo que me ensinaram. Muito do que escrevi me inspirei neles. Meu DNA financeiro. Aos meus parentes mais próximos, agradeço o apoio e a amizade, acredito que a história de vida de vocês me influenciou muito, com tantos exemplos de superação.

Às amigas Claudia, Dalva F, Marta, Maria Helena, Rosanna, Sandra e Sílvia Renata, tenho certeza de que compartilhamos bons momentos e também os mais difíceis. Vocês são verdadeiras guerreiras. Obrigada pela amizade de vocês.

Aos amigos de muitos anos Dias, Marcos, Moraes, Dr. Olavo, Wagner e Ruy. Já conversamos muito sobre mercado financeiro, finanças pessoais e também sobre as nossas experiências de vida. Acredito que já teríamos material suficiente para outro livro. Agradeço todo carinho e parceria durante esses anos.

Às amigas que estão mais distantes: Adriana, Andrea, Ana Lúcia, Ana Fraga, Camila, Cíntia, Cristina, Dalva N, Denise, Débora, Eliana, Fátima, Gil, Luizeth, Nádia, Rita, Rose, entre outras.

Obrigada, vocês fazem parte da minha história.

E às Megas, meu novo grupo: Cida R, Enia, Goia, Judith, Marlene, Lúcia, Sandra, Vera e Tila.

Vocês são verdadeiros exemplos de que, durante uma fase especial da vida, podemos aproveitar tudo de bom que a vida nos oferece e muito mais, desde que você se prepare para isso.

Agradeço muito a Deus pela família que me deu e pelos amigos que conquistei.

PREFÁCIO I

Por que falar de finanças só para mulheres? Existem problemas financeiros femininos e masculinos? Desde que lancei, em 2012, o site Finanças Femininas, estas foram as questões que mais ouvi. Acredito que a resposta a elas serve perfeitamente como prefácio para este livro.

Todo mundo, homem ou mulher, vai ter que lidar em algum momento com questões como cartão de crédito, poupança, dívidas, seguro, aposentadoria. Mas a forma como lidamos com dinheiro é muito diferente. Isso tem uma raiz histórica clara: as mulheres tiveram direito a ter um CPF – e, por consequência, uma conta bancária própria – apenas em 1962, o mesmo momento em que começamos a crescer e aparecer no mercado de trabalho. Ou seja: antes disso, as mulheres não tinham nem utilidade para este tipo de informação. As poucas que tinham responsabilidades financeiras o tinham normalmente por circunstâncias duras, como a separação ou perda do marido.

A partir deste momento, o mundo começou a mudar. Nós, mulheres, começamos a ganhar nosso próprio dinheiro e assumimos a responsabilidade de ter de cuidar dele.

No entanto, a sociedade não mudou com a mesma velocidade: muitas mulheres continuaram a ser educadas para casarem e seus pais não mostraram interesse em dar a elas o básico da educação financeira. Os homens, por outro lado, continuaram a sofrer a pressão de terem que ser os provedores da família.

A nossa economia também mudou. Passamos por uma explosão na oferta de novos produtos e serviços e o consumismo explodiu, junto com o fácil acesso ao crédito.

Suba no salto
dicas para sua independência financeira

Querer virou poder, e se você não tem em mãos o dinheiro para trocar de geladeira, basta dividir a compra em 10 vezes. Se não conseguir pagar a fatura do cartão, pode dividi-la também. Com isso, o padrão de consumo e endividamento das famílias cresceu muito – até o ponto em que a renda de apenas um dos cônjuges não dava conta de tudo.

Com novas responsabilidades e sem uma base forte de educação financeira, as mulheres ficam em uma situação de extrema vulnerabilidade. Não à toa, a OCDE (Organização para Cooperação e Desenvolvimento Econômico), o clube dos países desenvolvidos, recomenda que as iniciativas de educação financeira sejam segmentadas para serem mais efetivas, e os dois principais grupos que mais precisam dela são as mulheres e crianças. E olha que bacana: não somos apenas um dos grupos que mais precisa de uma base melhor para cuidar do seu dinheiro. A OCDE recomenda que haja iniciativas de educação financeira focadas para mulheres também pelo seu papel multiplicador. Não apenas aprendemos os conceitos, mas os levamos para nossos filhos, maridos, amigos e famílias. Ao ensinar uma mulher, você acaba impactando muito mais gente do que imagina.

Agora, por que é diferente então falar de finanças para homens e mulheres? Porque as mulheres ganham menos e trabalham mais. Porque têm mais responsabilidades no cuidado com casa e filhos e menos tempo. Porque são o centro da vida familiar.

Eu acredito que a educação financeira para mulheres é a melhor arma para empoderá-las para viverem a vida que quer e poder bancar suas escolhas.

Vamos juntas?

Carolina Ruhman Sandler
Fundadora e CEO do site Finanças Femininas e especialista em educação financeira para mulheres.

PREFÁCIO II

Finanças para financeiros, finanças para não financeiros, finanças para mulheres, quantas teorias, dicas e recomendações estão disponíveis em inúmeras publicações.

Em algumas obras que li a respeito do foco deste trabalho percebia que faltava algo, mas não identificava o quê.

Com esta publicação, vejo que o ciclo se completa.

Considerando a população feminina que avança numericamente no planeta, o olhar da sociedade tem que ser direcionado cada vez mais para o universo feminino que, até algumas décadas atrás, foi mantido culturalmente como objeto de consumo ou de provedora dos cuidados no lar.

Quantas, ingenuamente, já faziam a administração financeira da casa?

Um exemplo: marido e filhos (investidores) entregavam o salário para ela (administradora), que organizava o uso com contas, impostos, feira, mercado, prestações... E o que sobrava (quando isso acontecia) retornava como bônus aos investidores para um passeio, um cineminha.

Bem-vindas às mudanças com provocações de balançar o status quo. Mulheres à frente assumindo as rédeas das suas vidas nas mãos e, assim, assumindo seu lugar de direito cada vez mais reconhecido na sociedade (e os "marmanjos que se adaptem").

Esta publicação propõe mais do que reflexões, propõe ações, o pôr a mão na massa, passo a passo de orçamento e como reverter situações indesejadas, exercícios, tudo de maneira objetiva para transformar o universo de memórias que fortaleceu os padrões (modelos mentais) de que "finanças é coisa pra homem" para um novo padrão de direcionamento do olhar. Favorece mudanças imediatas sobre como se relacionar com o dinheiro de maneira responsavelmente leve, mas sem a "mágica" do "eu vi a luz". As ações cotidianas em que se baseia a linha editorial do livro favorecem a transformação do seu papel: de meros alvos passivos de administrações alheias para o exercício ativo do papel de agentes dessa mudança.

Como o ciclo se completou? Através do estímulo à revisão de velhos paradigmas, favorecendo novas conexões mentais sobre ações cotidianas e fortalecendo e empoderando mulheres para o controle sobre seu próprio futuro.

Wagner Galletti Valença – Consultor Comportamental. Cursou Administração de Empresas e aperfeiçoou sua formação com programas de desenvolvimento profissional, tanto no Brasil quanto fora do país (Bogotá e Porto Rico) nas áreas de gestão, administração, vendas, gerenciamento de conflitos e riscos, neurolinguística, entre outros.

Atua como consultor autônomo desenvolvendo e aplicando treinamentos e palestras sobre várias áreas de eficácia ligadas ao desenvolvimento pessoal e profissional.

Coautor dos livros *Gestão do tempo e produtividade*, Gestão de equipes de alta performance, *Atendimento a clientes* e *Comunicação* da Literare Books. Autor de artigos sobre vários temas ligados ao Desenvolvimento Pessoal e Gestão em revistas da mesma editora.

SUMÁRIO

CAPÍTULO 1 27
Quem somos nós? Mulheres

CAPÍTULO 2 35
Mitos e verdades sobre o perfil feminino de consumo

CAPÍTULO 3 43
Princípios básicos sobre finanças pessoais

CAPÍTULO 4 63
Crenças limitantes e mapas mentais que afastam a prosperidade financeira

CAPÍTULO 5 75
Descobrindo o tamanho dos problemas financeiros

CAPÍTULO 6 89
Identificação dos seus possíveis sabotadores e emoções relacionadas ao consumo

CAPÍTULO 7 105
Rumo à mudança da situação financeira

CAPÍTULO 8 117
Construção de um padrão comportamental vitorioso para a mudança de hábito

CAPÍTULO 9 129
Decisões sobre realizações: hoje x futuro desejado

CAPÍTULO 10 135
Como aproveitar a viagem e não somente o destino

Nota aos leitores

Suba no salto e conquiste sua independência financeira foi escrito a quatro mãos, ou seja, os capítulos foram intercalados pela escrita de duas autoras.

Os capítulos de numeração ímpar foram escritos por Cida Silveira e apresentam os seguintes fundamentos financeiros: teoria e convite para a experimentação prática dos conceitos apresentados.

Já os de numeração par foram escritos por mim, Ana Lúcia Emmerich, e têm como objetivo trazer informações sobre os motivos pelos quais, mesmo tendo o conhecimento, você pode ter dificuldades em começar a mudança de hábitos.

Neles vou falar sobre quebra de paradigmas, mudança de hábitos, construções de novos mapas mentais e buscar gerar possíveis *insights* que poderão auxiliar você a colocar o aprendizado em prática.

INTRODUÇÃO

Por Ana Lúcia Emmerich

Sempre demonstrei um grande interesse sobre o tema chamado dinheiro. Hoje é bem engraçado lembrar, mas quando me perguntavam o que eu queria ser quando crescesse, enquanto as outras crianças respondiam médico, engenheiro, advogado ou dentista, eu falava em alto e bom tom que queria ser cobradora de ônibus ou caixa de supermercado.

Naturalmente era repreendida pelo meu pai, que falava *bom negócio este, pagar hein? Gostei muito, viu? Faço um esforço danado para pagar escola particular para você escolher uma carreira desta?!*

Mas o que ele e outros adultos não entendiam era que eu ficava maravilhada com aquela coisa mágica chamada dinheiro, que tornava os sonhos realidade. Em minha simplicidade e pureza infantil, imaginava que naquela função estaria em contato direto com a cédula, sem perceber que ela não me interessava. Achava que passar por minhas mãos era o suficiente para possuí-la.

Meus avós possuíam um armazém e me senti no auge do sucesso quando fui autorizada por ela a sentar num banco alto que havia em frente à caixa registradora.

Ver o dinheiro entrando, fazer as contas de cabeça e separar certinho o troco quase me deixava sem fôlego de tanta alegria, mesmo sob os olhos atentos de minha avó, para evitar qualquer erro.

Outras vezes, subia no mezanino da loja quando meu pai realizava alguma atividade administrativa e perguntava:

– Pai, posso "maquinar"?

Quando conseguia, era o máximo! Perdia a noção dos minutos e ele já sabia que lá se ia uma bobina de papel da calculadora para o lixo, pois esta possuía uma alavanca e registrava no papel as somas e subtrações que realizava. Por incrível que pareça, quando digitava os números imaginava muito dinheiro entrando na loja pelas vendas.

Conforme cresci, descobri que ter estudo não era certeza de atingir mais facilmente uma prosperidade financeira. Meu avô possuía curso técnico em contabilidade e minha avó nem sequer concluiu o terceiro ano do ensino fundamental 1. Adivinha quem foi responsável pela construção do patrimônio familiar? Pois é, minha avó!

Quando fui trabalhar no banco, isso foi reforçado, pois constatei que conhecer sobre princípios econômicos, financeiros e obrigatoriamente estar por dentro do cenário brasileiro e mundial não era sinônimo de uma gorda poupança. Então, comecei a perceber que boa parte de meus colegas, inclusive eu, não era tão efetiva na gestão de sua vida financeira quanto à precisão e assertividade do aconselhamento que fazíamos a nossa carteira de clientes.

Em resumo, ajudávamos os outros a fazerem ótimas escolhas para manter e aumentar seu patrimônio enquanto contávamos os dias para o recebimento dos extras, tais como 13º e 14º salários, dissídio, participação nos lucros, etc., buscando assim equilibrar nossas finanças, isto é, uma grande parte, senão a maioria de endividados. Vivíamos uma ironia, pois o dinheiro estava tão perto e tão longe ao mesmo tempo.

Assim, comecei a estudar, observar e questionar: o que, além do conhecimento, poderia fazer a diferença? Por qual motivo algumas pessoas se relacionavam muito bem com o dinheiro e outras viviam uma relação sofrida ao longo do tempo?

Percebi, não só ao longo de minha carreira como bancária, como nos processos de *coaching* e treinamentos que realizei quando saí do banco, que boa parte das mulheres tornou sua relação com o dinheiro mais difícil e menos prazerosa do que pode ser.

Por tal motivo, decidi escrever este livro, uma vez que verdadeiramente acredito que possa auxiliar algumas mulheres a terem não só a vida financeira que desejam, mas também a prosperidade que merecem.

INTRODUÇÃO

Por Cida Silveira

Quando Ana Emmerich me convidou para ser coautora de um livro sobre educação financeira, fiquei muito feliz em participar deste projeto.

Suba no salto e conquiste sua independência financeira foi idealizado especialmente para o público feminino, com uma linguagem simples, direta e objetiva.

Busca desmistificar e tirar suas dúvidas sobre finanças pessoais e, o mais importante, provocar mudanças de atitude e de comportamento em relação à administração do seu dinheiro.

Escolhemos você, MULHER, para ser a nossa parceira nesta proposta.

Você terá uma participação importante, durante o estudo, com várias atividades e exercícios práticos. Prepare-se: Você tem consciência se administra da melhor forma a sua vida financeira? Ou, então, aquele seu projeto pessoal está cada vez mais distante? Por mais difícil que seja admitir a realidade, você não tem todas as respostas.

Vamos trocar algumas informações?

A nossa parceria vai direcionar um caminho e talvez até uma solução. Vai depender exclusivamente de você.

Você está disposta a participar desta caminhada?

Talvez seja necessário reconhecer que precisa mudar com urgência.

Seja transparente com você. Independentemente da sua situação, confie.

O nosso desafio só começou.
Venha me conhecer melhor!
Comecei a pensar como poderia contribuir e desenvolver um conteúdo interessante para este tema.

Normalmente a nossa experiência de vida tanto pessoal como profissional ajuda na evolução do assunto.

E então, a lembrança do meu pai veio muito forte em minha mente.

Como uma pessoa sem conhecimento concreto de finanças pessoais conseguiu conquistar sua independência financeira?

A história da minha família é a seguinte:

Meu pai, pessoa muito simples, operário, construiu e cuidou da nossa família.

Com muito esforço, conseguiu adquirir um imóvel e ainda fazer uma "poupança".

Sempre administrou sua vida financeira com muito rigor. Vale ressaltar que a minha mãe também teve um papel fundamental nessas conquistas. Este é o meu DNA financeiro.

Para ficar mais claro, isso aconteceu entre o início da década de 50 e final da década de 90, quando ele finalmente se aposentou.

Durante esse período de quase 50 anos, nosso país também passou por instabilidade política, um cenário de inflação galopante, mudanças de moedas e diversos planos econômicos.

Parece que, de alguma forma, tem algo muito semelhante ao nosso momento.

Era fácil equilibrar as contas nesse período?
O que você acha?

Durante a evolução dos capítulos, vou comentar sobre algumas atitudes dos meus pais que me marcaram muito, com pontos importantes de reflexão.

Quanto a minha vida profissional, trabalhei em dois bancos, na maior parte do tempo no relacionamento direto com os clientes. Clientes investidores e também muitos clientes tomadores. Essa experiência de mais de 30 anos me ajudou a conhecer e entender melhor como as pessoas se relacionam com o dinheiro e principalmente as dificuldades que as mulheres pensam que só elas têm.

Isto é, falar de vida financeira equilibrada e finanças pessoais é aprimorar os conhecimentos de educação financeira.

Apesar desse meu DNA, também tive tropeços financeiros por falta de uma educação financeira mais consolidada.

Vamos descobrir no decorrer dos capítulos como a educação financeira pode nos ajudar?

ATIVIDADE 1 – CRIAÇÃO DA AGENDA PERSONALIZADA

Reserve o material abaixo que vai acompanhá-la até o final do livro, capítulo por capítulo, e depois será o seu guia em caso de dúvidas.

- *Um caderno*
- *Uma caneta*

Imagino que você pensou:

Para que um caderno e uma caneta nesse mundo informatizado?

Apesar das ferramentas disponíveis nos computadores, notebooks e outros, uma parte dos executivos ainda usa o velho caderno para anotações que pode se tornar um verdadeiro diário da vida profissional, servindo, inclusive, para futuras pesquisas sobre fatos passados e até material suficiente para um livro. Ajuda a lembrar de detalhes importantes do dia a dia. Afinal, tudo que fica registrado evita a perda de informações e ainda vale ressaltar que o conteúdo fica mais real.

Portanto, vamos adotar o velho caderno de anotações como uma agenda personalizada.

Escreva na primeira folha do seu caderno

> *"Suba no salto e conquiste sua independência financeira"*
> *Personalize: seu nome*
> *Data: hoje*

Esta é a sua nova agenda personalizada.
Atividade 1: concluída

Reserve sua agenda personalizada e aguarde os próximos capítulos, pois faremos algumas atividades.

Capítulo 1

Quem somos nós? Mulheres

Ana Lúcia Emmerich & Cida Silveira

Vamos compartilhar algumas informações
Você sabia?
No Brasil, as mulheres:

- São 50,8% da população, 106.943.193 (nov/2016)
- 38,7% são responsáveis financeiramente pelas famílias (dez/2015)
- São 9% dos políticos aproximadamente (2016)
- São 58% dos graduados nas universidades (2013)
- No mercado de trabalho, recebem 75,4% da remuneração dos homens (dez/2015)
- Alcançaram 62% de crescimento na renda nos últimos dez anos (20-2012)
- São 44% da força de trabalho (nov/2015)
- São responsáveis por 35% do PIB no país (nov/2015)
- Têm expectativa de vida de 7 anos a mais que os homens (dez/2014)

No mundo:
- Temos menos de 20 mulheres como presidente e/ou primeira-ministra de países (2015)
- Aproximadamente 23 mulheres como presidentes entre as 500 maiores empresas (2015)

IMAGINO QUE TENHA PENSADO

Temos menos de 50 mulheres entre chefes de Estado e presidentes das grandes empresas.

Vale ressaltar que serão necessários, aproximadamente, 70 anos para que os salários das mulheres estejam no mesmo patamar dos homens. (OUT/2016).

Por que todo esse tempo para igualar os salários?

Respondemos com outra pergunta:

E na época da sua bisavó?

Lembre-se de que existe uma diferença enorme entre sua bisavó e você. O mundo mudou e as mulheres ganharam seu espaço, degrau a degrau. Provavelmente, na época da sua bisavó as mulheres nem votavam no Brasil (antes de 1945).

No mundo, a primeira médica formou-se em 1849; a primeira advogada, em 1869; a primeira engenheira, em 1908, e a primeira presidente de uma grande empresa foi eleita em 1972. Veja que evolução em aproximadamente 170 anos.

O diferencial começou com a educação.

Temos consciência da nossa importância na sociedade e somos a maioria na população brasileira.

Nós, mulheres, somos protagonistas. Estamos no comando e com o poder de decisão sobre a nossa vida em todos os aspectos, inclusive o financeiro.

Somos, também, responsáveis pela administração das finanças da família. A maioria é a gestora do orçamento doméstico no dia a dia; mas nem sempre é reconhecida.

Fomos ao mercado de trabalho para complementar a renda da família. Evoluímos para a fase de realização profissional e ainda muitas mulheres são responsáveis por toda a estrutura familiar.

E tem mais:

"Carregamos" alguns estigmas em relação ao dinheiro. Você provavelmente já ouviu os comentários abaixo: As mulheres...

- *Gastam mais do que ganham.*
- *Não sabem administrar suas finanças.*
- *São mais impulsivas na hora de comprar.*
- *São descontroladas financeiramente.*
- *Têm mais dificuldade de falar sobre dinheiro.*

E muitos outros mitos, fatos e verdades serão abordados no capítulo 2. Acompanhe.

Ao analisar a minha grade curricular desde a educação infantil até a universidade, nunca tive aulas de educação financeira e acredito que você também não.

Portanto, agora é a hora! Vamos falar sobre o assunto e construir ou reforçar juntas este aprendizado.

Pesquisando na internet o comportamento financeiro das mulheres, descobrimos muitas informações; pesquisas com fontes mencionadas e outras não, mas, de qualquer maneira, são pontos importantes para reflexão.

Nós, mulheres, somos?
- *49,1% dos inadimplentes do Brasil (Fonte Serasa / Experian - 2015)*
- *51,7% dos inadimplentes da região Nordeste (Fonte Serasa/Experian - 2015)*
- *30% gastam mais do que ganham*
- *55% têm dívidas não planejadas*
- *6% dos poupadores*

Na região Nordeste, as mulheres correspondem a 51,7% dos inadimplentes. Pode ser pelo fato de a maioria dos lares serem comandados por elas. (Fonte Serasa/ Experian) Mas...

- *86% das mulheres estão preocupadas com a crise do momento (2016).*

Outra informação: antes do Plano Real (1994), os brasileiros viveram com o fantasma da inflação que chegou ao patamar de 80% ao mês. Nesse período, as famílias, assim que recebiam seus salários, tinham de consumir o básico, pois o seu poder de compra era deteriorado diariamente, quase como um instinto de sobrevivência. As pessoas tinham muita dificuldade em poupar. Este era o cenário da época.

Após o Plano Real, com a estabilização da economia e a queda da inflação, alteraram significativamente o modo como as pessoas lidavam com os seus recursos financeiros. Assim, uma nova classe social emergiu nesse cenário.

Somos frutos dessa sociedade em transformação com maior poder de compra, crédito mais fácil e, consequentemente, gerou um aumento do consumo. Muitas pessoas perderam o controle das finanças pessoais.

Temos de acreditar que somos capazes de provocar mais essa mudança para uma adequação ao cenário econômico atual. Mudar de atitude é, também, consolidar os conhecimentos. A educação financeira vai criar tanto uma disciplina como hábitos mais saudáveis de consumo, com menos custo e mais consciência.

AGORA É A SUA VEZ, NOVAMENTE, DE CONTRIBUIR. PEGUE SUA AGENDA PERSONALIZADA

Vamos propor três atividades para que você possa conhecer melhor a maneira como administra suas finanças.

Atividade 2 – Jogo dos sonhos
Vamos parar e pensar em seus sonhos?
Uma grande oportunidade de você sonhar. Um momento só seu.

Instruções:

- *Utilize uma folha em branco de sua agenda personalizada.*
- *Escreva seus cinco sonhos mais importantes no momento e o prazo que você imagina realizá-los.*

Tempo para a tarefa: 2 minutos

Sonhar!

Comentário adicional: atividade muito fácil. Que maravilha é sonhar sem censura; mas na hora de estabelecer o prazo, fica mais desafiador.

Atividade 2: concluída.

Agora, a próxima atividade.

Atividade 3 – Pré-diagnóstico financeiro

Vamos avaliar como você cuida da sua vida financeira?

Dica: seja sincera. A primeira resposta que vier a sua mente tende a ser a mais sincera

Utilize uma folha em branco de sua agenda personalizada.

Instruções:
- *Responda o questionário abaixo. S: Sim ou N: Não*
- *10 questões (A a J) sobre a sua vida financeira*

A	Faz controle em papel/planilha eletrônica de gastos/despesas mensais?	( )S	( )N
B	Tem ciência se o seu rendimento dá até o final do mês?	( )S	( )N
C	É organizada financeiramente?	( )S	( )N
D	Sabe qual é a taxa de juros do seu cheque especial?	( )S	( )N
E	Pensa bem antes de comprar qualquer bem?	( )S	( )N
F	Tem reserva financeira?	( )S	( )N
G	Tem dívidas em atraso?	( )S	( )N

Suba no salto
dicas para sua independência financeira

H	Paga a fatura total do seu cartão de crédito mensalmente?	( )S	( )N
I	Sabe o total de juros que paga todo mês?	( )S	( )N
J	Está preocupada com a sua situação financeira?	( )S	( )N

Você respondeu às perguntas com tranquilidade? Alguma surpresa?

Atividade 3: concluída
MAIS UMA ATIVIDADE PROPOSTA PARA VOCÊ.

Atividade 4 – Jogo da memória
Vamos parar alguns instantes e lembrar com detalhes como gastamos nosso dinheiro?
Dica: abuse só da sua memória; não consulte outras fontes.

Instruções:
- *Utilize uma folha em branco de sua agenda personalizada.*
- *Faça duas listas:*
- *7 compras realizadas na última semana*
- *3 maiores despesas/pagamentos do seu último mês*
- *Coloque ao lado de cada item o valor pago.*

Tempo para a tarefa: 2 minutos

O que você achou dessa tarefa?
Pense com cuidado no resultado deste exercício e avalie o seu desempenho.
Responda, sinceramente: precisa mudar algo?

Atividade 4: concluída
Agora, guarde a sua agenda personalizada até os próximos capítulos.
Posteriormente, vamos comentar sobre as suas atividades.

Capítulo 2

Mitos e verdades sobre o perfil feminino de consumo

Agora que já sabe um pouco mais sobre o atual papel da mulher na sociedade e começou a se conhecer um pouco mais, apresento, a seguir, alguns mitos e verdades sobre o perfil feminino de consumo. Como todas as estatísticas, pode ser que não se identifique com algumas abordagens porque foram criadas para abranger a maioria das mulheres, de modo generalista.

AS MULHERES NÃO GOSTAM DE FALAR SOBRE DINHEIRO.
Fato

Com exceção de quem trabalha no mercado financeiro, as mulheres não gostam de falar sobre dinheiro por dois motivos: estão endividadas ou estão financeiramente bem. Se estiverem endividadas é doloroso lembrar-se deste fato e, por isso, a tendência é de negar para si mesma, fugir da situação, querer esconder.

Para as que estiverem bem, também é difícil falar sobre dinheiro; pois, na sociedade machista que vivemos e pela cultura arraigada de que o homem deve ser o provedor do lar, a mulher bem-sucedida e próspera financeiramente assusta e afasta a maioria dos homens. No meu ponto de vista, entendo que os mais jovens, com menos de 30 anos, têm uma cabeça muito mais aberta e sabem lidar melhor com a situação.

MULHERES NÃO CONHECEM SOBRE EDUCAÇÃO FINANCEIRA.
Mito

As mulheres possuem o mesmo conhecimento financeiro que os homens, de acordo com pesquisa realizada que mede o Indicador de Educação Financeira, o *INDEF*.

Esta mesma pesquisa identificou uma pequena melhora nos índices das mulheres em relação à atitude (um dos 3 componentes do índice). Este item avalia como ela enxerga sua relação com o dinheiro.

Outra informação interessante desta pesquisa é que o índice aumenta de acordo com a faixa etária e também de acordo com a classe social. Com isso, pode-se concluir que quanto mais a pessoa começa a lidar, na prática, com o dinheiro, ela vai se aprimorando, melhorando sua educação financeira. *Dicas de ouro confirmadas* pela pesquisa: as pessoas que têm mais dinheiro sabem lidar melhor com ele. Daí, vem a explicação do porquê "dinheiro chama dinheiro". Quanto mais conhecimento financeiro as pessoas possuem, mais elas dividem com a família as decisões financeiras.

MULHERES NÃO SABEM OPERAR NA BOLSA DE VALORES.
Mito

A forma de as mulheres avaliarem uma empresa é diferente da dos homens. Enquanto as mulheres utilizam o raciocínio e a intuição, os homens se baseiam em fatos e estatísticas. Contudo, as mulheres operam menos na bolsa, o que quer dizer que compram e vendem menos papéis. Com isso, *reduzem os custos*. As mulheres são mais *cautelosas em relação ao risco*; pois são menos autoconfiantes que os homens em suas capacidades de lidar com o dinheiro. Em estudo realizado nos Estados Unidos, 35 mil famílias americanas concluíram que os homens lucraram 1,4% a menos que as mulheres.

AS MULHERES GASTAM MAIS QUE OS HOMENS!
Mito

Segundo Carolina Ruhman, fundadora do site Finanças Femininas, "Homens e mulheres têm apenas *perfis diferentes de consumo*. Elas compram mais 'picado', aos poucos, mas constantemente. Já eles gastam mais com lazer e, na hora de fazer compras, o *ticket* médio é maior."

De acordo com pesquisa realizada por Timothy Judge, PhD da Universidade da Flórida, pessoas com boa aparência têm mais sucesso profissional. Timothy afirma que isso ocorre como consequência da autoestima elevada dessas pessoas. Então, sim, as mulheres gostam de comprar produtos que as façam se sentir mais bonitas e seguras. Porém, como elas também são responsáveis pelo orçamento doméstico, tais compras têm sido feitas com mais responsabilidade.

MULHERES GANHAM MENOS DO QUE OS HOMENS!
Fato

Embora as mulheres tenham *maior* nível de *escolarização*, a maioria possui um *salário inferior* ao dos homens. De acordo com dados do IBGE de 2014, em média, as mulheres recebem 74,5% da renda masculina.

Além disso, segundo pesquisa da Sophia Mind com 1.057 mulheres entre 18 e 60 anos em todo o país, 75% das mulheres *colaboram* com as *despesas* da casa.

Mais do que colaborar, ela também exerce importante função como a gestora deste orçamento.

MULHERES NÃO CONSEGUEM GERENCIAR OS RECURSOS DE UMA EMPRESA!
Mito

De acordo com o Anuário das mulheres empreendedoras e trabalhadoras em micro e pequenas empresas feito pelo Sebrae e Dieese (divulgado no Bom Dia Brasil, de 8 de março de 2016), o número de mulheres que são chefes de família e estão à frente do próprio negócio saiu de 6,3 milhões em 2013 para 7,9 milhões em 2014.

Segundo pesquisa do IBGE (PNAD 2013) em 2013, as mulheres já eram responsáveis por 31% das empresas, número que vem crescendo ao longo dos últimos 10 anos. E 39% são chefes de domicílio. Em geral, elas também possuem um rendimento médio mensal de 2,2 salários mínimos contra 3,2 salários mínimos dos homens. Isso porque a maioria das mulheres trabalha por conta própria, ou seja, não possui colaboradores, e 41% está no setor de serviços e em média possuem 8,9 anos de estudo, ao passo que os homens têm 7,2.

MULHERES NÃO SABEM LIDAR COM DINHEIRO!
Mito

De acordo com o IDEC, estima-se que as mulheres controlam 70% das despesas de consumo global e foram fundamentais para a criação do movimento pelos direitos dos consumidores. "As mulheres tomam a maioria das decisões de compra em nome de suas famílias e são as mais afetadas quando a família não tem acesso às necessidades básicas, como alimentos, água potável e energia", afirma Helen McCallum, diretora geral da CI (Consumers International), que representa mais de 240 grupos de consumidores em todo o mundo.

No Brasil, as mulheres são responsáveis pela administração de 38% dos lares e movimentam 600 bilhões na economia do país.

Acrescentando, pesquisas do Banco Itaú informam que as mulheres correspondem a *55% do total do volume investido em previdência privada* demonstrando, claramente, a preocupação da mulher em relação ao futuro.

OS HOMENS GANHAM E AS MULHERES GASTAM!
Mito

Cada dia que passa aumenta a participação da mulher no mercado de trabalho e assim tem se tornado mais importante a renda das mulheres na composição do ganho familiar.

Em dezembro de 2009, o instituto Great Place to Work constatou que 36% dos cargos de chefia das empresas top para trabalhar eram ocupados por mulheres.

Numa pesquisa realizada pelo professor Andrew Oswald, da Universidade de Warwick (Inglaterra), concluiu-se que fatores econômicos são importantes para a sobrevivência de um casamento. Estatisticamente, maior a chance de o casal permanecer junto quanto maior for o salário do marido.

Estatísticas mostram que o dinheiro é a causa mais frequente das separações e divórcios, correspondendo a aproximadamente 56% dos casos.

AS MULHERES SÃO MAIS IMPULSIVAS NAS COMPRAS.
Fato

Da mesma forma que as mulheres são mais propensas à depressão e a serem compradoras compulsivas (tema que falarei adiante), as mulheres caem mais nas armadilhas das compras por impulso. Seja pelo fato de que compramos itens de menor valor ou de que possuímos gastos que os homens desconhecem, tais como unha, cabelo, depilação, ou de inúmeros outros fatores. O fato é que precisamos ter autocontrole para não cair na tentação de comprar por impulso. Meninas atenção, compartilho com vocês uma informação MUITO importante: as mulheres tendem a comprar de duas vezes a duas vezes e meia a mais quando estão acompanhadas, ou seja, se você estiver num momento de redução de gastos, sugiro que escolha outro programa para fazer com as amigas.

PERFIL DO BRASILEIRO

O perfil do brasileiro é de gostar de passivos e não de ativos, ou seja, o brasileiro gosta de dívidas e carnês. Entende como algo positivo a antecipação de sonhos através dos juros.

Por questões culturais, a educação financeira não faz parte da grade curricular, ao passo que 70% dos europeus e 90% dos asiáticos têm acesso à educação financeira.

Por isso, faço um convite para as mulheres que têm filho(s): assim que colocarem em prática os princípios deste livro e sentirem que estão no caminho da prosperidade financeira, comecem um exercício com suas crianças através da mesada.

Quanto antes melhor, pois, quem não sabe lidar com R$ 10,00 não saberá lidar com R$ 10.000,00. Assim, é importante ficar claro para os pequenos os limites para o consumo de cada um da família. Se for preciso, no primeiro momento, transforme a mesada em semanada, a fim de auxiliá-los no controle dos gastos.

Para que você possa construir uma relação de *prosperidade financeira*, que tal conhecer um pouco mais sobre o assunto? Você acredita que isso possa ajudá-la? Então, vamos lá!

Capítulo 3

Princípios básicos sobre finanças pessoais

Suba no salto e continue conosco nessa jornada de troca de informações e conhecimentos.

Alguns conceitos fundamentais.

Afinal, o que é educação financeira?

"O processo mediante o qual os indivíduos e as sociedades melhoram a sua compreensão em relação aos conceitos e produtos financeiros, de maneira que, com informação, formação e orientação, possam desenvolver os valores e as competências necessárias para se tornarem mais conscientes das oportunidades e riscos neles envolvidos e, então, poder fazer escolhas bem informadas, saber onde procurar ajuda e adotar outras ações que melhorem o seu bem-estar. Assim pode contribuir de modo mais consistente para a formação de indivíduos e sociedades responsáveis, comprometidos com o futuro".

Fonte: Organização para a Cooperação e Desenvolvimento Econômico 1 (OCDE) (2005)

Vale ressaltar que a educação financeira é um processo que se transformou no decorrer do tempo. De um simples controle de despesas e gastos passou a ser uma ferramenta eficiente de gestão financeira.

Conforme já comentamos, a deficiência de educação financeira aliada à facilidade de acesso ao crédito foi, também, um dos fatores que contribuiu para o aumento do nível de endividamento das famílias. Podemos observar que muitas pessoas têm uma falsa sensação de dominar o assunto até um sentimento de invasão de privacidade.

Em outras palavras, consolidar conhecimentos de educação financeira vai lhe trazer muitos benefícios, como:

- Controlar a sua vida financeira
- Conscientizar-se da situação atual
- Buscar o equilíbrio da sua vida financeira
- Preparar-se para imprevistos
- Ajudar a realizar os seus sonhos
- Melhorar a sua qualidade de vida

E agora, por onde começo?
Parando e planejando a sua vida financeira.

O que é um planejamento financeiro?
É uma ferramenta que possibilita compreender como gastamos o nosso dinheiro, isto é, a foto da realidade financeira e, ao mesmo tempo, fornece informações importantes que ajudam a trilhar um novo caminho para melhorar a qualidade do consumo, maximizar o dinheiro, evitar dívidas desnecessárias e provavelmente o comprometimento da saúde financeira.

UM PLANEJAMENTO FINANCEIRO É ELABORADO ATRAVÉS DO ORÇAMENTO DOMÉSTICO.

O que é um orçamento doméstico?
Para ficar mais claro, vamos fazer uma analogia com o GPS (Global Positioning System). Trata-se de um sistema de navegação que mostra onde você está, onde quer chegar e indicará os caminhos a percorrer. Pode-se alterar o trajeto, e o GPS fará um ajuste de rota.

O orçamento doméstico vai fazer este papel em sua vida financeira.

Mais do que isso, criar um planejamento mais formal, seja em uma planilha eletrônica ou mesmo no papel. Isso permitirá que reveja alguns conceitos e deixe o cenário mais claro para você.

Escolha o que for mais fácil. O importante é iniciar.

Lembre-se, quando temos de detalhar algo por escrito, desde uma lista de compras até nosso orçamento doméstico, temos de reservar um tempo para pensar e pesquisar.

Você sabia?
- 35% das mulheres não têm controle ou guardam de cabeça o seu orçamento doméstico. (Fonte: Pesquisa de Educação Financeira SPC – dez/2015)

Como é feito um orçamento doméstico?

O passo a passo é muito simples, veremos a seguir.

Para efeito didático, escolhemos, como sugestão, uma planilha de orçamento doméstico bem completa. Sua tarefa será selecionar a planilha adequada ao seu perfil, que contenha todas as informações importantes para você.

Quais são os benefícios imediatos deste orçamento doméstico?

Descobrir para onde está indo o seu dinheiro. Normalmente, você tem uma sensação frustrante ao analisar o seu extrato bancário e notar que, rapidamente, seu dinheiro desaparece.

Para elaborar facilmente seu orçamento, vamos relembrar alguns conceitos importantes do orçamento doméstico.

O PONTO DE PARTIDA DO SEU ORÇAMENTO DOMÉSTICO SÃO AS ENTRADAS.

- *Receitas são as fontes de renda do mês.*
1. Fixas (periodicidade mensal): salários, comissões, pensão alimentícia, aposentadoria, pró-labore, aluguel de imóveis.
2. Variáveis (extras): 13º salário, prêmios, comissões eventuais, freelance, etc.

Dica: coloque em sua planilha o valor líquido da sua receita (exatamente igual ao valor creditado em sua conta corrente).

O segundo ponto são as despesas.

- *Despesas são todos os gastos do mês.*
3. Padrões (fixas): valores que não se alteram ou com uma pequena variação mensal.
4. Extraordinárias (variáveis): valores que se alteram de um mês para o outro ou despesas eventuais, previsíveis ou imprevisíveis, e despesas sazonais, como impostos e seguros.

Vale ressaltar que o importante nesta fase é começar a entender o seu padrão de gastos.

De acordo com o orçamento doméstico, classificamos as despesas em categorias, como no exemplo abaixo:

- Alimentação
  Supermercado, feira, açougue, mercados, etc.
- Manutenção da casa
  Água, luz, telefone, condomínio, gás, televisão a cabo, internet, seguro da casa, encanador, eletricista, lavanderia, IPTU.
- Educação da família
  Mensalidades, cursos, material escolar, mesada, uniformes, livros.
- Transporte
  Ônibus, metrô, trem, perua escolar, táxi.
- Manutenção do carro
  Combustível, lavagens, reparos, seguro, IPVA, multas, etc.
- Despesas da família

> Plano de saúde, dentista, medicamentos, cabeleireiro, barbeiro, academia, celular, roupas, sapatos, presentes, etc.

- Lazer
  > Cinema, teatro, viagens, jantar e lanches fora de casa, etc.
- Dívidas
  > Empréstimo pessoal, financiamento do carro, prestação da casa, etc.
- Despesas Diversas
  > Juros, IOF, multas, tarifas bancárias, etc.

Agora que já sabe, conhece ou fez um reforço dos conceitos de educação financeira, vamos trocar algumas informações importantes sobre os resultados das atividades práticas propostas.

Pegue sua agenda personalizada e vamos analisar os resultados.

Analisando a **atividade 2: Jogo dos sonhos**

Vamos retomá-lo no capítulo 9.

Analisando a **atividade 3: Pré-diagnóstico financeiro**

(1) Se você respondeu SIM para a maioria das perguntas: alerta verde! Provavelmente, você tem uma vida financeira controlada ou está no caminho certo. Então, trabalhe na realização de seus sonhos.

(2) Se você respondeu NÃO para a maioria das perguntas. Alerta vermelho! Principalmente se durante o preenchimento do questionário teve um sentimento de desconforto, frustração, tristeza e quase abandonou sua agenda personalizada.

(3) Supostamente, você tem uma amiga, que está com a vida financeira desequilibrada.

Se você se identificou com as alternativas (1), (2) ou (3). Não feche sua agenda, continue conosco. Você poderá ampliar seus conhecimentos de finanças pessoais, aproveitar nossas dicas, fortalecer suas atitudes em relação a um consumo mais consciente e até ajudar a sua amiga.

Analisando a **atividade 4: Jogo da memória**

Vamos falar com você que ficou desanimada com a sua performance nas atividades que chamamos de jogo da memória.

As tarefas eram simples, mas provavelmente teve dificuldade de preencher as listas com informações precisas dentro do tempo estimado.

Acredito que já podemos admitir que contabilidade mental não funciona.

Não temos "espaço" em nossa memória para todas estas informações.

Até por defesa, esquecemos algumas "coisas" que nos incomodam.

Só para lembrar, você sabe como está sua conta corrente bancária hoje?

E quanto você já gastou no seu cartão de crédito este mês?

Pelo resultado das suas atividades, você já tem condições de entender de uma maneira superficial **se tem ou não problemas** na administração e controle do seu orçamento doméstico.

Se reconhecer que tem dificuldade para administrar, é um bom começo.

Você não está sozinha! A pesquisa abaixo mostra a realidade atual da população brasileira.

Segundo a Pesquisa CNC - PEIC

Fonte: Endividamento e Inadimplência do Consumidor de agosto/2016, onde foram entrevistados 18.000 pessoas em todo o Brasil:

- *58% estão endividados*
- *24,4% possuem dívidas em atraso*
- *9,4% não terão condições de pagar*

O que gerou o desequilíbrio financeiro dessas pessoas provavelmente tenha sido:

- Perda de emprego sem ter uma reserva financeira
- Falta de planejamento, metas e objetivos financeiros
- Não têm ou não mantêm um orçamento doméstico adequado
- Descontrole dos gastos pessoais e familiares
- Empréstimos e dívidas incompatíveis com a realidade
- Padrão de vida acima da capacidade financeira

Vale esclarecer dois conceitos importantes:

Endividamento é a capacidade das pessoas em ter suas contas em ordem. A recomendação é que mantenha suas dívidas entre 25% a 30% da renda. O endividamento controlado permite, por exemplo, a realização do sonho da casa própria, entre outros. Quando acontecem problemas que geram o desequilíbrio, o endividamento nessas condições não é mais saudável.

Inadimplência ocorre quando as pessoas não conseguem mais pagar as dívidas em dia, pois elas são incompatíveis com a capacidade de pagamento. Normalmente acabam recorrendo a outras dívidas para quitar as anteriores. Uma verdadeira bola de neve de endividamento.

Agora é a sua vez, novamente, de trabalhar.
Vamos retornar a sua agenda personalizada e iniciar uma nova atividade.

Atividade 5 - Operação subir no salto

Objetivo: provocar uma mudança de hábito/atitude e gerar um controle rígido de despesas e, como consequência, identificar o perfil de gastos.

Instruções:
- Mapear gastos diariamente e consolidar semanalmente
- Tempo da atividade: 4 semanas Como faço este controle para não causar mais stress?

Como faço este controle para não causar mais stress?

Disciplina e organização irão facilitar o desenvolvimento da tarefa.

Você se recorda a primeira vez que usou um salto alto? Sem dúvida não foi uma tarefa fácil; mas com certeza depois que se equilibrou sentiu-se muito poderosa.

É a mesma coisa quando terminar a tarefa e avaliar o resultado final.

Material extra necessário: 1 pasta ou 1 caixa

Instruções

Tarefa diária:

- *Guardar todas as notas fiscais, recibos de pagamento, comprovantes de utilização do cartão de débito e crédito, incluindo despesa sem comprovante (anote em um papel como lembrete).*
- *Ao final do dia, anote em sua agenda personalizada as informações relevantes de todas as despesas do dia, como: tipo, o valor e a forma de pagamento.*
- *Guarde os comprovantes em sua pasta/caixa. Qualquer dúvida em relação a uma determinada despesa, você tem o respectivo comprovante.*

Posteriormente, você pode migrar seu controle para o celular, laptop, etc.

Não esqueça: tudo é importante e impacta o seu orçamento doméstico.

No final da semana, reserve um tempo com muita tranquilidade para atualizar a sua planilha de despesas semanal.

Separe os extratos bancários e faça a sua reconciliação bancária.

Inclua na planilha:

- *Despesas anotadas em sua agenda personalizada*
- *Despesas via débito automático que ocorreram durante a semana, como água, luz, telefone, prestação da casa ou outras*
- *Cheques emitidos versus compras/pagamentos efetuados*
- *Despesas pagas com cartão de débito*
- *Débitos de juros, tarifas e IOF*
- *Outros débitos – TEDs e DOCs enviados*

Dicas importantes a serem anotadas em sua agenda personalizada.

Durante o preenchimento da planilha, observar com muita atenção qual foi a forma de pagamento: dinheiro, cheque (à vista ou pré-datado), débito ou cartão de crédito (à vista ou parcelado).

Compras no cartão de crédito podem ou não impactar as despesas do mês, verifique a data do fechamento do seu cartão. Anote tudo, inclusive se elas forem lançadas no mês seguinte ou se forem parceladas nos meses subsequentes.

Abaixo, um modelo de planilha para facilitar o seu controle: Planilha (1):

| Modelo de controle diário e registro semanal ||||||
| Mês corrente ||||||
Despesas da semana	Classificação da despesa	Valor	Forma de pagamento	Alocação do mês da despesa
Alimentação	Supermercado			
	Feira			
	Açougue			
	Padaria			
Transporte	Ônibus e táxi			
Manutenção da casa	Encanador/ Eletricista			
Educação da família	Mensalidade			
	Livros			
Despesas da família	Medicamento			
	Dentista			
Despesas pessoais	Cabeleireiro/ manicure			
Dívida	Prestação da casa			
Manutenção do carro	Gasolina			

Suba no salto
dicas para sua independência financeira

Despesas diversas	Presente			
Despesas mês corrente				
Despesas mês seguinte				
Despesas parceladas meses subsequentes				

Modelo de despesas semanais consolidadas mensalmente					
Despesas					
Semanas	1ª. semana	2ª. semana	3ª. semana	4ª. semana	
Alimentação					Total
Super-mercado					
Feira					
Açougue					
Mercadinho					
Padaria					
Outras					
Manutenção da casa					Total
Condomínio/ aluguel					
IPTU					
Luz					
Telefone fixo					
Água					

Tv por assinatura/internet						
Gás						
Seguros da casa						
Total (1)						

Despesas da família						Total
Plano de saúde						
Dentista						
Medicamentos						
Cabeleireiro/ barbeiro/ manicure						
Roupas/ sapatos						
Outras despesas						
Total (2)						

Transporte						Total
Ônibus						
Táxi						
Outras despesas						
Total (2)						

Manutenção carro						Total
Seguro						
Combustível						

Suba no salto
dicas para sua independência financeira

IPVA					
Mecânico					
Multas					
Outras despesas					
Total (3)					

Educação da família					Total
Mensalidades					
Uniforme					
Livros					
Material escolar					
Outras despesas					
Total (4)					

Lazer					Total
Restaurantes/lanchonete					
Livros/revistas/jornais					
Passeios/viagem					
Cinema/teatro					
Outras despesas					
Outras despesas					
Total (5)					

Manutenção do carro						Total
Combus-tível						
Mecânico						
Seguro						
Outras despesas						
Total (6)						

Dívidas						Total
Financia-mento da casa						
Financia-mento carro						
Empréstimo consignado						
Empréstimo pessoal						
Outras dívidas						
Total (7)						

Despesas diversas						Total
Juros/ IOF/ Tarifas Bancárias						
Total (8)						
Total de Despesas						

Suba no salto
dicas para sua independência financeira

Receitas	Fechamento do mês				
Semanas	1ª. semana	2ª. semana	3ª. semana	4ª. semana	
Receitas líquidas					Total
Salário					
Comissões					
Renda de aluguel					
Aposentadoria/ pensão					
Pró-labore, 13º. salário, prêmios, outras					
Saldo da conta corrente bancaria (primeiro dia útil)					
Total das receitas					

Planilha para orçamento doméstico					
Receitas	Fechamento do mês				
Semanas	1ª. semana	2ª. semana	3ª. semana	4ª. semana	
Receitas líquidas					Total
Salário					
Comissões					
Renda de aluguel					
Aposentadoria/ pensão					
Pró-labore, 13º. salário, prêmios, outras					
Saldo da conta corrente bancaria (primeiro dia útil)					

Total das receitas					
Despesas					
Semanas	1ª. semana	2ª. semana	3ª. semana	4ª. semana	
Alimentação					Total
Supermercado					
Feira					
Açougue					
Mercadinho					
Padaria					
Outras					
Total (1)					
Manutenção da casa					Total
Condomínio/ aluguel					
IPTU					
Luz					
Encanador/eletricista					
Água					
Tv por assinatura/ internet					
Gás					
Seguros da casa					
Total (1)					

Suba no salto
dicas para sua independência financeira

Despesas da família						Total
Plano de saúde						
Dentista						
Medicamentos						
Cabeleireiro/ barbeiro/ manicure						
Roupas/ sapatos						
Outras despesas						
Total (2)						

Transporte						Total
Ônibus						
Táxi						
Outras despesas						
Total (2)						

Manutenção carro						Total
Seguro						
Combustível						
IPVA						
Mecânico						
Multas						
Outras despesas						
Total (3)						

Educação da família					Total
Mensalidades					
Uniforme					
Livros					
Material escolar					
Outras despesas					
Total (4)					

Lazer					Total
Restaurantes/lanchonete					
Livros/revistas/jornais					
Passeios/viagem					
Cinema/teatro					
Outras despesas					
Outras despesas					
Total (5)					

Dívidas					Total
Financiamento da casa					
Financiamento carro					

Empréstimo consignado						
Empréstimo pessoal						
Outras dívidas						
Total (7)						

Despesas diversas						Total
Juros/IOF/ Tarifas Bancárias						
Total (8)						

Resultado do orçamento doméstico						Total
Receitas - Total (1)						
Despesas (1+2+3+4+ 5+6+7+8)						
Resultado (Receitas - Despesas)						

Os primeiros passos já fizemos juntas.

Conto com a sua dedicação e disciplina para terminar a atividade 5 durante as quatro próximas semanas.

Agora, aproveite o conteúdo do capítulo 4.

Capítulo 4

Crenças limitantes e mapas mentais que afastam a prosperidade financeira

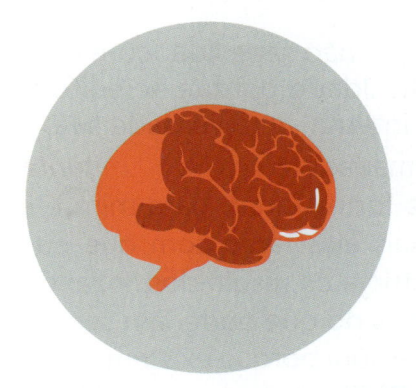

Pode ser que considere que tudo citado no capítulo anterior seja difícil ou incerto. É preciso conhecer sobre suas crenças, o funcionamento do seu cérebro e entender o porquê de muitas vezes parecer tão difícil fazer uma mudança de hábito.

Para falar sobre *paradigmas, crenças limitantes e mapas mentais* é necessário explicar o que são e como funcionam. Dessa forma, conseguirá saber o que a afasta da prosperidade financeira.

O que é um paradigma?

Paradigma é um modelo preconcebido, ou seja, um padrão de pensamento que adoto sobre como as coisas "funcionam"; e, por tal motivo, tomo decisões e faço escolhas. Sem dúvida, é um passo útil, uma vez que funciona como atalho. Isso faz com que eu aja de maneira mais rápida, automática e com pouco gasto de energia.

Já uma *crença* é algo real em que você acredita, mas uma verdade individual. São valores, são "coisas" em que acredito (daí o nome de crença; pois creio naquilo), princípios que adquiri de acordo com a forma com a qual fui criada. Sendo assim, levo em consideração o que eu vi ao meu redor e os exemplos que tive, como também aspectos culturais. Se você ouvir a vida inteira que não sabe lidar com dinheiro, com certeza terá dificuldade porque acreditou e isso formou uma crença interna, uma verdade sua.

São chamadas de *crenças limitantes* aquelas que quanto mais fortes forem para mim e eu me mostrar fiel a ela, mais elas farão com que eu me limite, me diminua, restrinja os resultados, fazendo com que eles sejam menores do que poderiam ser. Gostaria de fazer um parêntese aqui porque existem crenças que não me atrapalham. Digamos que eu acredite em amor verdadeiro e isso seja importante para mim. Acreditar vai me ajudar a superar as desilusões que sofrer na vida ou me motivar para encontrar um amor de verdade.

O que alcançamos em termos de resultados se orienta pela forma que pensamos.

Desse modo, se quer melhorar seu desempenho, inclusive o financeiro, o primeiro passo é começar aperfeiçoando o pensamento.

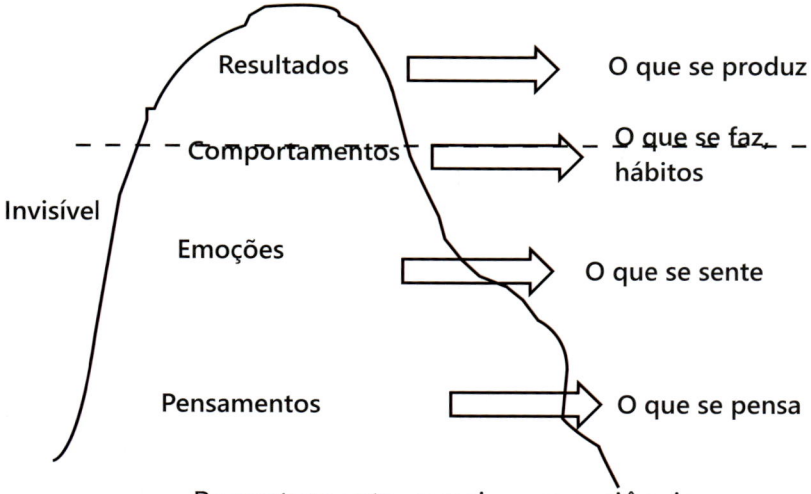

Visível

Invisível

- Resultados → O que se produz
- Comportamentos → O que se faz – hábitos
- Emoções → O que se sente
- Pensamentos → O que se pensa

Recentemente surgiu uma ciência que começou a estudar de maneira profunda o cérebro humano. Já sabíamos que quase nada usávamos de nosso potencial cerebral.

Agora, o que a ciência descobriu é como se dá o funcionamento do cérebro.

Foi descoberto pela *neurociência* que cada cérebro é único. Lógico que cada um funciona de maneira similar. Algumas funções básicas, como o comando que é dado para levantar o braço direito, ou outros pensamentos, como o que mobiliza cada indivíduo, são compostas por circuitos individuais.

Nosso cérebro possui em torno de 100.000.000.000 (isso mesmo, são 100 bilhões de neurônios) e uma capacidade incrível de desenvolver *conexões*. Existe, também, um número ilimitado de formas pelas quais o cérebro pode armazenar informações e de opções para codificar experiências, aprendizagens e informações. Sendo assim, somos verdadeira e inacreditavelmente únicos!

Além disso, foi identificado que o cérebro é um sistema de conexões e grava de forma definitiva seus *mapas mentais* (experiências, crenças e expectativas). Os conjuntos de *mapas* são criados por meio de um processo do cérebro que faz mais de 1.000.000 (um milhão) de *novas conexões* a cada segundo. Nosso cérebro cria ordem a partir do caos. Logo, estabelece vínculos entre as informações.

Possivelmente faz isso para nos ajudar a antecipar, tentando adivinhar os resultados das situações mais facilmente.

São os mapas que fazem com que os indivíduos criem suas *percepções*, e isso explica por que numa determinada situação duas pessoas podem *interpre-*

tá-la de forma totalmente diferente. Isso ocorre porque o cérebro tenta ajustar tudo o que sentimos ou pensamos diante dos modelos mentais existentes.

Quanto aos mapas, existem duas notícias: uma boa e uma ruim. A ruim é de que é muito difícil, quase impossível, apagar os mapas que possuímos. Ou seja, a partir do momento que o *mapa* é criado ele tende a ficar *gravado* em nosso cérebro para sempre. Tal informação explica por qual motivo tendemos a ter dificuldade em realizar mudanças de hábitos, não é mesmo?

A boa notícia é que é possível e, acredite se quiser, relativamente fácil construir novos mapas mentais. Isso é realizado a todo instante.

A neuroplasticidade descobriu isso através do estudo de pacientes que tiveram AVC (Acidente Vascular Cerebral).

Os cientistas descobriram que o cérebro consegue refazer conexões e é capaz de *criar novas*, em grande escala, em resposta a um novo aprendizado em qualquer fase da vida. Nosso cérebro tem uma aptidão incrível para mudar, uma capacidade extraordinária para criar novas conexões e construir novos mapas.

Isso ocorre quando o cérebro processa ideias complexas. Você já deve ter passado por aquele momento em que está falando e para, começando a formar conceitos em sua mente? Ou então já viu alguém que ficou com os olhos brilhantes, reluzentes e olhou para cima ou ficou com o olhar distante? Isso é chamado o momento do *insight*, é um *momento iluminado* quando algumas ideias que estavam soltas se conectam formando outra ideia. Este momento de geração do *in-*

sight, também conhecido como o momento "Eureka! " ou "UAU!", nada mais é do que um momento de *revelação* quando encontramos a solução para um problema. E assim surge um *novo mapa*.

- Recebe uma informação nova
- Compara com mapas mentais
- Busca conexões
- Ajusta a existentes
- Ou Adapta Criando Novas

Então vamos lá!
Se é fácil e fazemos o tempo todas estas conexões, por qual motivo fica difícil mudar de hábito e voltar-

mos a usar os antigos? Tudo é uma questão de prática e exercício. Nosso cérebro tenta ajustar tudo o que sentimos dentro dos padrões mentais existentes.

Descobertas recentes da neurociência mostram que quando aprendemos algo, o universo também muda. As conexões entre neurônios são reconfiguradas e, como consequência, o mundo fica um pouco diferente. Isso está ocorrendo enquanto lê este livro. Qual a diferença, então, entre um pensamento e um mapa? Grande parte das informações deste livro não ficará guardada na memória de longo prazo.

Isso significa que se você não utilizar as ideias contidas aqui, possivelmente irá esquecê-las em um ano ou dois.

Por tudo que foi abordado acima:
- *Paradigmas*
- *Sistema de crenças*
- *Modelos de mapas mentais*
- *Conceitos da neurociência e do funcionamento do cérebro*

Ao longo da leitura, vai perceber que vou apresentar caminhos, ferramentas e farei muitas perguntas. Se eu trouxer minhas respostas com relação aos valores pessoais, prioridades e sonhos todas as respostas que apresentar serão a melhor para mim. Pode ser, portanto, que algumas mulheres concordem e se identifiquem comigo; e talvez outras não. As demais concordarão em parte ou ainda nem se deram conta de que não pararam para pensar sobre isso.

 Meu maior desafio é ajudá-la a encontrar SUA melhor resposta; facilitar seu aprendizado para que *construa pensamentos mais produtivos* de melhor qualidade *em relação aos seus objetivos* e ao *dinheiro*.

Para entender um pouco mais sobre o assunto, pense no que imediatamente vem a sua cabeça. Qual o primeiro parecer que tem em relação ao dinheiro?

Você acredita que:
- *Dinheiro não traz felicidade*
- *Quem tudo quer tudo perde*
- *Só fica rico quem rouba*
- *Dinheiro é sujo*

Por um acaso você costuma dizer:
- *Ele é podre de rico*
- *O porco só engorda aos olhos do dono*
- *Deus ajuda quem cedo madruga*
- *Como você pode querer ser milionário com tanta gente morrendo de fome?*

Claro que algumas coisas da vida (talvez as melhores) são gratuitas, como um amor correspondido ou o beijo e carinho dos filhos; no entanto, vivemos numa sociedade capitalista. Não estou defendendo nem promovendo um culto ao dinheiro e sim propondo a você uma reflexão sobre o assunto.

Lembre-se de tudo que ele pode proporcionar a você e a sua família em termos de segurança, lazer e viagens.

Você já se pegou num momento de raiva ou *inveja* das pessoas que têm dinheiro e possuem um *estilo de vida* que gostaria enquanto você economiza para não faltar?

Ou procura descobrir o que as pessoas fazem de diferente ou a mais que você e poupa, pensando em uma *prosperidade financeira para* usufruir futuramente dos recursos que conquistar?

De que forma *seus pais lidavam* com o dinheiro e como você cresceu?

Venho de família com ascendência portuguesa e desde cedo sempre ouvi que você precisa ter o seu *imóvel*. Entendo que isso seja uma *questão cultural* de associação à "terra é sempre terra", referindo-se à riqueza. Também sei que o histórico brasileiro de instabilidade financeira vivida nos últimos 50 anos, explica o pensamento de meus avós e pais. Hoje tenho consciência de que financeiramente pode não ser a melhor *opção,* pois poderia pagar mais barato pelo aluguel do que o custo atual do financiamento de um imóvel (você sabia que no Brasil os imóveis são financiados, em média, por 28 anos?). Detalhe: metade dos casais se divorcia antes dos 15 anos de união. Contudo, sei que para estar no caminho de possuir uma casa própria, isso precisa me trazer certa *tranquilidade,* sei que isto para mim é *importante* e me *respeito*, mas tenho a *consciência* de que existem outras opções que possivelmente seriam mais prósperas financeiramente. Contudo tenho consciência de que pago um preço por essa escolha.

Você vê o *dinheiro* como uma régua para o *sucesso*? Você quer ter dinheiro para mostrar algo aos outros?

Uma das necessidades básicas do ser humano é ser *notado, reconhecido, amado*, e muitos buscam isso ou acreditam que vão conseguir através do *padrão de vida* que mostrarem ou das *roupas e marcas* que usarem. Você cai ou já caiu nessa armadilha?

Numa escala de 0 a 10, quanto você acredita que o *jeitinho brasileiro* está incorporado em você? Neste caso específico, não estou falando da "lei de Gérson" e da atração ao oportunismo no sentido de querer levar vantagem. Refiro-me ao improviso e ao imediatismo. Claro que existe um lado positivo do improviso; pois isso nos traz como benefício uma alta capacidade criativa, flexibilidade e adaptação frente às mudanças. Entendo, também, que o imediatismo veio como uma herança.

Contudo, o tempo mudou, já estamos há mais de uma década numa fase de estabilidade econômica sem ter de nos preocupar com uma inflação surreal de 3.348,74% nos últimos 12 meses. (Fonte: Revista Veja, de 21/3/90).

Avalie o quanto tem improvisado em sua vida financeira sem ter a menor ideia de como estão seus gastos, sem se preocupar com o futuro. Ainda não começou a poupar? Outro pensamento que recebemos da cultura latina é de acreditar que é obrigação da família cuidar dos filhos e dos idosos. Aqui é bastante comum os adultos ficarem na casa dos pais até os 30 anos (nos Estados Unidos, 18 anos é a data limite. Ao término do colegial, sabe-se que tem de se virar); saírem apenas para casar ou os pais voltarem a morar com os filhos. Não existe nenhum mal nisso se você conseguir ser feliz assim. Analise se isso pode estar fazendo com que se acomode e ache que não precisa se preocupar com a aposentadoria; terceirizando, dessa maneira, tal responsabilidade.

Faça uma breve reflexão sobre seus possíveis *limitadores.*

- *Que forças internas existem dentro de você que identifica como grande impedimento / limitação para alcançar seus sonhos?*
- *Gostaria que nomeasse sua maior limitação. Se pudesse dar um nome, qual seria?*
- *O alcance dos seus sonhos depende de quem?*

Espero que para a última questão tenha respondido "de mim"! Há dois caminhos possíveis: pensar em qual seria a dor da não realização dos seus sonhos ou começar a usufruir o prazer de conquistá-los.

Nosso cérebro não consegue distinguir se aquilo que pensamos é real ou não.

Diversos experimentos já provaram que algumas pessoas, quando veem ou lembram de determinados acontecimentos, "sofrem" ou sentem o que vivenciaram no passado.

Já ouviu falar no caso de pessoas que tiveram membros amputados e sentem coceiras em uma parte do corpo que não está mais lá?

Perceba o quanto é poderoso se sentir vitoriosa e conquistar o que deseja e merece.

A partir de agora, empenhe-se para mentalizar a conquista de seus sonhos. Pense na realização, satisfação e felicidade de ter conseguido alcançá-los.

Pense profundamente em como irá se sentir e defina, agora, de modo prático e efetivo, o que vai fazer para ir em direção aos seus sonhos. O que precisa realizar para que dê tudo certo?

Aproveite para anotar seus principais *insights* deste capítulo.

_____
_____
_____
_____
_____
_____
_____
_____
_____
_____
_____
_____

Agora que provavelmente deve ter identificado quais suas crenças limitantes e modelos de mapa mental que atrapalham sua *prosperidade financeira, está* na hora de encarar sua *situação financeira atual*.

Capítulo 5

Descobrindo o tamanho dos problemas financeiros

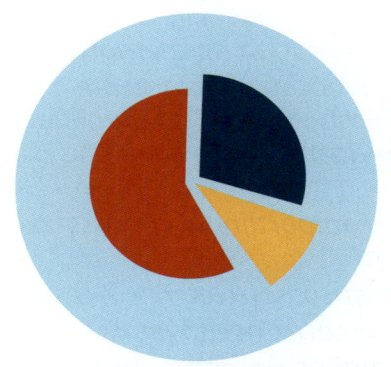

Para facilitar o processo de aprendizagem, vamos trocar informações sobre um caso real.

Você vai conhecer uma mulher muito especial, independente e batalhadora.

O perfil de uma brasileira como você.

Fernanda é o seu nome fictício.
Perfil:
Fernanda tem 36 anos e trabalha como vendedora há três anos. Está divorciada e tem um filho de 10 anos. Possui um apartamento financiado pelo Sistema Habitacional e um carro popular quitado. Tem uma renda mensal em torno de R$3.000,00. Possui um cheque especial – R$3.000,00 – e um limite do cartão de crédito – R$3.500,00.

O objetivo da Fernanda é melhorar a administração de suas finanças pessoais e por isso está aqui, como você.

Vamos ajudá-la?
Para você entender melhor, Fernanda cumpriu todas as etapas anteriores propostas nesse projeto de aprendizagem e abaixo está o resultado de suas atividades.
No início de junho, ela completou:
Atividade 1 => Agenda personalizada
Atividade 2 => Jogo dos sonhos
Atividade 3 => Pré-diagnóstico

Atividade 4 => Jogo da memória

Em julho, começou efetivamente o planejamento financeiro da Fernanda com as planilhas de controle de orçamento de acordo com atividade 5 => orçamento doméstico.

Fernanda compartilhou conosco os resultados de suas atividades:

Pré-diagnóstico: sofrível = > 7 respostas (Não)
Jogo da memória: aceitável => 50% de acertos
Jogo dos sonhos => comentários no capítulo 7

Vamos analisar como foi o passo a passo do orçamento doméstico da Fernanda.

Fernanda Santos				
Controle diário e registro semanal				
Mês corrente	jul/16			
Despesas da semana	Classificação da despesa	Valor	Forma de pagamento	Alocação do mês da despesa
Alimentação	Supermercado	R$ 200,00	Cartão de crédito	Mês seguinte
	Feira	R$ 50,00	Dinheiro	Mês corrente
	Açougue	R$ 40,00	Cartão de débito	Mês corrente
	Padaria	R$ 20,00	Dinheiro	Mês corrente
Transporte	Ônibus e Táxi	R$ 30,00	Dinheiro	Mês corrente
Manutenção da casa	Encanador/ Eletricista	R$ 100,00	Cheque	Mês corrente
Educação da família	Mensalidade	R$ 500,00	Débito em conta	Mês corrente
	Livros	R$ 50,00	Cartão de crédito	Mês seguinte

Despesas da família	Medica-mento	R$ 30,00	Cartão de crédito	Mês seguinte
	Dentista	R$ 200,00	Cheque	Mês corrente
Despesas Pessoais	Cabeleirei-ro/manicure	R$ 50,00	Cartão de debito	Mês corrente
Dívida	Prestação da casa	R$ 1.000,00	Débito em conta	Mês corrente
Manutenção do carro	Gasolina	R$ 100,00	Cartão de crédito	Mês seguinte
Despesas diversas	Presente	R$ 50,00	Dinheiro	Mês corrente
Despesas mês corrente		R$ 2.040,00		
Despesas mês seguinte		R$ 380,00		

Fernanda consolidou a sua primeira semana com todas as anotações diárias de sua agenda personalizada com o objetivo de não perder informações importantes, exatamente de acordo com os critérios estabelecidos no capítulo 3.

Resumo do orçamento doméstico da Fernanda: inclusão das despesas (base anotações da agenda personalizada + extratos bancários), despesas da semana - serão contabilizadas no mês corrente:

Classificação das despesas por categorias

Forma de pagamento (cartão de débito, dinheiro, cheque à vista)

Total da despesa: R$2.040,00

Despesas da semana - serão contabilizadas no mês subsequente:

Classificação das despesas por categorias

Forma de pagamento (cartão de crédito e cheque pré-datado)

Total da despesa: R$380,00

Ela assumiu o desafio, fez controle diário e registro semanal durante as quatro semanas do mês de julho.

No início de agosto, Fernanda estava realizada, pois foi a primeira vez que teve disciplina diária e semanal para cumprir todas as orientações de um processo de controle de finanças pessoais ao mesmo tempo, estava curiosa com o resultado do fechamento do orçamento mensal.

Dando continuidade ao preenchimento da planilha: Inclusão das entradas ou receitas

Fernanda Santos					
Receitas	Fechamento do mês de julho/2016				
Semanas	1ª semana	2ª semana	3ª semana	4ª semana	
Receitas líquidas					Total
Salário	R$2.000,00				R$2.000,00
Comissões				R$1.000,00	R$1.000,00
Renda de aluguel					
Aposentadoria/pensão	R$1.000,00				R$1.000,00
Pró-labore,13°. salário, prêmios, outras					
Saldo da conta corrente bancária (primeiro dia útil)	R$200,00				R$ 200,00
Total das receitas	R$3.200,00			R$1.000,00	R$4.200,00

Ana Lúcia Emmerich & Cida Silveira

Receitas por semana - serão contabilizadas no mês corrente:
Classificação das receitas por categorias (salário/comissão/pensão).
Saldo da conta corrente do primeiro dia do mês – R$200,00
Total da receita mês: R$4.200,00.
Fernanda consolidou suas entradas líquidas (exatamente o valor do crédito em sua conta) e incluiu um item muito importante, que é o saldo da conta corrente do mês anterior.
Ela começou o mês de julho positivo; sobrou dinheiro do mês anterior.

Fernanda Santos					
Planilha para orçamento doméstico					
Fechamento do mês de julho/2016					
Receitas					
Semanas	1ª semana	2ª semana	3ª semana	4ª semana	
Receitas Líquidas					Total
Salário	R$2.000,00				R$2.000,00
Comissões			R$200,00		R$200,00
Renda de aluguel					
Aposenta-doria/pensão	R$1.000,00				R$1.000,00
Pró-labore,13º. salário, prêmios, outras					

Suba no salto
dicas para sua independência financeira

Saldo da conta corrente bancária (primeiro dia útil)	R$200,00				R$ 200,00
Total das receitas	R$3.200,00			R$200,00	R$ 3.400,00
Despesas					
Semanas	1ª semana	2ª semana	3ª semana	4ª semana	
Alimentação					Total
Supermercado		R$200,00		R$200,00	R$400,00
Feira	R$50,00	R$50,00	R$50,00	R$50,00	R$200,00
Açougue	R$40,00		R$40,00	R$40,00	R$120,00
Mercadinho			R$15,00	R$30,00	R$45,00
Padaria	R$20,00	R$20,00	R$20,00	R$20,00	R$80,00
Outras					
Total (1)	R$110,00	R$270,00	125,00	R$340,00	845,00
Manutenção da casa					Total
Condomínio/ aluguel					-
IPTU		R$50,00			R$ 50,00
Luz			R$100,00		R$ 100,00
Encanador/ eletricista	R$100,00			R$50,00	R$150,00
Água		R$ 40,00			R$40,00
Tv por assinatura/ internet			R$200,00		R$200,00
Gás				R$40,00	R$40,00

Seguros da casa					
Total (1)	R$100,00	R$90,00	R$300,00	R$90,00	R$580,00

Despesas da família					Total
Plano de Saúde					
Dentista	R$200,00				R$200,00
Medicamentos					
Cabeleireiro/barbeiro/manicure	R$50,00				R$50,00
Roupas/sapatos					
Outras despesas	R$50,00				R$50,00
Total (2)	R$300,00				R$300,00

Transporte					Total
Ônibus	R$30,00		R$30,00		R$60,00
Táxi					
Outras despesas					
Total (2)	R$30,00		R$30,00		R$60,00

Manutenção carro					Total
Seguro					
Combustível		R$100,00	R$100,00	R$100,00	R$300,00
IPVA					
Mecânico					
Multas					
Outras despesas					
Total (3)		R$100,00	R$100,00	R$100,00	R$300,00

Suba no salto
dicas para sua independência financeira

	Educação da família					Total
Mensalidades	R$500,00					R$500,00
Uniforme						
Livros						
Material escolar						
Outras despesas						
Total(4)	R$500,00					R$500,00
Lazer						Total
Restaurantes/ lanchonete						
Livros/revistas/jornais						
Passeios/ viagem		R$100,00				R$100,00
Cinema/ teatro						
Outras despesas						
Outras despesas						
Total(5)		R$100,00				R$100,00
Dívidas						Total
Financiamento da casa	R$1.000,00					R$ 1.000,00
Financiamento do carro						
Empréstimo consignado						

Empréstimo pessoal					
Outras dívidas					
Total (7)	R$1.000,00				R$1.000,00

Despesas diversas					Total
Juros/IOF/ Tarifas bancárias		R$20,00	R$20,00		R$40,00
Total (8)					

Resultado do orçamento doméstico					Total
Receitas - Total (1)	R$3.200,00			R$200,00	R$3.400,00
Despesas (1+2+3+4+ 5+6+7+8)	R$2.040,00	R$560,00	R$555,00	R$530,00	R$3.685,00
Resultado (receitas - despesas)	R$1.160,00	R$600,00	R$45,00	R$-285,00	R$-285,00

Fechamento do mês de julho – orçamento consolidado.

Agora que temos o orçamento doméstico do mês de julho preenchido completamente, vamos analisar os resultados.

Fernanda fechou o mês com o saldo da conta negativo em *R$ 285,00*.

Você pode pensar:
Para que tanto stress com um saldo devedor baixo?

Fernanda está preocupada, pois não sabe como vai controlar suas finanças até o final do ano.
O que Fernanda tem de fazer para evitar o aumento no déficit?

Para facilitar a análise, definimos com ela alguns pontos:

- *Previsão de aumento das despesas mensais até o final do ano*
- *Previsão de um aumento das receitas (13º salário e comissões)*
- *Previsão de um aumento no pagamento dos juros sobre cheque especial*
- *Inclusão em agosto do pagamento do cartão de crédito – despesa efetuada em julho que migrou para o mês de agosto (vide Planilha 5)*

Com as informações acima, fizemos uma simples projeção de despesas e receitas, mês a mês, até dezembro.

Como resultado, vide a planilha a seguir:

| Projeção dos orçamentos mensais: agosto a dezembro de 2016 ||||||
Mês	Fechamento mês anterior	Receita do mês	Despesa do mês	Juros sobre saldo devedor conta corrente	Fechamento do mês
jun/16					R$ 200,00
jul/16	R$ 200,00	R$ 3.200,00	-R$ 3.685,00	R$ 0,00	-R$ 285,00
ago/16	-R$ 285,00	R$ 3.500,00	-R$ 3.800,00	-R$ 22,00	-R$ 607,00
set/16	-R$ 607,00	R$ 3.100,00	-R$ 3.850,00	-R$ 33,00	-R$ 1.390,00
out/16	-R$ 1.390,00	R$ 3.200,00	-R$ 3.950,00	-R$ 65,00	-R$ 2.205,00
nov/16	-R$ 2.205,00	R$ 4.500,00	-R$ 3.800,00	-R$ 25,00	-R$ 1.530,00
dez/16	-R$ 1.530,00	R$ 4.200,00	-R$ 4.500,00	-R$ 28,00	-R$ 1.858,00

Se as projeções até o final do ano acontecerem dentro da programação da Fernanda, o seu déficit de caixa no final do mês de dezembro será de aproximadamente R$1.900,00.

Lembre-se: a maioria das dívidas começa com um pequeno endividamento inicial, ou seja, com pequenos valores até atingir valores acima da capacidade financeira, e então de endividado pode tornar-se um inadimplente.

Nossa recomendação para a Fernanda é não se desesperar; afinal, o primeiro passo foi dado ao admitir sua dificuldade em administrar suas finanças.

Se você está na mesma situação e não sabe por onde começar, aguarde o capítulo 7. Voltaremos com as estratégias de como sair do negativo.

Agora, aproveite o conteúdo do capítulo 6 para conhecer alguns "amigos da onça" que vivem ao seu redor.

Capítulo 6

Identificação dos seus possíveis sabotadores e emoções relacionadas ao consumo

Emoções relacionadas ao consumo

Existe um *distúrbio* relacionado ao hábito de consumo denominado *oneomania*.

Estima-se que de *3 a 5%*[1] da população sofra com isso. São os chamados *compradores compulsivos*, ou seja, pessoas que independentemente da possibilidade financeira simplesmente não conseguem se controlar. Tendo dinheiro ou não, gastam sem perceber e tudo os agrada. Elas sentem a necessidade de comprar assim como o dependente químico precisa das drogas.

Compartilho com você, a seguir, alguns indicadores se a pessoa pode sofrer desse distúrbio: não resistir ao impulso de comprar; gastar mais que o planejado, além de suas possibilidades; pedir dinheiro emprestado com frequência; precisar efetuar uma compra de qualquer maneira, independentemente do produto comprado; perceber que está comprando coisas inúteis; assumir dívidas muito acima do valor de sua renda mensal, etc.

Já foi identificado, também, que as mulheres estão mais sujeitas ao distúrbio que os homens. A proporção é de quatro mulheres para cada homem com a doença.

Ainda não se sabe a razão de ser mais comum entre as mulheres, mas é possível que a doença possa estar associada ao transtorno do humor e de ansie-

---

[1] Fonte: Desenvolvido por coordenadores do Ambulatório de Jogos Patológicos e Outros Transtornos do Impulso (AMJO), do Instituto de Psiquiatria do Hospital das Clínicas.

dade, dependência de substâncias psicoativas (álcool, tóxicos ou medicamentos), transtornos alimentares (bulimia, anorexia) e de controles de impulsos.

É importante reforçar que não existe cura; contudo, pode ser tratado. Em São Paulo, no Hospital das Clínicas, existem profissionais capacitados e dedicados a dar suporte para as pessoas.

TESTE: COMO SABER SE VOCÊ É UM COMPRADOR COMPULSIVO

Não resiste ao impulso de comprar?

Gasta mais que o planejado e se prejudica financeiramente?

Impede ou prejudica seus planos de vida e das pessoas a sua volta?

Precisa efetuar a compra de qualquer forma, independentemente do produto comprado?

Percebe que está comprando coisas que não usa ou usa pouco?

Assume dívidas acima de cinco vezes o valor de sua renda mensal?

Se a maioria de suas respostas foi SIM, você já aponta problemas com o hábito de comprar. No entanto, o diagnóstico correto só pode ser dado a partir de entrevistas com profissionais da área. O teste é uma descrição dos sintomas mais comuns apresentados pelos compradores compulsivos e serve para indicar uma possível oneomania.

Como pode perceber, a maioria das pessoas, 95 a 97% da população que está endividada ou que tem dificuldade em atingir o padrão de vida que deseja, não consegue ter *disciplina* financeira, sofre pura e simplesmente de tentações diante das compras por impulso.

COMPRAS POR IMPULSO E COMO VENCÊ-LAS

Você consegue sair do *shopping* sem comprar NADA?

Estudos comprovam que 80% das pessoas realizam compras por impulso em supermercados. Não estou falando de alguns itens da lista que, por um acaso, você possa ter esquecido e que realmente precisa; e sim de itens os quais não tinha previsto comprar, bateu aquela vontade imediata e ele simplesmente pulou em seu carrinho. Você tem em seu armário algum item que *nunca usou*?

Meu irmão tem um termo muito interessante para algo que comprou e nunca foi usado: ele costuma dizer que aquele item vai para a *pilha da vergonha*. Pode ser um livro, um DVD, *blu-ray* ou um jogo de videogame.

Por incrível que pareça, esse novo termo me ajudou a *pensar, repensar e pensar* de novo antes de fazer qualquer compra, especialmente pela internet.

Se você gosta de assistir a filmes, sugiro que veja Os Delírios de Consumo de Becky Bloom, pois ele aborda de uma forma divertida o tema de como uma jornalista especializada no mercado financeiro não consegue controlar suas próprias finanças por ser uma compradora compulsiva.

CÍRCULO VICIOSO DAS COMPRAS POR IMPULSO

O que costuma acontecer com muitas mulheres é acreditar que merece fazer uma comprinha, seja de um sapato, uma roupa, uma bolsa. E geralmente são itens relacionados ao vestuário ou beleza, pois, naquele momento, existe a busca por uma recompensa, uma satisfação imediata.

Observe o que acontece a seguir:

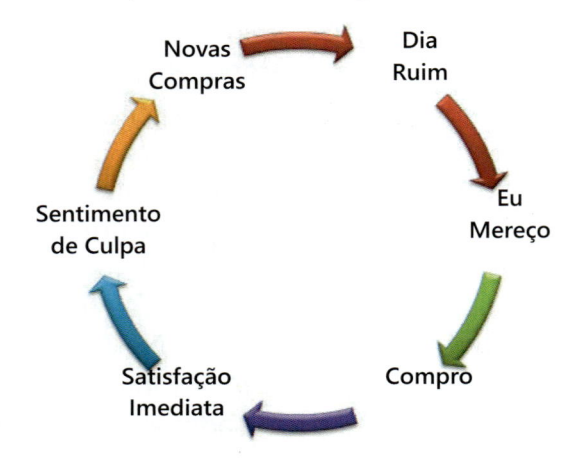

Dia Ruim → Eu Mereço → Compro → Satisfação Imediata → Sentimento de Culpa → Novas Compras → Dia Ruim

Também existem casos em que as compras são utilizadas como forma de válvula de escape muitas vezes com o objetivo de diminuir o stress. Naquele caso, acontece assim: tive um dia maravilhoso, recebi uma notícia espetacular. Então...

"Vamos comemorar fazendo uma comprinha básica!"

Você costuma comprar coisas que não precisa até que veja pela vitrine?

Atenção viciadas de plantão, e para este chamado me incluo na categoria como ex-fumante e apaixonada por comida; falo isso porque já paguei muito caro por ceder à *tentação* de comprar algo por impulso, que não era *essencial*, e deixar faltar dinheiro para itens de primeira necessidade.

Convido você a, neste momento, avaliar, em todos os aspectos, como está a sua vida.

Se está num processo de parar de fumar é comum que busque substituir a falta que o cigarro faz por algo que goste de comer. Se está sem um parceiro, no momento, pode buscar uma compensação nas compras.

Como o ser humano busca, acima de tudo, ser feliz, nossa tendência é buscar a satisfação de outra forma.

Identifique se existe algo ou alguém que a esteja influenciando a comprar mais do que precisa.

Baseado nisso, pergunto: qual *estratégia* vai adotar, a partir de agora, para acabar ou reduzir as compras por impulso? Pare e pense sobre isso e anote, abaixo, as possibilidades que identificou.

_____
_____
_____
_____
_____
_____
_____
_____

EXISTEM DIVERSAS POSSIBILIDADES

Relaciono algumas aqui:
- *Adquira o produto numa segunda ou terceira ida à loja. Quando sentir aquela vontade absurda de comprar, retire-se do local e volte no dia ou semana seguinte. Vai perceber que, na maioria das vezes, o impulso desapareceu, pois percebeu que não havia necessidade de adquirir tal produto, ou seja, não passou de um desejo do momento.*
- *Se não usar o cartão de crédito, leve pouco dinheiro. No máximo, R$ 50,00. Não vale pedir o cartão da amiga emprestado.*
- *Limite o valor dos gastos com as compras por impulso (se o seu orçamento permitir) numa cota mensal, um teto máximo e respeite-a. A seguir, assim que possível, sugiro que diminua este valor ao longo do tempo.*

AUTOSSABOTAGEM

É mais comum e menos consciente do que imagina o processo de autossabotagem.

Consiste em todas as vezes que tenho algum comportamento que me afasta do objetivo. Tais comportamentos provocam *prejuízo* e boa parte das pessoas costuma responsabilizar o *destino* ou a falta de sorte. Na verdade, é uma situação com a qual contribuímos inconscientemente para que as coisas deem errado, por comportamentos repetidos, muitas vezes inconscientes e de uma forma automatizada.

O primeiro passo para sair disso é a *tomada de consciência.*

Compartilho, abaixo, um caso real:

Uma amiga contou-me que quando seu pai estava bem na empresa e usufruindo de grande prosperidade financeira, era o momento que mais sentia sua ausência em casa, uma vez que ele trabalhava muito, inclusive aos finais de semana, não reservando tempo para a família. Ela quase não o via e sentia muita falta desse convívio. Na situação específica, qual você acredita que seja o modelo de *mapa mental* dessa pessoa? Ela tende a ter pensamentos e consequentemente ações que busquem a *prosperidade financeira?* Ou, de forma inconsciente, acabará afastando o *dinheiro?* (Uma vez que quando pensa nele associa às ausências do pai e no caos que a família começou a viver a partir daí). O que começou a acontecer é que sempre que um de seus negócios ia bem, ela acabava fazendo algo para que ele começasse a não ir tão bem assim. O sucesso era para ela uma ameaça à felicidade e ao bom convívio familiar em seu modelo antigo de pensamento.

Infelizmente existem inúmeras formas de *autossabotagem*. Relaciono as principais para sua análise.

AUTOENGANO

Vai além do otimismo de olhar o copo cheio e realmente se enganar.

Certa vez, ouvi uma amiga comentar que seu guarda-roupa valia R$ 50.000,00.

E ela *acreditava* nisso.

Optei por não dar continuidade ao assunto após sua extensa argumentação de como havia chegado nesse valor. Percebi que estava fechada a qualquer opinião contrária à dela. Minha preocupação foi perceber que ela acreditava em tal equivalência, pois existe uma grande diferença entre preço e valor. Preço é o quanto se paga por alguma coisa e valor é a percepção daquilo, o quanto as pessoas ou o mercado acreditam que vale realmente, qual a liquidez. O que ela disse foi o quanto pagou por peça de roupa e pela quantidade chegou a este número aproximado (isto é, preço). Valor é o quanto ela consegue com isso. Naquele momento, ela relatava os valores gastos em vestuário como se fossem investimentos a fim de justificar os gastos excessivos com seu vestuário se enganando...

Para refletir: quem, em sã consciência, tem um carro no valor de R$ 50.000,00 e troca por um guarda-roupa de outra mulher? Alguém já viu uma pessoa entrar numa concessionária com malas de roupas e sair de lá dirigindo?

Minha indagação é: quanto suas compras diárias, semanais, mensais ou anuais em roupas e outros itens estão afastando você dos seus *sonhos?*

_____
_____
_____
_____
_____
_____
_____
_____
_____
_____

Felizmente ela se conscientizou de que comprava em excesso e está num glorioso processo de *mudança de hábito*, rumo a sua *prosperidade financeira*. Ao longo do caminho, fazendo ajustes em sua rotina de compras começando a acompanhar suas finanças, já conseguiu trocar de carro e fazer algumas viagens. E de brinde melhorou sua autoestima e sente-se mais poderosa por ter aprendido a dizer não a tentações que a afastavam de seus sonhos e de momentos de frustração quando desconhecia para onde ia o dinheiro suado de seu trabalho.

PROCRASTINAÇÃO

Este é o famoso hábito de deixar para fazer amanhã o que se pode fazer hoje.

Nesse caso, deixar para poupar no mês que vem porque nesse mês não "sobrou", ou, então, vai começar a fazer seu controle financeiro ou descobrir como estão suas dívidas na semana seguinte. O grande problema é que isso vira um *hábito recorrente* e acaba tendo o efeito de uma bola de neve; pois, um dia vira uma semana, uma semana se transforma em um mês e quando menos se imagina lá se foram os anos.

Sugiro que nesse instante você *suba no salto!*

Tome coragem e *encare* a situação, pois fugir dela só aumenta o problema, o stress e o desgaste. Mesmo que não perceba, este mau hábito está consumindo sua energia, seu sono, drenando sua qualidade de vida e acabando com sua alegria.

ARMADILHAS

Também chamadas de *tentações*. É semelhante ao ato de comer um único brigadeiro quando se está numa dieta. O problema é ter caído na tentação e não unicamente a degustação do doce. Estudos comprovam que os sentimentos de culpa ou de fracasso fazem com que a pessoa recaia mais facilmente no erro.

Quando você começa a fazer uma dieta e sabe que existe um tempo até conseguir chegar ao *resultado* que deseja e surge uma comemoração da empresa, uma festa de família ou qualquer outro evento, sabe que será muito difícil manter a linha.

Mesmo que se prepare para comer algo a mais ou se proponha a não fazê-lo e isso acontece, sente-se fracassada. No dia seguinte, quer abandonar a dieta porque tem certeza de que não vai conseguir. Desanima-se e começa a acreditar que nunca vai chegar lá. E assim por diante.

Isso ocorre porque o cérebro funciona mais ou menos assim: quando as pessoas fazem algo e sabem que estão erradas, o sentimento de culpa e arrependimento fazem com que a pessoa caia num círculo vicioso. Existe a tendência de repetir mais vezes ou potencializar o ocorrido, fazendo com que cometam outros erros novamente.

É preciso muita atenção e cuidado. Se você cedeu à tentação de uma palavra chamada LIQUIDAÇÃO, pense que nem tudo está perdido. Aceite que saiu um pouco de seu planejamento, respire fundo e procure retomar sua disciplina rumo à *prosperidade*. Seja generosa com você e entenda que isso faz parte de um processo de mudança de hábitos. É como aprender a andar de bicicleta: alguns tombos fazem parte do aprendizado.

Se você percebeu que adora dar *presentes* e chega a comprar itens caríssimos para outras pessoas, inclusive alguns que muitas vezes não tem coragem de comprar para você, talvez possa ser interessante ler o livro "As cinco linguagens do amor", sendo que uma delas trata-se de "presentes". Vale a pena priorizar e buscar sua tranquilidade e bem-estar evitando gastar em excesso.

Imagine agora que você recebeu um dinheiro extra e com isso já pensa em gastar. Considere a possibilidade de pagar uma dívida ou aumentar sua poupança com esse recurso.

Faça um esforço para guardar parte dele.

Compras parceladas - principalmente no cartão de crédito - são uma *armadilha* gigante por dois motivos: o primeiro é você esquecer que existem outras compras divididas e elas se acumularem, estourando o orçamento. O outro é ler no visor "transação aprovada" e supor que um milagre vá quitar tal despesa.

Outra grande armadilha é melhorar seu *padrão de vida* conforme sua renda aumenta.

É esperado que queira um carro ou um apartamento melhor conforme consegue *prosperar*. Pondere se esse upgrade precisa consumir tudo que obteve de renda extra. Isso explica o motivo pelo qual grande parte das pessoas, senão a totalidade das que ganham algum prêmio na loteria ou *Big Brother*, por exemplo, em pouco tempo já não possuem recurso algum. Primeiro: elas não aprenderam a lidar com muito dinheiro. Por conta disso, saem do eixo e gastam sem controle. Segundo: as pessoas não percebem o quanto os *gastos indiretos* pesam no orçamento. Se vou morar em uma casa maior e num bairro melhor, naturalmente gasto mais de luz, IPTU, condomínio e demais despesas. Além disso, o supermercado, o posto de gasolina e os locais de alimentação também são mais caros.

Isso faz sentido para conseguir *poupar mais*. Ou, ainda, *continuar a reservar e separar fundos de emergência e viagens,* em vez de consumir mensalmente o que seria um excedente de renda.

TERCEIRIZAÇÃO DE RESPONSABILIDADE

No ambiente corporativo, a "culpa" tende a ser do estagiário. Em nossas vidas, ou foi o chefe que não deu aumento (e por isso não consegui *poupar*) ou é a inflação que está diminuindo meu *poder de compra*. Ou, ainda, a família que precisa cada hora de alguma coisa.

Convido você a assumir o poder que possui sobre sua carteira, bolsa, cartões de crédito e conta corrente. *Subir no salto* e assumir o papel de *protagonista* da sua vida e finanças. Não é fácil, mas essencial para que promova as mudanças que deseja.

JUSTIFICATIVAS VERDADEIRAS

Aqui é o momento em que você apresenta todas as desculpas para ainda não ter conseguido o que gostaria. São as chamadas justificativas verdadeiras porque essas desculpas são *reais,* ou seja, elas existem. Está em suas mãos utilizá-las como apoio para continuar numa vida que não é a que deseja ou ter a *coragem* de, apesar de existirem, saber que pode e quer ir além.

Veja algumas justificativas mais comuns:
- *R$ 500,00 por mês é pouco para poupar, não adianta nada, melhor esperar para quando conseguir juntar mais.*
- *Minha avó era pobre; meus pais são pobres; eu vou continuar a ser pobre e meus filhos serão pobres.*
- *Acho finanças muito chato e nada entendo sobre isso.*
- *Nunca vou conseguir, não conheço nada sobre planejamento.*
- *Tudo bem, são só dez centavos.*

Realmente R$ 500,00 por mês pode não ser muito, dependendo do seu padrão de vida. Mas é um começo e este valor aumentará daqui a um ano ou em menos tempo, aplicado a uma taxa de 0,5% ao mês. Em vinte anos, o valor citado será o equivalente a R$ 330.000,00. É uma boa quantia para o futuro.

Entendo que ter nascido em família com menos recursos pode ter tornado sua vida difícil até o presente momento. O que será de sua vida a partir de agora depende unicamente de você.

Garanto que conhece muitas pessoas que fizeram um *destino diferente* e não se escoraram em desculpas. Quantas cursaram uma universidade e conseguiram *alcançar* condições mais *dignas* de vida?

Você tem a escolha do que fazer com seu dinheiro e, mesmo sem ganhar na Mega-Sena, você pode escolher um *caminho* diferente para trilhar.

Experimente trocar suas finanças por sonhos. Você pode não ter percebido, mas faz isso sempre. Toda vez que *estica seu dinheiro* para conseguir pagar as contas e comprar tudo que é necessário em sua casa você está praticando os conceitos de finanças. Se entrega a mesada ao seu filho, está possibilitando que ele aprenda a lidar com o dinheiro. As pesquisas de preço que realiza (farmácia, supermercado, etc.) também faz parte da educação financeira.

Pode ser que ainda não tenha pensado em algo para daqui a dez ou vinte anos; nem tenha feito *planos* para a sua aposentadoria e calculado quanto precisa ter de reserva e deseja ter de renda até lá. No entanto, se já programou um churrasco entre amigos, um evento de confraternização na empresa, a festa do seu filho, então já *planejou*, só não sabia, de fato, sobre isso.

Sabe aqueles trinta centavos de troco que você aceita em bala? Avalie, pois, em um mês, equivalem a R$ 9,00 e num ano correspondem a R$ 108,00. Imagine ao longo de dez ou vinte anos? É hora de *valorizar* o seu dinheiro.

Liste abaixo o que identificou mais ter praticado e que atrapalha sua prosperidade financeira.

_____

_____

Desafio você agora a ir além.

Liste de que maneira irá promover as mudanças que deseja.

Capítulo 7

Rumo à mudança da situação financeira

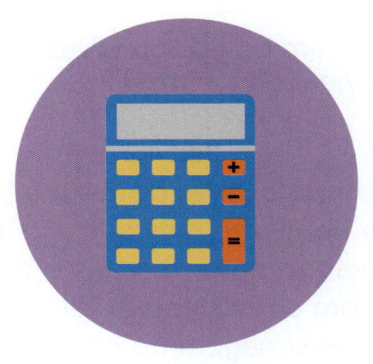

Caminhamos até aqui. Aprendemos ou revisamos os novos conceitos de educação financeira e temos as ferramentas necessárias. Promessas devem ser transformadas em atitudes conscientes para reorganizar a vida financeira.

O orçamento doméstico do último mês está pronto e você já simulou todos os orçamentos mensais até o final do ano. Analise seus resultados com calma, atenção e disciplina e verifique se tem alguma informação errada ou em duplicidade.

Você analisou e os resultados refletem a sua realidade?

Agora, responda sinceramente.

O seu padrão de vida está adequado à renda mensal?

Identificamos três perfis diferentes

Perfil 1

Se o resultado final do fechamento do ano (após as simulações /projeções do orçamento doméstico) for positivo, ou seja, vai sobrar dinheiro em conta no último dia do ano, parabéns, você está no caminho certo. Continue com a sua disciplina mensal.

Aproveite algumas dicas de como evitar desperdício e economizar nos gastos. Quem sabe, vão sobrar recursos para investir em um projeto ou talvez realizar aquele sonho especial. (Vide sua atividade 2)

Perfil 2

Você descobriu através do resultado do orçamento doméstico do último mês que vive perigosamente se desequilibrando entre receitas e despesas e ficou preocupada com o resultado exatamente como a Fernanda, nossa personagem do capítulo 5, pois as projeções até o final do ano indicam que o seu nível de endividamento está crescente.

Na realidade, você precisa entender melhor o seu perfil de gastos, fazer os ajustes necessários, um planejamento adequado de gastos futuros para gerir melhor sua finança pessoal para evitar um problema de endividamento no futuro.

Perfil 3

Agora, você tem certeza que está endividada ou até inadimplente e o orçamento do mês anterior comprovou as suas suspeitas, as simulações indicam que sua situação financeira vai piorar até o final do ano.

Saiba que o endividamento é um problema. Porém, para resolver, será preciso a reorganização das finanças. Como sair dessa enrascada?

Lembre-se de que toda virada de ano fazemos algumas promessas para o novo ano.

Nesse caso, o momento da virada é hoje, agora. A melhor atitude no momento é dizer: sim, eu vou mudar. Convença-se de que chegou o momento e não pode mais adiar.

Admitir e reconhecer o problema é fundamental. Você já deu o primeiro passo.

O assunto dívida causa muita angústia e frustração, mas é hora de enfrentar o problema e buscar uma saída. Vamos chamar sair da fase de endividamento.

É uma fase que tem vários períodos: conscientização, negociação, fechamento do acordo e pagamentos, que podem ser longos, mas vão passar.

Pensando em seus sonhos do capítulo 1, acredito que nesse momento seu maior objetivo é sair dessa fase de endividamento.

E como faço?

Comece com uma visão crítica e detalhada de todas as suas despesas.

As informações a seguir são as nossas recomendações para melhorar a sua administração de gastos e é pertinente aos três perfis que vimos anteriormente.

Utilize a sua agenda personalizada e os resumos semanais, você tem o histórico completo e detalhado de todas as suas despesas, o que facilita muito tomar ciência de onde o seu dinheiro vem sendo gasto.

Nessa etapa, é necessário o apoio da família. Explique os motivos claramente e crie desafios de redução com a participação de todos.

Reprograme sua vida. Se precisar comprar algo, avalie e reflita se vale a pena abrir mão de algo ou contrair mais uma dívida que pode virar um problema no futuro.

Enquanto suas contas estiverem no vermelho, vigie seus gastos.

Entenda a diferença entre essencial, supérfluo, necessidade e desejo.

Necessidade: gastos indispensáveis. Nessa categoria, entram artigos alternativos.

Supérfluos: gastos que geram bem-estar, ligados ao desejo. Exemplo: TV a cabo, restaurantes e roupas de marca. Para esse item, verifique o que pode reduzir ou eliminar.

Desperdício: são gastos que nem geram bem-estar nem atendem às necessidades.

Nesse item entram multas, esquecer luz acesa ou torneira aberta e tudo aquilo que compro e não utilizo. A proposta é eliminar completamente.

E não caia nas armadilhas. A mídia sempre seduz o consumidor a comprar mais coisas do que necessita.

Despesas com alimentação e manutenção da casa têm um peso significativo dentro do orçamento:

- *Pesquise na internet as ofertas e promoções dos supermercados e faça uma adequação em sua lista. Não ceda às tentações.*
- *Além do preço das ofertas, compare qualidade da marca, quantidade e validade.*
- *Evite o desperdício de alimentos, produtos de limpeza e de higiene.*
- *Acompanhe a data de validade de todos os produtos.*
- *Compras avulsas em outros comércios. Normalmente os produtos são vendidos mais caros.*
- *Vá alimentada. Pesquisas mostram que quem faz compras com o estômago vazio compra mais por impulso.*
- *Compre produtos da estação, pois costumam ter preço menor e melhor qualidade.*
- *Evite levar crianças. Caso tenha de levar, combine previamente o que será comprado (é uma oportunidade para educar financeiramente os filhos).*

Quando penso nessas atitudes, lembro muito do meu pai, que foi um exemplo para mim, ele pesquisava tudo antes de comprar. Lembre-se de que naquela época não havia a facilidade da internet.

Despesas com as concessionárias:

- *Internet e telefone: negocie um pacote mais simples; pesquise com outra operadora e faça uma portabilidade, se for o caso.*
- *Água, luz e gás sempre têm espaço para a economia. Vazamentos devem ser consertados rapidamente.*

O planejamento financeiro é dinâmico. Nosso ciclo de receitas e despesas se modifica no decorrer do tempo. Portanto, reveja mensalmente, pois qualquer alteração significativa muda o resultado final tanto positiva quanto negativamente. Logo, é um ponto de atenção.

Despesas pessoais, lazer e outros gastos:

- *Acompanhar e controlar os preços. Existem opções de lazer com um custo menor.*

Verifique quem são os vilões do seu endividamento:

- *Cartão de crédito*
- *Cheque especial*
- *Empréstimo pessoal*
- *Outras dívidas*

O primeiro passo: urgente e importante

Levantar o seu saldo devedor em todos os produtos. Se necessário, solicite extratos atualizados que constem juros e multas. Dívida aumenta dia a dia.

Separe o seu comprovante de renda: contracheque, extratos, etc.

Antes de contatar a instituição credora, conheça um pouco do mundo de crédito e cobrança.

Dicas de negociação:

- *Escolha um horário tranquilo.*
- *Sozinho ou com privacidade.*
- *Fique confortável: você quer pagar e o credor quer receber.*
- *Negocie o pacote: cheque especial + cartão de crédito + empréstimo parcelado com uma taxa mais atrativa, se possível.*
- *O atendente não vai lhe oferecer as melhores condições na primeira fase da negociação.*
- *Conheça as taxas para todos os tipos de negociação disponível no site: www.bcb.gov.br*
- *Peça um desconto, como estorno parcial dos juros acumulados ou estorno de mora.*
- *Receba a proposta por escrito (e-mail).*
- *Analise alguns pontos: taxa de juros, prazo e prestação.*

- *Renegocie sempre com uma contraproposta em melhores condições.*
- *Não comprometa mais de 30% da sua renda. Considere outras dívidas.*

Repita a operação, caso tenha outros credores.

Se você tem somente um empréstimo parcelado num banco, verifique se existe a possibilidade de uma portabilidade para outra instituição com uma taxa mais atrativa.

Priorize a organização da sua vida financeira em caso de receita extra. Aproveite e negocie suas dívidas nos feirões de cobrança. Normalmente as condições oferecidas são melhores.

DEPOIS DA NEGOCIAÇÃO

Retome sua agenda personalizada com o seu controle diário e registro semanal. Inclua a despesa da negociação. Ela fará parte da sua vida financeira. Por algum tempo, impactará seu fluxo de caixa.

O acompanhamento e controle das outras despesas devem ser rígidos durante a fase seguinte à renegociação da dívida.

Lembre-se de que a sua disciplina será fundamental para ultrapassar esta fase.

Nova Legislação do cartão de crédito foi aprovada pelo Conselho Monetário Nacional em dezembro/2016 e passou a vigorar em 04/2017

Alterações significativas :

A norma limita o uso do rotativo do cartão de crédito a 30 dias, isto é só poderá pagar o mínimo de 15% da fatura uma vez e automaticamente o Banco/Operadora disponibilizará um parcelamento com taxas menores que as taxas do rotativo. Caso o cliente não conclua o processo do parcelamento se tornará automaticamente inadimplente. As taxas de juros vão variar de Banco para Banco. A expectativa é que as taxas tendem a cair

O objetivo da nova norma é proporcionar ao consumidor menor nível de comprometimento da renda e consequentemente a diminuição do nível de inadimplência da população.

E para os consumidores que já tiverem utilizando o rotativo .

15% do gasto no mês + rotativo + encargos sobre o rotativo + parcelamentos de faturas anteriores

Vale algumas dicas:

- *Pague sempre 100% da fatura*
- *Se não for possível, negocie com o banco o parcelamento:*
- *Não aceite a primeira oferta de imediato*
- *Analise e compare a taxa oferecida no parcelamento com outras linhas de financiamento como empréstimo pessoal ou consignado*
- *Observe as condições do parcelamento pois existem pequenas diferenças entre os bancos*
- *Cuidado ao retornar a utilizar o cartão*

Lembre-se , atualmente o cartão de crédito é o maior vilão dos endividados.

O tempo passou... dias, meses...

Você não acredita, mas conseguiu, com muita disciplina, quitar suas dívidas e aprendeu a melhorar a administração de suas finanças. Utiliza, com facilidade, a sua planilha de orçamento doméstico.

Não compre nada sem verificar se o seu orçamento "autoriza".

Parabéns, uma nova fase vai começar em sua vida.

Leia, agora, algumas recomendações.
Utilize os produtos de crédito de forma consciente
Cartão de crédito
- *Compre o que realmente necessita e acompanhe o gasto no cartão.*
- *Ganhe de 30 a 40 dias nas compras.*
- *Parcele compras, sem juros, sem comprometer o endividamento futuro.*
- *A fatura discrimina as despesas e ajuda no controle destas.*
- *Pague 100% da fatura na data do vencimento.*
- *Escolha a data do vencimento do cartão logo após a data do crédito dos seus recebimentos.*

Cheque especial
- *O objetivo de cobrir pequenos gaps de caixa.*
- *Utilizar somente em casos de urgência.*
- *Poucos dias.*

Empréstimos Pessoais
- *Fuja da tentação do crédito fácil.*
- *Recomendado para pagamento de cartão de crédito em atraso ou para cobrir o cheque especial.*

Você analisou seu orçamento e verificou que fechou o mês positivo.

Parabéns! A luta foi grande, mas como uma grande vencedora, precisamos comemorar.

Retome sua agenda personalizada.

Está na hora de um novo planejamento. Após o equilíbrio do seu orçamento, temos uma nova fase, que é a de investimento.

Fase de investimento
E agora, que faço?
Gasto ou poupo o que sobra?
Mude: poupe antes de gastar

No primeiro dia útil, reserve uma quantia e faça um investimento.

Este é um hábito muito saudável que fará parte da sua nova rotina.

Muitas pessoas desistem de investir por acreditar que, para isso, é necessário ter muito dinheiro.

No mercado financeiro, existem muitos produtos de investimentos com limites para pequenos e grandes investidores.

O importante é começar.

Corra atrás de seus objetivos! Lembre-se de que cada centavo poupado vai ajudar a realizar um novo sonho.

Fernanda, a nossa personagem, que apresentava o perfil 2, conseguiu após um tempo equilibrar suas receitas/despesas seguindo as orientações com um planejamento adequado e um rígido controle de despesas.

No capítulo 9, vamos rever novamente a nossa personagem.

Saiba mais como construir tudo isso no capítulo 8.

Capítulo 8

Construção de um padrão comportamental vitorioso para a mudança de hábito

Sei que é bastante desafiador e algumas vezes pode ser cansativo promover uma *mudança de hábito no próprio bolso*. Seguem algumas condições em que é mais provável que aconteça a mudança de comportamento:

- *Assumir um compromisso de mudança: você precisa **querer mudar**. Mudança é "uma porta que se abre de dentro para fora".*
- *Perceber que tem **habilidade** para executar o comportamento.*
- *Quando o comportamento é consistente com sua autoimagem e ele for de encontro a **valores pessoais:** identificar a segurança e tranquilidade que terei com uma vida financeira próspera e o quanto isso é importante para mim.*
- *Relação custo-benefício favorável: perceber que a **vantagem** de executar o comportamento é maior do que as desvantagens.*

Convido você agora a fazer uma atividade que poderá auxiliá-la a promover um processo de mudança de hábitos na sua vida, pegue uma folha de sulfite e divida-a em quatro, conforme a seguir, para fazer sua matriz de perdas e ganhos.

O QUE VOCÊ VAI GANHAR COM ISTO?	O QUE VOCÊ VAI PERDER COM ISTO?
MOTIVADORES - PRAZER	SABOTADORES - DOR
SABOTADORES - PRAZER	MOTIVADORES - PRAZER
O QUE VOCÊ VAI GANHAR SE NÃO TIVER ISTO?	O QUE VOCÊ VAI PERDER SE NÃO TIVER ISTO?

Perdas e Ganhos

Mantenha-a sempre por perto para lembrar e relembrar os ganhos que obterá com o processo e aproveite para alavancar seus resultados.

Compartilho abaixo o Ciclo da vida financeira, que diz que o período de ganhar dinheiro é dos 35 aos 55 anos de vida. Claro que este gráfico está mudando, uma vez que a expectativa de vida tem aumentado. O importante é lembrar que quanto antes você começar, melhor, pois terá o tempo a seu favor e não precisará de grandes sacrifícios para atingir os seus sonhos.

Pontos do gráfico (da esquerda para a direita):
- Qual o objetivo? (20)
- Poupar e investir (30)
- Assumir riscos
- Construir sua família
- Fazer seguros (40)
- Ter uma atitude conservadora (50)
- Aproveitar (65)

Ciclo da vida financeira

MODIGLIANI, F Life Cycle, Individual Thrift, and Wealth of Nations

Provavelmente deve estar na fase de construir sua riqueza. Veja algumas técnicas de neurolinguística que podem contribuir:

- *Elabore suas metas e sonhos em termos positivos.*
- Nosso cérebro desconhece a palavra *não*. Se eu pedir para não pensar na cor *pink*, em qual cor acabou de pensar? Da mesma forma, se colocar que não quer gastar mais do que ganha, o que acha que irá acontecer? Dessa forma, coloque o que quer ao invés do que não quer. A sugestão, então, será: quero *eliminar* minhas *dívidas* até 31 de julho de 2019, por ex.
- *Assuma o controle da sua vida e decida. Substitua as palavras devo, tenho ou preciso por* quero, decido e vou. *As primeiras dão a entender que motivos externos, que algo ou alguém controla a sua vida.*
- *Preste atenção na palavra* tentar. *Ela transmite o significado de que você tem grandes chances ou é quase uma certeza de falhar. O que acha que é mais poderoso: "vou tentar me livrar das dívidas" ou "vou me livrar das dívidas"?*
- *Utilize o verbo no* passado *para todas as* dificuldades *que você possuía. Isso dá a entender que você vai chegar lá. Então, troque a ideia de "não consigo guardar dinheiro" para "não conseguia guardar dinheiro".*
- *Quanto às mudanças desejadas, em vez de colocar o verbo no futuro, traga para o presente. Substitua "conseguirei gerenciar minhas finanças" para "consigo gerenciar minhas finanças". Se isso não parecer verdadeiro, coloque "não consigo gerenciar minhas finanças ainda" que também poderá auxiliá-la.*
- *Mude o SE para QUANDO. "Se eu conseguir ganhar um dinheiro extra, vou viajar". Substitua por "*quando *eu conseguir ganhar um dinheiro extra, vou viajar". Você percebe que, na segunda frase, quer dizer que está decidida e que isso irá acontecer? Só não sabe, ainda, em que data.*

Como transformar um *pensamento em hábito*?

O pensamento é um mapa que fica na memória funcional (em nossa mente consciente). Isso quer dizer que se ele não for fortalecido, pode ser esquecido facilmente. Dessa forma, o que precisa ser feito é pegar aquela ideia que teve e potencializá-la. Pode ser feito de quatro maneiras:

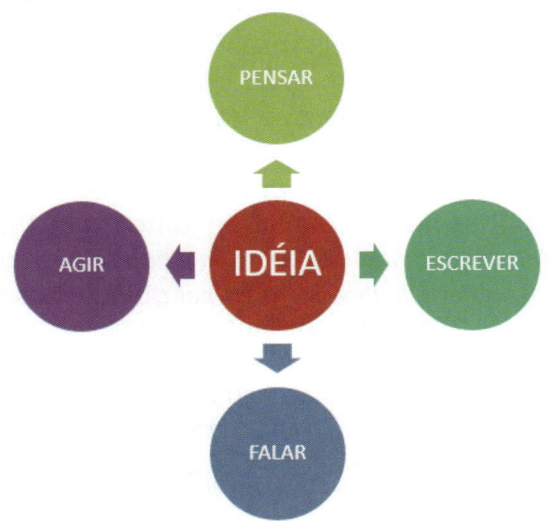

```
         PENSAR
            ↑
AGIR  ←  IDÉIA  →  ESCREVER
            ↓
         FALAR
```

Dessa forma, conseguirá transformá-lo em hábito. Diferente da psicocibernética, que afirma que após 21 dias de repetição de uma atividade ela se torna um hábito, a neurociência sustenta que depende de quanto ele está arraigado em você, ou seja, o quão profundo foi guardado. Desse modo, existem alguns que podem ser transformados em menos do que isso e outros que podem demorar de 6 a 9 meses em média.

Um *hábito* é um *mapa* que fica guardado nas partes mais profundas do cérebro.

Outro recurso que também pode utilizar para se sentir poderosa e auxiliar no processo de mudança de hábito rumo à vida financeira que você merece é a *linguagem corporal*. A fim de entender com maiores detalhes como isso funciona, nesse vídeo de vinte minutos (está em inglês, mas tem legenda), Amy Cuddy, uma psicóloga social, explica como uma linguagem corporal pode definir quem você é: https://goo.gl/7Y5nKC

PASSOS PARA A PROSPERIDADE FINANCEIRA

Se puder resumir em uma só é: tenha cabeça de rico.

Dinheiro chama dinheiro, pois, como já expliquei anteriormente no início do livro, as pessoas com prosperidade financeira possuem educação financeira. Assim essas pessoas, em geral, possuem pensamentos muito parecidos. Pense, então, como os ricos pensam:

1) Trabalho
2) Disciplina
3) Gastar menos do que ganha

DÊ VALOR AO SEU DINHEIRO

Valorize seu capital. Pare de pensar que são vinte reais apenas, pois, ao final do ano, isso pode significar aquela viagem não feita ou parte do valor que poderia ter utilizado para trocar de carro, renovar sua mobília ou seu guarda-roupa.

Para isso, faça *pesquisas e negocie* preços. Peça desconto para pagamento à vista.

Avalie outras opções. Não sinta vergonha.

Quando em alguma loja meu pai costumava pechinchar com a atendente eu queria cavar um buraco no chão e desaparecer. Deixe isso de lado e lembre-se de que você está com o poder; é você quem decide o que e aonde vai comprar, então, se não te derem desconto para pagamento à vista, avalie outras opções.

COLOQUE SEU DINHEIRO PARA TRABALHAR PARA VOCÊ

Pessoas com poucos recursos trabalham pela quantia e correm atrás dela a vida inteira. Os RICOS *cuidam de sua fortuna, fazem o dinheiro trabalhar para eles* e têm o comando de seu patrimônio para que ele não o controle. Comece a avaliar se as *decisões* que toma estão aumentando seus bens, usando juros a seu favor, gerando fontes de renda alternativa ou se fazem com que fique cada dia mais sem patrimônio.

Tenha *determinação*. É preciso ficar claro que o grande desafio de formar poupança é devido ao fato de que precisará renunciar o *consumo imediato*, pensando em *longo prazo*. No capítulo 10, irei demonstrar que você não ficará anos ou até décadas abrindo mão de tudo. Irá estabelecer limites de acordo com a sua idade, renda e desejos.

Para os objetivos de curto prazo, como um curso, uma viagem ou a troca de um carro, cole uma foto desse desejo no bloco onde vai anotar suas despesas. Ou, ainda, mantenha-o em lugar visível (mesa de trabalho, por exemplo).

Mantenha o foco na *solução* ao invés do problema O endividamento, além de consequências financeiras, pode trazer graves impactos emocionais ou em sua qualidade de vida. Além da perda da renda, com o pagamento de juros, você pode chegar a ter seu nome incluído em um ou mais cadastros de restrição ao crédito.

Assim, uma pessoa com alto grau de endividamento acaba, muitas vezes, desestruturando seu núcleo familiar devido ao stress que isso ocasiona e às noites sem dormir. Quanto mais pensar nisso, mais estará acabando com sua energia.

Olhe as possíveis *soluções* e enxergue além. O que mais pode fazer para melhorar?

Consigo tempo disponível para um emprego secundário? Ou quem sabe alguma alternativa para obter uma *renda extra*? Tenho outro tipo de *habilidade* com a qual possa ser *remunerada*? Procure lembrar-se dos elogios que ouve das pessoas sobre algo que faz. Você pode se surpreender e ver que algumas *oportunidades* estão muito próximas. No começo da minha primeira empresa, quando ainda não conseguia ter uma renda suficiente para me manter, minha sócia (na época) e eu fizemos brigadeiro. Sim, eu fazia e ela vendia e conseguimos levantar um valor que, na época, ajudou demais.

Ambas possuíam graduação bem como especialização, mas como a renda da empresa ainda não conseguia nos manter fomos à luta. Mantivemos nosso *sonho*, mas entendemos que era preciso algo a mais naquele período até que os negócios começassem a progredir de acordo com nosso empenho.

Admire as pessoas ricas e *aprenda* com elas.

Os indivíduos ricos costumam ter humildade, buscam a companhia dos que são *bem-sucedidos* e que pensam de modo *positivo*. Utilizam outros para se motivar e se inspirar a conseguir o que desejam.

Você já percebeu quantas pessoas conseguem se reerguer após uma falência? Outras depreciam o patrimônio da família. As que se reerguem já conhecem o meio pelo qual devem caminhar. Procure estar ao lado para compreender como a cabeça delas funciona. Transmita ao próximo otimismo e positividade. As pessoas que "fizeram" (como os norte-americanos costumam dizer *"make money"*) seu dinheiro já sabem o caminho das pedras, pois, apesar de terem acertado mais do que erraram, também aprenderam com seus erros e conseguem se levantar rapidamente se necessário.

Busque identificar as estratégias e como funciona seu modo de pensar.

Utilize a *ancoragem.*

Âncora é um estímulo externo que provoca em você uma sensação interna poderosa e vibrante. Pode ser uma imagem, um som, um símbolo. É uma forma de associar sentimentos positivos a um gatilho (símbolo) externo. É comparada a uma âncora de navio, pois um dos benefícios é atuar como ponto de referência. Ajuda a manter o foco e evita que a atenção se disperse.

Se você é visual, espalhar fotos dos objetos de desejo pela casa ou escritório pode ajudar (ancoragem). Se é auditiva, talvez alguma música que a faça associar a viagem dos sonhos possa ser sua âncora.

Aprenda a *receber.*

As pessoas ricas conhecem e trabalham o conceito da roda da abundância. Elas se sentem *merecedoras* e sabem *receber.* Isso tem uma relação direta com a autoestima. Nesse quesito, os homens são melhores que nós. Apresento uma comparação que possa deixar mais clara a mensagem que desejo transmitir. Sabe aquela amiga bonita, inteligente e bem-sucedida, mas que engordou um pouco e isso já é o suficiente para que só consiga enxergar os quilos a mais e se sinta péssima? A versão masculina desta história é um homem com uma generosa barriga de cerveja e que sente-se muito bem.

É preciso parar de seguir padrões de perfeição. Foque naquilo que domina para que seja *excepcional. Sinta-se* merecedora e aprenda a receber. Isso vale para presentes, palavras de elogio e oportunidades de negócios.

A roda da abundância é composta de quatro fases:

I. Declarar: colocar para fora meu "eu interior"; declarar quem sou eu, quem quero ser, quais são meus sonhos. Trabalhe com afirmações poderosas: "eu sou capaz de criar minha própria riqueza"; "sou o resultado dos meus pensamentos". "Pensamentos de qualidade geram resultados de qualidade".

II. Solicitar: aprender a pedir, exercitar a humildade. O que precisa acontecer para que chegue lá? Quais ações preciso fazer?

III. Arriscar: vencer o medo, agir, colocar foco e energia nos sonhos, lutar pelo que deseja.

IV. Agradecer: agradeça suas conquistas todos os dias. Perdoe-se. Sinta-se merecedora. Agradeça, inclusive, tudo de maravilhoso que está para acontecer.

As pessoas se tornam *prósperas* quando doam e recebem. Tornam-se capazes de gerar prosperidade para si e para as pessoas com quem se relacionam.

Convido-a a analisar e praticar a fase 4 para que comece a receber tudo aquilo que merece.

A RODA DA ABUNDÂNCIA
Conjugação de 4 Verbos: DECLARAR, SOLICITAR, ARRISCAR E AGRADECER.
Dois lados: DAR/ RECEBER

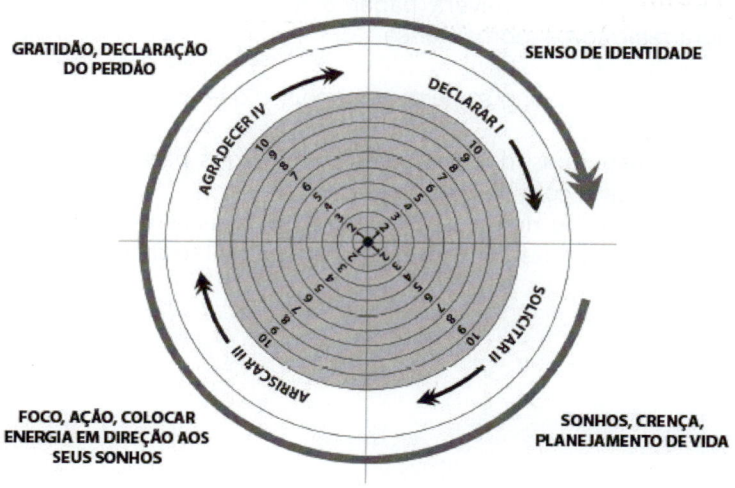

GRATIDÃO, DECLARAÇÃO DO PERDÃO

SENSO DE IDENTIDADE

AGRADECER IV

DECLARAR I

ARRISCAR III

SOLICITAR II

FOCO, AÇÃO, COLOCAR ENERGIA EM DIREÇÃO AOS SEUS SONHOS

SONHOS, CRENÇA, PLANEJAMENTO DE VIDA

Os números em cada quadrante servem para que você se questione o quanto, numa escala de 0 a 10, acha que está trabalhando cada uma das fases da roda da abundância. As pessoas prósperas sabem doar e receber, são capazes de gerar prosperidade para si e com quem se relacionam.

Caso esteja completamente endividada e com dúvidas, peça ajuda e preste atenção nestas dicas que podem auxiliá-la:

- Observe se tem uma amiga próxima que saiba gerenciar seus recursos e seja sempre bastante racional quando o assunto for compras. Compartilhe com ela seu desafio. Pergunte se ela pode, nesse início, auxiliá-la. Combine como e quando acontecerá a ajuda.

Se for preciso, seja radical:

- Quebre seu cartão de crédito ou tire-o da carteira. Coloque lembretes em sua bolsa a respeito de seus sonhos e projetos.

Lembre-se: você deverá pagar a fatura e a satisfação da compra realizada é momentânea.

- Vá ao shopping somente em horários que as lojas não funcionam.
- Substitua as idas aos bares com amigos para encontros em casa com divisão de gastos.
- Exclua seu nome, celular e e-mail de listas de envio de propagandas com aquelas imagens tentadoras.

Capítulo 9

Decisões sobre realizações: Hoje x futuro desejado

Vamos reconhecer que até esse momento fizemos uma trajetória de sucesso.

Não importa quanto tempo passou ou vai passar. Se algo der errado, você está preparada... recomece.

Você é a protagonista da sua vida financeira.

Vamos propor uma analogia desta caminhada com um jogo de quebra-cabeça: chamado "vida financeira equilibrada".

O que fizemos até agora durante esta caminhada:

- *Escolhemos o jogo,*
- *Identificamos as peças,*
- *Montamos praticamente todo o quebra-cabeça,*
- *Só faltou uma peça.*

A última peça: "futuro desejado", que você vai construir como sendo a grande recompensa por toda essa dedicação.

Onde está essa peça?

Se voltar às primeiras anotações de sua agenda personalizada, ficou pendente comentar sobre a sua lista de sonhos (atividade 2).

Lembre-se de que a lista de sonhos é pessoal e intransferível.

Agora que está mais forte e preparada, nada mais justo que rever a lista e incluir um novo sonho, a última peça do quebra-cabeça, que é o "futuro desejado".

Como posso alcançar o "futuro desejado"?
Esse é o tipo de sonho que pode virar realidade se criar raízes fortes e for alimentado no dia a dia com esforço e dedicação.

Imagine que no futuro você coloque a última peça do quebra-cabeça. Essa visão vai ajudar a transpor muitos obstáculos e, principalmente, acreditar que é possível um sonho virar realidade.

NO FINAL DO CAPÍTULO 7, VOCÊ INICIOU UM NOVO CICLO COMO UMA PEQUENA INVESTIDORA.

Vamos voltar a falar da nossa personagem, Fernanda, agora com a vida equilibrada.

Ela tem dois sonhos principais em relação ao futuro:

O primeiro é querer que o filho conclua uma universidade e o outro é ter uma aposentadoria complementar, garantindo um padrão de vida.

Parabéns pelos projetos, Fernanda, este é o seu "futuro desejado".

E agora? O que faço?

Mas assim como nas fases anteriores, *você precisa: fazer um planejamento.*

- *Colocar no papel o que você quer e quando chegar.*
- *Estabelecer objetivos claros.*
- *Ter metas intermediárias.*
- *Comemorar as conquistas de cada etapa.*

No caso da Fernanda, por exemplo, podemos sugerir que todo início de mês efetue uma aplicação financeira e eventualmente qualquer receita extra seja direcionada para os investimentos . Muita disciplina.

Normalmente, recomendamos para qualquer investidor consultar um especialista confiável que identifique as melhores oportunidades de investimento para você, no momento que conhecer o seu perfil.

Além disso, você é a responsável por suas escolhas:

- *Analise os investimentos recomendados com critério e leia os prospectos.*
- *Cada produto tem uma liquidez, segurança e rentabilidade.*
- *Lembre-se: rentabilidade passada não garante rentabilidade futura.*
- *Verifique as taxas, tarifas e impostos.*
- *Analise os planos de previdência (simuladores disponíveis na internet).*
- *Seguros de vida, residência e automóvel são produtos importantes para garantir o seu patrimônio e proteger a sua família.*

A vida pode trazer novos contratempos e os sonhos podem ser adiados. No entanto, você sabe enfrentar os desafios. De repente, precisou utilizar os recursos investidos.

Não fique chateada e olhe com outros olhos. Que bom, você tinha uma reserva para imprevistos.

Se ocorrer, será necessário um ajuste de rota, então refaça o planejamento. Isso exigirá mais disciplina e controle de despesas.

Você é capaz.

Para finalizar o capítulo 9:

Obrigada a você, MULHER, minha parceira nesta jornada, que aceitou este desafio e participou de todas as etapas deste processo de aprendizagem.

A minha dica nesta fase: *siga em frente.*

Com certeza, você está construindo a última peça do seu quebra-cabeça: *grande recompensa – futuro desejado*.

Guarde sua agenda personalizada com carinho; se precisar, consulte-a novamente.

Aproveite o conteúdo do capítulo 10, para fechar este ciclo de transformação e mudança com as reflexões complementares de como consumir melhor, comemorar as conquistas, repensar de maneira mais estruturada em seus sonhos e muito mais.

Capítulo 10

Como aproveitar a viagem e não somente o destino

Vivemos na era do ter e do parecer em que existe uma "necessidade" de consumo exagerado. Essa é a chamada sociedade do consumismo e foi sendo criada ao longo do tempo.

Afinal você já se perguntou por que as pessoas compram? Dificilmente nos fazemos esta pergunta pois simplesmente compramos. Seguem os principais motivos:

- *Inclusão*
- *Conquista*
- *Necessidade*
- *Desejo*
- *Status*
- *Prazer*
- *Inveja*
- *Experiência*

Pesquisa do centro de estudos avançados em ciência do comportamento da Universidade da Califórnia, citada no livro *Happiness*, conclui que a sensação de satisfação alcançada com a compra de um carro do último modelo ou de uma churrasqueira é a mesma e dura pouco.

De acordo com a pesquisadora da Universidade da Califórnia, Sonja Lyubomirsky, que há mais de vinte anos se dedica ao estudo da felicidade, "vivências são mais facilmente transformadas em experiências coletivas do que produtos". Em seu livro *Os mitos da felicidade*, ela afirma que conversas sobre viagens, filmes ou uma peça de teatro são combustível certo de momentos prazerosos com amigos.

Elizabeth Dunn e Michel Norton, autores do livro *Dinheiro Feliz - A arte de gastar com inteligência*, ressaltam que 57% dos participantes de suas pesquisas disseram que a compra de experiência os fizeram mais felizes. Eles sugerem um exercício de mentalização:

Pense em compras que fez com o objetivo de aumentar a felicidade. Pense numa compra de um bem material, um objeto tangível que poderia ser guardado, como joias, móveis, roupas ou eletrônicos. Agora, pense na compra de uma experiência de vida – talvez uma viagem, um show ou um jantar especial. Se for como a maioria das pessoas, lembrar-se da experiência faz com que se recorde dos amigos, da família, de paisagens e de cheiros.

Gostaria de deixar claro que não sou contra o consumo mas sim a favor do consumo consciente, ou seja a proposta ou grande ideia é consumir menos e melhor. Gastar de forma que a sensação de prazer seja prolongada e se renove ao longo do tempo. O propósito é deixar de desperdiçar para começar a ter experiências.

Eu, particularmente, adoro viajar. Sou do tipo que curte uma viagem no mínimo três vezes! Aprecio quando estou planejando a viagem: definindo o roteiro, buscando informações sobre o lugar, pesquisando pontos históricos, turísticos e restaurantes, e já começo a aproveitar a viagem me sentindo lá. Quando efetivamente viajo, aproveito pela segunda vez, pois, naquele momento, estou vivenciando a experiência, interagindo com o meio ambiente, pessoas e aspectos culturais. Ao retornar do passeio, compartilho com as pessoas e revivo aqueles momentos deliciosos.

Para refletir: quais são suas experiências prediletas ou as que mais vão deixá-la feliz?

_____
_____
_____
_____
_____
_____
_____
_____
_____
_____

APRENDA A *COMEMORAR!*

Como numa dieta muito rigorosa, ser radical num processo de mudança de hábito não será algo sustentável. Se abrir mão de tudo no agora pensando somente em poupar para usufruir dos recursos somente daqui a vinte ou trinta anos, isso irá fatalmente desanimá-la.

Além do mais, quando atingir a tão esperada *independência e prosperidade financeira*, você tenderá a nem conseguir curti-la, pois marcará muito mais do que precisou abrir mão para chegar lá. Ou seja, o sacrifício vai ter sido tanto que a fará lembrar somente das viagens que não fez, do carro que não trocou, do que não teve, sem ter prazer em ver o que conquistou.

Pode parecer loucura, mas algumas pessoas têm dificuldade em agradecer e comemorar tudo de bom que receberam da vida e conquistaram. É a hora de *comemorar.*

Estabeleça etapas intermediárias nessa jornada e festeje!

Quem vai definir como e quando comemorar é você.

Se o período for maior, pode ser que escolha ao final de cada mês ou bimestre.

Isso pode ocorrer com uma pizza ou almoço naquela cantina que tanto gosta, ou, ainda, um churrasco em família. Se seu tempo para se reerguer for menor, pode ser interessante *comemorar* cada *sucesso* que alcance a cada 15 dias, por exemplo. Se mesmo obtendo o sucesso em seu propósito você souber que não terá recursos para tal *comemoração* sem comprometer seu orçamento, seja criativa e comemore mesmo assim! Você irá se surpreender com a quantidade de opções em *entretenimento* gratuitos que existem à disposição, principalmente na cidade de São Paulo. Fuja da armadilha de utilizar uma justificativa verdadeira para deixar de comemorar e crie este hábito incrível. Verá o quanto ele a motiva para as próximas etapas. Como já citamos anteriormente, existem coisas maravilhosas na vida. Crie *momentos especiais.*

Coloque aqui em quais momentos e como você pretende comemorar suas conquistas.

_____
_____
_____
_____
_____
_____
_____
_____

Como multiplicar seu dinheiro:
- *Tire proveito das liquidações: peças básicas de qualidade pela metade ou um terço do preço em datas específicas. Fique atenta.*
- *Seja dona da sua agenda de compras e da sua agenda de férias sempre que possível. Após as datas festivas, sempre ocorrem liquidações e, com isso, oportunidades de seu dinheiro render. Vale a pena negociar com a família. As viagens em baixa temporada costumam ter descontos que va-*

riam de 30 a 70%. Imagine se for multiplicado por 2, 3 ou 4 pessoas? Você pode viajar por menos e ir a um destino melhor.
- Busque métodos de adquirir os itens de uma forma mais econômica, seja por meio de sites de compras coletivas, endereços de outlets, brechós ou em bazares beneficentes. Atualmente, existem diversas maneiras de comprar mais por menos.
- Se ficou em dúvida entre dois ou três pares de sapatos e anteriormente resolveria esse impasse comprando todos, mude e decida não comprar nenhum. Aproveite o recurso de um para uma compra com maior qualidade. Sou apaixonada por sapatos, mas fiz um pacto comigo: se um entra é porque outro vai sair. Então tenho uma área no meu guarda-roupa que é dos sapatos e não ultrapasso este espaço de forma alguma, só compro agora algum novo para substituir outro que foi doado.

Envolva a família: explique os motivos (investimento futuro, casa dos sonhos, viagem em família, etc.) para sobrar dinheiro. Crianças são conscientes e parece que já nasceram com um chip de consumo sustentável.

CONSUMO CONSCIENTE

Este termo está em moda, mas, afinal, o que é consumo consciente?

De uma forma resumida, trata-se de buscar o equilíbrio entre ter o que precisa e ser um consumidor social, ambiental e economicamente sustentável.

A tabela abaixo ajuda a refletir se você é consumidora consumista ou consumidora consciente.

Utilize a tabela a abaixo para refletir se você é uma "consumidora consciente" ou uma "consumidora consumista", que age sem planejar e por impulso.	
Consumidora consumista	Consumidora consciente
Gasta compulsivamente.	Pondera antes de comprar.
Pensa apenas em si próprio	Pensa em si e no resto da sociedade, inclusive futuras, pensa no impacto sobre o meio ambiente antes de comprar.

Suba no salto
dicas para sua independência financeira

Compra tudo o que deseja.	Compra apenas o necessário.
Joga todas as embalagens no lixo.	Reutiliza as embalagens.
Qualquer tipo de resíduo é considerado lixo.	Separa o que lixo orgânico do que é reciclável e dá destinação correta.
Se estiver fácil para comprar e for barato não se preocupa se o produto é pirata ou contrabandeado.	Não compra produtos piratas e contrabandeados mesmo os mais baratos.
Desperdiça. Deixa torneira aberta sem usar a água, deixa lâmpada acesa sem estar no ambiente. Deixa os aparelhos elétricos e eletrônicos ligados sem estar em uso e etc.	Evita desperdícios e utiliza efetivamente o que compra.
Orienta-se pelo status.	Orienta-se por um estilo de vida saudável.
Faz "shopping terapia".	Satisfaz necessidades.
É imediatista e não se preocupa com o futuro.	É previdente e sabe que o futuro é consequência das escolhas de hoje.
Fonte: adaptada dos 12 princípios do consumo consciente da Akatu. Disponível em www.akatu.org.br	

COMPRAS INCRÍVEIS - #ficaaadica

Sabe aquela famosa frase de gente que tem bastante roupa MAS se depara com a situação de: "Não tenho o que vestir?" Então....segundo as meninas da Oficina de Estilo isto acontece pois não sabemos como montar um guarda roupas que funcione. Para isto compartilho com você duas dicas INCRÍVEIS que aprendi com elas no treinamento que realizei:

Cada peça que você adquirir ou que você tem no armário deve combinar com outras 3 que possui. Tenha peças versáteis que funcionem para várias situações.

Proporção de 5 para 1: esta é a proporção que seu guarda roupas deve ter de partes de cima (camisa, camiseta, bata, jaqueta) para cada parte de baixo (calça, short, bermuda). Isto dá a percepção de muito mais *looks* diferentes pois a blusa fica perto do rosto e chama mais atenção na interação com as pessoas.

SONHOS E INDEPENDÊNCIA FINANCEIRA

A conta aceita no meio internacional é de que a pessoa financeiramente independente possui liquidez de 200 vezes seus gastos mensais. Se eles forem R$ 5.000,00, você precisará acumular R$ 1.000.000,00 (Bernard Shaw) para conquistar sua liberdade financeira e poder escolher o que deseja fazer: realizar sonhos e projetos calmamente. Convido você a planejar seu futuro.

Qual seu sonho para daqui a 10 anos?
_____
_____
_____
_____
_____
_____

Por que isso é fundamental para você?
_____
_____
_____
_____
_____
_____

O que vai começar a fazer hoje para que esse sonho se concretize?
_____
_____
_____
_____

Até onde está em suas mãos o alcance de seus objetivos?

Quando saberá que está chegando lá?

Sua capacidade de poupar é do tamanho do seu sonho?

Quais habilidades acha que adquiriu até agora e que irão ajudar?

Quais habilidades acha que precisa desenvolver e como fará?

Qual estilo de vida quer e pode ter hoje?

E daqui a cinco anos, qual gostaria de ter?

Agora que saiu da situação deficitária e o pior já passou, compartilho uma regra simples e poderosa para auxiliar na conquista de sua independência financeira e de um futuro de prosperidade.

Fiz uma adaptação de algumas sugestões que existem no mercado e acredito que seja muito efetiva, pois permite que tenha uma flexibilidade para despesas que podem fazer toda a diferença nesse momento.

A sugestão é avaliar como tem dividido seus recursos por categorias. A seguir, busque dividir seu orçamento total de 100% de acordo com a conta abaixo:

50% - Conta da obrigação

Nessa conta, classifico o que são conhecidos como custos fixos. São gastos necessários para sua sobrevivência e manutenção. Tais despesas incluem: aluguel, condomínio, supermercado, IPTU, internet, telefone, TV a cabo, eletricidade, água, luz e limpeza.

Por exemplo: se tem uma renda líquida de R$ 5.000,00 (valor que entra em sua conta corrente após desconto de impostos), seus custos fixos devem, no máximo, ser de R$ 2.500,00.

20% - Conta da diversão

Aqui entram as despesas relacionadas a gastos com lazer, tanto pode ser um cinema, jantar, viajar no final de semana, como despesas de manicure, cabeleireiro, chope com amigos, academia, gastos com roupas, sapatos, etc.

De acordo com o raciocínio acima, você deverá, com uma renda de R$ 5.000,00, gastar R$ 1.000,00 para a conta da diversão. Se for uma pessoa bastante criativa e sabe que tem pouco tempo pela frente para poupar, pode reduzir este percentual e transferi-lo para a conta do futuro tranquilo. Entretanto, é importante que sempre tenha um valor para tais despesas e gaste com você. Pessoas que ficam muito tempo com essa categoria zerada tendem a sofrer algum impacto negativo em sua qualidade de vida. Quando gastam em algo para si, acaba sendo devastador ao seu orçamento.

20% - Conta do futuro tranquilo

Este valor independe do que contribui para a previdência oficial, ou seja, são recursos que está guardando. Pode ser através de plano em uma previdência privada ou em investimentos financeiros ou até, quem sabe, para comprar futuramente um imóvel que possa completar sua renda lá na aposentadoria.

Dentro do mesmo exemplo, deverá, então, com uma renda de R$ 5.000,00, reservar R$ 1.000,00 para sua conta do futuro tranquilo.

10% - Conta da reserva prudente

Tomei emprestada esta nomenclatura da minha amiga Neide. Nessa conta, você terá uma poupança para possuir recursos disponíveis que cubram gastos de emergência: pode ser um conserto de geladeira, um micro-ondas que estraga, um pneu que estoura, um presente de aniversário ou casamento que não estava no orçamento.

Enfim, gastos que não foram esperados.

Isso trará uma tranquilidade para lidar com os imprevistos sem que afete seu orçamento.

Para essa conta, sugiro que poupe R$ 500,00 para a reserva prudente.

Chegamos ao fim do nosso trabalho. Agradecemos por ter dedicado o seu tempo à leitura deste livro.

Somos apaixonadas pelo que fazemos e comprometidas com o *empoderamento feminino.*

Acreditamos que uma das formas para torná-lo possível seja através da *prosperidade e independência financeira da mulher.*

Referências
BLANCO, Sandra. *A bolsa para mulheres: a experiência de um clube de investimentos em ações*. Rio de Janeiro: Elsevier, 20 3ª reimpressão.
Caderno de Educação Financeira _ gestão de Finanças Pessoais – Cidadania Financeira BCB, 2014.
CERBASI, Gustavo Petrasunas *Dinheiro: os segredos de quem tem*. São Paulo: Editora Gente, 2005.
CERBASI, Gustavo. *Como organizar sua vida financeira: inteligência financeira*. Rio de Janeiro: Elsevier, 2009. 8ª reimpressão.
CHOPRA, Deepak; FORD, Debora; WILLIAMSON, Maianne. *O efeito SOMBRA. Tradução para a língua portuguesa 2010*. São Paulo: Lua de Papel, 2010. 4ª reimpressão.
DANA, Samy; SANDLER, Carolina Ruhman. *Finanças femininas: como organizar suas contas, aprender a investir e realizar seus sonhos*. 1.ed São Paulo: Benvirá, 2014.
DE NUCCIO, Dony , DANA, Samy. *Seu bolso: como organizar sua vida financeira , evitar armadilhas e juntas mais dinheiro*. 1 ed. Rio de Janeiro: Casa da Palavra, 2014.
DOMINGOS, Reinaldo. *Livre-se das dívidas: como equilibrar as contas e sair da inadimplência* .1.ed. São Paulo: DSOP Educação Financeira, 2011.
KIYOSAKI, Robert T. *Pai rico, pai pobre: o que os ricos ensinam a seus filhos sobre dinheiro*. Rio de Janeiro: Elsevier, 2000.
LAGES, Patricia. *Bolsa blindada: dicas e passos práticos para tornar a sua vida financeira à prova de fracassos*, 1. ed - Rio de Janeiro: Thomas Nelson , 2013.
LUQUET, Mara Assef, CHARGES, Zeca. *Tristezas não pagam dívidas, como dormir sem credores e colocar as contas em dia*. 2 ed- São Paulo: Saraiva: Letras&Lucros, 2006.
LUQUET, Mara. *Meninas normais vão ao shopping....meninas iradas vão à bolsa*. 3 ed. São Paulo: Saraiva, 2011.
ROCK, David. *Liderança tranquila: não diga aos outros o que fazer: ensine-os a pensar.* Rio de Janeiro: Elsevier, 2006. 2ª reimpressão.
SANDLER, Carolina Ruhman, Dana, Samy. *Finanças femininas*. São Paulo; Benvirá, 2014.

Sites e materiais de consulta:
Bacen, Bovespa, Idec, Serasa Experian, IPEA, ONU, Sebrae, Exame e IBC.

Impressão e acabamento
Rotermund
Fone (51) 3589 5111
comercial@rotermund.com.br